U0819235

权威·前沿·原创

皮书系列为
“十二五”国家重点图书出版规划项目

中国社会科学院创新工程学术出版资助项目

文学蓝皮书

BLUE BOOK OF
CHINA'S LITERATURE

中国文情报告（2012~2013）

ANNUAL REPORT ON CHINA'S LITERATURE
(2012-2013)

主 编/白 烨

社会科学文献出版社
SOCIAL SCIENCES ACADEMIC PRESS (CHINA)

图书在版编目（CIP）数据

中国文情报告. 2012～2013/白烨主编. —北京：社会科学文献出版社，2013.5
（文学蓝皮书）
ISBN 978－7－5097－4474－1

Ⅰ. ①中…　Ⅱ. ①白…　Ⅲ. ①中国文学－当代文学－研究报告－2012～2013　Ⅳ. ①I206.7

中国版本图书馆 CIP 数据核字（2013）第 067828 号

文学蓝皮书
中国文情报告（2012～2013）

主　　编／白　烨

出 版 人／谢寿光
出 版 者／社会科学文献出版社
地　　址／北京市西城区北三环中路甲 29 号院 3 号楼华龙大厦
邮政编码／100029

责任部门／人文分社（010）59367215　　责任编辑／张倩郢　孙以年
电子信箱／renwen@ssap.cn　　责任校对／曹艳浏
项目统筹／宋月华　张倩郢　　责任印制／岳　阳
经　　销／社会科学文献出版社市场营销中心（010）59367081　59367089
读者服务／读者服务中心（010）59367028

印　　装／北京季蜂印刷有限公司
开　　本／787mm×1092mm　1/16　　印　　张／20.25
版　　次／2013 年 5 月第 1 版　　字　　数／243 千字
印　　次／2013 年 5 月第 1 次印刷
书　　号／ISBN 978－7－5097－4474－1
定　　价／59.00 元

摘　要

《中国文情报告》为目前国内唯一一本有关中国文学现状的宏观考察报告，课题组成员由中国社会科学院文学研究所和中国作家协会各有专长的文学研究专家联合构成。出自他们之手的这份年度报告，具有丰盈的信息量和显著的前瞻性。在文化环境日益繁复，文学自身不断变异的情况之下，本书清点文学成果、描绘文学风貌、记录文学足迹、梳理文坛脉络，实为文坛内人士查考年度文情所必备，为文坛外读者概要了解文学与文坛所必读。

《中国文情报告》（2012～2013），设长篇小说、中短篇小说、纪实文学、散文、诗歌、戏剧、网络文学、理论批评与文坛热点和作家身影与文学声音共11个专题，分门别类地对年度的文学创作、文学现象、文学论争与文学事件等，进行了全面的梳理与概要的描述。翔实的文坛资讯，精到的学术提炼，尤其是对一些焦点性现象与倾向性问题的捕捉与评说，突出地显示了年度文学的客观走向、基本风貌，及其发展演进中的主要特点与存在的主要问题。

Abstract

Annual Report on Chinese Literature (*2012 – 2013*), the unique macro-investigation report upon the current situation of Chinese literature development, is highly informative and eminently prophetic. It is a collective product by a group of specialists, who either work at Literature Institution of CASS or at Chinese Writers Association. Since our cultural circumstance is increasingly complicated and literature itself is in constant change, this report is necessary for the Chinese literature circle or readers in general, either for taking an insightful observation of the literature situation in this year or for getting a glimpse.

The Report provides an overall review, including eleven topics of novel, novella, short story, documentary fiction, prose, poetry, drama, net literature, literary criticism and the hotsport, and writers and their voices, describes the literary creation, phenomena, debates and events, etc. With detailed information and appropriate examinations, especially insightful comments on the focal phenomena and inclinations, this research exposes the trend, the prominent feature of Chinese literature of this year, as well as the main traits and problems.

目录

𝔹.1 **总报告** ······ 001

一 创作走势述略 ······ 002

二 文坛热点举要 ······ 006

三 倾向与问题评说 ······ 012

𝔹.2 **长篇小说：个人化叙事与中国化故事** ······ 022

一 城乡：新变与隐忧 ······ 023

二 都市：纵向与横面 ······ 026

三 史事：世故与细故 ······ 029

四 精神：困扰与寻觅 ······ 031

五 青春：自诉与自省 ······ 034

𝔹.3 **中篇小说：内向的视觉与外向的文体** ······ 038

一 闯入者与叩门人 ······ 039

二 白头吟与无衣令 ······ 043

三 温的血与凌波渡 ······ 046

B.4 短篇小说：平中有变、淡而有味 …………………… 052
一 向思想的深度掘进 …………………… 052
二 城市的主旋律 …………………… 054
三 风格多样化的趋势 …………………… 058

B.5 纪实文学：回归文体的本色与特质 …………………… 063
一 深度挖掘新闻性事件和人物 …………………… 064
二 高度关注百姓冷暖与民生现状 …………………… 068
三 持续关注社会焦点与热点 …………………… 071
四 家族谱传与历史纪事的新动向 …………………… 073
五 值得注意的现象和思潮 …………………… 076

B.6 散文：集体的光亮与个体的无名 …………………… 082
一 历史中那些光亮或者灰暗的人 …………………… 083
二 那些被风吹远的往事 …………………… 088
三 散文是一件智慧的事情 …………………… 094
四 有一种生活叫真实 …………………… 097

B.7 诗歌：跨界、网媒与诗人的选择 …………………… 102
一 新动向：诗歌跨界与网络出版 …………………… 102
二 文学场：民间的扩容和诗歌的寂寞 …………………… 109
三 见证的声音：新媒体时代的公共性与诗（人）的选择 …………………… 116

B.8 戏剧：平稳前行中的新进取与新气象 …………………… 121
一 小剧场戏剧三十年 …………………………………… 121
二 中生代导演的黄金年代 ……………………………… 130
三 青年导演的突围 ……………………………………… 136
四 国际戏剧的冲击：彼得·布鲁克与我们 ……………… 146
五 北京人艺60周年 ……………………………………… 151

B.9 网络文学：规模持续增长 期待原创发力 …………… 156
一 当代文学的“V”字形道路 ………………………… 157
二 网络文学发展模式趋向多元 ………………………… 159
三 创作题材向神话与现实两极发展 …………………… 161
四 年度网络文学重要作品 ……………………………… 163
五 年度网络文学重要理论观点 ………………………… 169
六 年度网络文学重要事件 ……………………………… 173

B.10 理论批评与文坛热点 ……………………………… 179
一 纪念《讲话》发表七十周年与文学批评
有效性研讨 ……………………………………… 179
二 乡土文学式微与“50后”写作的讨论 ……………… 182
三 莫言获取诺奖引发的反应与影响 …………………… 188
四 学界关注“文学写作中的中国经验” ……………… 193

B.11 作家身影与文学声音 ……………………………… 197
张抗抗：建议对实体书店加大政策性支持 ……………… 197

陈忠实：大时代需要大作品 …………………………… 199
阿乙：即使泥潭，也比坦途要好 ……………………… 207
贾平凹：中国文人要为时代为社会立言 ……………… 210
李佩甫：文学因无用而无价 …………………………… 214
阎连科：中国小说与世界差距没拉大 ………………… 218
刘庆邦：不爱网络文学，反对长篇崇拜 ……………… 223
温儒敏：把国民“文学生活”纳入研究视野 ………… 232
莫言：我只能写我所熟悉的 …………………………… 238
王蒙：别把传统文化和世界先进文化对立起来 ……… 257
李敬泽：“杂花生树才是我们的文学生活” ………… 260
刘慈欣：科幻小说是基于科学、基于想象的文学
…………………………………………………………… 266

B.12 附录一 2012 年中国文坛大事记 ………………………… 273

B.13 附录二 年度文学图书排行 ……………………………… 306
一 2012 年“开卷”小说类图书畅销排行 ………… 306
二 2012 年“新浪·读书”小说类
图书点击排行 ………………………………………… 308

CONTENTS

B.1 General Report / 001

1. Review of literary trends / 002
2. Hot debates / 006
3. Inclinations and problems / 012

B.2 Novel : Individualized Narrative and Sinicized Story / 022

1. Town and country: new changes and hidden worry / 023
2. City: the vertical and the horizontal / 026
3. Historical events: worldly attitude and trivial matter / 029
4. Spirit: bewilderment and pursuit / 031
5. Youth: self- expression and introspection / 034

B.3 Novella: Introvert Sight and Extrovert Style / 038

1. Intruder and knocker / 039
2. Baitou Yin and Wuyi Ling / 043
3. Warm Blood and Lingbo Du / 046

B.4 Short Story: Steady but Varied, Plain but Pregnant / 052

1. Deepening thought / 052
2. Main-melody of city / 054
3. Varied-stylistic trend / 058

B.5 Documentary Fiction: Return to its Own Characteristics / 063

1. Deep inquiry into events and people in news / 064

2. High concern with people and their situation / 068
3. Continuous concern for social focus and hot debates / 071
4. New tendency of family ancestral biography and historical events / 073
5. Some Note worthy phenomena and thoughts / 076

B.6 Prose: Collective Brightness and Individual Anonymousness / 082
1. Somebody and nobody in history / 083
2. The past has gone away / 088
3. Prose as a sort of wisdom / 094
4. There is a life called reality / 097

B.7 Poetry: Cross Boundary, Network Media and Poets' Choice / 102
1. New trend: cross boundary in poetry and electronic publishing / 102
2. Literary field : folk expansion and poetry's solitude / 109
3. The voice of witness: the publicity of new-media era and choice of poetry(poets) / 116

B.8 Drama: Improvement and New Scene During Steady Procession / 121
1. Experimental drama in 30 years / 121
2. Golden years of middle-generations / 130
3. Breakthrough of young directors / 136
4. Impact of international drama: Peter Brook and us / 146
5. Sixtieth anniversary of Beijing People's Art Theater / 151

B.9 Net Literature: Continuous Increase in Scale , Creativity Expected / 156
1. V-shaped road of contemporary literature / 157
2. The plural mode of Net literature development / 159
3. Subjects of myth and reality as two extremes / 161
4. Annual major net literature works / 163
5. Annual main theoretical views of net literature / 169
6. Annual main events relative to net literature / 173

B.10 Literary Criticism and Hotspot / 179

1. Mark the anniversary of the "speech", published and the literary criticism effectiverness for discussion /179
2. Vernacular literature decline and "after so" writing / 182
3. Responses on Mo Yan's winning Noble Prize / 188
4. The Chinese experience in literary writing / 193

B.11 Writers and Their Voices / 197

Zhang Kangkang: "policy support to entities bookshop" /197
Chen Zhongshi: "Great era needs great works" / 199
A Yi: "The level road is even worse than the mire" / 207
Jia Pingwa: "Chinese literati should establish idea for era and society" / 210
Li Peifu: "Owning to its uselessness, Literature is priceless" / 214
Yan Lianke: "Chinese novels almost keep pace with the international" / 218
Liu Qingbang: "I don't like net-literature, and really detest novel-worship" / 223
Wen Rumin: 'Take "civic literal lives" into our research' / 232
Mo Yan: "I can only write what I am familiar with" / 238
Wang Meng: "Not Oppose Our traditional culture to global advanced cultures" / 257
Li Jingze: "Our literature maybe lives of plurality" / 260
Liu Cixin: "Science fiction is one based on science as well as imagination" / 266

B.12 Appendix 1 Annual Literary Events / 273

B.13 Appendix 2 Annual Literature Ranking List / 306

1. 2012 "open book" norels out of best-selling books / 306
2. 2012 "book sina" dick on the list of fiction books / 308

B.1
总报告

对于“文学蓝皮书”来说，2013 年有着特别的意义。

我们这个“文学蓝皮书”，从 2003 年以“中国文情报告”的题目立项起，至 2013 年这本“文学蓝皮书”完成，已先后出版了 10 本，整整做满了 10 年。不知不觉走过了 10 年的时间，按部就班地编撰了 10 部报告，这让人有些许的欣慰，也有更多的感慨。

10 年来的 10 部报告，各有不同年度的侧重与各个作者的视觉，这自不待言。但作为主编，我感受最为强烈的，是文坛在市场化、网络化、传媒化的多种因素合力推导下，不断发生着种种新的变异，文学与社会生活，文学与信息技术，文学与产业发展，既勾连密切，又互动频仍。这些都给我们跟踪与扫描年度文坛，带来极大的难度。因此，每年的文情报告，对于分报告作者和我这个主编来说，都是一次不大不小的挑战。而正是在应对各种难题和迎接如许挑战中，我们不懈不怠，勉力前行。从而，经历了非同寻常的 10 年辛苦，也取得了还算不菲的 10 年收获。

2012 年的文坛，依然是在平稳中内含变异，在变异中依流前行。这种新的变异，既藏匿于各类题材的创作领域，又潜藏于诸种文学事件的发生，还体现于文学的生产传播过程。这些或显或隐的变化，在分报告中都有一定的观察与呈现，这里的总报告，只就整体性的现象，倾向性的问题，作一概要的梳理与评说，以与各个分报告相互补。

一 创作走势述略

在年终盘点2012年的文学创作时，评论家们最为常用的关键词是“平实”。确实，无论是从收获的不丰不杀看，还是由状态的循序渐进看，“平实”都是一个最为恰切的描述。但是，平中有奇，常中见异，在表象波澜不惊的走势之中，各个门类的创作都孕育着一定的变化与微妙的异动，从而使2012年的文学创作的整体情形，依然可圈可点，可读可评。

作为文学创作的重头戏，长篇小说近几年在数量上持续增长，2012年更稳定在4000部以上。与此同时，在写作取向与艺术视点等方面，都有明显可见的新的迹象，新的因子。从宏观层面看，给人们印象深刻的，是两个地域文学的集束出击，两个代际群体的携手而来。两个地域的集束出击，一是广义的河南作家群，今年有分量的作品较为集中，如刘震云的《我不是潘金莲》，李佩甫的《生命册》，周大新的《安魂》，墨白的《手的10种语言》等，它们各以自己的恣意出新，在众多的长篇小说中脱颖而出，引人注目，也在作家个人的创作历程中写下浓墨重彩的一笔。一是陕西作家群，今年有叶广芩的《状元媒》，红柯的《好人难做》，冷梦的《西榴城》，钟平的《天地之间》，再加上杜光辉的《大车帮》，刘晓刚的《七天》，梦萌的《倾城》，大有超过1993年“陕军东征”的势头。这些作品，既有写历史的，又有写现实的，既有写实性的，又有非写实的，从某种程度上显示了陕西小说创作正在走向多样化的可喜风貌。两个代际作家的携手而来，一个是以“70后”为主的“中生代”作家，今年相继推出了路内的《云中人》，曹寇的《屋顶长的一棵树》，阿乙的《下面，我们该干些什么》等作品。这些作品在个人化与文学性，或专业化与小众性上，都显示出了自己的独特追求。另一个则是以“80 后”为主的青春文学作家，这些作家作品今年有颜歌的《段逸兴的一家》，孙睿的《路上父子》，莫小邪的《何不醉在人间》，祖若蒙的《谁动了我的青春》，许多余的《远方》，吴瑜的《不渝》，晶达的《青刺》等先后面世。这些作品给人的印象是，这个群体正在日益走向分化，或更加趋于成熟。

但在 2012 年的长篇小说中，最令人为之惊异的，还是乡土题材的式微与变异，那种传统意义上的乡土小说，已很难找到了。与乡土生活有关的长篇小说写作，更多地为那些描写城乡交叉地带的城镇生活的作品，以及那些带有田野调查意味的纪实类作品所替代。这种变化也许带有某种标志性意义，即旧有的乡土文学写作，开始走向终结。乡土文学的时代转型，由此拉开了它的新的帷幕。这里较为典型的代表性作品是刘震云的《我不是潘金莲》、李佩甫的《生命册》等。乍看起来，作品似乎未离乡土，但作者的描写重心，已是城市与乡村的交叉转换中的农人的生存状态与无奈命运。桎梏着他们的，是超越了乡土的更大的社会氛围。

乡村城镇化的拓进与外来务工者的加入，使得乡村与城市从外到内都发生着巨大的新变。这种不可逆转的社会变动，使得人们的生活，彼此的关系，都发生着深刻而微妙的变化。而现实生活中的这种新的动向，都为一些敏感的小说家所关注与感知，并在 2012 年的中短篇小说创作中给予了充分的表现，使得“进城务工者”和“新都市人”，成为小说作品中频频出现的主人公。这类作品中的代表作，当推荆永鸣的《北京邻居》，王安忆的《众声喧哗》，付秀莹的《无衣令》，以及刘庆邦的“保姆在北京”的系列小说。这些作品既写出了城市“闯入者”基于生存需求的人生打拼之艰辛，也写出了建构新的人际关系与城市伦理之不易。

纪实文学在2012年，以高度关注重大社会事件和重要民生话题，显现着报告文学作家既守望国计又心怀民生的理想追求与现实担当，因而一如既往地对接着生活的地气，充满着高昂的正气。但黄钟大吕之中，又有管弦丝竹，这就是那些从亲人、家人的小角度切入，来反省自我人性与细察人际伦理的散文力作，如刘剑波的讲述姥娘曲折坎坷的一生以及亲人们对其冷淡隔膜的《姥娘》，彭学明的描写自己的不孝不敬与母亲的不离不弃的《娘》，黄金明的讲述自己十几年来与朴实耿直父亲对抗不息的《跟父亲的战争》。这些作品，看起来是打破“家丑不可外扬”的传统规范，直书自己的幡然悔悟，其实是从个人经历的角度，就当下社会日渐稀薄的敬老与孝道等问题，发出痛彻心扉的忏悔与呼吁。虽事出家庭不睦的个案，却关乎社会和谐的全局。

散文创作因“点”散“面”宽，一直不拘一格，相当纷繁多样，2012年的散文依然如此。因此简单地归类和判断，难免挂一漏万。但众多的散点中，总有更为凸显的亮点。比较而言，那些以某些特殊物件为意象，以物说事，或以物怀人的作品，更让读者读来热人眼目，读后令人难忘。如苍耳的《乡村琴师》，王宏哲《被风吹远的事情》，靳万龙的《等待我的一堵墙》，南帆的《火车驶过田埂》等，都是在体物中言情，在言情中驰思，从而达到回望纯真、怀念质朴的深意。这样的作品，看似疏离当下的现实，其实是以精神回乡的方式，为过于物质的现实添加精神的砝码。

诗歌领域与其他文学门类明显不同，这就是它在纸质传媒并无明显的发展与进取，但却借助互联网开辟出了新的领地，通过诗歌网站、网络诗刊，网络互动，博客写作等方式，转场于新的阵地——互联网，并使互联网日益成为当代诗歌主要的发表地与传播场。从生存于纸上到活跃于网上，这不只是活动平台的转移与拓展，还分明带来内涵上的显著变化，那就是诗歌较之以往，状态越来越具有民间性，方式越来越具有流动性。这一切都向人们表明：诗歌的发生场所、传播方式以及写作的动力学都在悄然改变。2012年的中国新诗，显然进入了一个除旧布新的过渡期。

对于戏剧而言，2012 这个年头格外重要，因为与戏剧有关的一些重要历史事件，都到了数个 10 年的纪念日子。首先是北京人艺喜迎 60 华诞，并为此推出了一系列经典剧目，包括《蔡文姬》《哗变》等复排的经典，《推销员之死》《北京人》等重排的经典，此外还重磅推出何冀平的新剧作《甲子园》。这些作品的联袂演出本身，就在一定程度上构成了北京人艺的戏剧演出简史。自 1982年林兆华执导的第一部小剧场话剧《绝对信号》演出以来，中国的小剧场话剧整整走过了 30 年。为纪念“小剧场三十周年”，北京人艺特意在当年演出的时间，推出了林兆华的两部作品《天鹅之歌》《论烟草有害》，作为对“小剧场三十周年”的致敬。此外，北京市文化局还举办了“首届北京优秀小剧场剧目展演”，演出了一系列经典剧目，这些戏剧活动与戏剧演出，既表明了话剧与小剧场的蓬勃发展，也体现 2012 年的戏剧领域力图“走向经典”的可喜趋向。

从表象上来看，网络文学领域最引人注目的，是类型化小说在纪实性写作与虚构性写作的两条路上持续发展演进，但在此之外的一些信息却更值得人们注意和深究，那就是以“盛大”为代表的一些网络文学公司经过几年的艰苦跋涉，已开始走向盈利。与此同时，凭靠作品的网络点击与线上阅读，名利双收的网络作家越来越多。在这些现象的背后，是网络文学的生产更趋于完善和成熟。与之前的主要依靠在线阅读收费模式支撑行业运营相比，近年来的网络文学延伸领域愈来愈广泛，生存空间愈来愈扩大。网络文学已经不再是线上阅读的单一模式，而还要考量其延伸效应与开发可能，也即能否有效转化成数字出版物、网络游戏、影视剧、图书和漫画等产品，以谋求延展性效益。由于这样的原因，网络写作与数字出版，一直方兴未艾，这也使其成为最有成长性的文学领域与最具可能性的文化空间。

二　文坛热点举要

对于当代文坛来说，文学创作是第一构成要素，但并非唯一构成要素。有关的文学活动、文学评奖、文学事件等，作为文学创作的自然延伸与必要辅助，在当下的文坛越来越活跃，越来越丰繁。因此，考察年度文坛的状态与动向，创作之外的活动、评奖与事件等，是必欲加以关注的一个重要方面。

2012 年的文坛活动与事件，如从媒体的角度来看，最为沸沸扬扬的，多属发端于博客和传布于网际的一些论战与事件，如搅入了许多文化名流的“韩方论战”，令人诧异的作家洪峰、马原在云南的先后遭人暴打，等等。网络传媒的迅即与强势，使得人们了解各种信息更为及时和便捷，但常常又以种种闹剧性的添油加醋和海量传播，遮蔽了那些更为重要的文学活动与文坛事件。拨开这些由网络传媒制造的种种信息雾障，来认真打量 2012 年的文坛热点所在，我以为影响较大又颇具意义的，主要是两个大的热点，这就是上半年的与纪念《讲话》有关的活动与研究，下半年的莫言获取诺贝尔文学奖引发的反应与热议。这样两大现象与事件，使得 2012 年文坛，既体现出一种回望历史的厚重感，又显示出一种放眼世界的开放性。

2012 年 5 月是毛泽东的《在延安文艺座谈会上的讲话》发表

70 周年的纪念月。从是年 4 月起，许多不同形式的纪念《讲话》活动就纷纷在全国举行。毛泽东的《在延安文艺座谈会上的讲话》，虽然发表于 70 年前，但内含了对新文艺运动经验的扼要总结，文艺基本原理的精到阐发，党的文艺方针、政策的全面论述，直接主导了以延安文艺为代表的解放区的文艺运动，长期影响了新中国成立之后的文学事业的发展与演进。可以说，从新中国成立前的孕育与蓄势，到新中国成立后的起步与发展，中国当代文学的走向与脉络，实践与成果，经验与教训，都与毛泽东的《讲话》息息相关。因此，对于当代文学而言，纪念《讲话》并非一个外在的活动，而与自己的历史和经验密切相关。事实上，2012 年间有关《讲话》的纪念活动，在多种多样的形式中也呈现出两个大的特点，这就是重温毛泽东关于文艺问题论述的基本精神，比照《讲话》的基本精神反思当下文艺现状。

在中共中央宣传部于 5 月 23 日举行的“纪念毛泽东同志《在延安文艺座谈会上的讲话》发表 70 周年座谈会”上，中共中央总书记、国家主席、中央军委主席胡锦涛作出重要指示，中共中央政治局常委李长春出席座谈会并发表讲话。胡锦涛指出，毛泽东同志《在延安文艺座谈会上的讲话》，把马克思主义基本原理同中国革命文艺实践创造性地结合起来，是我们党领导文艺事业的经典文献。70 年来，在《讲话》精神指引下，一代又一代文艺工作者自觉投身人民群众创造历史的伟大实践，创作出一大批具有正确政治立场、深刻思想内涵、感人艺术魅力的优秀作品，推动文艺事业健康发展，为我国革命、建设、改革提供了强大精神力量。李长春在讲话中指出，70 年来，《讲话》犹如精神灯塔，指引我国文艺事业和文化建设不断谱写辉煌篇章，为满足人民精神需求、丰富人民精神世界、增强人民精神力量，激励亿万人民投身民族解放、国家富强、改革开放的宏伟事业作出了重要贡献。在新的历史条件下继承和弘扬《讲话》精神，最重要的就是深入贯彻落实党的十七届六中全会精神，坚持中国特色社会主义文化发展道路，建设社会主义文化强国。

在中国文联、中国作协分别于17日、20日举行的纪念《在延安文艺座谈会上的讲话》发表70周年座谈会上，与会的艺术家、文学家结合自己的艺术实践和研究，畅谈了对《讲话》精神内涵和指导意义的理解，表达了践行文艺界核心价值观，以及为人民抒写、为人民放歌的信念。中国作协主席铁凝说，毛泽东同志《在延安文艺座谈会上的讲话》，是马克思主义基本原理与中国革命实践和中国革命文艺实践相结合的光辉文献，是中外文艺创作基本经验的结晶。在社会主义文化建设新高潮蓬勃兴起，中国特色社会主义文学发展正处在新的历史起点之时重温《讲话》，倍感亲切。她说，《讲话》的核心、关键词是“人民”。从延安文艺座谈会到党的十七届六中全会，“人民”始终镌刻在中国文学的旗帜上，为中国文学指引着前进的方向。她呼吁广大作家把根深深扎在人民中间，扎在人民生活的大地上，坚持以人民为中心的创作导向，为人民而写，为人民放歌。

另有一些纪念研讨会由《讲话》精神立足，深入反思当下文艺现状，提出来不少发展与繁荣文艺的意见与建言。如5月9日《文艺报》社举办的“切实增强文艺批评的有效性——纪念毛泽东同志《在延安文艺座谈会上的讲话》发表70周年座谈会”，5月21日中宣部文艺局、中国文联理论研究室、中国作协创作研究部联合召开的文艺评论工作座谈会等。在这些研讨会上，与会学者在重温《讲话》精神的前提下，集中研讨了“如何增强文艺批评的有效性”问题。大家认为：《讲话》对我们如何增强文艺批评的有效性具有重要的指导意义，因为《讲话》本身就是文艺批评有效性的典范。研讨会还就“强烈的问题意识”“批评家的独立性”“多元化的批评观念”等方面，深入而具体地探讨了文艺批评的有效性、公信力与影响力等，在很多重要问题上，都提出了改变文艺现状，改进文艺批评的切实意见。

与此相关的是，作家出版社在纪念《在延安文艺座谈会上的讲话》发表70周年之际，隆重推出了《毛泽东同志<在延安文艺座谈会上的讲话>百位文学艺术家手抄珍藏纪念册》一书。这本书的主要内容为100位当代文学家艺术家联袂抄录《讲话》，全书由版本、首版、重录、手抄稿4个部分组成。此书中的100位抄录者，有延安时期即参加革命、经历过学习和贯彻《讲话》精神的老同志周巍峙、郭汉城、白刃、贺敬之、于蓝、王昆等，也有当下文艺界的名家陈忠实、铁凝、王蒙、贾平凹、莫言、冯骥才、于蓝、田华、于洋、秦怡、王晓棠等。此书一开篇就首先影印了部分《讲话》版本的封面样，汇集了《讲话》1943年出版的首版——延安解放社版本、各解放区版本及国统区的版本、香港1946年版本等数十个珍贵版本。因为汇集版本的时间早、规模大、种类多，使得这本《讲话》的手抄本，在纪念意义之外，还具有一定的史料价值。

发生于下半年中的最为重要的事件，是莫言荣获2012年度诺贝尔文学奖。10月11日晚7时，瑞典文学院正式宣布，将2012年度诺贝尔文学奖授予中国作家莫言。获奖喜讯传来，从文坛内外到国内外，都反应强烈，热议不断。这种持续燃烧的诺奖热潮，构成了2012年文坛的另一大热点。

因为诺奖揭晓之前，由外国两家博彩公司传出莫言可能获奖的消息，国内媒体一直高度关注此事。在10月11日下午，相关的媒体已经在预约文学界人士准备采访。晚七时正式公布莫言获奖之后，各大网站立刻发表消息，相关的采访也铺天盖地。从这些报道的内容看，主要是欢呼雀跃，其次是因为“没想到”而“意外地惊喜”。文学界人士除了祝贺莫言之外，还谈到了与此相关的文学话题。

当晚，以铁凝、王蒙、李敬泽等为代表的中国作协负责同志、著名作家、评论家等，都通过网站、微博等媒介，纷纷发表访谈，祝贺莫言获奖。11 日，中国作家协会对莫言获诺贝尔文学奖发表贺词，12 日，李长春同志致信中国作协祝贺莫言获奖。

莫言获奖消息刚一传出，从网上到网下，读者纷纷加入抢购热潮，其作品一时之间成为各大书店热销产品，多家书店和网络书城被抢购一空。很多不认识莫言的人，也希望通过书来了解他。据多家媒体报道，莫言的作品现在各大书店销售火爆，《蛙》尤其成为众多消费者询问和购买的热点。有业内人士称，单莫言获茅盾文学奖的小说《蛙》，从 2009 年出版至今共印刷 20 万册，近日多家书店（实体书店和网上书城）的库存已被抢购一空。当当网和亚马逊网站莫言的作品基本都缺货。除此，不少网站开始对网络阅读莫言作品进行收费。

莫言获奖的消息一开始带来的，主要是热烈欢呼和一般表态，但随着时间的推移，更深层次的话题相继呈现出来，这些话题与问题，有助于人们借助“莫言热”，重新认识诺贝尔文学奖并反思当下的文学现状与问题，以促动整体的文学创作与文学事业更好地发展。

由这次莫言获奖，我们可以得到两个确定的信息。一个是坚持写作 30 多年又成果累累的莫言，达到了诺奖遴选与评奖的条件与要求，有过硬的资质可以获奖；一个是根据这届诺奖评委的评审来看，他们在最终竞选的几位作家中，共同选择了莫言，使莫言在比较中最终胜出。由此也可看到两个层面的意义：一个层面是，莫言个人的小说创作，得到诺奖评委们的首肯，标明他已以独特的风格与重大的成就，进入了世界文坛的名人堂，并是其中首位来自中国的作家；另一层意义是，以莫言为代表的中国当代作家和当代文学，由此更受国际社会的关注，中国文学的整体影响力得到了一定程度的提升。

在给莫言的颁奖词中说："从历史和社会的视角，莫言用现实和梦幻地融合在作品中创造了一个令人联想的感观世界"。可以说，这个颁奖词对于莫言创作所作的简要评价，是客观而准确的。莫言的写作，从来都是在个人性情的背后有时代情绪，个人命运的背后有社会时运。在他那里，没有那种纯粹的私人化写作。他在艺术手法上，确实是现实与梦幻的相互杂糅，亦虚亦实，亦真亦幻，而这种形式上"幻化"，又紧紧服务于内容上的民间化，风格上的民族化。这些对于传统的现实主义手法，都有极大的突破与有力的超越。他把文学在表现对象和表现手法上的可能性，都予以了拓展和扩大，使更多的作家看到了在文学创作中锐意进取和力求突破的重要性与可能性。

莫言这次获奖，对于当下的中国作家，有着很大的激励作用，对于未来的中国文学，也有着一定的引领作用。这种作用，既在于使大家在宏观的层面上看到文学写作作为一种精神追求的积极作用与巨大能量，也使人们由莫言的成功与获奖，看到开放式的文学吸取与本土性的文学内核相融合的创作之路的光明前景。

超出文学写作的角度来看，莫言的获奖对于整个当代文学从业者增强文学自信心，提升文化自觉性，乃至加深认识文学在社会文化和精神文明建设中的重要意义，尤其是反思中国作家走向世界的并不令人乐观的现实状况，加大中国文学对外传播的广度、力度与深度，都会有很大的或不同程度的促进作用。

在 12 月 1 日由《文学报》与《文汇报》文艺部联合主办的“诺贝尔文学奖与当代文学价值重估”学术研讨会上，与会的专家学者由莫言的获奖及其创作生发开来，主要就当代文学应以何种标准确立自己的价值，文学领域究竟应该借此做出怎样的审视和思考等问题，进行广泛而深入的研讨。与会的评论家不约而同提到，莫言获奖并不意味着中国文学存在的一些问题就会自行消失时，我们更应强调的或许是，藉由莫言获奖这一事件，在正确评估其对于当下文学产生何种积极意义的同时反思，这又在何种意义上凸显了当下文学存在的重要问题。事实上，等如火如荼的“莫言热”自行消退以后，只要是稍有理智的人都能回到常识判断中来，也因此会意识到，一个作家群体不会因为某一位作家获世界性的大奖忽然间变得没有缺点起来。相反，因为诺贝尔文学奖的介入，当下文学如此切近地被放置到中外文学的坐标上来加以打量，也因此被几何级放大，我们才得以更切近地审视其微妙处境。我们也应由此更加明了：某些曾经被过度夸大的问题，其实并不成其为问题；有些问题其实很重要，却被我们不经意间遗忘或忽视了；而更重要的是，还有一些深层的问题，是我们很难直面却不得不直面的，比如包括莫言在内的很多当代文学作品普遍缺乏厚度等问题，都是值得我们予以深刻反思和冷静思考，并认真找出解决问题的切实途径与具体办法。

三　倾向与问题评说

白云苍狗，时移俗易。置身于变革时代的当代文学，一直处于变动不居的过程之中。2012 年，因为环境与氛围、观念与方式、生产与传播等各种因素的持续变异，文学自身也遇到了新的问题，面临着新的挑战。这些问题或许在前几年就或显或隐地酝酿着、萌发着，于 2012 年终于集腋成裘，凸显出来，更加的豁人耳目，令人关注。

择其要者而言，带有一定的整体性的倾向与问题，主要是三个方面：数字出版崛起的亦喜亦忧，类型小说发展的明显失衡，青年作家成长的缺少引领。这样三个问题，分别涉及文学生产、文学传播与文学队伍等，委实需要高度重视，认真予以对待。

其一，数字出版崛起的亦喜亦忧

自 2005 年以数字出版的概念被首次界定，2012 年正是数字出版发展与拓进的第七个年头。这一年的数字出版，以多个方面的有力拓进，取得了前所少有的实质性进展。这一年与数字出版有关的大事即有：继中国电信、中国移动之后，新闻出版总署与中国联通签署了《推进数字出版产业发展战略合作备忘录》，支持中国联通沃阅读运营中心开展数字阅读平台的建设和运营；天津、湖北、广东、陕西、江苏 5 家数字出版基地获批建立，使我国国家级数字出版基地达到 9 家；自 2011 年当当网上线电子书平台之后，京东、苏宁易购、亚马逊中国也分别在 2012 年推出了各自的电子书平台。由于各种合力的共同推动，2012 年的数字出版规模再创新高，位居新闻出版全行业第三；同时，由于传统出版加快转型步伐、IT 巨头不断介入，数字出版从早期技术企业的“单打独斗”走向全产业链融合发展。作为一个新兴产业的数字出版，在各个方面都呈现出方兴未艾的良好势头。

但从出版全局和文坛整体来看，数字出版在蓬勃发展的同时，也隐含了许多问题，乃至隐忧，这些问题与隐忧，有些是属于行业内部的，有些则是关乎全局的，属于行业内部的需要加以调理，涉及文化全局的则要加以警惕。这里暂且不论知识产权上存在缺失，经营管理上存在混乱等行业问题，只就一些事关全局的问题，着重予以评说。

其一，是平台为王，还是内容为王，这是一个带有关键性的问题。在数字出版领域，一直有着是以谁为主或为王的争议。以平台为王，也即以创新性技术为王；以内容为主，也即以创意性内容为主。现在看来，重平台，轻内容，已是一个不争的事实。因为重视平台，疏忽内容，致使数字出版一直面临一个内容配不上平台、跟不上平台的严重问题。据第八次全国国民阅读调查中对“数字阅读方式下通常选择的阅读类型”的考察发现，61.1%的数字阅读读者选择“文学类”，比排在后面的“生活实用类”和“百科、全集”类（分别有29.2%和28.7%的选择比例）多出一倍以上。这表明在多元化的数字阅读载体和数字阅读内容的环境下，读者还是和传统阅读的内容选择一样，依然最爱读文学类的小说、散文等作品。但恰恰是在这一需求最大的领域，适合阅读的作品最少。有的主要是类型化的小说与传记类作品，经典文学的比重相当微弱。数字出版的这种状况，不仅有悖于读者阅读的主流需求，而且也有悖于当下文学的实际状况。因此也可以说，风生水起的数字出版，其实与当下的文学创作关联不多，甚至关系不大。

其二，过于从产业化的角度推导数字阅读与数字出版，忽略了它可能产生的对于传统的纸质出版、纸质阅读的挤压与影响，从而造成在整体的文化领域里，偏重功利、疏离文化的倾向。有两个数据统计值得引起关注，一个是数字出版的主体构成，一个是网上阅读的基本取向。《2011～2012中国数字出版产业年度报告》统计表明：2011年互联网期刊、电子图书、数字报纸的总收入为28.34

亿元，在数字出版总收入中所占比例为2.06%，这说明单纯地将纸质出版物数字化而缺乏原创内容，难以在市场中立足。手机出版和网络游戏的收入分别为367.34亿元和428.5亿元，在数字出版总收入中所占比例分别为26.66%和31.10%，这说明手机出版和网络游戏依然是拉动数字出版产业收入的主力军，也意味着娱乐化产品在数字出版中占据相当比重。而第九次全国国民阅读调查结果显示，我国18~70周岁网民中有66.3%表示上网从事与阅读相关的活动，网民上网从事的活动中，选择“阅读新闻”，占63.6%；除网上阅读新闻外，还有15.4%的网民上网搜索图书信息，10.4%的网民阅读电子书，7.8%的网民网上阅读电子杂志，6.0%的网民阅读电子报。这种偏重于新闻信息的阅读，并非严格意义上的阅读，只能称之为简单浏览。因此也可以说，当下各种形式的电子阅读、数字阅读，在给人们带来便捷的同时，也助长了“浅俗化阅读”“碎片化阅读”之风。近年来读者的阅读取向越来越偏向于娱乐化、休闲化、轻松化，越来越远离经典、严肃、深度的内容，当然不能简单归咎于数字阅读，但数字阅读带来的避重就轻的阅读风习，无疑是起到了相当大的助长作用的。

数字出版是一种新兴的出版业态，但无论如何新兴，它仍然属于文化领域，精神生产。如果不从内容这个核心着手，不从文化战略这个全局着眼，要想让它健康发展便很难做到，要想让它成为提高我国文化软实力和国际传播力的重要支柱，就更是一句空话。我以为，目前的数字出版，与这样的目标还有极大的距离，甚至与这样的要求还有很多的背离。

其二，类型小说发展的明显失衡

类型小说是指以题材分类的流行小说，它其实就是通俗文学写作（或大众文学）的另一说法，是把通俗文学作品再在文化背景、题材类别上进行细分，使之具有一定的模式化的风格与风貌，以满足不同爱好与兴趣的读者。类型小说的兴起与持续，至少有写作、阅读与市场三个方面的因素在合力主导。尤其是阅读趣味不断发生分化之后，不同的趣味都需要满足，这是类型小说所以长盛不衰的根本原因所在。

类型小说到底有多少类型，因为区分不同，看法并不统一。结合现有的作品类型与流行提法，它可以归为十个大的门类，这就是：架空\穿越（历史），武侠\仙侠、玄幻\科幻、神秘\灵异、惊悚\悬疑、游戏\竞技、军事\谍战、官场\职场、都市情爱、青春成长。如果再细分，还会更多。类型小说过去主要流行于网络之间，现在除去网络之外，还延伸到了传统文学的期刊与纸质出版等领域。通常的传布方式是，先在网络与线上造成一定影响，然后再做延伸产品，如改编影视，改编游戏，纸质出版，等等。大约从2009年开始，类型小说转化为纸质出版的力度加大。这不仅造成了年度长篇小说出版总量增大到3000部以上，而且带动了写实类的职场、官场小说，虚构类的穿越、玄幻小说的持续销行。

目前，类型小说虽然总体上还不失其多样化，但最为走俏和行销的，则主要集中在官场与玄幻两大类别。据开卷图书研究所"2012年小说类图书畅销排行"统计，在前10名畅销图书中，以黄晓阳的《二号首长》《高手过招》《阴谋高手》为代表的官场小说就占据了4种之多。而"新浪·读书2012年小说类图书点击排行"显示，排在前10名的小说，除去排第二的《失宠王妃》之外，其余9种均为官场小说，如《我的野蛮上司》《总裁的午夜新娘》《女副部长官场博弈》《二号首长》《交易》《新驻京办主任》《省委第一秘书》《靠近女领导》等。而在网际与线上广为流行的，主要是玄幻与仙侠类小说。在"盛大文学"发布的"云中书城Q1

数字图书销量排行榜”中，排行前九位作品均为起点中文网旗下作家所著的玄幻类小说，如“我吃西红柿”的《吞噬星空》、唐家三少的《神印王座》、不信天上掉馅饼的《官家》、月关的《锦衣夜行》、猫腻的《将夜》、天蚕土豆的《武动乾坤》、忘语的《凡人修仙传》、辰东的《遮天》等。

而恰恰是官场与玄幻这两个最为行销的类型小说，存在着较多的问题，又游离于批评之外，概要地来说，这两大类型的作品，内容各有严重的缺失，写法上也少有文学性，称之为原创小说都较为勉强。客观地说，早期的由改革文学过渡而来官场小说，针砭时弊、揭露腐败，在正与邪的较量中充满人间正气。而后来的官场小说，渐渐由仕途进退，官场沉浮，进入到展示腐败本身和渲染权色交易的泥淖。这种“后官场小说”，成为当前市场的主要产品，使得这一题材领域严重变味。有调查显示，官场小说的读者中，党政机关公务员占到30.5%，工商企业工作人员占27.1%，事业单位工作人员占20.3%。三者相加，占到了阅读总人数的79.7%。不难设想，这些置身官场的人们读了这样的正邪难分的官场小说，很难指望能对官场现状进行应有的反省，恐怕负面的作用要大于正面的影响，是毋庸赘言的了。而脱胎于武侠小说的仙侠玄幻小说，也看不到早期武侠的行侠正义，匡正诛邪，作品里除了魔杖、魔戒、魔法、魔咒，还有各种千奇百怪、匪夷所思的怪兽、幻兽。这里的所谓武林高手之间的交手，其实根本不是武功修为的较量，而是各自的“宝贝”的角力。这些玄幻文学所呈现的，实际上就是一个游戏化的技术产物。因此，它并非是幻想的文学世界，而是文字呈现的游戏世界。这种“拟象”的世界，因为体现的并非是现实社会的真实投影，必然是“缺血、苍白”的，不食人间烟火的。这种作品，除了给某些人以一种简单的神性想象的满足与发泄之外，很难再有更多的意义。这种典型的快餐性作品，其实只是一种文学的衍生品。

当然，对于偌大的类型小说作者群，也不能轻视。事实上在军事类题材、后宫类题材的一些作品中，一些类型小说家也表现出很高的艺术才情，使得这些类型小说在思想性与艺术性的结合上，都具有一定的质量。类型化的作家因为尚年轻和未定型，可能还会有新的成长与变化，并在这一过程中进而走向分化，走向成熟。而这种成长与成熟，显然既需要文学批评的助力，也需要与传统文学的接轨。

其三，文学新人成长的缺少引领

进入新世纪以来，当代文学从创作方式到作品样式，从文学态势到文坛格局，都在不断的演进之中，发生了巨大的变化。而诸种变化之中，最为重要的新变动向，还是文学新人的纷至沓来与长足崛起。目前的文学新人群体，包含了“70 后”、“80 后”和“90 后”。比较而言，“70 年代人”更为成熟和稳定一些，创作倾向上更接近于现有的文学传统；而“80 后”正在走向成熟之中，业已形成的文学素养显得比较芜杂，很多人创作上尚不够专心致志，一些人发展的路向还氤氲不明；“90 后”还处于文学爱好者的习作阶段，并在习作中演练自己，初步积累经验和开始寻求路径。因此，我们的青年作者队伍，急需针对不同的情况，予以具体的扶持与引导。事实上他们在给文坛带来新的活力和新的品质的同时，也随之带来了一些新的问题，形成了某些新的倾向，并由此折射出文学批评与文学体制方面的某些不配套与不适应。而这样一些问题与倾向，也需要我们认真予以面对，切实加以解决。

从青年作家的创作来看，他们普遍重视“日常化”的生活与“小人物”的形象，使过去为人们所忽略的生活层面和人物类别，得到了前所少有的观照，占据了应有的地位，这是应予肯定的。但他们由此反映出来的另一个问题，是对重大历史事件的有所忽视，对重要社会问题的明显疏离，这使得他们的文学作品在充满生活的底气的同时，又缺少一种精神上的大气与时代的豪气。改革开放以来，社会生活气象万千，群雄蜂起，与这样的时代盛世，这样的人物群英相称的文学描写，一直比较乏力，作品也并不多见，其中有多种原因，而青年作家们在这一重要方面的力所不逮和并不上心，也是其中不可忽视的原因之一。青年作家中的“80后”群体，有不少的作者还表现出对于经典文化的不屑，对于传统文学的远离，与其他代际相比，他们不仅厚今薄古的倾向明显，而且崇洋尚外的劲头十足，在文化积累与艺术传承上，更重视横向的借鉴，而轻慢纵向的继承。这些偏向都使他们的知识库存与文学造诣，有着明显的倾斜。当下的一些玄幻、悬疑、穿越等类型小说，你难以在其中看到丰厚的人文内蕴，多是武力与武艺的炫技，智力与智斗的游戏，盖因这种写作本质上是出于知识基础的艺术想象，而并非立足于人间烟火的坚实大地。如果说那种远离“宏大叙事”的写作缺少一种文学的历史担当的话，那么，这种游弋于神鬼之间的文字游戏，显然缺少系连生活的人间生气。这样的两种倾向，都可作为写作中的一种选择而存在，但显然与“无愧于历史，无愧于时代，无愧于人民”的精品力作的打造，相去甚远，甚至大相径庭。对于有理想又有追求的文学新人来说，这种个人追求与时代需求的不相适应，委实值得认真反思，并切实加以调整。

当文学新人们步入写作并带来成果之后，他们就是当下文坛的构成部分，理应在现有的文学秩序内得到应有的关照与扶持。但现在的实际情形却不尽如人意，许多工作都并未到位。这主要表现为以下几个方面：

第一，文学批评依然把目光较多地集中于名家名作方面，对于文学创作的新人新作较少光顾，更缺少从宏观层面对一些倾向性问题的认真跟踪与细致剖析，从而对文学创作的发展态势作出建设性的批评。而那些在市场上广为行销的玄幻、穿越、悬疑类小说，最该有文学批评以评说的方式加以引导，但文学批评恰恰又在这一领域里严重缺席，致使类型化小说基本在无批评的状态下大行其道。因此，基本上滞留于传统文学的文学批评，面对不断放大的文学与文坛，如何及时更新自己的理论武器，释发文学批评的新的活力，已是一个迫在眉睫的问题，当然也是一场异常严峻的挑战。

第二，由文学期刊、文学评奖等构成的现有的文学体制与秩序，仍以传统的文学从业者为主，其关注的重心，主要是那些从事严肃文学创作的已经成名的作家群体，正在成长中的作家，体制之外的作家，网络领域的作家，过去一直不在视野之内。近年来由传统作家与网络作家结对子，“80 后”作者加入作协等，开始有所改变，但力度仍然不大，办法依然不多，还没有真正达到在相互走近中相互了解，在相互了解中相互影响的理想状态。

第三，现有的中国作协、地方作协等文学体制，对于青年作家的培养开始予以重视，但多限于举办作家班等活动，因为作家班门槛较高，人数较少，更为大量的青年作家参加不了。在吸收青年作家入会方面，力度也较小，许多青年作家很难如愿入会。怎样利用现有体制联系、团结和培养青年作家，是一个十分迫切的现实问题。为此，在各级作协系统建立以青年作者为工作对象的青年文学工作委员会，就显得十分必要。对于青年作家中入会的和未入会的以及不入会的，都有一个经常联系、加强沟通、彼此互动的问题。这一方面的工作需要专门的常设机构来谋划和运作，以使青年文学工作制度化、常态化。

综上所述，我们面对的新世纪以来的当代文学，已与80年代、90年代的文学，表现出越来越多的差异与不同。整体来看，是极其的泛化，具体观察，又相当的分化。它的多因综合的混血性，长短兼有的丰富性，新旧杂陈的复杂性，都要求研究者在整体把握中抓取要点，在具体分析中解读难点，从而比较准确地描述出纷繁不羁的现状，比较客观地阐述出其发荣滋长的本相。并就其美学趋向、基本特点与主要经验，及其确实存在和需要解决的问题等，发表深中肯綮的意见，提出实事求是地建言。这是一种诱惑，一种责任，也是一道难题，一种挑战。我们的“文学蓝皮书”，便是在这样一个复杂的状态下，悄然登场，一路前行。因此，它既是我们追随文学时代不断前行的文字记录，更是当代文学与时俱进的历史证明。

2013年3月5日于北京朝内

（本章执笔　中国社会科学院文学研究所研究员　白　烨）

B.2

长篇小说：个人化叙事与中国化故事

长篇小说的创作与发展，越来越呈现出传统与类型、严肃与通俗的两极分化倾向，已是不争的事实。2012 年，除去流布于网际的长篇作品难以胜记之外，在国家有关部门进行出版登记的长篇作品，就有 5300 部之多，除去其中旧作再版的及部分港台与海外作者的，内地的原创作品也应在 4000 部左右。而这 4000 部左右的总量，又可分为传统与类型两大部类，而其中更为人们所关注，并被看作是体现了文学审美探求的，主要是 4000 多部中的那些偏于传统文学写作的作品。长篇小说领域的这种明显分野，与文学写作的群体分化、观念分化、阅读分化等都密切相关。因此，它虽然是以创作的样态呈现出来，内里的动因显然是综合性的。

中国作家莫言获得诺贝尔文学奖，是 2012 年度举世瞩目的当代文学重大事件。这一事件也为人们反思包括创作与批评在内的当代文学现状，提供了一个绝好的契机。已有论者由莫言的荣获诺奖，敏锐地看到“中国经验”开始为海外学者所关注，并为世界文明添加新的因素的现象（见贺绍俊的《新世纪长篇小说创作：中国经验与当代长篇小说新变》）。显然，这里体现出来的是一个双赢的意义，即莫言为世界文坛提供了他所观察和感知的中国故事，而诺奖评委会在众多的可能中首肯了这个讲述中国故事的杰出作家。中国作家带着中国故事走向世界，莫言的创作居功至伟，瑞典文学院的选择也功不可没。

其实，以个人化的叙事，讲述中国化的故事，一直为当代中国作家所孜孜以求，只不过莫言更为突出一些而已。新世纪以来，社会文化生活在全球化、市场化、信息化、传媒化的多种因素推导下，越来越走向混合性、交互性。这种缭乱的场域与喧嚣的背景，冲击着文学，也考验着作家，那就是只有那些有根基的写作与个性化的表达，才会从中凸显出来，具有引人关注的可能，实现切实有效的传播与流通。因而，众多的作家在小说创作中，都极力追求看取生活与表现感受的独特性，使不同角度的个性化、不同层面的中国化的艺术取向，成为一个时期以来的创作风尚。由这样的视觉来看 2012 年的长篇小说创作，我们就有可能跳出“丰收”与“歉收”的简单判断，从看似平常与平实之中，发现那些蕴藏于其中的独特叙事与精彩故事。

一　城乡：新变与隐忧

在 2012 年的长篇小说创作中，要想找到传统意义上的乡土题材作品，已经不很容易了。这里的“传统意义”，是指那种以乡土社会为舞台、以乡土人物为主角的相对纯粹的乡土题材作品。与乡土生活有关的长篇小说写作，更多地体现于对城乡交叉地带的城镇生活的描写，以及那些带有田野调查意味的纪实类作品。这种明显可见的变化，也许带有某种标志性意义，即旧有的乡土文学写作，开始走向终结，而新型的乡土文学写作，由此正式开启。乡土文学的时代转型，由此拉开了它的新的帷幕。

城乡交叉地带所以形成新的写作重心，与社会生活近年来的巨大变异密切相关。从新时期到新世纪以来，旧有的乡村在现代性的强力主导之下，以城镇化、产业化、空巢化等多种方式，从生存方式、生活形态，到生产方式、人员结构等，都发生了剧烈又重大的变化。而且，这种变化方兴未艾，始终变动不居。这种持续的新变，使得大部分的乡村走向了城镇化，而新的城镇又与乡村脱不开干系，形成你中有我、我中有你的混杂状态。乡土文明的整体性已不复存在，变动中的城乡现实又充满不确定性，这些都给作家们认识和把握新变中的乡土现实带来极大的难度。

但在2012年，一些作家还是在城乡交叉地带的文学写作上坚持探掘，并在立足现实的小说营构与直面现状的文学纪实上，拿出了让人惊喜的作品，取得了令人可敬的实绩。前者如刘震云的《我不是潘金莲》、李佩甫的《生命册》，后者如孙慧芬的《生死十日谈》、梁鸿的《中国在梁庄》等。

《我不是潘金莲》由李雪莲的家事如何由小变大、由少成多，又如何由私人事件成为公共事件、婚变事件成为政治事件的描写，真实而坦诚地揭示出了当下城乡社会普通平民的基本生态，那就是从村、镇、县，到公、检、法，各个领域都有自己固有的规则，潜在的利益。而这种自成系统的规则与利益总合起来，就构成了一个看似有规则实则冰冷冷的公共秩序。对于如李雪莲这样有冤屈又爱较劲的妇人来说，这一秩序不仅无助于问题的解决，反而会使问题越积越多。因此也可以说，李雪莲二十多年来一直告状又没有结果的遭际，既是她个人命运的一个悲剧，也是以鸡蛋碰石头的方式，对基层社会平民生态的一个测试。测试的结果是：基层职能部门看起来冠冕堂皇又井然有序，实际上却少有为民做主的积极作为，李雪莲"我不是潘金莲"的自我告白，其实是一声无奈又愤懑的呼喊，它引发人们的警醒与省思，应该是多层次，多方面的。

李佩甫的《生命册》，立足于中原文化的腹地书写主人公"我"如何从乡村走向城市，无论如何行走，走得多远，都难以脱开乡土的血缘与牵连。从乡村到省城，从省城到北京，再从北京到上海，“我”辗转着一路走来，身份也从大学老师转变为“北漂”枪手、股票市场上的操盘手，以及一家上市公司的负责人。但生“我”养“我”的无梁村，始终与“我”有着粘皮带骨的种种勾连。哺育“我”十多年的老姑父为了爱情放弃了军人的身份，却在之后的几十年生活中深陷家庭矛盾无法自拔；上访户梁五方年轻时凭借艰辛的努力打下了一片基业，却在运动中成为人们打击的目标，后半生困在无休止的上访漩涡里；为了拉扯大三个孩子，如草芥般的虫嫂沦为小偷，陷入人人可唾的悲剧命运……在时代与土地的变迁过程中，似乎每个人都难以实现自己微薄的意愿，甚至不可避免地走向了自己的反面。在这些人物的命运故事里，我们可以看到城乡之间纷纷扰扰的世间万象，更可以见出传统的乡土文明既给人以某些现实羁绊，又给人以某种精神反哺的双刃剑性。

孙慧芬的《生死十日谈》，以纪实性写作实现了她在创作上的一次重要突破。这部作品让人为之惊异的，是以深入乡间现场调研的方式，勇敢地触及了当下农村严重存在着的自杀现象。作品主要写了自己深入农村的十日访谈，这些追根究底的查访，既有自杀者悬疑重重的追踪与剖解，又有与相关知情者的对话与互动，而一桩桩自杀事件的揭悉，在主观的原因背后，相关的客观原因也暴露无遗。人们从中看到的，既有诱发事端的偶然性因素，更有酿成事件的必然性氛围，这便是急剧变革的农村在急速前进的同时，带给人们的无奈与失望，困顿与疲惫，以及在文化教育、家庭伦理、道德认同等方面的矛盾与问题。整个作品带给人们的主要信息或巨大震撼，是农村问题不单是一个经济发展相对滞后的问题，更是一个文化与教育发展严重失衡的问题。由此，孙慧芬由农民的自杀问题，沿坡讨源地追溯出危及农民生存的根由，并向当下社会发出深富人文内涵的深切叩问。

梁鸿继《中国在梁庄》之后写作的《梁庄在中国》，写了一群远离梁庄的梁庄人在外打拼人生的漂泊史和心灵史。外出务工的梁庄人，分布于城市与城镇的五行八作，而作者对他们的追踪与素描，也涉及人生的方方面面。有意味的是，作者一方面以他们个人的口述实录，自然而然地叙说他们自己的打工、传销、相亲、做生意、打官司、恋爱等诸般人生与感受，另一方面又以叙述者的视角追踪、采访与调查，体现了一个知识分子的家国情怀与乡土情结相兼顾，反思精神与终极关怀相杂糅的行动姿态与清醒意识。可以说，这部作品以深厚的文学功底与社会学功力，由共名“梁庄”的城市农民工的生存现状和精神状态，描摹出一个村庄中村民的变迁和伤痛，真实地记录了中国城市化进程中从乡村到城市的艰难历程，也在一定的意义上显示了当代知识分子的人文立场，以及介入当下社会，发挥能动作用的可能性。

二　都市：纵向与横面

都市在当代中国，一直处于新兴与扩张的过程之中。因之，都市的数量在不断增加，规模也在不断膨胀。在各种类型的都市，伴随着经济快速发展与市场极大繁荣的，既有个人理想的不懈追求，各种欲望的肆意释发，又有基本生存的顽强打拼，人生命运的无奈与无常。这使得同处于都市之中的人们，处境与感受又各不相同。可以说，在表现当代中国社会的兴与衰，体现当代中国人的喜与忧上，都市生活与都市故事，越来越具有其不可替代性与时代标志性。

作家们因为角度不一、视点不同，在看取当下都市生活上，呈现出的差异也显而易见。比如，有的作家更喜欢在新旧杂陈的文化状态上，来观察当下都市的悄然变异，有的作家则更愿意在中西文化的交汇与碰撞中，感知都市生活的除旧布新。于是，2012 年的都市题材小说，便如此这般地呈现出纵向探悉与横向揭悉的两种写作取向。

在纵向书写都市文明方面，叶广芩的《状元媒》发挥了自家的独特优势，显现出了扎实的文化底蕴与浓郁的京味特色。作品由清朝最后一位状元刘春霖做媒，促成了皇室后裔父亲金瑞祓与平民母亲陈美珍的婚姻主线，讲述了金家大宅门里的家庭成员和亲戚朋友的故事。从当年的辛亥革命到现时的改革开放，跳跃性地描写了百年以来的人物众生相、京城百姓的价值观念、北京社会的风土人情。作品里花团锦簇的细节化故事，如同一瓶珍藏许久的陈年佳酿，闻来清新引人，品来悠远绵长。叶广芩对传统文化的积累与深谙，对世事交变的经历与敏感，赋予了这部作品非比寻常的文化韵味与文字魅力。这部作品可说是由皇室家族的独特角度，为传统文化吟诵的一曲挽歌，或为京味文化吟唱的一曲颂歌。

相较于叶广芩，属于“70 后”的滕肖澜，则在长篇小说《双生花》里，由两位都市青年女性的特殊境遇，书写了当下都市的普通市民的家常生活与人情冷暖。作品里的两位女主角——罗晓培和毛慧娟，因为当年在医院出生时的相互被抱错，致使二十七年得知真情之后，一切都难以改变，原有的儿女常情，变得有些尴尬，有些微妙。作品正是在这种打断正常状态的日常生活中，格外敏动地描述出了家庭生活的情感律动，以及都市生活的向前滚动。亲情、爱情，喜悦、失落，都琐碎而又真实，纠结而又清晰。经由不经意中的身份变异，深切透视人性中的崇高与卑微，细致探悉人情中的冷酷与温暖，滕肖澜明显变得更加成熟和老到了。

被看作是“中间代”代表作家的路内，以充满悬疑情趣的

《云中人》，从另一角度切入当下都市，揭示出的意蕴也别具一格。毕业于某大学计算机系的夏小凡，对三年前与自己有着一夜情的无名学姐被变态敲头狂杀死一事耿耿于怀，又因三年来有人频频死于敲头凶手，于是把破案查凶当成了业余的主要营生。小说并不旨在描述破案本身，而是通过夏小凡的眼睛与心灵，来察知社会生活的病态、都市人性的病变，并由此揭示人与人之间的关联性、社会生活的整体性。是的，无论生或死，无论校园或社会，无论正常还是变态，彼此之间并没有决然的隔离带。因而，作者在看似破案的故事中，透露出来的是人性何以充满变数、人生何以遍布雷区的难解的诘问。

在横向地描写都市生活方面，彭名燕的《倾斜至深处》与孙颙的《漂移者》，在 2012 年的长篇写作中都颇为引人注目，但故事与题旨又各不相同。《倾斜至深处》以无时不有和无处不在的洋女婿杰克与岳母白芳竹之间的矛盾与冲突，揭示出了这种伴随着跨国婚姻所带来的新型人际关系，所造成的深层次的问题，那就是紧密关联的文化与个性，必欲面对的冲突与包容。而这样两对关系的缠绕与纠结，给人们抛出了更为严峻的人性话题与人生难题，让人们陷入无尽的沉思与深刻的反省。在不同的文化与不同的个性之间，“宽容”确实需要，但“宽容”是否可能，“宽容”何以能够？遇到如作品里的杰克这样的压根不退让，就是不“宽容”的情形，你又该怎么办？这是作品留给我们的一个大大的问号。这个问题是严峻的，也是现实的。

孙颙的《漂移者》，以上海为舞台，以马克为主角，描写了一个身处中国都市社会打拼事业的美国青年的形象。他在美国落难后来到中国讨生活，经历了冒险、成功、失败到东山再起的曲折过程，上演了一场大起大落的人生悲喜剧。除了事业上坎坷之外，马克与苏月的爱情也最终走向失败，这除了工作上的分歧，价值观和道德观上的不同，也与他总自以为是的优越感密切相关。只有当失去之后，才觉得这份感情与过去的性爱游戏是多么的不同，才感到曾经忽视的爱护和忠告是多么可贵。《漂移者》经由一个美国青年在中国的冒险经历，从另一角度表现了中西交汇下的当代城市生活，其中包括新的经济关系和经济活动，乃至跨国公司复杂的权力斗争和运作方式。中国舞台，外国角色，都市题材中出现这样的新故事与这样的新人物，无疑是一个可喜的信号。

三　史事：世故与细故

这里所说的史事，是与当下现实相对而言。近年有大量的作品书写过往的史事，这种史事从年代上来看，远的也就百年，近的只有三五十年，还构不成真正意义上的历史题材。但恰恰是在这个历史与现实的过渡地带，我们的作家开掘出一个偌大的叙事空间，营造出一个有声有色的文学世界。

值得注意的是这些作品的写作，或以历史演进中的人情翻覆为要，或以岁月回望中的世情玩味见长，宏大叙事与细部描写相兼顾，人情世故与薄物细故相映衬，在丰沛异常的人间烟火之中，释发出细密而绵长的人情冷暖，读来或可歌可泣，或可触可感。

冉正万的《银鱼来》，李健的《木垒河》，杜光辉的《大车帮》，或可视为2012年史事写作方面的意外收获。所以意外，是因为这几位尚名不见经传的作家，以丰厚的积累、精心的营构，写出了撩人眼目又惊人心目的小说力作。

《银鱼来》以黔北山区为背景，再现了范、孙两个家族百年来的恩怨情仇。民国时期，局势动荡，因为杀害长征途中红军一事，范家与孙家矛盾激化；国共内战时期，两家又因信仰和归顺的分歧导致分道扬镳；五六十年代，上辈的积怨又延续到了两大家族的后人身上……百年来范、孙两家仇怨不断，然而最终他们的后代却逐渐放弃恩怨，选择宽容，重归于好。因为这里一直延续并保留着古老神秘的地域文化，与人为善，敬重生命、敬畏自然，深深地印在了每个人的身上，并在无形中发挥着熏染作用。作品的叙述跨越了中国社会不同的历史时期，表现了社会巨大的变迁对每个人产生的不同影响，真实地再现了社会动荡中人们的生死命运及黔北地区的生存方式与民俗风情。

《木垒河》以民国时代的新疆为背景，以汪秀英出嫁为引子，讲述了连环套式的精彩故事——魏宗寿入狱、汪雨量逼婚、汪子恒剿匪、烟土交易、水磨风波、魏啸铭被阉、魏啸才兄占弟媳，等等，同时点出杨增新、金树仁、盛世才三位统治者的新旧交替，沙俄白匪军的入境，西北马家军“尕司令”马步英进驻新疆直到新疆和平解放等历史事件。小说如一幅徐徐展开的历史画卷，依序再现了这一时期新疆地区风云变幻的动荡历史。在历史的反思、人性的解剖中，作者不仅让我们听到了木垒河畔人们的放声绝唱，也让我们从这低沉哀怨、荡气回肠的生命吟唱中，感受到我们的民族在历史中的沉沦，在沉沦中的挣扎，在挣扎中的崛起，在崛起中的前行。

杜光辉的《大车帮》，也很让文坛内外另眼相看，其因不只是描写了车户行当，弥补了这一题材写作长期以来的一个空白，而且还在于作品由几代车户在极度艰难的环境下的血性抗争，展示了一种久违的大西北特有的人性美与人情美。西北高原的褐黄凝重，温厚沉实，山川粗粝苍凉，民性雄浑冲荡，从小说中扑面而来，故事内里的苍凉与壮美相携相伴，人物身上的傲骨与柔情兼而有之，苦难的美和不屈的生命意志在此得到了饱满的呈现，展示了一种混合着历史的和民间的、乡土的和草莽的、苍劲的和粗犷的人性光芒，给读者带来情感的激荡与心灵的震撼。

金宇澄的《繁花》，以口语化的上海方言书写日常化的上海生活，作品在前后四十年的城市演变中，有名有姓的写了六七十人，主要人物有阿宝、沪生、小毛及其父母亲眷朋友邻舍等。他们出身的阶层个个不同，长大后从事的职业也大相径庭。但无论是少年时代的生活，还是成年后的生活，都与街区小巷、充满变幻和杂乱无章的市井文化相生相伴，息息相关。让人为之惊异的，一是作者的叙事文笔，行云流水，有滋有味。一是 60 年代到 70 年代的市井生活图景，栩栩如生，历历再现。作者在上海市井生活的描绘中，三教九流，芸芸众生，都市的风物人情，少男少女的成长或沉沦，时代的沧桑变化，都市的林林总总，都活灵活现地跃然纸上。这些又通过上海闲话娓娓道来，构成了叙述方式上独特的“繁花体”。

四　精神：困扰与寻觅

当下人们的精神现状与现象，成为小说家越来越关注的焦点之一，盖因社会生活的复杂多变与斑驳陆离，常常使人难以完全适从，并引发精神状态的种种异动，从而带来存在与意识的分离与分裂，造成现实与理想的错失与错位。这种紊乱的精神现状的造成，从大的方面来说，与伴随着物质文明的极大丰富，整个当下社会的精神状况在悄然蜕变有关；从小的方面来看，则与人在现实人生中的遇逢挫折与遭受打击，从而迷失生活的方向与信心有关。因此，无论是由精神现象切入，还是由精神层面立足，均可经由一个更为内在的角度，或由现实的视角来窥探人们的精神走向，或由精神的层面来反观现实的问题。

人们在变动不居的当下社会，或因自身原因面临困厄，或因外力袭来遭遇冲击，从而经由迷惘与反思、持守与寻觅的艰苦过程，重拾生活信心，再获人生定力。这种现实中常有的精神异动现象，在2012年中，有一些作家给予了特别的关注，并作出了自己独到的解读，如周大新的《安魂》、赵德发的《乾道坤道》等。

周大新的《安魂》，写于痛失爱子之后。作品在父子对话的形式之中，前半部分忠实地记录爱子患病不治之后，自己悲痛、悔恨、绝望的心情，回忆了儿子从出生、上学到长大、工作，从生病、治病到最终离世的过程；后半部分则以丰富的想象，哲理的思维，借用走向天国的儿子之口，为我们构建了一个乌托邦理想国，展现了作者对人生、对社会、对善恶、对生死的思考，对贪污腐败、恐怖主义、环境污染等现象的忧思。让人为之惊讶的是，作者于娓娓叙谈中，没有命运的哀怜和自叹，字里行间都是对人类生存与精神状况的关切与希冀。这使他的精神得以随同儿子的魂灵高蹈于天国世界而自由翱翔。这样的作品，因为精神的高蹈，意象的飞扬，通篇溢渗着对于社会乃至人类的大爱，远远超越了悼念爱子的个人化写作。

赵德发的《乾道坤道》，由对当代道教生活的书写，独到地切入当下社会的精神现状。作品给人印象最为深刻的，首先是集中塑造了弘道者、损道者、殉道者、悟道者、修道者、道与非道之间的徘徊者等不同类型的道士，他们形象鲜明，性格迥异，都给人留下了深刻的印象。尤其是主要人物石高静、卢高极，前者代表道心永恒的“高道”，后者代表以道谋私的败类，作家通过塑造这两个人物，对中国道教在今天所遇逢的艰难困境与悲情历程给予了形象的呈现。同时，《乾道坤道》还以文学的方式对道教思想、道家文化的精华进行精到而形象的阐释，对中国道教在当下的存在形态、发展机遇等，进行了全面而系统的思考与想象。这使这部以弘扬道家思想、道教文化的宗教文化小说，卓具一种强烈的现实批判精神和再续道统文化的人文色彩。

格非的《隐身衣》，既很现实，又很浪漫，作品所描写高级音响师崔师傅先是妻子玉芬红杏出墙，后又得遇不知名的毁容女的遭际与奇遇，看起来像是探悉他的人生谜题，其实是以崔师傅的独特爱好与独特经历，独特地触及当下社会的精神生活现状与问题。作为酷爱古典音乐又为人孤傲的崔师傅，古典音乐既给他带来了欢乐，又给他带来过忧伤。他其实是自以为是地苟活着而已。问题在于，当一个人为实现自己并不非分的美好理想，到处碰壁甚至使之不断消解时，那这个社会就一定存在着严重的问题。对于崔师傅而言，古典音乐或许只是一件外衣，用以掩饰他内心的空虚和虚荣，此所谓“隐身衣”也。小说揭示出的真相在于，“隐身人”并不存在，可以“隐身”的，其实只是一件可悲的衣服。就此来看，小说通过“隐身衣”的隐喻，探讨这个社会的精神溃散现象，揭示其“形”与“神”分离、“名”与“实”分裂的本质。

红柯的《好人难做》，以马奋棋等三位生活在县城的基层知识分子为主，揭示了当下社会精神文化生活所面临的种种困境。痴迷民间文学的马奋棋，不顾经济的困窘，不分昼夜收集整理民间故事集，但成名之后却被名利腐蚀。置身高校的薛道成，满腔的热情和出众的天分使他获得了丰硕的学术成果和坚固的学术地位，但集团化、市侩化联袂而来的学术体制与学术氛围，使他在难得糊涂与潜心学术之间左右游移。王岐山是马奋棋民间故事的秦腔改编者，自幼反叛的他，渐渐意识到自己曾与之决然断裂的父亲，才是他的灵感和激情之源。由马奋棋等人的遭际的悲情书写，作者透射出的，是对于高校学术政治、现实文化体制、当下文化生态的愤懑与失望。因有这样的意蕴与况味，小说就不仅仅是“好人难做”一句感慨的艺术演绎，而是有着更为复杂而深邃的内在意蕴。

五　青春：自诉与自省

因为青春成长是青春文学不变的主题，所以当代青春文学的写作，在很大程度上一直带有自叙传的某些色彩；又因为青春文学的写作者，多为尚在校就读或刚出校园的学生作者，校园的场景与学生的生活，就成为青春文学主要的内容构成。但在2012年，青春文学的这些既有的规范都被一一打破，已有的诸般程式都被全面跨越，青春文学的触角伸向了人生与社会的方方面面，青春文学的艺术表达也体现得丰富多彩，无论在描写对象还是在表现方式上，青春文学都大幅度地刷新了原有的基本面貌。

从写作者的角度看，以“80后”为主的青春文学作者，出道已经十年左右，年龄已届不惑阶段，他们的成长与成熟自然而然。但让人甚为欣喜的是，他们之中靠近传统文学写作的实力派，艺术上的进步尤其扎实而显著，这样一些有志有恒的青年作家，数量在增加，质量也在提升，他们以他们的长篇新作为小说领域添加了新的色彩与风采，他们更以他们的崛起的身姿为当代文坛增添了新的活力与实力。

这里首先要谈到的是笛安，她的“龙城三部曲”，因为《南音》的面世，已成完璧。“龙城三部曲”的难度在于，三个主人公西决、东霓与南音，既是亲戚关系中的同代人，又在三部作品里互为主角和配角。这种特殊的人物处理，使它自然而然地兼有自诉与自省的双重意味。《南音》与《西决》《东霓》明显不同的是，在亲属之间家长里短的故事叙说中，扩展开来又深掘下去，由南音的视觉与感知，洞见了有关爱与恨、正与邪的种种尖锐矛盾与复杂纠葛，越来越沉重的生活，让置身其中的南音等难以辨识，也难以抉择。一路读来，满眼的“小”——小人物与小家族，小细节与小故事，小纠葛与小波澜，但却由小见大，见微知著，小人物正由小生活的磨砺，悄然走向了成熟。与此相关的是，笛安自己也由这个三部曲的写作，历经如一场马拉松式的写作演练，她在灵动的感觉与娴熟的文字之外，显然添加了深邃的视力与强劲的腕力，小作家由此也夯实了自己的底气，显示出自己的大气。

在小说写作中一直葆有先锋性的颜歌，今年写出了读来行云流水的《段逸兴的一家》。这部作品由段逸兴一家人对于姓氏的过度注重与计较，先触摸了家庭不同成员之间错综复杂的利益纠葛和矛盾冲突，继之又透过家庭这个流动的窗口，向人们展示了小城镇的日常生活：段逸兴的身为豆瓣厂厂长的父亲薛胜强，在家族、生意与朋友之间穷于应对，忙乱的公务事与混乱的私生活搅和在一起，日子像辣椒和豆瓣混成的辣酱一样，油腻麻辣，活色生香。无论是被重新提起的往事，还是现实中发生的新事，无论是家人之间的相互计较，还是亲人之间的相互温暖，唯唯诺诺的小人物，婆婆妈妈的小日子，都无不打上社会变异与时代变迁的印记。显而易见，颜歌经由这部作品开始转型，她从前些年的实验性小说写作，回到故事性的写实路数，由此又展现出以细腻的笔法写普通人的日常生活，于细微之处发现生活的诗意的潜能。但变中又有不变，比如小说的叙事者段逸兴，只在母亲陈安琴的口中被提说过，本人并未出场现身。这种隐身叙述者的运用，显然也是先锋写作的遗风。

孙睿的新作《路上父子》，延续了他偏于写实的既有风格，以平实的生活细节，描述了一对“路上父子”由依赖到疏远，由隔阂到和解的曲婉过程。父子之间需要相互发现，两代之间需要沟通，这样的一个过程，看起来是在相互打量中相互较劲，其实也是在相互较劲中相互成长。作品与其说是子辈针对父辈的独立宣言，不如说是父子两人的真诚对话，两个代际的彼此走近。由此作也可以看出，孙睿不仅现实主义的笔法更为精准了，而且看取生活、揣摩人生的情怀，也更具新一代人的人文内涵。

吴瑜自上了《非诚勿扰》后，更多地陷身于娱乐圈难以自拔。因而读到她的长篇新作《不渝》，多少让人有些意外。这意外既在于她没有放弃自己喜爱的小说写作，又在于这部作品确实给人许多欣喜。作品以单亲的紫箐既在寻求性爱又在寻求母爱的蹊跷过程，由父母与子女两代人相互牵连的遭际，写出了父母一代的行为对子女一代的深重影响，这可概括为“上辈人的风流债，下辈人的风云路”，而这种“风云路”主要表现为孤独的心结，寻找的情结，难解的死结。在这个意义上，作品又写出了人所难以避免的孤独感、寂寞感、叛逆心。“找”与“叛”，成了殊途同归的伴侣，甚至是难以消解的宿命。这样一些由探疑故事包孕的意趣，无疑既触摸到了人生的深处，也触及人性的痛处。

2012 年让人眼睛一亮的“80 后”作品，还有莫小邪的《何不醉在人间》、祖若蒙的《谁动了我青春》、晶达的《青刺》等。《何不醉在人间》以女主人公何不醉初入职场之后的种种遭际，揭示了当下社会文化生活的缭乱与杂沓，作品由跨越自我写作的社会性、逾越自传写作的讽喻性，显示了她在小说写作上的新的可能。祖若蒙的《谁动了我青春》，在以校园场景为主的同时，又经由学生的校外生活，把艺术触角伸向社会生活的深处，蜕变中充满矛盾，混乱中又不无生机的意蕴，使作品具有更为广阔的生活容量。

达斡尔族女作者晶达的《青刺》，虽系她的处女之作，但这部描写中学生青春成长的小说作品，不仅主人公唐果的性情桀骜不驯，而且作者的叙述文笔也任达不拘，两种“格色”的劲道桴鼓相应，使得整部作品读来令人忧心如醒，让人百感交集。

面对数千部作品的总量构成，以上五题的长篇小说创作年度概述，难免百密一疏，挂一漏万，但即便是这样一个简要的勾勒，也可以看出，回归故事叙述，立足中国经验，在此基础上各施所长，群峰竞秀，已是当代中国作家在长篇小说创作中不约而同的普遍追求。因此，也可以说，在长篇小说这个重要的领域里，中国的声音越来越嘹亮，也越来越动听。

（本章执笔　中国社会科学院文学研究所研究员　白　烨）

B.3

中篇小说：内向的视觉与外向的文体

2012 年中篇小说质和量上都保持着不逊于以往的强劲之势。

首先，从作家分布看，中篇小说写作群仍以纸质期刊发表的相对固定的作家群体为主体，有近年致力长篇小说写作重新投入中篇小说创作的作家如杨争光、邓一光、尤凤伟，有一直不放弃中短篇小说创作而同时出版了长篇之后又返身中篇的作家，如王安忆、方方、陈应松，有中、长篇同时推出而对生活与文体同时保有不衰激情的杨少衡、王松，更有在小说领域一直以老辣著称的王蒙、水运宪、陈世旭、阿成。其次，2012 年度女作家创作表现不俗，王安忆、方方、蒋韵、烈娃、迟子建、北北、须一瓜、徐虹、计文君、阿袁、邵丽、乔叶、滕肖澜、付秀莹、孙频，海外华文女作家如陈谦、张翎更是长、中篇小说均有佳作推出；同时，2012 年青年作家在中篇小说领域中呈崛起态势，弋舟、畀愚、余一鸣、东君的年度表现堪称可圈可点。从小说题材内容来看，作品多集中于家庭邻里，试图在社会最基层的细胞中寻出整个社会人文的变迁，切口虽小，却更加深入，从家庭、女性、孩童的面影里我们对于时代的完整风貌虽不能说尽收眼底，却也可谓知其大意，2012 年中篇小说成就的一个特色，就是它毫不吝啬笔墨于家庭细部，较之以往对于职场商场的关注度而言，2012 年相对稳定的中篇小说作家群体几乎都将视点收回，这种现象引人关注。小说写法上，2012 年中篇小说文本更趋多样化，散文体、说书体甚至有年谱入文，小说本身的探索性与试验性因有向小说外的文学、艺术、学术样式借鉴的实践而得到增强，文体上比往年更显鲜活与生机。

一　闯入者与叩门人

闯入者总是令人不快的，当你猝不及防，当对方不请自到，或者你正在前方讲台上侃侃而谈，却不意有电话告知你的房屋被盗，这种心理的落差显而易见。王蒙《悬疑的荒芜》（《中国作家》第3期）便写了这样一个“被闯入”的事件，而且自始至终我们都不知道“闯入者”是谁，我们被何许人弄得焦头烂额、抓耳挠腮甚至恼羞成怒，不知道，我们只知道某一天我们的家门被别人撬开而不是“敲”开，我们的想保护的安全平静的生活被打散打乱以致散落一地，被这个不速之客给随随便便地践踏，我们的隐私更是一览无余地摊在地面，先是被闯入者翻来捡去，后是被民警们研究查看，如是这般，还是发生在有着物业安全许诺的小区。小说的关键点不在于主人公失窃本身，而在于“被闯入者”对于生活的观察体悟与思辨，而那所人去楼空的邻居之屋的荒芜是一个象征吗？或者正所谓“于浩歌狂热之际中寒，于天上看见深渊”，在我们称之为硬件的建筑物已如此华美的今天，仍有一些还需我们重建的东西在前方等着我们。与这个无名的闯入者不同，周国章却是一个礼貌的叩门人，但在姜承先眼里这个面含微笑的来访者却是他命运的真正“闯入者”，用姜承先本人的话说是——我的一生都毁在了他的手里。尤凤伟的《岁月有痕》（《十月》第3期）正是源起于这样一个不被欢迎的叩门人，连主人公姜承先都闹不明白，这个五十年都不见面了的周主任被什么样的风吹到了他的门口，又抱着什么样的心态来看望他这个已风烛残年只想过好现实日子的当年的受害人呢。他不明白周国章的来意，人生经历而沉淀的敌意使他不由分说地将之拒之门外，但事情并不止于历史与记忆，“右派”与二十年劳改，只是他人生的一次重大改写，而周国章的这次到来再次打破姜承先的平静，从心态到生活，姜承先刚刚稳定下来的一切再次被这个“闯入者”搅乱，原因是什么？原因是周国章因为被拒门外而导致当日心脏病发而住进医院。此时此刻，命运的“戴罪者”发生了置换，姜承先在这位“仇人”住院时更是内疚痛苦，简直是战战兢兢地度日，他四处打听，唯恐再陷囹圄，他的身影在医生与律师之间闪现，他心怀恐惧，唯唯诺诺，他的脑子无时不被官司占满。曾经沧海难为水，姜承先以为苦难已使他的心结了一层老茧，可以承受任何风霜雨雪，哪料同一个周国章的不进门的到访，便会使他的人生大乱。小说的凛冽之处在于周国章那方并没有正式提出什么法律上的医患补偿，而姜承先这方却已心慌意乱，为什么？是同一个周国章的魔力太大，毁了姜的前半生不算，还要毁掉他的余生？不。作家带我们回视时光给我们人格带来的创伤。姜承先之伤在我们平日视线看不见的地方，只需一点外力，一个人，一线导火，就会让我们再次看到他心上未曾愈合的疤痕。从这个角度看，周国章难道不是以往年月里对于姜承先们命运的一个有形的“闯入者”吗？

相对北京土著而言，荆永鸣《北京邻居》（《人民文学》第8期）中的“闯入者”无疑是主人公“我”，我和妻子从北方来北京打拼，小餐馆开在市中心的胡同里，因租房住和胡同大杂院中的北京人做起了邻居，远交不如近邻，在柴米油盐的交往中，“我”与包括赵公安几位老邻居不打不相识，并结下了深厚的友谊，但天下没有不散的筵席，现代化的发展，大杂院的拆迁，旧街坊新邻居各奔东西，小说中有力的一笔是赵公安对旧宅的坚守，推土机山响，然而老人就是不搬，但一个老人又哪里挡得住高厦林立，在追加赔偿的条件下他一家还是搬到了郊区。相反“我”这个外乡“闯入者”却在市区买了房子成了市民。比“我”更强有力的“闯入者”是胡冬，这个当年租房被赵公安赶出来的人却摇身一变成了赵公安房子的“掘土人”。小说的结尾，“我”与赵公安在王府井相见，旧的大杂院原址已被新商厦所覆盖，然而就在那原址不远的马路牙子上，赵公安与我说完了话又各奔东西，在“我”眼里的赵公安的背影如同一个时代的背影，渐行渐远。如果以为邻里散失之事仅发生在都市，那就错了。陈河《西雁河》（《北京文学》第 11 期）讲述的地方在浙南山区，20 世纪 90 年代虽距我们不远，但挡不住陈河开篇一句——这是一个过去了很多年的故事——的感叹。这个故事字面上只有三个人——叶文桂、白雨萍、吴印国，白雨萍被叶文桂带到西雁河，叶又与之分手，失恋的女子随即与叶的朋友吴印国同居以报复叶，叶与吴联手开发皮革厂，不仅抢了西雁河的原始造纸资源与劳动力，而且使西雁河的山清水绿变成了雾气腾腾。字面上，这是一个爱情与故乡的故事，是一个创业致富的原始积累的过程，然而事情并不那么简单，还有一个人——吴双叔——隐现于故事深层，他藏身深山，含而不露，但他是山民传统价值观的代表，当山民利益与乡村伦理受到伤害时，他起到的是一个头人的作用，从某种意义上讲，他是山民们的精神父亲，同时，他也是吴印国——我们的主人公，我们的乡村伦理的“背离者”的生身父亲。那么问题来了，吴印国引入了叶文桂这样的乡村文明外的“闯入者”，对山民的生存构成了威胁或是胁迫——山民们认为他们的安静的日子一去不复返了。于是山民们打着火把成群结队地去找吴双叔要个说法，结局是一向沉默的父亲以枪声回应了乡亲们的诉求。

那个血流一地的儿子就是这场争斗的牺牲品。故事完了么？没有。皮革业从发展到败落就十几年工夫，山林又进入了另一个创业周期，或者称之置业更好，房地产开发者用高科技手段治污成功并将之改造成西雁河别墅，还以非物质文化遗产的方式重建当年的造纸工艺，而量身定做的如瑞士阿尔卑斯小镇的拥有者是顶级富豪，西雁河的原居民和他们价值观的曾经两极的代表吴双叔与吴印国父子已然活在了故事里。陈河讲述了西雁河的“闯入者”，不是吴印国，不是叶文桂，不是某一个地产总裁，这个“闯入者”看不见理还乱，更多时候，它不是一个“人”，但它通过人来完成，它有着拟人的本领，这个闯身进入乡村进入城市并参与改写历史的拟人的物，它的名字叫——“资本”。

一个众声喧哗的时代。于是有沪上路南公寓开着纽扣店的欧伯伯，有店外外省来的年轻保安，有来自东北在上海贩衣服的女子六叶，他们交汇在这样一个时代，王安忆《众声喧哗》（《收获》第6期）记录都市的“闯入者”的时代已有年矣，用她的话说，是“沉静中，却有一股子广大的喧嚣，从水泥路面下升起，布满，天地间都是嘁喳声”。这个时代，听者有心。有听者，则必有穿梭于听者之间的音箱推广人，有一天这个人不意闯入了一个小区的一家住户，他是来提供阿卡佩拉书架箱的，这个发烧友在一次次专业的调试中遇到了一场场匪夷所思的事，使他不意闯入了另一家人的经济与情感生活，最终他得到了卖音箱的26万元钱，而买家却隐身失踪，小说的主人公生活在一团混乱与困惑的头绪里，隐身或是双重的，但最终他认可了这样一种世界状态，不再吹毛求疵，不再怨天尤人，“事若求全何所乐？”这是格非《隐身衣》（《收获》第3期）中“我”的生活观，这个叩门人式的闯入者隐身而退，由此找到了内心宁静的生活。

二 白头吟与无衣令

熟知汉乐府民歌的人，都知《白头吟》，史传为卓文君所作，今人有计文君同题入文，成就了一部21世纪的《白头吟》（《人民文学》第7期）。这部小说写了一个女作家谈芳的生活，从她的写作生活到深入生活，最终落脚于她个人的情感生活，大幅篇章在写他人——周老先生一家的生活——那是她写作的对象，然而给人印象深刻的却是这位主人公女作家自己的生活问题，结婚经年，两位知识人在一起，起初的新鲜已变得老旧。或者说，其中的男知识者受到了来自他的知识内部的女性的诱惑，这种诱惑几乎是时时发生的，但一个家庭的走向恰也取决于男女双方对于其中一个所受诱惑的态度，小说称其为“白头吟事件”，最后当然一切平息，女主人如那千年岁月中的另一个女子，表明“愿得一心人，白头不相离”，而男当事者也如李白诗中的感叹“宁同万死碎绮翼，不忍云间两分张”，两人和好如初，以避免了“独坐长门愁日暮”的命运。身外与心内，这是计文君几年来一直关心的女性主题，岁月渐长，她的笔触也日渐平和，已无“闻君有两意，故来相决绝”的烈性，而多了仁慈与宽恕。爱到底比恨多，虽然有时也需用恨去证明，畀愚的《暗夜》（《人民文学》第4期）把我们的视线拉至20世纪初期，瑞香的爱一直是被动的，十二岁她被饥饿的母亲变卖，至向金先生学戏，又嫁给金的朋友唐汉庭，她的前半生都是被动的，直到日本人暗杀了她的丈夫，她的人生才被激发出另一番模样，这个一直沉浮于命运的漂泊女子，用了几乎半生去谋划复仇，她做到了。暗夜是如此的长，不仅在那个时代，也在这位女子的心内。她从儿时至暮年，几乎都生活在贫困与仇恨里，最终她用这恨完成了对于丈夫的爱，对于民族的爱。这是怎样的一曲白头吟，以怎样一种决绝的方式，然而这是她想要的生活吗，彼时彼刻，她能够找到比之更好的生活吗？时光没有答案，时光最是无情。蒋韵的《琉璃》（《人民文学》第4期）写的恰是无情时光中的有情人，这时，这位女子换作了一个叫做海棠的人。20世纪70年代，海棠从她的北京表姐丽莎那里知道了还有一种与她的现实生存不同的生活，表姐更是坚持这种与“小市民”划开界线的理想生活而切腕而死，海棠活了下来，她之所以能活下来，不是因为个人认同了小市民的生活原则，而是在困厄年代里，她和一个叫刘耘生的人有约在先，为了这个“十年之约”，海棠考学、工作，从北京到深圳，她虽早知刘耘生已婚，而自己也已是一个孩子的母亲了，然而心中的那个理想形象仍像风帆一样鼓动着她前行。直到有一天，她偶遇那个与之相约的人，两人对坐，寥寥数语，她已后悔命运的遇见，因为她眼见的这个被她一直在心中爱着的人已不复往初，更可悲的是这个人正是丽莎用生命教会海棠去唾弃的那一种没有了理想的“小市民”。如此，海棠梦醒，小说结尾，她伏在爱人的墓碑上流下了泪水，不只是为爱的相失，也为她心中理想地找回。是呵，为了谁，为什么，我们守身如玉？阿袁的追问里虽有些许戏谑与侥幸，却直白地解答了女性心中的戒律，有些底线是不能碰的，虽然岁月之中，才德兼备加之节烈忠贞，仍不能对付迎面而来的种种是非，但即便如此，心意烦乱加之思绪万千，仁义道德仍会在我们身上起作用，阿袁的《守身如玉》（《上海文学》第6期）刻画的正是这样一种知识女性。阿袁与计文君，在我的阅读里，称之为南袁北计，一江西一北京，两人近年完成的对于知识女性的精神内质与情感诉求的书写可谓矜持有致，两人文白相间的笔法、幽默智性的风格都有异曲同工之妙，对比她俩的作品，你会看到女性心灵深处的真正困境，然而解决困境的方法，在两位女作家笔下，均是一个冲淡调和，不知是一种智性方法，还是一种无奈所致？

以上，还都是探讨不同时间段落中知识女性的命运，还有一大部分女性没有涉及，但是文学又何尝忘记?!刘庆邦《东风嫁》（《十月》第4期）记述的便是来自乡间的女子，米东风在城市“打工”因村人得知了她的底细而为人不齿，父亲张罗着为她定亲，不仅为收收她的心，而且要在村人心中有个着落，有个承认，有个对于门风的补救。于是他与村长一起终说服王新开愿意娶她，小说写到嫁人只是个开始，接下来王新开对她的羞辱，致使想安心过日子的米东风逃离而去。付秀莹的《无衣令》（《芳草》第4期）仍将视点对准这一女性群体，从乡村来京打工的小让，生计无着，便抵押青春的资本而依靠报社社长老隋的周济，与之同居，但老隋不可能离婚，而小让也是家中有人——青梅竹马的石宽仍在家乡等她。付秀莹一直擅写农村女性，她笔下的乡村女性也总是温婉可人，但这一次她的笔触进入了城市中的打工女性，对于她们的解读，这位年轻女作家又将得出怎样的结论呢？小说写小让写的是柔肠百转，一边是给她足够生活享受的老隋，一边是给她精神尊严的石宽，生活的片片段段里，或者心理的丝丝缕缕中，小让在回家过年的火车站候车室找了个立足的地方，她给伴随她成长的那个农村青年发了一条短信——“岂曰无衣？与子同袍”。这或许也是付秀莹给出的答案。

岂曰无衣？与子同袍。出自《诗经·秦风·无衣》，原诗像是记述战争，倒不在写男女之间的爱情，付秀莹转借了来写男女之间的情愫，或意味着爱之确认也需要一番心内的战争，当然小说家最终让她的主人公小让赢得了这场战争，但是另一方面生活的或者生存的考验并没有结束，或者也才刚刚开始。《诗经》的文学作用自不待言，而“兴、观、群、怨”以观世相、解民风的确也是它的一大社会功用，小说在历史上也曾起到这样的“观察”作用，一位思想家说，一个民族的社会发展，可以通过这个社会的女性发展观察出来，如此，女性人格的文学重建工作，任重而道远。

三　温的血与凌波渡

在这个以速度求时间的年代，小说保持着娓娓道来的从容风度的作品不多，但是遇见，便会静心地停下来，以致阅读变成了一种叙谈。阿成的《例行私事》（《芒种》第6期）是这种风度的一个具体体现，小说写雪中行车，腊月二十九，主人公要一一去看望自己的亲人，父母去世后这种提前去兄妹家拜年已成“我”的例行私事，落雪中一条条绰约的人影在路上时隐时现，一代人滞留于新旧城市转换的空间里，然而纷乱的思绪与记忆却使雪中旅人跨越时空，已逝的父母，曾经的家族，干道，小街，大哥大嫂、二哥二嫂、大妹、二妹、小妹，分布于这座东北落雪的城市的各个角落里的亲人和他们的后代，家族的血脉枝蔓，怀想、伤逝的调子，主人公想这样的例行私事也许就终结于这一代了，而“我”也许是这种例行私事的最后一个守望者吧，“我们为什么还在城市中行走？因为我们还没有到达自己的目的地”。小说写得如此温热，大雪天里一个行人心中对于亲人好日子的呼喊和期盼，读之让人动容，尽管从小说观念上这部作品更加散文化，更像一部纪实，但其中的真情动人心弦。同样引人流泪的是徐虹的《温的血》（《延河》第12期），仍旧开始于一些儿时片断，母亲、后爸、父亲、哥哥、同母异父的弟、妹，岁月之网与血缘之网相互织就，“那时候五十岁与三十岁又有什么区别呢，所有的大人都是些老人”，小说从20世纪70年代的军部大院的童年写到新世纪已成家立业疲于奔命的我们，其间有多少成长之痛，有多少从来秘不示人的爱与纠缠，有多少贫困日子里相濡以沫的记忆，小说仍是从容镇定，散文一样地往下走，走到你都不认为是小说了，但是你的心已被撕扯进去，隐隐地疼，“那是20世纪50年代，他们年轻茁壮，优越又好强……那时世界对他们来说，每一天都是向上的，蓬勃的，饱满的。我们的生命就是那时候来的”，这种议论在小说中被认为是大忌，但为什么打动人心？“以前我以为二十岁的人有多老呢，真正到了二十岁才知道，原来简直就是孩子。到了三十岁才知道，原来也是孩子。其实到了四十岁，仍然还是个孩子——没有一件事是准备好了的”，这样的坦白与打开为什么在小说里又是这么有力？经历成家有个小孩却又孑然一身的主人公“我”最终在母亲身边昏昏睡去，这个她只有在母亲身边才是安稳的，春节的热闹与寂寥一时与之无关了，小说中写，“我觉得自己和一个婴儿并无二致”，这样让人心疼的句子写下来，其中有着怎样的逝水年华可以将之承载?！女性对于血缘也许都会有天生的敏锐。张翎《夏天》（《人民文学》第11期）写的也是年华逝水，五一与国庆这两个姐妹在“文革”期间一个夏天的经历，前者跟着外婆在乡村长大，后者跟着父母在城里，五一在四岁时被妈妈接回家才知道自己有个叫国庆的姐姐，在城里的院子里，五一以一个外来小女孩的视点结识了邻居，但也正是由于不谙世故而“出卖”了胡蝶，使得胡蝶阿姨受到胖老太的羞辱，但是当胖老太的把柄握在胡蝶手中时，胡蝶不是报复置他人于死地，而是原谅与包容，她那样轻易地化解了别人心中的惊恐，并以这样的化解，告诉孩子还有另外一种人生与人性。经历了一个夏天，经历了姐姐的死，母亲的出走，父亲的耳光，胖老太的整人，胡蝶的原谅，和母亲的归来，五一的人生从此不同。小说最后写，许多话涌上来，争先恐后地要找一个突破口，但最后却变作了一声啼哭。于此我们眼见了成长，也眼见了一个时代中的也许是千千万万的走过来的家庭。陈谦的《繁枝》（《人民文学》第10期）距我们的时代更近，它几乎就是当下的，当然人物在记忆中保留着20世纪90年代的创业者的面影，只是这创业的背景从美国硅谷又到中国广州。故事并不繁复，讲了两个姐妹两个家庭，妹妹立蕙从小就一直以姐姐锦芯为榜样，但两人从小都是秘而不宣地知道对方，她们是同母异父的姐妹，妹妹是因母亲对何叔叔的喜欢而越轨生出的孩子，小时候两人互相保护着对方，但由于母亲工作的调动，两家从此再无交往，只是何叔叔以叔叔的身份在立蕙上大学时去见过一面，送给了她一只镯子，同样的镯子，锦芯那里也有一个。命运使然，两人都在美国留学安家，而立蕙通过锦芯之父找到了这个同母的姐姐，虽然话都没有说开，但两人的血缘却使锦芯和盘托出自己身家婚姻的危机与不幸，小说直到写锦芯的讲述时，我们才真的沉醉于小说述说的魅力，原来一个人也可以通过另一个人的话语而塑造成形，姐夫立达的形象里让我们重温了留学创业的一代由农民学生到科技精英蜕变的奇迹，同样我们也从亲人的讲述中听出了创业者成功背后的付出与苦痛。繁枝是我们在圣诞节时面对的那棵生机盎然的家庭树，同时也是我们与过去与时代与亲人无法割舍的血缘关系。小说是以锦芯的出走为结束的，她在周边的怀疑里写下了骆宾王《咏蝉》诗中最后两句，“无人信高洁，谁为表予心”，她在暗示什么，还是在辩解什么，都不重要了，重要的是她去到了给她心理宁静的沙漠。而牵念她、理解她、承担了她的痛苦与愁绪的人与她有着共同的胞血。

亲情的极端化显现在2012年的中篇小说里同样耀人眼目。余一鸣《愤怒的小鸟》（《人民文学》第6期）、弋舟《等深》（《乌江》第5期）从两个向度写了当下孩子的叛逆，两部小说的题目都与高科技有关，前者题目源自一个人气火爆的电子游戏，游戏内容是为了报复偷走鸟蛋的肥猪们，鸟儿以自己的身体为武器，仿佛炮弹一样去攻击肥猪们的堡垒，余一鸣借此写下了金圣木一代对父辈的反叛。后者借海洋学术语为题——“等深流是由地球自转引起的，在大陆波下方平行于大陆边缘等深线的水流。是一种牵引流，沿大陆波的走向流动，流速较低，一般每秒15～20厘米，搬运量很大，沉积速率很高，是大陆坡的重要地质营力。有人认为等深流也属于一种底流。”意在引出一个两代人的道德底线的故事，三年前丈夫出走，三天前儿子出走，小说“我”是出走者家庭中女主人公的初恋情人并一直还与之保持着若即若离的情感关系，“我”眼见一个14岁的孩子为母亲的尊严而去找欺辱他们一家的另一个男人，试图以血刃报仇的形式讨回公道，并由此而自省于自身一代人的是非道义，故事充满了动作与张力，有些段落再现了《史记》古风，但故事只是作家要说的更深广内容的水流的表层，“我”作为这场家庭危机的倾听者参与者，或还是两代人精神疑难的见证人，在周翔少年式的勇于承担上醒悟到，一代人的失职，另一代人将会付出血的代价。关于代沟的书写写到了这一步，我以为是写到了海洋的深层，孩子对成人的警示与提醒，曾几何时，已是使我们长久忽略了的眼睛。当然，更多时刻，隔膜还不只在两代人之间发生，常常亲人间的隔膜带来的是刻骨铭心的剧痛。孙频《凌波渡》（《钟山》第3期）中的王林与陈芬园就是两个人生错位对接困难的人，他们两个，一个孤芳自赏，一个顾影自怜，虽然由于异于众人而一度引为知己至交，但终还是相失交臂。不错，小说写的是校园中的这一代大学生，他们孤高自傲，却失去了爱的能力，甚至失去了为他人所理解的能力。一方面，小说写出了这一代人的如凌波仙子一般的高雅绝俗、清香馥郁，陈芬园难道不是一个"水沉为骨玉为肌"的女子吗？但另一方面，也写出了他（她）们一代的致命之处，当然也是陈芬园自知的一点——"我让自己远离凡俗，远离平庸，却不知道那其实是走在水面上，其实不过是凌波虚步，一脚踩下去，下面是空的。"孙频是1983年生人，其对人物所代表的一代人的人格缺陷的观察与自省所达到的深度，让我们惊喜。

写出人物形象背后的人格，之于作家而言，并不是一个难以完成的任务，但是如何使这一人格能够代言一个时代，却是不易达到的标杆。小说的一大功能大约可以提供给我们一些人物，这些人物可以引发我们一些思考，这些思考可以匡正我们的一些人生，从人物角度而言，2012年叫人读来难忘的形象还有烈娃《老子革命多年》（《上海文学》第8期）里十三岁便参加南下的"老"革命舅舅宫音书，他南下到归乡大起大落的一生让我们读出了堂吉诃德式的悲怆；而滕肖澜《规则人生》（《小说界》第5期）中刻画的上海女人朱玫却又是心机重重，利益为重，在"规则"中游刃有余却到头来仍是一枚别人的棋子，小说对利己主义的泛滥可谓批判有加，对于深陷其中的朱玫却也深怀哀悯与同情。从小说艺术手法而言，有两部小说不能不提，一部，李亚《武人列传》（《十月》第5期）写法上对于民间说书的借用，让人耳目一新；另一部，东君的《苏薏园先生年谱》（《人民文学》第11期）从1944甲申年写到2011辛卯年，一个书家与动荡时代相遇的无奈与个人朴素人格的坚守写的能教人荡气回肠，其主要原因或在于它用了最为朴素写实的方式——年谱。日子总是过得快，五九六九，抬头看柳，一场瑞雪，进入癸巳年的日子屈指可数，新的一年，新的生活，新的人生一定会得到更新一代的小说家的深情讲述。对于未来，我们满怀期待。

（本章执笔　中国作家协会创研部副主任　何向阳）

B.4
短篇小说：平中有变、淡而有味

平，是2012年的短篇小说为人们选择的一个关键字。平淡、平常、平稳，就是这一年短篇小说创作的整体印象。但是，平，并不意味着停顿，并不意味着无所作为，它意味着事情是在正常的状态下进行着，事情在平稳的进行中也会悄悄地发生着一些变化。但人们往往总是期待事情发生巨大的变化，人们也总是对巨大变化留下深刻的印象。这倒提醒了我，在评述2012年的短篇小说时，更应该以最认真最细微的观察，去捕捉正在悄然进行中的变化。因为我们不能指望作家们无时无刻都在制造巨大的变化，这不是文学的常态，如果一个社会不断地出现文学的巨变，那也许是进入到了一场文学的大革命，但眼下我们的文学并没有迹象在酝酿一场革命，它仍然沿着正常的轨迹在向前发展。在这样的情景下，最需要人们去关注在发展进程中滋长起来的渐变，这样的渐变积累起来就会是伟大的变化。

一　向思想的深度掘进

我一直强调小说的思想力量。在一定程度上，小说是社会的思想容器，它承载了一个时代或一个阶段的最新思想发现。哪怕是容量很小的短篇小说，我们也能感受到作家在思想深度上的努力。作家们越来越注重对思想的表达，作家们对于社会与人生的认识也在不断地更新和深化。我们要特别珍惜作家们在思想上的更新和深化。比如铁凝的短篇小说《七天》（载《作家》2012 年第 7 期），在短小的篇幅里通过一个荒诞的情节，蕴含着密集的思考。故事从现实中普遍存在的工业污染切入，作者对这种污染的危害进行了全方位的揭露，所以评论家段崇轩称这篇小说“是对现代工业科技乃至整个现代社会的尖锐反思”。又如秦岭的《摸蛋的男孩》（载《北京文学》2012 年第 4 期）写了计划经济时代的一桩小事，农村在计划经济时代都分配了上缴国家的任务，其中包括上缴鸡蛋的任务。小说写到一个农民家的孩子为了保证按时完成上缴鸡蛋的任务，也学会了通过摸母鸡屁眼掌握下蛋时间的本领。这显然是完全来自生活的细节，不熟悉农村的人也不可能了解这样的细节。但作者秦岭通过这一完全来自生活的细节，思考的却是计划经济所培育出来的城乡价值观，秦岭写到小说的男孩为了报复城市，摸蛋时故意把母鸡屁股捅出血。我从小说中读出另一层意思：不公平的城乡价值观至今仍然让农民的心口在流血。南翔《1978 年发现的借条》（载《天涯》2012 年第 4 期），以革命战争年代的一张借条为切入点：1948 年县大队借了一户富裕人家的枪弹、粮食和耕牛，县大队长亲自写了一张借条，承诺“打下江山之后一并偿还”。作者通过这张借条贯穿了革命成功后的三十余年历史，每一个历史阶段的人物都会以种种理由拒绝承认这张借条。小说的深刻之处在于，作者以借条这一小事件，反问了长期以来我们最具合法性的历史观和现实观是否具有合理性和正义性。

我特别要强调年轻作家在思想上的成熟，我从他们的作品里读出了他们的锐利和锋芒。如魏微的《胡文青传》（载《花城》2012 年第 1 期）是写一个才华出众的人物在这三十年间的命运起伏，凝聚着作者对个人命运与时代命运的关系的思索。胡文青在少年时期就显示出特异的才华，后来在“文革”中成为造反派小头目，改革开放时又经商成为富豪，这一切似乎都与他的才华有关系，才华使他总能赶上时代的潮流，但最后他隐居到了寺庙，堕入了人生的虚空之中。胡文青看似总在把握自己的命运，但似乎又是总在被命运捉弄，这其中的吊诡被魏微捕捉到，她去把阐释的权利交给了读者。从这里也让我们感觉到一位年轻作家的成熟老到。与魏微一样，李浩和朱山坡也是属于“70后”，他们的写作分明有一种要以思想征服读者的意识。李浩的短篇小说《镜子里的父亲》（载《山花》2012年第7期）在形式上颇有先锋意味，小说通过镜像的叠加，组合成了一个处在历史挤压中的破碎的、尴尬的、艰难的、普通的个人生活史。作者以此表达了他审视父亲的思想方式，在这种审视中父亲成为了复数的父亲，父亲的审视包含着对历史和文化的读解。小说的叙述非常浓缩，它化解开来将会是一个浩瀚的长篇。在朱山坡的短篇小说《灵魂课》（载《收获》2012年第1期）中，一位进城寻找儿子的老人在问：你们懂不懂灵魂，读完这篇小说，也许就会觉得老人的问题不是一个伪问题。这篇小说更像是一篇寓言，这也是朱山坡写小说的特点，他不愿意他的小说停顿在故事的层面，他担心那种纯粹客观的叙述会让懒惰的读者止步于故事之前，而不去探询故事后面的意义。所以他的小说总会将他思索的意义转化为一种形象的符号，作为基本旋律反复弹奏。

二　城市的主旋律

无论是中篇小说，还是短篇小说，必须注意到一个重要的变化，就是城市题材占有越来越大的比重，这也是最典型的渐变，这种渐变悄悄地发生，并没有引起人们的重视，因此一些人总是以固定的认识来发言，说乡村叙述是小说的主力。他们却没有发现，城市主题就像是潮水一样，慢慢涨了上来，潮水已经漫到他的脚面了。城市成为了短篇小说的主旋律，这个主旋律也奏得越来越坚定有力。

范小青是一位短篇小说的高手，几乎每一年都有精彩的短篇问世，她的小说灵感几乎也都来自城市化进程中的生活小事，她不仅将这类小事编织出好看的故事，而且能从这类小事中发现生活的哲理。范小青在这类城市生活的小说中试图建立起属于自己的城市伦理。2012 年的《短信飞吧》（载《作家》2012 年第 4 期）就是从手机短信入手结构的一个故事，在一个办公室的同事因为发短信，引发了相互之间的误会、猜疑和矛盾，他们的仕途也由此而受到了影响。现代高科技使人与人之间的通讯变得越来越便利，然而人与人之间的心理却反而更隔膜，范小青在一种戏谑的叙述中揭示了城市的这一悖论。范小青的另一个短篇小说《今夜你去往何处》（载《北京文学》2012 年第 6 期）则是由私家车主在居住小区缺停车位的烦恼生发出的一系列故事。停车位是城市的普遍问题，虽小却直接关乎人们的幸福感。邓一光自从到深圳后，城市意识也变得很强烈，他近两年以深圳城市生活为题材的一系列中短篇小说就引起了较大的反响。2012 年的中篇小说《你可以让百合生长》（载《人民文学》2012 年第 5 期）和短篇小说《敏感的心都很脆弱》（载《十月》2012 年第 6 期）都是上乘之作，《敏感的心都很脆弱》在构思上就很机智，小说写了两个在城市生活中属于两个文化区隔的人，一个是丢了车的人，一个是丢了老婆的磨刀者，因为都与“丢”有关系，邓一光从中发现了城市生活逻辑中的诡秘。刘庆邦是一位著名的短篇小说作家，他最丰沛的写作资源是由乡村和煤矿所提供的，尽管如此，城市的诱惑力也会在他的身上起作用。2012 年以来，刘庆邦发表了好几篇写城市保姆的短篇小说，如《走进别墅》《钓鱼》《路》《走投何处》《说换就换》等，他为自己拟定了一个“保姆在北京”的系列小说的写作计划，以上作品都属于这一系列。刘庆邦说：“我在北京生活了三十四年，北京拥抱了我，接纳了我，我也积累了很多的情感和素材。”有意思的是，刘庆邦的这个系列照说应该是为了写保姆这一类型的人物的，其实不然，他不过是要借保姆的眼睛来观察城市人，城市人的生活不像他笔下的村民的生活，村民们将院落的大门敞开，而城市高楼是家家房门紧闭，于是他把保姆当成了他的“卧底”，通过保姆进入北京各类家庭，窥见紧闭家门里面的种种隐秘。如《找不着北》（载《上海文学》2012 年第 11 期）里小保姆与业主的男主人都上床了，女主人蒙在鼓里，还在别人面前夸自己的丈夫是君子。又如《走投何处》（载《小说月报·原创版》2012 年第 7 期）里的乡村寡妇孙桂凤将儿子拉扯大，让儿子上了大学，留在北京，但母子的亲情却在城市伦理的支配下淡化下去，孙桂凤想带孙子而不得，去杨师傅家做保姆最终成为了她在城市的归宿。在刘庆邦客观而细腻的叙述中，其实藏着一个乡村伦理的参照系，但难得的是，刘庆邦并不因此而作简单的臧否，而是以一颗宽容之心去展示城市伦理的复杂关系。

深圳是在改革开放中迅速崛起的新移民城市，吴君也是十多年前从东北移居到深圳的。她的小说写作既与移民身份有关，也与深圳有关，她用移民的眼睛观察“亲爱的深圳”（吴君的一篇成名小说的标题），她又以深圳人的新经验去整合过去的记忆。这种情感和思绪的双向交流，使她总是能从眼前的物象里看到某种象征性的意义。比如《天使》（载《中国作家》2012 年第 9 期）中的天使是指年轻人喜欢的一种纹身图案，小说主人公要用一笔靠不良手段赚来的钱给自己纹一个天使的图案，主人公是一个乡下女孩，一直靠城市人的捐助长大了，长大后失去了这些捐助她反而不知道怎么生活了。作者冷酷地拷问捐助这类慈善的行为，慈善行为如果很轻率的话，同样会让一个单纯的天使变成畸形的。于是，天使这一神圣的字眼就成了一种纹身的图案。比如《皇后大道》（载《中国作家》2012年第1期）是以香港的一条著名道路作标题的，据说是香港开埠后修筑的第一条道路，它或许也可以作为香港的标志，吴君在《皇后大道》这个短篇里，把深圳人的香港心结刻画得淋漓尽致，吴君想探究的是，深圳人踏上皇后大道之后会走向哪里。吴君是一位紧贴现实的作家，但同样可贵的是，她又并不屈从于现实。对精神的渴望使得她的现实叙述能够在蓝天中飞翔。深圳的魅力首先来自物质，欲望也变得更加理直气壮。吴君的小说叙述从来也不绕开物质与欲望，但她始终关注着物质、欲望与精神、灵魂的纠结。《天使》中的小河显然是因为物质的诱惑而失去了她应有的天使本性；《皇后大道》中的陈水英和阿慧的友情的中断也是因为受到物质和欲望的干扰。

周瑄璞是一位生活在西安的年轻作家，西安或许可以说是乡土叙述的大本营，偶尔读到这里的乡土叙事高手写的城市题材的小说，总有一点隔的感觉。但在乡土叙述的浓郁氛围中，周瑄璞脱颖而出，写出了城市意味十足的小说。她对于城市的生活形态充满兴趣，她的不少中短篇小说与其说是在写人物，不如说是在写一种城市生活形态。在对城市生活形态的观察和评判中，自然传达了一位年轻作家的世界观。她的短篇小说《来访者》和《病了》（载《山花》2012年第11期）可以说是一种“生活形态小说”。生活形态是指特定群体的、明显有别于其他群体的特定的生活习惯、消费习性以及一切相关的行为模式。城市的营销学看重生活形态的分析，因为通过了解不同群体的生活形态，就能对人们的消费行为和消费倾向作出准确的把握和预测。这其实也为作家们提供了一种观察城市的极佳途径。在周瑄璞的生活形态小说中，有意模糊了具体人物形象的刻画，而强调一种普遍的生活形态。如《来访者》是失败者的生活形态，他们尽管是失败者，但他们并不承认自己的失败，相反他们会把自己的失败经历看得非常重要。《病了》的主人公同样被处理成一个面目模糊的形象，而她的看病经历可以说是一种典型的城市生活形态。生活在城市里的许多人，就像这位中年女性一样，患有一种“病了”的焦虑，他们把“病了”当成一种撒娇或矫情的方式。周瑄璞的城市生活形态小说似乎有一个共同的主题：孤独感。孤独感可以说是现代性带给城市最大的顽疾，对现代性极为敏感的思想大师叔本华曾经写过《论孤独》的文章，在他所处的时代，孤独也许还没有像现在这么流行和蔓延，但他凭着他的敏感，预知孤独即将占领整个精神世界，他为此而欢呼，他告诫人们“要么是孤独，要么就是庸俗”。周瑄璞对孤独同样充满了敏感，但她并没有像叔本华那样傲视人群，特立独行，而是把触角伸向滚滚的人流之中，对孤独者怀着深深的同情之心。说到底，周瑄璞不会成为叔本华式的孤傲的思想家，因为她有着温润的善良之心，所以她关注孤独，却不会像叔本华那样高蹈远举般地以赞美孤独的方式来抗拒世俗。她知道孤独是城市的一种顽症，但她最终能从孤独者的生活形态里发现可贵的东西。

三　风格多样化的趋势

短篇小说也许是小说中最能看出作家艺术功力的文体，如果短篇小说作家仅仅有一个好的思想或有一个好的故事，却没有一个好的艺术表现形式，那么即使他把这个思想或故事表达出来了，那也不能算是一个好的短篇小说。从整体来看，短篇小说作家在艺术上的追求还是比较自觉的，不少作家逐步形成了自己的风格，短篇小说的风格也呈现出多样化的趋势。如以上提到的一些作家和作品，尽管是从思想和主题来评述的，但其思想和主题都能在一个比较成功的艺术形式中呈现出来。在这一节里我还想专门从艺术性的角度评述一些作家的作品。

马晓丽是部队的一名有实力的作家，她写作量不大，但每一个作品出来都能让人感到她的独特性，足见她的每一个作品都是很用心写的。我特意要强调马晓丽的军人身份，是因为新时期以来，军旅小说曾经是当代小说创作中的核心构成，随着社会思潮逐渐转向经济，和平思维逐渐取代战争思维后，军旅小说似乎不再有往日的辉煌。事实上，军旅小说每年发表的数量并不少，有的作品在切入当代军人生活方面做得很不错，从内容来说会带给读者新鲜感，但有些小说输在艺术性上还欠一定的火候。当然我以为千万不要低估了当代军人的战斗力。2012 年马晓丽的《俄罗斯陆军腰带》（载《西南军事文学》2012 年第 2 期）就让我们眼睛一亮。小说讲述的是中俄两军联合军事演习中的故事，马晓丽的叙述不疾不缓，温文尔雅，不仅传神地描绘出中俄两国军人迥异的文化性格，而且叙述本身就带有浓郁的俄罗斯文学的典雅性。作者从军人腰带入手，像剥洋葱式地呈现出事物的复杂层面，将人道主义、军人职责等命题放在民族文化差异和现代意识的交集中去考量，机智地表达了自己的批判和质疑，却又没有简单地加以处置，从而令人回味无穷。在反映当代军旅生活的小说中，这篇小说所表现出的敏锐的思想深度和绵长的文学意蕴，都是很难得的。

王棵则是军旅小说“新兵连”里的主力，他把青年一代的情操和思想带进了军旅叙述之中，也逐渐形成了自己的叙述风格。

2012年他的《长音》（载《芒种》2012年第8期）写几个退伍的老兵相邀回到部队去听军号声，但一路上也出尽了洋相，王棵在窃笑中也透出了一分善意的理解，因为他相信，军号的长音会绵延在他们的心底的。

阿乙是近些年受到人们关注的短篇小说作家，死亡、惊悚、神秘构成了他的鲜明风格，他的《阁楼》（载《当代》2012年第3期）同样如此，他将这些气息弥散江南的一个逼仄的阁楼上。阿乙让我们了解到，中国当代年青一代的作家是如何呼吸西方现代小说的精神的。

甫跃辉作为一名“80后”，他的短篇小说写得越来越圆熟，他在短小的篇幅里掌控自己的想象力，构筑一个新的文学现实。如他的《动物园》（载《十月》2012年第3期）写一对知心的男女仅仅因为开窗还是关窗这一小事导致他们的情感破裂。小说还不仅是强调城市情感的脆弱性，而且通过窗外的内容揭示了城市的理想匮乏的事实。因为这是一个不适应上海高楼大厦的外地人，所幸他居住在动物园旁边，他打开窗户看到的是大象，大象让他的想象沿着无穷的时光展开。

安庆是一位不张扬的作家，因为他的小说没有绚丽的色彩和时尚的元素，尽管他不显山露水，但细细读他的小说，会有不一样的感受。如他在2012年的《扎民出门》（载《青年作家》2012年第7期）和《深处的芝麻》（载《中国铁路文艺》2012年第12期），前者写一个父亲出门寻找与他的女儿有过一夜情的男人，后者写城市人对乡土风情的复杂情感，作者却淡化处理故事的冲击力，追求一种简约的语言，营造一种水墨的写意性。使小说具有一种耐读的效果。这类淡定、舒缓的小说风格，在短篇小说中并不占主要分量，这与今天的文学时尚和阅读时尚有关，但小说如果过于急促、过于热闹，过于剧烈，其实是会伤害到小说精神的。我以为在这个快节奏的时代，倒是应该提倡一下慢节奏的小说风格。

说到慢节奏，不得不提到宁夏年轻作家的小说。多年以前，我曾写过一篇文章，强调宁夏文学的意义，我认为宁夏作家因为对乡村精神的认同，共同表现出对某些人类精神价值的坚守姿态。随着时间的推演，我越来越坚定我的这一观点。我以为，宁夏是一个特别的文学福地，这里的作家似乎不太被文学时尚之风所迷乱，始终坚持着自己的文学追求，也形成了宁夏独特的风格，这是一种宁静、安详的风格，这种风格尤其适宜通过短篇小说表现出来，因为这种宁静、安详的风格不适合去讲述过于复杂的、过于戏剧性的故事。这种风格的代表性作家是石舒清、郭文斌。2012 年就有几位宁夏作家的短篇小说再次让我们领略了宁夏风格的魅力，如马金莲和马悦。马金莲已经成为宁夏小说创作的主力了，2012 年陆续发表了《河边》《四月进城》《难肠》《养花的月亮》等短篇小说。她写普通的农家生活，写底层人的生存与情爱，她写到苦难，写到悲剧，但她不装出愤怒状，也不充满优越感地施与怜悯。她仿佛就是在写自己，她是那么真诚地身临其境，她笔下的温馨和诗意都是发自内心的。马悦的《飞翔的鸟》，写一位回族老人对逝者的祭奠和对宗教的虔诚，同样有一种诗意的感伤。当然，多读一些宁夏作家的短篇小说后，也对他们今后的创作产生些许忧虑，因为他们的作品中存在着某些同质化的东西，如果他们不及早警惕到这一点，他们开拓的空间将会越来越小。

《人民文学》作为一份文学的“国刊”，在 2012 年为短篇小说作了多次有意义的举动。一是他们与温州市人民政府合作，设立了林斤澜短篇小说奖，并举办了首届林斤澜短篇小说奖的评奖和颁奖。这是目前全国唯一的专门为短篇小说设立的文学大奖。二是有几期在短篇小说的编辑上有特别的构想。一次是《人民文学》第3期集中编发了科幻作家刘慈欣的4个短篇科幻小说《微纪元》《诗云》《梦之海》《赡养上帝》；一次是《人民文学》第4期集中推出了四位台港作家及海外华人作家的短篇小说，分别是中国台湾作家骆以军的《蓝天使》，中国台湾作家胡淑雯的《查理帕克》，马来西亚作家龚万辉的《远方的巨塔》，中国香港作家韩丽珠的《窗户》。这些特别的构想应该给短篇小说的格局带来一定的冲击。比方说，科幻短篇小说进入到文学国刊，它显然冲击了人们对科幻小说的习见和偏见。人们一般把科幻小说视为类型小说之一种，但即使它具有类型小说的某些特征，我们不能忽视科幻小说作家的思想深邃之处，他们把科学思维嵌入到文学叙述之中，使文学想象别开生面。因此，短篇小说阵营不仅应该接纳科幻作家，而且应该从科幻小说的科学思维和科学想象中获得启迪。又比方说，台港作家及海外华人作家的短篇小说，显然带来了不一样的小说视野和叙述角度，当今是一个对话的时代，处于不同政治语境和国度的汉语作家之间更应该加强对话和交流。

（本章执笔　沈阳师范大学文学与文化研究所教授　贺绍俊）

B.5
纪实文学：回归文体的本色与特质

纪实文学是一种非虚构写实性文体，真实性是其最基本的特性。从这个意义上说，纪实文学等同于广义的“大报告文学”。报告文学是中国特色的时代文体。探讨报告文学，离不开国家政治和经济社会状况。2012 年，国内最重要的政治事件当属党的十八大的召开，党中央领导集体顺利实现新老交替，科学发展观被确立为党的指导思想，首次鲜明地提出政治建设、经济建设、文化建设、社会建设和生态文明建设“五位一体”的战略思想，倡导建设“美丽中国”，党和国家的近期目标是在建党百年时全面建成小康社会。2012 年，民生问题更加尖锐突出，经济下行压力加大，股票持续不景气，以温州为代表的中小企业陷入困境，还有“神舟九号”与“天宫”成功对接、“辽宁号”航母实现首航及舰载机着舰、党中央倡导改进作风“八项规定”、网络微博盛行、反腐倡廉效果凸显等要事。国际上，中日钓鱼岛争端凸显，南海问题矛盾重重，世界上不少地区存在冲突，局势并不太平。国家政治状况影响着报告文学创作，许多要事大事进入报告文学题材范畴，成为作家们纷纷关注和描写的对象。

作为一种具体的文体，报告文学的生存与发展也不能脱离文学的整体态势。2012 年，文学界最大的新闻无疑是莫言获得诺贝尔文学奖，在国内掀起了一股文学阅读与热议的新潮。其次是中国作家协会实施“少数民族文学创作年”计划，组织评选了第十届全国少数民族文学创作“骏马奖”，召开了全国少数民族文学创作会议和五个少数民族聚居省区的少数民族文学创作系列研讨会。还有隆重纪念毛泽东同志《在延安文艺座谈会上的讲话》发表 70 周年，积极倡导“以人民为中心”的创作导向，等等。文学阅读与消费出现严重分流，网络和数字电子阅读已然超越了纸质阅读，类型文学、网络文学、通俗文学更受大众追捧，传统的期刊文学，所谓的严肃文学、纯文学面临着生存与发展的严峻挑战。严肃文学的出版及获酬变得更为艰难，作家通过文学期刊成名的单一途径得到根本转变，网络传播与信息移动传播成为造就文学新秀的重要手段。这些文学大事及新变，也都直接冲击着报告文学创作的观念与格局，直接影响到当下的创作和理论研究。

2012 年的报告文学创作，整体态势是平稳发展，鲜明的变化是日渐向报告文学自身的文体特色和特质回归，即：以简练的文字，对现实生活迅速地做出反应和反思，关注焦点及民生，重视报告文学的社会效果。

一　深度挖掘新闻性事件和人物

大量的重要新闻事件，尤其是新近发生的国家大事要事或者涌现出来的新人，陆续进入报告文学创作范围。众多报告文学作品注重快速反应就现实，以深入的开掘和细致的描写回应公众关切，满足读者对于深层解读新闻热点问题之需。

首先是以新闻性事件为主题内容。作家比记者走得更远，采访得更多，书写得更形象，思考得也更深刻，充分彰显了文学的魅力。“神舟九号”2012 年 6 月 16 日升空，第一次实现载人空间对接，29 日成功返回。这一事件举国关注。女作家北方（张立新）在酒泉发射基地亲历亲闻，深入采访，发表了《神九，与天宫有约》（《神剑》2012 年第 4 期），详述“神九”发射前的测试、换泵、垂直转运、加注、发射场和航天员等各方面的准备工作，以及点火起飞、交会对接等精彩时刻，堪称“神九”飞行全记录。在北京航天中心工作的作家赵雁，发表《天梯神示——中国“神九”太空飞船成功发射的台前幕后》（《北京文学》2012 年第 10 期），则着重关注“神九”三名宇航员刘洋、刘旺和景海鹏的选拔、准备出征经过，“神九”技术、饮食生活、地勤保障等方面的情况，揭示了诸多鲜为人知的内情。特别是对“中国嫦娥”——首位女航天员刘洋的描写，生动形象，给人留下深刻印象。

2012 年 1 月甘肃武威市通过公开选拔，让刚参加工作半年、23 岁的清华大学学生焦三牛当上了副县级干部，引起舆论一片哗然，成为吸引亿万人眼球的新闻事件。何建明通过实地采访，在事件发生后不到 5 个月时间就创作出版了《三牛风波》一书，堪称神速。该书深入剖析“三牛事件”的真相，揭示出我们党和国家在用人体制机制上大胆解放思想，实现重大突破与创新。作者亲赴甘肃，采访了一批相关人士，与焦三牛等大学生村官面对面交流，深入了解了近年来参与西部大开发的清华、北大等高校的众多优秀学子，试图通过焦三牛和一批与其相似的大学生的人生选择及就业经历，透视当代有为青年全新的理想抱负与青春抉择，反映出一个民族充满希望的光明前景。何建明的另一部长篇报告《国家：2011 · 中国外交史上的空前行动》则以鲜活生动的文字记录下 2011 年 2 月我国政府动用各方力量，用十几天时间从战乱中的利比亚撤离公民 3 万多人，那一场“战役”的惊心动魄与扣人心弦。《国家》具有鲜明的现场感，何建明通过直接采访救援行动决策者、参与者和当事人，掌握了丰富的第一手资料。作品借助对话、亲历者的口述实录、日记、微博等形式，鲜活地再现了当时的救援场景，通过渲染战火纷飞、硝烟弥漫的背景环境，更增加了救援行动内在紧张感和巨大的张力，使得战火中的穿越救援更显得英勇可敬。该书全景式地描写了我国政府启动紧急救援行动计划以来所展开的海陆空全方位、多种方式和途径的救援：派出了最好的专机和军机，就近征调大轮船赶往利比亚，从临近各国希腊、马耳他、埃及、突尼斯等竭尽可能地租借大飞机、大轮船。外交部等部门则派出了以领事司参赞费明星等为代表的专门人员驰赴现场，在当地中国大使馆的倾力帮助下，历尽千辛万苦，协调、引领中国公民从陆路上撤离到邻近国家。在作者的笔下，撤侨的场景相当恢宏、壮观、惊险，令人震撼，同时也深深地感动读者。这是以民为本，将生命视为至高无上的国家宗旨的生动体现，彰显了我们国家的大国情怀和以民为本精神。

侦查、公安题材的报告文学在本年度显得格外耀眼和突出。这与公安部门有关单位、公安文学阵地《啄木鸟》杂志社等组织作家参与创作密不可分。刊发于《啄木鸟》杂志的冯锐的《亮剑湄公河》、衣向东的《跨国擒凶》关注的均是我国警方的跨国行动。前者描述了毒枭糯康残害我国公民的罪恶经过以及我公安部门通过国际协作抓获糯康的曲折过程，后者描写的是我国警方远赴安哥拉侦破侵害中国人案件的全过程，二者都是备受公众关注的焦点话题，情节波澜起伏，引人入胜。过去的一年，更有多位报告文学作家走进公安系统，书写新中国历史上最大的一次“清网行动”。2011 年 5 月开始、历时 10 个月的中国警方清理追逃网上通缉犯的“清网行动”捕获逃犯 10 万名以上，使社会治安大为改观。董保存、丁一鹤《全国大追捕》（发于《啄木鸟》，群众出版社出版单行本时改名《清网行动》），张胜友《天网恢恢》（发表于 6 月 18 日《人民日报》）等正是对这场声势浩大、成果卓著的清网行动的真实记录，形象地反映了在信息时代高科技条件下缉捕工作的便捷与错综复杂。董保存、丁一鹤在创作时特别注意抓住当今时代的特征，进行深入思考，从而赋予作品某种思辨色彩。“清网行动”极为重视网络和信息化处理及研判的重要性，并且充分借助和运用当今时代的这些工具开展追捕，从而取得了丰硕的战果。在《清网行动》中，我们看到了众多公安民警非常娴熟地运用现代化的通讯手段和情报搜集分析手段，成功抓捕逃犯的事例。这一方面反映出公安民警的聪明智慧、与时俱进，另一方面也反映出在信息化条件下追捕行动的复杂性和艰巨性，它要求今日的追捕更加要“魔高一尺，道高一丈”。几年之前，报告文学作家胡平创作出版了长篇报告文学《情报日本》，揭示了现代日本的发展与情报搜集研判运用之间的密切关系，较早触及了情报、信息的极端重要性这个时代主题。董保存和丁一鹤的这部作品，可以说是充分彰显了在当今时代，情报对于侦缉破案，对于国泰民安的极端重要性。这是时代的课题，也是时代的召唤。女作家孙晶岩继《中国女子监狱调查》等之后，再度重涉公安题材创作，由北京出版社著名编辑隋丽君担任责编，出版了洋洋40余万字的《中国看守所调查》一书。孙晶岩通过实地调查北京、丹东、萧山等多地看守所，记录一桩桩违法犯罪案件，反思社会与法治、法治与人的关系，具备鲜明的社会意义。

近年来创作势头生猛的作家陈启文在报告文学创作方面持续发力，继《南方冰雪报告》《共和国粮食报告》之后，2011 年发表《问卜洞庭》，2012 年 10 月发表了《北京风暴》一文，聚焦不久前的 7 月 21 日发生在北京的百年未遇的特大暴雨，造成人员财产巨大损失。作者通过认真深入的实地勘察，力图还原事件真相，有褒有贬，更重要的是进行了沉重的灾后反思，延续了作者一贯的实地小心求证、大胆介入生活的创作风格。

在描写与刻画新人方面，报告文学作家们选取的大多是新闻事件的核心人物或者先进人物典型。李春雷《幸福是什么》（春风文艺出版社 2011 年版）讲述的是全国优秀共产党员郭明义的感人事迹，通过描写郭明义，作者试图探究幸福的真谛和人生真正的价值，启人思考。他的另一部中篇报告文学新作《青樱桃，红樱桃》描写了一位大学生村官的代表——兢兢业业、甘做平凡小事、病倒在岗位上的农家女儿张广秀。莫言是本年度最耀眼的文学人物。《深圳晚报》在莫言获诺贝尔奖次日刊发《莫言传》，讲述了作家莫言的成长与创作历程，内容鲜活、生动，读来亲切引人。王宏甲、刘标玖的《吴孟超传》选取的主人公是曾获得国家最高科学技术奖的肝胆科专家，反映了老一代知识分子的博大胸怀与高远理想追求。韩小蕙《刘路一飞冲天的奥秘》（发表于 6 月 27 日《光明日报》）揭示了一个年轻英才、23 岁被特聘为研究员的大学生的成长奥秘。李朝全《春风化雨》一书则通过讲述 18 位当代优秀青少年自觉践行社会主义核心价值体系的感人事迹，反映了“80 后”“90 后”一代人的充满希望与值得信赖，由此可预见我们国家美好的未来。

二　高度关注百姓冷暖与民生现状

以人为本理念深入人心，是新世纪以来中国社会的一大进步。报告文学作家更加注重立足百姓，眼光向下，关注草根底层，关切人间冷暖，写出了一批以小人物为主人公的纪实报告。孙惠芬回到自己的辽宁农村老家，对农民自杀现象进行深入采访，写下了长篇非虚构《生死十日谈》，将当下部分农民艰窘局促的生活情状——

展露，反映出社会巨大转型期农村社会的某种困境以及广大农民在生产生活、情感心理等各方面遇到的新问题，具有鲜明的人文关怀品格。党益民的中篇报告文学《蜗居公厕》则别有意味地选择了一家居住在公厕的清洁工作为描写对象，以人物讲述的方式，反映了“城市边缘人”的生存处境，体现出报告文学作家自觉向下走的意识和追求，通过书写底层百姓表现现代城市容易被人忽视忽略的别样人生。这种脚踏实地、朝下看、向下走，走向大地、走近人民的创作倾向很好地体现了作家的社会责任与时代担当。著名“打工诗人”郑小琼的《女工记》一文，描写的则是十几位自己熟悉的或者接触过的女工，采用了诗歌与采访手记相结合的方式，得心应手地记录下南方工业化大生产流水线上普通女工的生存状况。正是这些收入不高、生活差强人意的普通劳动者支撑起了中国的崛起，为她们造影、画像，确是作家义不容辞的责任。梁鸿继《梁庄》（《中国在梁庄》）之后，于2012年第12期《人民文学》上刊发长篇纪实《梁庄在中国》，与《梁庄》着重描写那些留守农村的乡亲们的生存状况相呼应，本文着重描写外出谋生的梁庄人，选取那些离开梁庄四处打工经商谋生计的乡亲作为自己的描写对象，表现他们生活的酸甜苦辣，凸显他们或朴实或狡诈或圆滑或厚道千人千面的性格以及千差万别的生存境况，反映出一个急剧转型的变革时代带给中国传统乡村和中国农民不可阻挡的巨大转变，可谓是一部紧贴当下社会现实的优秀之作。

作家应该关心社会的边缘人、弱势群体或者容易被遗忘的角落。梅洁、鄂一民上下两卷本的《汉水大移民》聚焦的是汉水流域为南水北调作出牺牲的18万移民，描写这个庞大的移民群体在别离故乡家园时的疼痛，表现他们身上那种无私的牺牲奉献精神。杜文娟长篇报告《阿里　阿里》则将目光投向高远的西藏阿里，反映那片走出了孔繁森这样的英模人物的土地上人们艰难的生存状况，表现援藏干部勇担责任、甘于奉献的品格。丁冬、章江红长篇纪实《耳蜗》描写的是残疾人群体，表现耳聋患者艰难而顽强的生存，反映人工耳蜗植入带给千万聋者的福音。残缺的生存更令人震撼，从残疾人身上我们可以看到真善美的闪光，可以检阅我们每一个健全者的灵魂。陈亚军《什么卡住了车轮子》一文是关于北京治理交通拥堵的纪实，这也是与普通市民生活息息相关的一个社会主题。

普通人的生存，亦是酸甜苦辣百味杂陈，其中滋味一言难尽。杨年华长篇报告文学《国旗阿妈啦》描写了一位生活在西藏边境、坚持48年不间断天天在自家院子里升国旗的百岁藏族老阿妈，讲述了阿妈啦的坎坷生平，表现了她对祖国和党深厚的感情，张扬了崇高的爱国主义精神。年届八旬的评论家阎纲痛切回忆14年前痛失爱女的日日夜夜，在《北京文学》发表中篇纪实《美丽的夭亡》。以日记的形式详细记录下家庭成员之间相濡以沫、相依为命的醇烈亲情，以及在直面生死关口时女儿的坚韧安详、亲友们的关爱扶携，爱女最终如荷凋谢。这是人间大爱的一曲赞歌，亦是一曲悲伤委婉的生命的哀歌，浸满了人世的悲欢与苦难，令人掩卷长涕。与阎纲先生相似，76岁的老作家汪浙成遭遇了爱女不幸罹患白血病的痛苦。他的《女儿，爸爸要救你》一文（节选首发于《时代报告·中国报告文学》，2013年1月由人民文学出版社出版全文单行本），生动叙述了灾难面前父女同心，共同微笑面对并取得了抗击病魔的胜利。故事的结局令人欣慰，但在其艰难过程中家人备受煎熬、与疾病不屈不挠地进行抗争等，却动人以情。作者在古稀之年通过永不放弃的顽强努力拯救了对其隐瞒了数十年真相的养女，其情其景足以感天动地。而情节的一波几折亦令人难以释手。李迪发表于《中国艺术报》的《梦中的橄榄树》是一篇精短的报告文学，他以自己收养流浪猫、流浪狗的经历，栩栩如生地讲述动物与人的亲近眷恋之情，表现人类应该关爱动物保护动物、人与动物可以和谐共处的主题。

三　持续关注社会焦点与热点

教育托举起的是国家的未来。教育题材报告文学继续备受关注和欢迎。徐世立年初出版的《一个孩子的战争》一书，系中国作协重点扶持项目，讲述了一个高知家庭对一个问题少年的拯救过程。孩子厌学、叛逆、染上网瘾，令家长头疼不已，通过军事化的管制教育，家庭亲情教育等，父母几乎牺牲掉自己的一切包括健康和事业，只为了拯救自己珍爱的孩子。孩子逐渐醒悟，开始发奋并最终考上了中央戏剧学院，又带给了家长无尽的欣慰。作品看似描写的是一个家庭的个案，实则具有相当普遍的社会意义，同时具有社会学、教育学、心理学等多重价值，是本年度分量很重的一部优秀报告文学。铁流、徐锦庚在《中国作家·纪实》上首发的长篇报告《中国民办教育调查》则通过讲述山东英才学院、西安翻译学院和南洋教育集团等正反两方面民办高校的成败典型，表现了民办教育对于教育事业的发展、对于国家、民族未来的重大意义，试图矫正公众对民办高校的成见或偏见，呼呼全社会都来关心民办教育，共同推进教育大业。两位作者的选材与取材独具眼光，采用点面结合的手法，既从宏观的全局的层面概述国家高教改革的背景与全景，突出教育变革业已成为这个时代不可逆转的一个重要课题。同时，作者着重描述全国民办高校的整体概况及其生存处境，而在全面把握和宏观描写民办教育时，又能运用战略性眼光和全面综合的观点予以审视，进行反思与前瞻，客观分析其利弊、得失、优劣及发展困境、缺陷与不足。野莽的中篇报告文学《刘道玉：80 年代那场轰轰烈烈的高教改革》刻画了一位教育改革家刘道玉，回溯了一段值得铭记的高教改革历史。这些作品大都指向现实，具有广泛而深远的社会意义。

生态报告长期以来都是一个创作亮点。陈启文《北京风暴》涉及了生态的脆弱及保护的峻切主题。叶多多刊发于《北京文学》的精短报告《一个人的滇池保卫战》则塑造了一位生动感人的平民英雄、2009 年度“感动中国人物”张正祥。这个居住在滇池边的普通农民，不惜倾家荡产，妻离子散，穷愁身残，30 年来与污染破坏滇池的行径作坚决不屈的斗争，表现了这位生态斗士身上宝贵的勇气、执著及凛然正气，倡扬了大力保护生态的主题。肖亦农的长篇报告文学《绿色毛乌素传奇》则通过今昔对比，讲述了治理毛乌素沙漠取得的卓越成就，刻画了以宝日勒岱、殷玉珍、丁新民等治理沙漠生态卫士的优秀代表。陈岗龙《草尖上的文明》记述了草原文明、游牧民族的生活状态，是关于蒙古族游牧文化的形象记录。张锐锋《鼎立南极》一书通过细致采访，讲述了我国南极科考的历史，资料弥足珍贵。

创新是方兴未艾的时代主题。沙林《不能缺失的心》一文提出，勇气、创造力、艺术想象力、快乐、自由的缺失，是阻碍中国创新之路的深刻原因，从而对我国的教育等作出反思，富于启示意义，令人掩卷长思。

大学生就业是社会关注的一大热点。傅宁军继《大学生“村官”》之后推出了《大学生从军》，反映大学生入伍参军潮，以及大学生从军给我国军队带来的新气象与新面貌。

四　家族谱传与历史纪事的新动向

与小说中存在大量的家族叙事相似，近年来报告文学领域也涌现了一大批生动感人、有影响的家族叙事作品。刘剑波的长篇纪实《姥娘》通过讲述姥娘（即外婆）曲折坎坷的一生以及亲人们对待其态度的冷淡隔膜，对我们的家庭伦理道德观念毁坏的现实进行了批判与反思，具有深沉的忏悔意识和赎罪意识。这部家族叙事作品，可以看成是作者家族史的一个断片。作品的成功首先表现在刻画和塑造了姥娘这样一位中国传统女性鲜明的形象。这位具有伟大母亲优秀品格的妇女是亿万中国母亲、中国老人的一个缩影和典型代表。这位中国女性命运的实录昭示着一种宿命。她是这个“精神病了”的时代和社会的悲剧。《姥娘》一书具有鲜明的审父意识。作者秉持史家的“春秋笔法”，对自己的父母、姨母和舅舅们对待姥娘的不尊不孝等种种自私自利的丑行或“恶行”一一如实地“数落”出来，打破了中国传统讲究的“家丑不外扬”的习俗。作者对父辈们的批评和批判实质上也是对我们生活的这个时代和社会的批评与反思，他从父辈们对姥娘的所作所为出发，真正要反思的是这个时代和社会所存在的某种道德危机或困境。非常难能可贵的是，他不仅批评父辈，同时也深入挖掘自己不无丑陋的内心，展开深刻的自省与自我反思，对自己过去有时对待姥娘不恭不敬不孝的言行进行了真诚的忏悔。从这个层面上说，《姥娘》是一部忏悔录。这种弥足珍贵的忏悔精神是我们这个“道德生病了”的时代所迫切需要和应该力倡的。

彭学明的纪实作品《娘》同样描写反省忏悔和赎罪的主题，主要围绕自己与母亲生前的情感“斗争”展开，表现了母亲无私、宽广的大爱和自己对母亲的不能理解乃至不孝不敬，这是一部值得天下子女阅读的警世之作。黄金明《跟父亲的战争》一文（发表于《花城》第2期）讲述的是十几年来自己与朴实耿直父亲之间的对抗，鲜明地塑造了父亲的形象。张培忠《永远在路上》一文则通过追忆，刻画了给予自己终生影响的令人崇敬的父亲。这些作品中的父母长辈，都是最平凡普通的父母，他们以自己的言传身教，塑造了我们子女一辈的品格与魂魄。这种传承是一种精神命脉的传承。与此相似，熊光炯《心远》一书通过叙说一个教育世家（南昌月池村熊家）百年的沧桑，揭示出文化和精神血脉是如何在熊氏家族绵延传承一百年的经过。这种珍贵的传承缔造出了一个名闻遐迩的教授村。这种精神、道德和文化在父子母女之间的传续路线，可谓是对抗当下社会道德危机的佳药良方。

历史叙事，从旧闻中挖掘新闻性的内容和主题，可使之具备旧闻新知的特性。老作家吴越推出其第101本书《爱在疼痛时——被改造者的情事1957～1976》，真实记述自己23年劳改生涯中亲历亲闻的关于“二劳改”们（刑满释放被强制就地劳动改造的人）婚恋生活的各种故事，表现当时被忽略的社会底层的一群人的生存状况，百般酸苦，尽展笔底。丁晓平的长篇纪实《王明中毒事件调查》通过采访历史知情者、研究者，查阅大量的档案资料，力图还原历史真相，对中共党史上一个重要的历史事件进行正本清源，涤清视听。聂还贵两卷本的《中国，有一座古都叫大同》以散文化笔法，叙写了大同的千年历史，具有一定的学术意味和智性色彩。聂还贵是一位有定力、有追求的作家。他倡导并尝试“学术散文”的写作，就是在散文创作中加入浓重的学术内涵，或是将自己的学术性探究成果和论断借助散文的笔法表现出来。《中国，有一座古都叫大同》一书，比较好地运用和融合了学术内涵与散文笔墨，兼具艺术性和史志性，带给我们读者以耳目一新的感觉。这是一部兼具文学和学术双重价值的作品，也是一部挑战读者阅读的有难度的书。它对于帮助读者了解大同历史和文化大有裨益。作者诚然有着为大同这座城市作史立传的气魄和用意。城市在作品中成为主角非自聂还贵的《中国，有一座古都叫大同》肇始。近年来已经出现了一批为城市立传，书写城市的前世今生的作品。例如，何建明的《我的天堂》为苏州三十年改革开放立传，《国色重庆》为重庆的发展变革写史，王军《城记》记述北京城半个世纪的沧桑。聂还贵的可贵之处、也是其作品区别于他人之处在于，他笔下的大同较少触及当下的或当代的城市发展史，而主要专注于历史之大同、大同之历史。大同有着二千三百年建城史，除了曾被定为北魏都城外，还是辽、金政权的陪都，是胡、汉文化交融地，是儒释道宗教融合的突出代表。大同的地理位置也很特别。它是中国半湿润与半干旱气候、游牧与农耕文明过渡地带，“左手拉着草原，右手牵着中原”。这里有北岳恒山、华严寺、悬空寺、云冈石窟、长城、魏碑、龙壁等重要历史遗存……大同确是一座独特之城。作者通过深入解读大同的历史，书写大同古都的经济业态、生活方式、文化脉搏与社会气象，剖析大同的人文、宗教、民族、风俗、人居、环境等历史内涵，全景式地展现了一座城市的生机与脉动，生命与风采。祝勇《民国的梦想与彷徨》可视为对辛亥革命和民国历史的一次独特审视与重写，为我们反观历史提供了一种新的视角。李青松《开国林垦部长》一文追述了第一任林业部长梁希在保护生态方面富于前瞻性的言行举措，语言活泼，人物个性鲜明。傅宁军《此岸彼岸》叙述了台海两岸自炮击金门以来半个世纪的民间交往，凸显了两岸同根同族血浓于水的同胞情义以及和平发展主题。黄传会《潜航》一书追踪海军第一支潜艇部队往事，是作者继“海军三部曲”之后在海军题材方面的新开拓。

五 值得注意的现象和思潮

1. 邀约写作和组织写作相当普遍

邀约写作在报告文学创作中发挥着重要作用，有时左右着创作的成败得失。由相关部门、机构或个人约请去采写相应领域和题材的纪实，实质上是一种组织创作。它为作家的采写、作品的出版创造了便利条件。如果采写对象和题材重大，关注度高，作品也有可能产生较大反响。比如何建明《三牛风波》是应中央组织部约请创作的，《国家》是应外交部约请创作的，都属于社会焦点事件或重大事件，全社会普遍关心关注，作品在最快的时间推出、发表和在报刊连载，不少评论、书评相继跟进，使其产生了比较广泛而良好的社会反响。公安部门、《啄木鸟》杂志社约请了董保存、张胜友、李迪、衣向东、孙晶岩等一批作家采写警方的“清网行动”、跨国缉捕、监所囚犯等焦点题材，发表了一批优秀作品。在我国航母舰载机歼－15总指挥、中航工业沈飞集团董事长总经理罗阳去世后，中国作协主动组织黄传会、李春雷等一批作家前往采访英雄先进事迹，撰写相关题材的报告文学。总体上看，邀约写作和组织创作降低了作家采写的难度，及时将焦点题材纳入作家视野，对于报告文学创作有着助益之功。但是，也须时刻警惕邀约写作可能出现的片面化、简单化缺陷，特别是一味歌功颂德、正面宣传的倾向。

2. “准新闻报告”异军突起

紧随新闻、跟踪热点，有时能够产生出人意料的社会反响。报告文学可以在新闻结束的地方再出发或者与新闻同步，深入现场，深度报道，深刻反思，能够产生四两拨千斤的效果。如北方和赵雁关于“神九”的叙写，可以很好地满足读者的阅读期待。冯锐《亮剑湄公河》对湄公河血案的深入透视，陈启文《北京风暴》对北京特大暴雨事件的深刻反思，都生动翔实，发人深省。报告文学在与新闻 PK 时，具有的优势就是艺术形象、感染力和思想力度及深度。这是新闻所无法取代或企及的。

在创作新闻特写或长篇通讯的基础上，媒体记者可以借助更深入的采访，更生动的描写，创作出具备文学价值的报告。而报告文学作家亦可通过深入的采写，创作出更有分量的作品。朱晓军与人民文学出版社的合作堪称范例。他的中篇报告文学《让百姓做主——琴坛村罢免村主任纪事》2011 年在《北京文学》发表后广受好评，他接着对内容进行了进一步拓展充实，由人民文学出版社于 2012 年 12 月出版了同名单行本。此前他的中篇报告《天使在作战》亦曾拓展成长篇纪实《一个医生的救赎》，由人民文学出版社出版，首印 5 万册，反响良好。他的另一部足坛反腐题材的中篇报告文学扩展成了长篇《高官的良心》，亦发行了 3 万册。目前，他深入采写广东陆丰“乌坎事件”的长篇报告亦告完成，即将由人民文学出版社推出。可以说，在新闻止步的地方仍存丰厚的非虚构创作的资源，朱晓军可谓是挖到了新闻富矿真金子的一位作者。

3. 家族叙事对文化和道德传承意义重大

修撰家谱方志，实际上是一种精神传续，这些自家亲身亲历、耳闻目睹的事情记录，具有很高的史鉴、教化、育人的效果，是在家庭、家族、区域之间开展道德、精神传承的有用文章。

本年度，家族叙事更多地围绕着亲情叙事和道德叙事展开。如果说阎纲《美丽的夭亡》、汪浙成《女儿，爸爸要救你》表现的是父亲宽广的胸怀和无尽的爱，那么，刘剑波《姥娘》和彭学明《娘》则更多的是体现出一种深沉痛切的忏悔意识。贯串其间的都是浓烈的化不开的亲情。亲情是维系家族血缘的重要纽带，也是中国人最宝贵的精神与道德传承。通过开掘亲情素材，呈现或美好或悲伤或怅惘或愧疚的情感世界，表现那种感人泪下的情感联系，足以起到净化人心、锻铸灵魂的效果。几年前，一篇数千字的短文《娘啊，我的疯子娘》曾经感动过千万人，如今，据说《娘》的销量已达到几十万册，社会反响热烈。可见，亲情、感情永远是文学的重要主题，是文学之所以动人、感人的主要因素，当然也是报告文学应该努力追求的方向。

近年来，报告文学的社会影响力日削。《娘》的成功提示了一种创作的取向。另外，我们务必重视多媒体传播在报告文学实现社会效益及实效性、影响力方面的巨大作用。近年来，电视中的纪录片、纪实片、专题片、案例片、人文地理片、经济法制片、历史题材片等大受热捧，网络上的实录视频、生活短片等流传甚广。这些都在揭示一个事实：纪实性作品并非缺乏读者，而是缺乏贴近受众需求的有效的传播样态、方式及途径。为此，有必要发出呼吁，报告文学要更多更好地走近影视、视频、动漫等大众化的媒体，多与这些热门媒体联姻互动，实现共赢，实现报告文学作品价值的最大化。顺势者昌逆势者亡，只有顺应时势和受众审美需求的新变化，报告文学才可能拥有无比广阔的前景。

4. “非虚构潮”方兴未艾

2010 年以来，非虚构创作渐成气候，蔚为大观。对非虚构叙事有必要进行认真的文体辨析。《生死十日谈》作者孙惠芬明确说明对作品中的情节和人物进行了技术处理，换言之，有些情节是虚构的。这部被命名为非虚构的作品其实应该归入虚构作品即纪实小说范畴。2011 年《人民文学》提出“非虚构小说”概念，陈丹燕等作家也陆续出版了所谓的“非虚构小说”作品。事实上，这个舶来的名词并不严谨。它在英文里有时被表示为 non-fiction novel，有时表示为 history as a novel 或者 novel as history。应该说，这种历史、纪实、非虚构与小说杂交的文体，准确的名称应该是纪实小说、历史小说，它以小说的手法来讲述历史或真实的故事，内涵似乎是真实事件，而形式却是小说。它归根到底还是应该被称为小说，是虚构的小说却带有非虚构的特征或内容。我不反对在报告文学（非虚构）创作中借鉴吸收小说手法或技巧，但我坚决反对虚构杜撰，因此，我主张不能将那些似是而非的四不像的所谓“非虚构小说”纳入报告文学范畴，坚定重申报告文学的真实性底线亦即生命线。

关于文体概念问题，一直存在着争议，可谓众说纷纭。目前的事实是：纪实文学、报告文学、传记文学、非虚构等各种概念并行于世。而对于编者和作者而言，似乎更倾向于采用“非虚构”或“非虚构创作”这样的概念。这既有这个概念比较新颖脱离了传统文体概念的拘囿更易引发读者关注的缘故，更因这个概念所倡导的创作方式和手法清晰可见，就是真实性叙说与描写，其文学力量亦在于真实。中国作协在修订全国少数民族文学创作“骏马奖”及全国优秀儿童文学奖评奖条例时，采用“报告文学（包括纪实文学、传记文学）”的表述。其实，一直以来，各种文学奖项在评选时所取之标准皆是以此为绳，即广义的报告文学或我所称的“大报告文学”的概念。广义的大报告文学其最基本的属性和特质即是真实、非虚构。“非虚构创作”将这种特性予以突出强调，并以此吸引读者受众，这可能是一种推广策略，同时它也势必将对众多作家未来的创作观念、创作走向、创作选择等产生深远的影响。事实上，我们已经看到，一批优秀的小说作家已经开始尝试采用这种吸纳自报告文学的创作手法及方式。

5. 青年作者匮乏是报告文学发展存在的最严峻的问题。

有人说，当下报告文学的最大问题是没有门槛或门槛太低，似乎什么人都写得了报告文学，什么样的带有纪实性质的作品都可以自我命名或被命名为报告文学。有人说，报告文学最大的问题是有偿写作或者广告文学。还有人说，报告文学最大的问题是报告有余、文学性不足云云。以上这些都是报告文学面临的危险、问题与挑战，但是，当下报告文学存在的最大问题则是年轻作者的匮缺。

早在 2003 年，作者青黄不接已成为报告文学面临的大问题。2012 年召开的中国报告文学学会第三次代表大会，出席的 89 位会员代表最年轻的也是 1970 年代出生的，且只有寥寥两三位。根据笔者近期的一项调查，目前全国从事报告文学创作的 70 后及 80 后作者大约有二三十位。其中，约有半数是新闻记者，主要活跃在报刊传媒，创作的多为人物特写或纪传，有几位同时从事小说、诗歌、散文创作或文学研究。专事或主要从事报告文学创作的作者几乎没有。当下最活跃的报告文学作家中，最年轻的大概要数李春雷，而他是 1968 年出生的。当下，还在坚持写作且有一定实力的报告文学作家全国不过百人，且往往都是 20 世纪 50 年代出生的，都已年过半百，其中年过花甲的几乎占到一半以上，甚至还有多位年过古稀至今依旧活跃着的作家，如李林樱、徐刚、周明、傅溪鹏、李天泉等等。20 世纪 60 年代出生的有影响的作家大概只有徐剑、党益民、李春雷、李青松、铁流等屈指可数的几位。在 2011 年中国作协于北戴河召开的全国报告文学创作理论问题研讨会上，不少同志提出，报告文学界的老作家应该发挥“传帮带”的作用，以师傅带徒弟“一带一”的方式培育新作者。这确是一个很好的建议。报告文学的选题、采访、构思、结构、创作等都有着特殊的要求，需要经验丰富的前辈作家手把手地带徒弟式地教会新的作者。

通过回顾2012年的报告文学创作及思潮，我们可以清晰地看到，我国的报告文学正在努力回到现场，回到新闻事件和社会关切的焦点热点题材。报告文学正在自觉反映当下社会，刻画鲜活的人物，主动介入生活，对现实和社会问题发言，进行理性剖析与省思。而这些，正是报告文学的特色与特质。所以，可以说，当下的报告文学正在回归其自身，正在回到报告文学的独特性上来。这是对新世纪报告文学泛化趋势的一种矫正，也是报告文学生机与活力的一个具体体现。

（本章执笔　中国作协创作研究部研究员　李朝全）

B.6

散文：集体的光亮与个体的无名

散文写到现在，很多散文作家并未完成作为作家主体的最后确认。于是，无论中国散文如何逐渐走向对个体自我的肯定和探求，并以此为起点，走向对社会和人生有深度的理解和探索；也无论贯通在散文作品中，有多少对人的情感和爱的渴望，对个体自我存在的真实吐露和对人性的强烈追求，散文创作最终呈现出来的结果依然是集体在焕发更多的光亮，而具体到作为个体的作家，似乎并没有谁能够在本年度的散文写作中拔地而起，成为一抹鲜艳的亮色。

可以说，本年度的散文创作仍停留在一种混沌状态，其中包括散文创作的观念、创作的技法、对于社会的理解和生活的认识等各个方面，加之散文作家个人对于散文文体和创作理解的模糊，这使得本年度散文创作前行的方向出现了迷乱，力量受到了很大的削弱。于是本年度的散文作家在创作中必然显现出更多的散漫无状，或者更多的对于僵化的创作模式的维持。如此，最终的结果是，即使散文创作有些许集体的光亮，但其背后，依然是散文作者作为个体的无力与无名。

当然这样说的意思，绝不是否认本年度散文中集体创作的成绩与荣光，不是否认本年度散文创作中有很多对外界景物描写之微，对内部心灵感受之细的优秀作品。那些对现实与历史的知性思考，对百姓哀伤与欢乐的细腻抒写，对闲适隐逸情致的详尽描摹，在本年度的散文创作中均占有很大的比重，其中的一丘一壑，一亭一园，一事一人，均表现出本年度散文作家强烈的个性追求，在一定程度上，这些都拓宽了散文表现的疆域，加大了散文掘进的力度。

一　历史中那些光亮或者灰暗的人

本年度涉及历史题材的散文写作应该是一个重点，也是一个亮点。当然，其写作的重点不在于人们对历史的不堪重负的心理焦虑，而是侧重表达从人的命运发展与生存方式中透露出的更为本质、更为隐秘的意义，说到底就是人们对于历史的认识态度问题。既然人的存在是无法选择的，每个人客观地或者被逼迫地置身于不同的历史阶段当中，那么回顾历史就成了人成长为人的一个借鉴，这是历史的宿命，也是人的宿命。是时代，也是个人赋予作家的那种对自身困境的深切感知和深刻内省的责任，让他们怎么也绕不开历史中我们所经的磨难、所享的幸福，绕不开那些世俗的压制、疾患的折磨、自然的刑罚等宿命的怪圈。所以散文作家的写作很多时候是从探入历史开始，才慢慢进入到对于现实的映照和理解的。

《悲悯与诅咒——关于鲁迅的絮语》（《山花》第5期），作者敬文东，这篇散文写得鞭辟入里，惊心动魄。本文分四个部分，分别为“伟大的爱心？”“鲁迅式的同情”“一个也不爱……”“丧钟正为你敲响……”全文围绕“悲悯”与“诅咒”两个关键词来写，写了作为人间伟人的鲁迅，同其他伟人一样，也秉承了伟人家族的遗训：不得爱人间的任何人，有的只是怜悯与诅咒的和合，所以鲁迅身上才充满对忘恩负义的中国庸众——这些可悲悯的、可诅咒的凡人——的复杂感情。作者认为悲悯与诅咒这两种情感之中任何单独一种都不能构成伟人的情感，正是它们的和合，才成就了古往今来代表人类力量的英雄，而悲悯作为一种情绪底色，在道义上和身份上似乎都有一种高人一等的滑稽意味，所以鲁迅在写作上越到后来诅咒的成分越多，“以至于让人看不见还有多少悲悯包含在同情之内，尽管悲悯依然还是维系伟人之同情能够得以存在的一根暗线”。此文显现出了作者思想的深度、独特的发现和广博的学识。

《小春秋》，作者李敬泽，其中的《瘩生二三事》《二子同舟》《一盘棋》亦庄亦谐，是作者智慧的外显。文章表面写的是历史，矛头却是指向当下的诸多现状的，里面有作者面对古人的倾慕和对今人今世的叹息，或让人触目惊心、或让人忍俊不禁。此文最大的特点是将历史人物和事件完全化成自己的东西，然后又信手拈来把它们描述出来，完全不是那种生搬一堆历史材料，又加上自己的一点小感想的蹩脚写法。李敬泽的《春秋的老实人和天真汉》（《百花洲》第3期）也是本年度散文的收获之一，作者用历史中那些人物的老实和天真，来影射现实中人的聪明与诡诈，这给那些想自己聪明一点，再聪明一点的人一种启示，要向古人学天真、学老实，不要使老实人和天真汉成了“珍稀动物”，也只有做老实人、天真汉，不掩饰自己的弱，才能听见看见一些更为有意思和有意义的事情。

王剑冰的《洗耳河畔的又一个春天》《春秋那棵繁茂的树》（《海燕》第6期）写得从容舒缓，其中掩藏在文字背后的心绪却像一条河一样在流动。前者写了“不愿意跟人打打斗斗”“一说禅位给他他跑得比谁都快”的许由，以及他所隐居的箕山，用于清洗自己耳朵的洗耳河，让人不觉就荡漾在了历史的河流中不能自持。后一篇写了我们既熟悉又似乎陌生的子产，写了这个清癯的不高大魁梧老者的一世清廉，写了他的所谓的“不识时务”，写了他对国家的忠诚和责任感。但当一切成为往事，虽然大地繁花依旧，却也已是物是人非，夕阳一轮，苍然于山，让人颇有彼黍离离之感。

吴光辉在《无法灰飞烟灭》（《散文百家》第2期）中写了被人们也被历史遗忘的卢慕贞，作者写“在一心求死的卢慕贞看来，深不可测的海洋已经成为苦难的象征，凄凄惨惨的秋雨也已变作孤独的表述，而成群结队的海鸟在漆黑的夜里反反复复地游荡则是一种绝望的暗示”；文章里充满了各种隐晦的词汇，比如噩运、早已残疾虚弱的小脚、生命的绝境、逃亡生涯、以死殉夫、极度悲伤的秋夜、苦风凄雨、艰难、颠沛流离、落寞惨淡、心被辗碎、甚至儿女的死亡等，作为一个女人的卢慕贞，当以上这些词语在现实中压到她的身上，巨大的现实和精神的压力难道不会足以摧毁她吗？于是，当卢慕贞“用她那双小脚走完了被历史遗弃的悲惨一生”，她就是一部中国式的女人的命运史。

《井冈山往事》（《百花洲》第3期），作者江子，其中的《火》写了被人遗忘的播火者欧阳洛。对于这个人的写作是有相当的难度的，因为作者要面对的是一段似是而非的史料，几乎所有的史料很少记录这个叫欧阳洛的人，人们对他也几乎没有什么记忆，一无所知，但是，作者能巧妙地将自己的思绪深入到军阀混战，硝烟四起，百姓流离失所的那个时代，用自己的想象跟随着这个年轻的农民的历程一路行走，看他如何从一名年轻的农民成长为一个坚定、成熟、刚毅和自信的革命者的。虽然在众多的英雄人物中，欧阳洛不过是一个轮廓不清的人物，井冈山革命博物馆没有关于他的记载，永新的将军馆也没有他的记载，但他燃起了一把灰暗中的火焰，已经融入整个中国革命的滚滚洪流中，已经化作中国共产党人的丰厚遗产，他作为一个有信仰的人，让现在的我们敬佩不已。《囚》中的另一个革命者刘仁堪临刑前蘸血为墨写下慷慨标语“革命成功万岁”，也成了我们每个人耳边不绝的回声。另外江子的《母亲》（《北京文学·原创版》第2期），写了井冈山革命根据地的创始人之一陈正人的母亲张龙秀烈士，写出了一个革命者母亲的经历，读后让人不觉荡气回肠，正气凛然。

在《落日前的凭吊》（《百花洲》第1期）中，作者耿立将曾经为人所熟知的袁世凯推到了人们似乎不太知道的一面。作者认为袁世凯有术是有术，但他不明大势，心中始终有传统发酵的小农特有的做皇帝的春梦，当然最终的结局只能是片瓦无存、灰飞烟灭，这一语也算点到了袁世凯登基闹剧的死穴上了。耿立的《秋瑾：襟抱谁识?》（《北京文学·原创版》第2期）也是一篇让人扼腕的散文，作者将秋瑾之死的各种被人忽视的细节写了出来，写了杀害秋瑾的不同的人的不同结局，也写了秋瑾的尸骨多次被掘出，被辗转的过程，“使我们不能不怀疑某些所谓的正义和良知”，于是作者认为，“烈士的血和历史一样在某些人的眼里再没有了敬畏，历史成了戏弄和戏法，烈士的血渐渐凝固成了虚无”。

《浪人传奇》（《上海文学》第5期），作者从维熙，此文写了自己在山西永济监狱的劳改农场一段旧事，一个旧友王臻，并借这位旧友的命运传奇来写文革中的各种非正常的事件；文章也写了1976年人们预感到命运即将发生转变的那种按捺不住的兴奋；写了新千年开头的日子，两位朋友在风雪里的相逢，分别之后的不同际遇和天翻地覆的变化，并以此拷问在严酷的生存环境下知识分子的灵魂。

与之类似的还有《一个年代的副本》（《百花洲》第1期），作者薛忆沩，与上篇散文不同的是，作者是从孩子的视角来观察周围的一切的，写自己由母亲带着去沙漠腹地见父亲的艰辛，写相见之后全家人以及父亲“难友”们的快乐，于是作者慨叹道，“我必须走进这个年代，将它当成我的水、我的空气、我的土壤和我的恩师。我所有的感官都将由它启蒙。”

《中国旧文人的两种范型及奴才型的宿命》（《黄河》第1期），作者蔡润田，文章以嵇康和宋之问为例，从各个角度做了对比。就两个人的个人教养和文学成就来说，他们都受过儒道文化传统的熏陶，在诗文创作上都有独到的成就，在中国文学史上都有其不可磨灭的地位，但他们思想品质，行为方式却大不相同，其人格大相径庭。虽说中国士子多有正道直行、挫而弥坚者，但在强权政治下，偏离固有价值系统，“枉道而从势”的人还是大有人在，文章彰显出的就是两种截然相反的人格范型——骨气型与奴才型。

孙郁发表了《〈民报〉拾趣》（《十月》第1期）、《〈奔流〉琐记》（《十月》第3期），两篇文章在某种程度上都还原了当时的现场，将蒙在历史之上的灰尘轻轻拂拭。其中前者围绕《民报》还原了章太炎、汪精卫、胡汉民、康有为、梁启超等人那依稀可辨的面容，以及流亡到域外的奋争经历，让人体味到了从清末时期的寒冷里传来的那些暖意；后者围绕《奔流》这本旧期刊写出了鲁迅内心的隐秘，晚年的诸多心思、寄托，晚年的转向以及旧日的光景等。

陈希米的《让“死”活下去》（《天涯》第5期），是长歌当哭的一篇文章，是追问和思考并重的一篇文章，是一篇怎么都难以化解心中之痛的文章。其中对于生死、爱情、诚实、孤独、时间、永恒、生存意义等问题的追问，时时闪烁在字里行间，散发出炫目的智慧之光。其中有一段是直接关于是生是死这一终极问题的，作者写：“我们说过，人生其实没有意义，但是，先不要去死，这是第一；第二就是干，看看究竟想干什么，这就是‘在世热情’，每个人的热情，就是他的意义。”“人忙忙碌碌，终为一死，明白人都难免会有荒诞感，进而发现活着其实没有意义（那些宏大理性）。但一细想，发现为了孩子，为了母亲，为了画画……还想活，想活，有了热情，意义便有了。”因此，“它可以具体为爱一个男人和女人，爱孩子，爱打球、爱画画……把肉体和一个操持、一个牵挂连起来，生命就运动起来，意义就出来”，这真是经历了切肤之痛、心灵的大悲伤之后才有的箴言。

另外，刘心武的《祥云飞渡》（《上海文学》第5期）、王充闾的《卓文君的勇气》（《海燕》第6期）、《诗人的妻子》（《鸭绿江》第7期）、沙爽的《人言》（《文学界》第6期）、周楠本的《瞿秋白绝笔诗》（《散文·海外版》第2期）、游利华的《声声慢》（《岁月》第6期）、樵夫的《一个让人仰望的人》（《文学港》第3期）、李浩的《闲话明清小品（四题）》（《四川文学》第7期）、闵臣的《读胡适随笔二题》（《四川文学》第7期）、陈洪金的《一个逝者的博南古道》（《四川文学》第12期），都是本年度这个题材写作的重要收获。

二　那些被风吹远的往事

对于每个人而言，人生而自由，却又无处不在一种枷锁中。当现代文明造就了诸多文化荒漠之后，社会已经开始渐渐走向各种思想交错的时代，在各种现代化标识的包围中，包括道德标准在内的诸多标准已经开始四下崩塌，于是对于往事中那些纯真和质朴的回望便成了当下生活的一种虚幻的依托，它虽然已经远逝并且缥缈，但以此来对抗越来越恐怖和坚硬的现代阴影，也不失为一种好的方法。于是，本年度这种类型的散文就成为当下散文表述存在的方式之一，这些散文依旧在一片废墟或苔藓之上，张扬着充盈的艺术表现力，依旧具有很强的使命感，这使得本年度的散文创作更为坚实有力。

《逝与在》（《百花洲》第3期），作者苍耳，其中的《乡村琴师》写得滞涩灰暗，读完此文心中也是涩涩的。如同作者在文中所写的，在这个世界上，二胡的弦音是不能单靠耳朵去听的，因为有的弦声是低度的、宽厚的、凝涩的，甚至带有一种沙哑，是与人的内心相通的。这种声音从一个晦暗的地方慢慢泻出，汩汩流淌，会使人低下头，慢慢回到自己麻木的内心，同时会使人有一种悲哀和力量从底部升起。而且这种声音从一降生起，就天然地属于广大卑微的民间，一直流淌在人间、世间和民间，滋润着孕育它的昏暗的草舍和幽巷。另外《那飘忽的微咸气息》一篇，带人进入了一种弥散着腐朽的气息之中，而这种气息就是“曹家湾的梅雨季节飘忽着一缕盐的气息”。而在曹家湾这个诡秘的所在，马头墙高耸，曹氏祠堂气势恢宏，是那么的神秘、古奥和隔膜，它似乎久远的存在，老到到处都生出了青苔，高崖断岩般的巨大的青灰墙面，下半部微微向外鼓凸，渗出薄薄的盐霜，门上大锁锈死了似的一动不动，仿佛里面空空如也，什么也没有，只有那些在村庄上空莫名地飘忽着的微咸气息，在时间里成了人们的轨迹或者悲哀，就像皖南农民在烈日下劳作的衣衫上再度结晶的盐花。《公元哦公元》中作者的语言感觉是相当出色的，在新千年即将到来的那个时候，“在时间的背面目击千年之尾”，“我深深地意识到时间的悬隔：这边和那边，此和彼”，并由此感叹，时间本身就是一场奇怪的洪水，人们一生除了抗击空间的大洪水，还得抵抗这时间的大洪水。苍耳的《多余的亡灵》（《文学界》第4期）也是很有分量的作品。

《被风吹远的事情》（《辽河》第12期），作者王宏哲，文章写得韵味十足，这不只是源于作者对语言把握的熟稔，更是源于作者对人生思考的细致与深入。文章表面写的是物，其实写的是人，是对生命的思考和解释。在《风从街巷吹过》中，作者将风作为一种有生命的东西来写，风能将村中的一切按照时间的安排进行整理，在风的吹拂中，村庄在不知不觉间就已变得悠远而又模糊，“风把一些岁月吹远了，风把村庄和村庄里的一些人和事情吹远了”。在《雨落在身上》中，作者写人类在面对事物的时候要与之进行平等的对话，这个姿态要低到“那个下午，我和一些玉米们在一起”的程度。在《马记着那些事》中，作者写自己去马市买马，当自己牵着那匹马兴高采烈地往回走时，看到“那匹马却显得心事重重。它低着头，耷拉着脸”，为何如此呢，因为它“归谁或者不归谁本来是马的事，但往往就被人给强行安排了”，难道这不是人的命运吗，最终，那匹马被光阴老成了一个遥远的影子，而自己年轻的日子也被光阴老成了一片模糊的记忆。《虫子在角落里注视着》的写作视角也同前者相似，对生命的深深感悟也在其中，作者感到，“一只虫子如果能够平平安安地活到老死，一定不是一件简单的事情”，那么人呢？《狗这一生不容易》也是一样的优秀之作。

《等待我的一堵墙》（《飞天》第1期），作者靳万龙，文章是写农事的，但又不全是，比如写牲口们挨饿，叫声连天，其中的原因之一就是它们自己也糟蹋掉了一部分粮食，“这一段饥饿中也有自己挥霍掉的一部分”；比如作者从鸡的行为中看到，人在一生中也干不了多少像样的事情；而作者所写的盖房那段，其实就是人生的一段深深的哲理，“我在活过了几十年后才明白，一个人还没有能力干成一件事的时候，就只有等待。世上的许多事情似乎都是这样。某一件事是属于你的，它早就撂在那里，它在寂寞的时光中一直就那样撂着，它在静静地等待一个人，一年、两年或者更长”。

而谁是干完最后一件事情的人？谁又迷失在往事的苍茫中，再也喊不回来？这是值得我们去沉思的。

南帆的《火车驶过田埂》（《收获》第5期），是一篇具有四棱镜效果的文章，作者对于语言的驾轻就熟，对于往事的追述迷离而又具有光彩，就如同作者写道的那样，连自己也没有想到，“风驰电掣的火车不断地搅动三十多年的记忆”，虽然自己当年冒着严寒书写的红漆标语已然模糊，铁路桥的桥梁上结了厚厚的一层锈色污垢，但“内心的错愕之感始终挥之不去，如同漂浮在水面的一层油污”。那时自己同很多知青一样，生活愈来愈沉闷，在偏僻的乡村，自己能亲身触及的唯一能够通往城市的道路就是延伸到远处的铁路。那列一直遥遥无期的火车，给了作者无限的想象，也给了作者无限的无奈，自己只能爬到山顶去看，“到了夜晚，铁路尽头的一列客车愈来愈近，车厢内灯火通明，一排闪亮的车窗如同一串灯笼飞驰而过……”但它总是趾高气扬地呼啸而来，转瞬之间绝尘而去，这只能让人伤感，而那只“有点像一只振翅欲飞的大鸟”能飞起来吗？作者在《收获》第2期发表的《饥饿惯性》也是一篇写得很精致的散文。

《我们在稻谷上睡了一个冬天》（《天涯》第2期），作者帕蒂古丽，语言做得很是有灵气，比如开篇一句：“那一年，地里的稻谷还没有收回来，大雪就像盗贼一样从南山那边扑过来，抢夺了村庄里收割的喜悦。”比如写人们从稻田里回村的时候，是“一步一回头，好像那些稻谷会在他们哪一次回头时，一下子从雪窝里蹿出来，蹿到他们跟前”，这些都是很有灵性的句子，是长时间的写作实践之后才能得到的。

《在村庄里闲走》（《北京文学·原创版》第7期），作者李雪峰，作者的视角是别致的，语言的表述能力是很强的，作者的写作感觉就像一根触须，紧紧缠绕着他在文中所要表述的，他对于村庄的发现也是有别于其他人的。比如他写“路是缔结村庄的藤蔓。一条歪歪扭扭的路东一扭，就结出一个瓜一样的村庄；西一斜，就又结出了一个瓜一样的小村庄”，而且作者将日常的事物化成生命的想象，用以表述对生命的理解和认识，他写道：“一个人在村庄里走动生活了一辈子，但他却不会说村庄里的路自己全知道，因为总有一些路他琢磨不清楚”，而“一个人需要知道的，不过是自己梦想远行的道路和自己迢迢回来的归程”。在《有一些花朵是为你开的》中，作者感叹生命中的宿命，那么“一个人在白云苍狗的岁月里能同多少朵花相遇？一朵花在绽开和凋零之间能与多少人相遇?”“你寻觅到那朵为你才静静绽开的花朵了吗?”“你被一朵花点亮过你的心魂吗?”《有一些眼睛你不会看见》也是作者苦心写就的散文，让人很能获取阅读的快感。

《亮》（《鸭绿江》第 8 期），作者彭家河，文章中将灯火以“亮”来命名，很有些怀旧的味道，很容易让人沉入到往事的情景中，不能脱离出来。那个在高高铜台上伸出小手样盛着桐油放根灯草的铜勺，那个用个小墨水瓶做的亮，亮上的灯花，都是些让人怀旧的物件。而像在亮下看书、打牌、做农活，读书、吃饭摆条、打牌算命这样的情趣，是取代亮的一种叫电的东西之后所不再能有的，如同作者所写的那样，“亮熄灭了，电灯燃起了。乡村夜晚再没有那团昏黄之光的笼罩，一切都如同白昼，朦胧神秘的乡村故事已经大白于电光之下，无秘密的乡村迅速变得索然无味”。

《冬天的一些事情》（《广州文艺》第 11 期），作者海飞，文章写得很有意思，其中的《风吹院门》一篇中，仅拿黛玉葬花来说，作者就处理得很好，作者故意将黛玉的名字隐去，只称她为“镜子背面的图画上一个古代的女人”，而父亲更是有趣，在看了圆镜背后的画说，“这一定是一个古代的女农民，但是她那么瘦的肩怎么会扛得动锄头呢”，赤脚医生的结论更是古怪，“从这个女人锁得那么深的眉头来看，一定是患了忧郁症，大概是她的老公不要她了，或者她的老公做了对不起她的事”，写得可谓味道十足。

《吾祖》(《芙蓉》第5期)，作者郑小驴，此文写自己的祖父，他懂得怎样享受生活，能用工工整整的小楷抄写佛经。就是这样一个人，在将要辞世的时候，“像匹即将死去的老马，用那只尚未中风的右手使劲地支撑着想要爬起来。在茅厕的门口，他又摔了一跤。额头磕碰在水沟旁边的瓦砾上，磕出了血。他一动也不动地卧在水沟里”，此段不由让人唏嘘，人在时间面前总是会被打败，不论是这个人如何不想服输，就像文中的祖父敏感地嗅到了死亡的气息一样，无法躲避。

李晓君在《乡村爱情故事》(《天涯》第5期）中，将在时间深处湮埋的往事翻了出来，这些事是动感的，又是静悄悄的，像一幕幕无声的电影，其中也有光亮的，也有灰暗的，有沉寂，也有兴奋，有珍宝，也有废墟。他写那个姓黄的才子，写一夜之间空降在小镇的几位女教职工，写“飞鸽”牌自行车、恋爱、孤寂的夜晚、通宵达旦地痛饮、欢笑，写燕女士和庞师傅的绯闻，写“每年春天，山冈周围的油菜花恣意盛开”，那些往事虽然远去，但人们在回首的时候心里还是五味杂陈。

《远在我的身体之外》(《海燕》第6期)，作者李景林，其中在《一滴水的命运》中，作者写到：“一个人不比一滴水更沧桑，也不比一滴水更性情”，“一滴水的一生有多长，一滴水又有多深?”“谁为谦卑的生命掌灯，谁为一滴水送行?”话不在多，但表达的内容是丰厚的。

《树之絮语》(《上海文学》第9期)，作者王彬，文章分别写了小叶椤、金枝槐、橡树等几种树木，文章写树，又不拘于树，从中可见作者的博学和心态的从容；严平的《生命的承受》（《收获》第3期），让我们看见了一个“弯腰鞠躬，眼泪滴落到地上”的沙汀。祁玉江的《回家过年》（《散文·海外版》第1期），陈洪金的《新田》（《山西文学》第7期），透透的《透透散文二题》（《广西文学》第5期），葛水平的《走过时间》（《山西文学》第4期），薛舒的《鲁院日记》（《山西文学》第2期），柳宗宣的《居无定所》（《百花洲》第1期），阿贝尔的《早春的镜像》（《上海文学》第4期），于坚的《众神之河》（《文学界》第4期），何镇邦的《汪曾祺、林斤澜的福建之行》（《北京文学》第6期）等，都是本年度散文的优秀之作。

三　散文是一件智慧的事情

当下的某些散文，往往在用一种方式显示自己智慧的同时，或是呈现出一种游离，或者表达出一种忤逆，或者显出一种喧哗。其中的原因，除了与一个作家的才力有关之外，还应该与某个作家的智性有关。因此好的散文要在其中渗透作者的智慧，在智慧性中显示自己的个性。本年度中，很多散文作家在自己的散文创作中，书写着对这个世界的看法，在散文中故意显弄一些或大或小的智慧，这应该是允许的，甚至是必需的。因为散文要想写好，要想在境界上有所开拓挖掘，要想有探索内心世界的深邃，要想有面对人类苦难的悲悯，对文本背后的智慧是应该有所要求的，这样写出的散文，已经不只是一种文学体裁，更是一种看生活的眼光，一种启人智性的智慧，本年度这个方面的散文创作也是很突出的。

《“康雍乾”三朝对于上人的驯化——再说清代有经学无儒学》

(《雨花》第6期)，作者王学泰，作者写了清朝“康雍乾”三朝对于文人士大夫的驯化，手段呢，无外乎打击与拉拢两种，而在皇帝心目中这些士大夫不过都是些奴才而已。确实，与明代士人相比，到了清代，“士人的心态变了，骨鲠之士越来越稀缺，争着做奴才的却大有人在”，作者觉得作为士林必须保持独立的人格，要有气，要有背后的道统，否则“没了‘气’的文人士大夫便成了无耻的一群，实际上这是国家的最大的耻辱”。

《夜的城堡》(《岁月》第3期)，作者李汀，文中写到的黑夜并不是安静的黑夜，里面有热闹，更有芜杂，有晦暗，更有内心的喧嚣，于是在《我仿佛是黑夜的一只虫子》中，作者突然感觉自己多么像黑夜里的一只虫子，“躲在草丛里，院子里的拐角处，试探性地叫上一两声”，“毫无疑问，我的身份同样像这只虫子一样谨慎、小心”，“这个世界上，能有一两只虫子能听懂人的心声，也该是人的幸福了，”“我越来越相信，在黑夜里，只要有一只虫子陪在身边，那些埋藏在心里的鬼魂就会被风吹得一干二净”，难道文章写到的这些虫子不是作者自己、我们自己吗？

《爱与死的变奏》(《福建文学》第4期)，作者黄加芳，这是一篇直刺我们心灵的作品，就如同作者在文中写到的，读完这篇文章，噩梦的图景就出现了，它刺激我们，压迫我们，甚至将要无情吞噬我们，因为作者所写到的画家爱德华·蒙克用他诸多作品中所创作的主题，比如死亡、焦虑、爱等，都在重重地撞击着我们的心魄，将我们带到正在吞噬我们的地域，让我们惊异，却不能逃离。

《试着病了一回》(《火花》第6期)，作者梁衡，作家的观察力与敏感度确实是异于常人的，所以作者才在打点滴的时候，见到一幕幕平日正常的生活里所见不到的场景，比如护士那犹如寒冬的惨白面容、白眼或者抢白；比如病人觉得自己“就是正在经受变革的试验品，实验的主人是命运之神（包括死神）和那些白衣天使”；比如地上的输液架、氧气瓶、器械车，“颇有点拥兵自重的骄傲”四世同堂的老汉，“脸白净得像个瓷娃娃，长发披肩，夹克束身，脚下皮鞋贼亮的翩翩少年”，“用一块热毛巾为老妇人洗脚”的中年妇女，可谓男女老少，品种齐全。而当“我”躺到这台子上亲身做着病的试验时，自己也才知道病魔决不肯夺你的力而又为你留一点神，于是作者很是感慨：人在没有生病的时候就应该懂得，要加倍地珍惜生命，热爱生活。

《人间草木》（《四川文学》第8期），作者刘学刚，其中写的灰灰菜，是如此叶叶相互对立、相互交错着生长，最后形成了一棵庞大而深刻的植株；萋萋菜，“圆润的直立的绿茎上举着一个小小的拳头，绿茎林立”，这是一种伴着祖母、母亲还有我一起成长的植物；而苦菜呢，“微微的苦滑过舌尖之后，是沉沉的香，那香很结实，就像一根细长的绳子，柔韧，直逼你的内心”。这些植物在过去的时光里都见证着自己的辛酸和苦辣，是伴随自己一路成长甚至是养活自己的东西，不会那么容易就被人忘记。

《谁能让一只公鸡停止啼叫》（《创作与评论》第7期），作者陈启文，文章写了康德、叔本华、张爱玲三个人，从中我们得知，每个人都渴望外界的安静，内心的宁静，但得到它、进入它是多么的不容易，这对当下喧嚣的世界和内心来说，是多么的重要。

高维生在《走在平原》（《清明》第2期）中，将世俗的生活铺开了来写，平原的野地上、动物们、四蹄荡起尘土的驴拉的车、蔬菜批发市场、年代久远的老屋、屋里木桌的抽屉、摆着的一摞信、乡村学校等，都写得细密，有声有色。

《心重》（《文汇报》2月17日），作者刘庆邦，作者写心重关乎敏感，关乎善良，关乎对人生的忧患意识，关乎对责任的担当，等等，认为所谓生命的分量也就是心的分量。《在时间的边缘寻找石头和水》（《福建文学》第1期），作者巴客，此文既开启了人们的心智，又让人们呼吸到了思想的气息，让我们再次确信思想不但是有重量的，也是美丽的。《踏青与“咬春”》（《海燕》第6期），作者侯德云，文中写得轻松清淡，写出了作者心中的色彩。《叶琛散文三章》（《辽河》第12期）中，作者写听雨会让人想象，做白日梦，确实如此，听雨不就是在听自己的生活吗？《有些树生活在屯子里》（《岁月》第3期），作者李广智，此文写得颇有哲理，是将自己所写的事物与自己对生活和生命的思考放到一起了。

另外，王开岭的《湮灭的燕事（外一篇）》（《广西文学》第2期）、肖欣楠的《私语书》（《文学界》第4期）、杨永康的《春天操练》（外一篇）、张承志的《扬州的仙鹤》（《散文·海外版》第3期）、宁肯的《西藏日记》《散文·海外版》第2期）、吴明泉的《皇城密码》（《北京文学》第6期）、赵治的《古道·藏茶》（《四川文学》第7期），竹鸿初的《听尽十里蛙声》（《江河文学》第3期）、沙爽的《残年》（《作品》第8期）、王太生的《水有植物的清香》（《安徽文学》第12期）都是很好的作品。

四　有一种生活叫真实

在本年度的散文写作中，很多散文家也在尽力表现着真实的现实，于是从这一点出发，众多作家写出来的散文，真挚、热爱、忧郁，有诉说、辩解、剖析时的战栗和激动，有心灵的煎熬与疼痛，更有现实生命的激情，体现着自己独特的写作价值。这些作家往往从内心主体体验出发，拨开纷乱的生活表象，通过观察人生、描摹世态，对人的存在、人的心灵世界进行探寻和追问，从而写出灵魂的悸动，精神的痛楚。本年度的散文作者举着现实的旗帜，把社会现实的状态或直接或隐语性式地加以表露，于是那些不可遏制的生存欲望、生存的快乐与痛苦，便在其间突现出来。

《南方工业生活手记》（《广州文艺》第4期），作者周齐林，文章写了一个打工者离开家乡，进入钢铁丛林的城市打工的生活。自己怀揣梦想，想着要像鸟儿一样飞翔，但城市生活显然不属于自己，自己只能“在南方，从这个小镇辗转到那个小镇，从这个出租屋到那个出租屋”，像一条盛满泪水的小船在异域的大海中漂泊，有的只是白天的劳累和夜晚的疲惫。机器的那些铁的气息，进入了自己的骨髓深处，将自己的身体也变成僵硬的机器；城市里那些充塞着暧昧和肉体的气息，与避孕套、黑丝袜牵连着，将隐性存在的暴力显露，赤裸裸地暴露在空气里，“欲望的气息在这里弥漫、张扬，行走在城市的胃里，你如一只细小的蚂蚁，随时都有被吞噬的可能”，难道这就是我们想要的城市生活吗？

《在重庆的码头上流浪或飞奔》（《福建文学》第2期），作者吴佳骏，文中写了自己从农村走向城市的艰难。当我像游魂一样飘荡在城乡之间，周围的景色都是暗灰色的，寒冷的，“天桥上行走的人，都缩短脖子，穿起大衣，把身体保护起来”，而“对于这个庞大而繁华的大都市而言，我是渺小的，易碎的，不堪一击。哪怕身旁汽车经过时的一阵气流，都有可能把我卷入这座城市生活的漩涡，在劫难逃”，连自己的影子也被行色匆匆的人群踏扁，踩碎，压成齑粉；文章中还写了自己的一个朋友×，×与自己的父亲自己的家决裂之后，“走街串巷，搞过传销，捣过烟酒，卖过碟片，发过传单……他曾数次被公安机关拘留，后来又都化险为夷”，这算是对于作者经历的一种佐证吧，而在现实的壁垒前，作者的所有经历也只是依旧让悲伤包围着自己罢了。吴佳骏在《流浪在城市里的候鸟》（《山东文学》2012 年第 8 期）写道，“城市是一个张大欲望嘴巴的胃，它的任何一种表象都凸显出饥饿的本质”，“在它繁荣景象涌动下的生活，充满金属的质感和纯物质的姿态”，自己“只能长时间处于漂泊或流浪的状态，从城市的夹缝中去寻找自己渴求的方向”，其中很能见到作者内心的执著与倔强：自己不属于一个城市，知道了乡村通往城市道路的漫长与行走的艰难，但又要在这个城市打拼，获取幸福的希望，于是，那些“无根的人宛若空中游移的云朵，永远处于悬浮的状态”，只能“像一只迁徙的候鸟，南来北往，颠沛失所”，那么，一个人最终的宿营地又将是哪里呢？

《往北》（《滇池》2012 年第 10 期），作者李达伟，文中分《往北》《游荡》《词语的破碎》《幽暗》几篇，作者写了一种执著的向往，写了一种往北的倔强。作者写到，往北是隐藏于内心深处的秘密，自己感受到了内心深处开始出现一条无法摁住的蛇，它像一只蛇潜藏的情欲的苏醒，能让灵魂触及生命的疼痛与真实；文中还写了自己对幽暗的偏爱，对于电影院那一小片幽暗的深深记忆和那种淡淡的忧伤。另外作者在《文学界》2012 年第 2 期发表的《潞江坝：心灵书》也是相当耐读的文章。

《小旅馆》（《四川文学》2012 年第 11 期），作者杨献平，在作者眼中，城市是虚浮和不可靠的，眼前的景象只有那走廊上挂着的几盏白炽灯泡，只有陈旧而低矮的泛黄的房间，只有陌生和城市给人的茫然和覆压，以及在内心深处蕴藏的那种不可救药的渴望或奇迹。杨献平的《我的武侠江湖》（《广西文学》2012 年第

6 期）的写作视角和题材都是新鲜的，整个文章写得雄阔与悲情，雄阔是武侠小说中的雄阔，悲情是现实生活中的悲情，所以作者感到“一个村子，乃至一个地域，其实就是一个江湖。这个江湖往往是自生自灭的，一些看起来主持正义的公器实际上还是由人操纵”，以至于最后作者自己往往是震惊不已，坐在电脑前很长时间不能挪动身子。

瓦当在《出走记》（《天涯》2012 年第 3 期）中写了自己最近几年不安定的生活，“一路颠簸，窗外，北方，大地寥廓萧索，如入元人笔墨”，在生活的压力下，坚持自己的人生理想是如此不易，而“那些从故乡出走的人，那些无法返回故乡的人，那些仇恨故乡的人，那些没有故乡的人，那些寻找故乡的人”，却都要在这种孤绝的境域中寻找到属于自己的出口，否则人还能存活吗？

丁燕写的《她在东莞：南方饭桌》（《文学界·原创版》第 7 期）、《她在东莞：边城过年》（《山西文学》第 9 期），《诗生活》（《红岩》第 7 期），全方位写了东莞一带的城市生活，细密而有张力，也是本年度别具一格的系列散文。

文学与人的质地有关，散文更本质地接近人的本色，一个会用思想写作的人，就会经常关切人的精神本质问题，就会不断地在自己的炼狱中将自己警醒，也就是说，在最低限度上，当人们沉溺于享乐主义或乐观主义的时候，散文家要始终保持一种坚守的姿态，绝不能让那种简单的宣泄降低到一种盲从的地步，从而进入到一种迷狂的状态。一个好的散文作家要有深入骨髓的清醒与思考，以及淡然、达观的态度，还有一种由此显现的对人生和生命具有智慧的参悟。散文家要把那些最细微的和最隐秘的信息传达给我们，给我们以心灵的悔悟和冲动。由此我们断定，思考的梦想与精神的留存会在后人的重新构思、描绘、着色或塑形之中，使散文写作的深处产生更大的自由，并能使之去掉那些或已朽掉的腐质层，去掉那些固有的肤浅的甚至是麻木的判断，重获具有激情、想象和深度的精神光彩。

（本章执笔　中国作家协会鲁迅文学院副研究员　王　冰）

B.7

诗歌：跨界、网媒与诗人的选择

回顾2012年中国内地的新诗发展状况，我的目光在纸媒与网络之间来回扫视，渐渐地，一种比较清晰的观感形成了：当代诗歌的主要生发与展示空间已经转移到互联网上。也许有理由相信，互联网及移动媒介已经改变了我们的文学生态，特别是新诗领域；这是一个媒介推动现实进程的时代，而新的阅读方式正在或即将改变创造力的方向。

当Email诞生的那一刻，人们也许没有多么强烈地意识到，书信时代已经一去不复返了。互联网普及之后，通讯联络大大缩短了时间，办公效率提高，移动即时通讯、APP、网银和长微博工具的相继出现，又使信息浏览、购买、阅读和交流整合为一体，技术的进步首先改变的是人的生活方式，尤其在年轻的一代人身上。Ipad,，Kindle以及智能手机中的阅读器，在2012年间，悄然地通过移动阅读改变了出版和传播方式。

一　新动向：诗歌跨界与网络出版

2012年1月10日，北京瓢虫剧社创作的诗歌剧场作品《乘坐过山车飞向未来》在深圳美术馆举行；1月11日，由诗生活网、《诗林》双月号和深圳旧天堂书店合作举办的“新诗实验课”第六期，以“无界剧场”为题，邀请导演曹克非，诗人多多、周瓒，介绍并讨论诗歌跨界话题。1月13日，北京蓝溪酒吧举行了“十三不靠”诗歌民谣弹唱会。2012 年 5 月，瓢虫剧社应台湾地区第五届女性戏剧节邀请，带着《乘坐过山车飞向未来》赴台北演出，共演出五场，受到台湾地区观众好评。2012 年 7 月 8 日，由北京艺云时代国际影视传媒有限公司与海啸工作室联袂出品的“中国诗电影”计划启动仪式暨大型诗歌朗诵会在中国现代文学馆举行。“诗电影”首期计划将 100 首经典中国现代诗歌拍成微电影，每部作品 30 至 60 分钟，除了各地电视台、视频网站播出，届时还将结集成 DVD 及图书全球发行。2012 年 10 月左右，民生现代美术馆开设为期一年的文化项目“诗歌来到美术馆”，邀请诗人到美术馆，以朗诵会、讲座、沙龙、派对等形式，与读者及观众分享交流关于诗歌的一切。已举办的主要活动有“黄灿然《奇迹集》朗读交流会”，“欧阳江河《凤凰》朗读交流会”。2012 年出版的《诗建设》四期，每一期都辟有“跨界”栏目，刊发小说家、艺术家或许与诗有关的文字。

诗歌为什么要走进剧场、美术馆？又如何在剧场、美术馆展示自己？

新诗自从诞生以来，其总体接受面貌一直是相对书面化的。诗歌写作既试图从语言中寻求存在的多样性，因而是对语言可能性的开拓，同时，又因为写作的及物性的需求而不断地回到日常性，包括从日常语言中汲取营养。因此，新诗语言与日常语言的关系颇为复杂，既疏离又亲近。新诗史上，朗诵诗曾经在社会总动员中发挥过重要作用，而 1980 年代中期之后，朗诵诗式微，新诗介入现实的方式也相应发生了改变，出现了诗歌跨界现象。诗歌跨界概指诗歌与其他艺术样式的结合呈现，较早也是持续迄今的，与诗歌发生紧密跨界实践的主要艺术样式是音乐，摇滚乐和民谣音乐乐手尤其偏爱采用诗歌为歌词，同时，也有诗人兼乐手的艺术家。中国摇滚乐先驱崔健的歌词被选入一些诗歌选本，而早逝的诗人海子的抒情诗也频繁地被民谣音乐家谱曲演唱。诗人黑大春、颜峻、周云蓬是近年来最具代表性的在诗歌与音乐两个领域活跃的跨界实践者。2010 年，创立于北京的民间独立戏剧团体——瓢虫剧社创作了第一部诗歌剧场作品《企图破坏仪式的女人》，以当代中国的女性诗歌作品作为演出文本，结合诗歌、戏剧、现代舞、实验音乐元素，形成一场全新的舞台演绎。2011 ~2012 年，瓢虫剧社又创作了另一部诗歌剧场作品《乘坐过山车飞向未来》，分别在成都、深圳和台北演出了三个版本。这个作品依然选用当代女性诗歌作品作为表演文本，但根据不同的演出地点、空间，三个版本的《乘坐过山车飞向未来》在演出文本、演出者、表演结构、音乐和形态呈现方面都有较大的不同。诗歌剧场实践融汇了各种艺术元素且有意识地介乎戏剧和行为艺术之间。

创刊、出版于 2012 年 5 月的诗刊《飞地》第一辑，介绍了 2011 年 11 月至 2012 年 1 月间，由深圳华·美术馆主办的“词场·诗歌计划”，这个活动被称为“中国首场当代艺术与诗歌跨界事件”。《飞地》丛刊以“事件”为栏目，刊发了“词场·诗歌计划”活动中的参与艺术家和诗人的文章与对话，探讨视觉艺术与语言艺术的关系，当代诗歌写作的现状与传播可能等一系列的跨界话题。瓢虫剧社的诗歌剧场作品《乘坐过山车飞向未来》应邀参加了这个活动。瓢虫剧社的诗歌跨界表演实践中，诗歌的形式（语言风格）与其他艺术的形式产生碰撞，而诗歌的内容则得到拓展、变形及丰富化。在选择诗歌文本时，参与者注意被选择诗歌的可表演性，同时，演出者结合自己对诗歌的理解进行表演练习实验。诗歌跨界表演既是对诗歌传播形式的开拓，也是对诗歌内在生命的不断挖掘。在民谣乐手，声音艺术家那里，诗歌通过被演唱而得到更广泛的传播。剧场、美术馆，诗人和表演者可以读诗，演诗，并让观众参与到诗歌的发声行动中，但诗歌与其他艺术之间的关系到底怎样？这样的探索之于诗歌又有什么意义呢？或许，这是所有尝试诗歌跨界实践者应该持续思考的问题。

2012 年 1 月 19 日，豆瓣网站的“豆瓣阅读”推出免费的《翟永明诗五首》，2 月推出免费的诗人黄灿然翻译特朗斯特罗的《诗 12 首》，3 月推出一本诗合集《绿萝集》（作者：Ryan 梅子丫 小玖 契寞斯 一岚 Deep 喜乐多鸿 Emily 映 玖三 北北°C 子成 lilacdy）。这些作品集，或者是豆瓣约稿，或者是作者投稿，总之，一种全新的诗集出版形式在互联网时代诞生了。此前，并非没有电子书籍和数字出版，但原创网络文学大多集中在畅销小说、游戏文学、经典文学等类型，迄今为止，据相关统计，位列网络数字出版排名最前四位的网站——云中书城、字节社、豆瓣、多看，只有豆瓣网在 2012 年开始计划并陆续实现了当代诗歌的出版与阅读推广。

根据“豆瓣阅读”数据显示，2012 年 1 月至 2013 年 1 月间，出版含诗歌类的数字作品 87 种，另有 9 种图书。在这些作品中，包括个人作者与合作方两种方式。个人作者可以是来自豆瓣网的邀约，也可以是自主投稿，其程序是先申请个人小站，再申请个人作品结集出版，经过审核后上线。2012 年在豆瓣阅读“个人申请”诗集出版的作者及诗集有：普珉《银子》，石可《我将盲》，茱萸《仪式的嘴唇》，流马《你们都不来唤醒我》，维庸《知更鸟》，苏瓷瓷《苏瓷瓷诗集》，炎石《新诗十九首》，于哲《九毛九》，王璞《换季/彗星追尾》，厄土《昨日之树》，韩博《第四天》，袁永苹《私人生活》，高兴涛《小镇的诗》，菜小龟《等我胖了再揍你》等，而“合作方”包括正规出版机构和民间独立出版两种，豆瓣网在为合作出版社提供平台之外，特别为民间独立出版包括线下的民间诗歌刊物与机构提供了交流的平台。2012 年与“豆瓣阅读”合作的与诗歌相关的民间独立出版集体包括黑蓝文学、副本制作、北京大学五四文学社。在过去的一年里，这三家民间独立出版集体在“豆瓣阅读”推出的当代诗人诗集有：夜跑跑《行进中的莫须有》，张也张《有鱼集》，啊呜《倒叙的夏》，阿步《白马少年》，了小朱《飞行颂》，唐丹鸿《X 光的、甜蜜的夜》，焰儿《退化》，井井回《少女们的体育课》，二十月《双行星与小卷兽》《默读之辩》，邓宁立《枝形吊灯》，程万豪《夜十一时在麦当劳》，陈舸《编年史》《电影手册》，温文锦《脱身》，比利珍《江东旅馆》，陈珂《感情生活》，金勇《众声喧哗》，叶晓阳《鼓捣社》，刘海川《书页与玫瑰》，以及北大五四文学社诗刊《未名湖》第四、五、六期等。以上提到的作者大部分是未曾正式出版纸本诗集的年轻诗人，“豆瓣阅读”为他们提供网上阅读和交流的平台，虽然较之纸版诗集，网络诗集定价便宜，但低价位和绿色出版、快捷交流的新方式，也有利于年轻诗人的作品在年青一代读者中间的传播。即便目前来看，网络诗歌出版依然处在尝试阶段，但建立在网络阅读平台上的付费纯文学（包括诗歌）作品的阅读或许能成为未来普及的阅读方式。

作为近年兴起的阅读形式，数字图书的流通需要一些基础条件，在不缺乏作品的前提之下，还需要互联网的硬件和软件的支持。科技改变生活要成为现实，的确需要相应的技术环境。早先，有超星图书馆，把已经出版的图书以 pdf 格式传到互联网上，读者通过购买阅读卡进入电子图书馆下载自己选择阅读的图书，但这种软件环境所支持的浏览方式很快就被淘汰了，更新颖的数据阅读（如 Kindle、汉王、Bambook 等电子书）形式取而代之。平板电脑和智能手机的普及及客户端软件的开发，又将网购、电子书下载，离线移动阅读，评论（分）等环节结合在一起。适合“豆瓣阅读”的阅读器包括 Web，Iphone/Ipad，Android 和 Kindle 等，新的阅读技术环境更环保，更便捷，也更有前景。

以上提及的诗人中，除了翟永明、唐丹鸿、韩博等知名的诗人之外，其他作者大多为 70 后生人，其中普珉、石可、茱萸、陈舸、二十月、王璞、流马、厄土、陈珂、叶晓阳、刘海川等，都是近年活跃的青年诗人。从出版规模看，即使与其他文类的作品相比，豆瓣网对诗歌的推介应该算是相当积极的，考察这些诗集在网上的被购买和阅读评价的状况，大致能够看出读者对当代诗歌的隔膜。当然，就目前来看，现实的文化环境以及新兴的网络媒介，并不是一个完全有利于诗歌传播和发生的场所，但是，新生事物总有一个壮大的过程，相信只有不断地尝试和实践，才能开辟诗歌的主体空间。

需要稍加说明的是，豆瓣网是当前几家重要的数字出版网络中比较特殊的一家网站。与之前提到的云中书城、字节社和多看网不同的是，根据“百度百科”介绍，豆瓣网是一家主要以书评和影评为特色的网络公司，吸引了一大批忠实的用户。豆瓣运营模式具有很高的黏性，并对网民购书、购碟产生影响。豆瓣网的核心用户群是具有良好教育背景的都市文艺青年，包括白领及大学生。除了阅读、看电影、听音乐，他们更活跃于豆瓣小组、小站，对吃、穿、住、用、行等进行热烈的讨论，热衷参与各种线上和线下的活动，拥有各种鬼马创意，是互联网上流行风尚的发起者和推动者。豆瓣网自 2005 年创建以来，用户规模逐年增长，2012 年月度覆盖用户超过一亿。这样一家网站推出相应的诗歌出版，本身就拥有大量的作者与读者群。事实上，豆瓣用户、小组和小站上，活跃着当代的青年诗人群体，他们可以在注册用户空间（类似博客）发表自己的诗歌作品，也可以通过日记、转发他人或小组话题并参与评论，阐发自己的阅读和写作见解。豆瓣小组和豆瓣小站都可以由注册用户自由申请，更方便诗人集中发表作品和讨论，而去年开始推进的豆瓣出版，则为有才华的诗人提供了更广泛的发表和交流的平台。

随着网络技术的丰富和完善，更多形式的传播与交流也为诗歌提供了新渠道。长微博工具适合发诗，微博的转发、评论和@功能也方便诗歌讨论，而网站之间的联系（包括网站间的推荐、转发和分享功能）又打破了互联网内部的各种边界，更加自由与多层面地传播了信息。2012 年岁末，几位年轻的诗人及诗歌爱好者在豆瓣网上通过发布朗诵诗音频的方式迎接新年，不仅朗诵汉语诗歌作品，还包括外语诗歌，看似一时兴起的娱乐形式，对于诗歌传播与写作而言，或许会是一个契机。毕竟诗歌是一种独具音乐性的语言艺术，在目读之外，声音的加入将丰富诗的接受形态。

互联网普及之后，作为一个文化群体，当代诗人活跃其中。从门户网上的诗歌空间，到形式多样的诗歌论坛，诗歌网站，博客以及微博上，都能看到当代诗人活跃的身影。纸质传播相对缓慢且受众较少，诗人就把自己的作品贴到网上；一些诗歌讨论、论争近年也首先自网络上发端和传播；近几年正式或非正式出版的诗刊、文学刊物也多从网上选稿、约稿。当代诗人积极地借助互联网发表和讨论诗歌，在 2012 年表现得非常突出。除了上文提及的豆瓣网之外，还数新浪微博的长微博工具技术，它突破了微博发文 140 字的限制，对于诗歌的传播相当有利。人们不仅可以借助长微博在微博上发诗，手机等移动传播也增进了微博传播的即时性，通过转发、评论交流，一首诗可以相当迅速地得到阅读与接受。

这些现象也都说明了互联网日益成为当代诗歌或文学主要的发生、传播场。

二　文学场：民间的扩容和诗歌的寂寞

延续上文的观察，2012 年的诗歌话语正在悄然间迅速占据网络新媒介。在微博、豆瓣这两大充满活力的网络上，诗人诗歌的交流空前热烈。在文学场中有关诗歌的两个空间描述话语——所谓的“民间/官方”——已经不再适用。如果我们暂时将互联网描述为对于诗歌而言相对开放的文化地带，可以推断，网络出版，微博言论空间都属于民间话语的一部分。而另一方面，线下的民间诗歌的出版、交流活动依然多姿多彩。

如果仍然从非正式出版与正规出版两个方面考察，2012 年的诗歌出版物大致可以分成以下三类：

（一）民间刊物

民刊《蜀道》3 月在成都创刊，《或许》（张卫东主编）4 月在成都创刊；《太阳诗报》（张脉峰主编，北京）出版总第 29 期，《第三极》（刘诚主编，长春）出版第 6 卷“当代诗歌精神重建主题研讨暨第三极神性写作高端联谊会专号”，《谁》（孙磊主编，北京）3 月限量出版西川译诗集《重新注册》，《东北亚》（杨勇主编，绥芬河）出版第 16 期，《蓝鲨诗刊》（张牛主编，广东阳江）2012 年出版两期，《诗》（道辉主编，福建漳州）出版总第 18 卷暨“新死亡诗派 20 年纪念专号”，《先锋诗报》（晓川主编，南京）出版总第 12 期，《外省》（简单、张永伟主编，河南平顶山）出版第六期，《滴撒诗歌》（方文竹、盛敏主编，安徽宣城）出版 2012 年卷，《诗篇》（深圳）出版第2卷，《彝风》（发星主编）出版总第12期，《绿荫诗报》（郭道荣主编，珠海）出版总第37、38期，《抵达》（汪抒主编，合肥）出版总第五卷，《大象诗志》（李双鱼主编）出版第七卷，《麻雀》（季刊）出版总第7、8期，《金山角》（上海）出版总第10期，《当代诗人》（程宇翔主编，湖北咸宁）出版总第7卷，《凤凰》（唐山）出版两期，《靠近》（叶来主编，厦门）出版总第二期“2012：70年代生人诗歌专辑”，《审视》（人与、郎启波主编，河南）出版总第7卷，《白诗歌》（余文浩主编，广州）出版总第7期。

（二）独立小出版

“副本制作”除了在“豆瓣阅读”建立诗歌出版平台之外，同时也继续出版纸本诗集和译诗集。去年，这个独立出版团体出版了几种诗集和译诗集：黄灿然《奇迹集》（与广东人民出版社合作出版），王炜《中亚的格列弗》，陈舸《感情生活》，《林中路》（与广东人民出版社合作出版），《诗二十首》（米沃什，张曙光译），《诗二十八首》（特朗斯特罗姆，黄灿然译），《诗二十五首》（辛波丝卡，黄灿然译）等。“钨丝小出版”，寓居重庆的诗人张尹主编民刊《现代汉诗》，继出版阿翔、魔头贝贝和余怒的诗集之后，2011年冠以“钨丝小出版”之名，出版第4集《王小龙集：我的老吉普》。蒋浩主持的民刊《新诗》去年推出丁丽英诗集《聚会》和萧开愚长诗《内地研究》二种。

2012年底，一个名为“山水印作”的独立出版机构在豆瓣网上以小站形式宣布创立。根据豆瓣小站的介绍：山水印作“是一个自筹资金、非营利的独立印制出版机构。它的诞生，源于几个爱诗的人想为喜爱的诗人们制作诗集的心念”，他们的愿望得到了艺术家朋友的支持，于是，“诗人们精心编选了自己的诗集，而我们的艺术家们为诗人的选集创作、挑选了插图。这些诗人中，有从题材、技巧、语言各方面都独树一帜的成熟诗人，也有默默以生命写作、暂不为人知的年轻诗人。艺术家们也各有所长，国画、架上绘画、蚀刻版画、木版画、水彩、新媒体绘画等多种形式的插图，让我们的诗集可以给读者带来新鲜而丰富的视觉触动”。“诗人与艺术家的合作其来有自，在20世纪这种合作更是大放异彩，从马蒂斯到毕加索，从达达到超现实主义，从艾吕雅到夏尔，诗人和艺术家的合作既是时代的产物，也是新形式和新内容的催化剂，我们也希望通过这样的合作，让‘诗’与‘艺’都能有新的路向，新的创造。这样的合作往往以类似‘艺术家书籍’（livre d'artiste）的方式出现”。“山水印作”第一辑在2012年与2013年之交出版，包括诗人诗集：王敖《我曾经爱过的螃蟹》（插图：章思），艾洛《元音》（插图：章思），雷武铃《地方》，王志军《世界上的小田庄》，杨震《2009》（插图：尹宇宁），等等。

与《星星》诗刊合作，由诗人潘洗尘主持的诗歌小册子《诗歌EMS》周刊2012年为以下诗人出版了新作：西毒何殇、王向威、琳子、晓音、樊樊、海岸、郁颜、杨勇、臧棣、高兴、桑克、娜夜、路也、海南、颜艾琳、肖水、蓝马、娜仁其其格、苏笑嫣、伊甸、宋琳、庞培、李少君、子川、李南、冯娜、余幼幼、胡茗茗、图雅、于坚、张执浩、严力、沈苇、杨小滨、李笠、沈浩波、沈奇、杨政、龚学敏、林雪、默默、红烛、高旭旺、马萧萧、余笑忠、高金光、车延高、周世通等。而近年越来越多的诗歌出版形式，表现为诗人（民间诗歌团体）与出版社的合作，比如诗人刘春编辑民刊《扬子鳄》（广西），也主持网上诗歌论坛“扬子鳄综合论坛”，自2011年开始，与宁夏人民出版社合作出版“扬子鳄诗系”，2012年诗系推出第二辑，收录了刘频、姚辉、马笑泉、苇芒、段落、周春、邓叶艳、金倜、张树超等10位诗人、作家的作品集。长江文艺出版社去年6月创办“长江诗歌出版中心”，致力于出版当代年轻诗人的作品，其已出至13种的“中国二十一世纪诗丛”，去年推出宇向的诗集《宇向诗选》，另出版的诗人诗集有：金铃子《越人歌》，罗亮《密室喧哗》，路也《地球的芳心》，田雪封、张永伟、简单的合集《低飞》等。或者来自出版社的自主资助，更多是来自第三方的资金赞助，诗人与出版社合作出版的现象非常普遍，2012年，臧棣主编的“70后印象诗系”继续出版，而以诗人群体为选题的出版的另一热点集中在对“80后”诗人的推介上，西川主编的“80后诗系”，由黄河出版传媒集团、阳光出版社出版，推出诗人诗集：阿斐《风暴》，李成恩《池塘》，罗雨《空心人》，洛盏《沐浴在县城》，肖水《失物认领》，徐萧《白云工厂》；刀刀主编，河南文艺出版社推出“80后诗丛”，出版了刀刀、八零、王彦明、西屿、高野、纳兰容若、田春雨、张艳庭、刘良伟、徐林等诗人的诗集；另外，由赵卫峰主编，中国文联出版社出版的《漂泊的一代：中国80后诗选》。2012年，民刊《明天》复刊，由谭克修、李少君主编，在长江文艺出版社出版第三卷“新世纪十年诗歌档案”，目录即按诗人的出生年代编排。由黄礼孩、江涛主编的民刊《诗歌与人》去年出版香港诗人梁秉钧诗集《东西》（中国戏剧出版社）。

（三）正式出版物

2012年1月，由诗人张曙光、臧棣、萧开愚主编的《中国诗歌评论》复刊，本卷以《细察诗歌的层次与坡度》为书名并由上海文艺出版社出版。5月，《飞地》新诗丛刊在深圳创刊，主编张尔，去年共出版两期。《飞地》由“华时代文化”公司策划，深圳出版发行集团海天出版社出版，根据编者的介绍，这本刊物试图“本着对当代新诗的深度观察，和对当下文化问题的多元思考，力求成为一册开放、前卫、独立、新锐的跨界图文读本，打造语言与图像并呈的精神净土。”诗人孙文波主编《当代诗》第三辑5月由文化艺术出版社出版，由潘洗尘等主编的《读诗》去年共出版四期，分别以《读诗：大于诗的事物》《读诗：倾斜的房子》《读诗：无法命题》和《读诗：话语斜坡》等书名，由长江文艺出版社出版，另出版一期《译诗：说话与沉默》。另一种以书代刊的诗刊《汉诗》去年三期也悉由长江文艺出版社出版，而《诗建设》杂志去年的四卷则由作家出版社出版。

2012年出版的诗选包括：《2011中国诗歌十大民刊年选》（吴谨程主编，中国文艺出版社）、《当代先锋诗歌30年：谱系与典藏》（唐晓渡、张清华编选，江苏文艺出版社）、《新红颜集》（李少君、张维、张德明主编，江苏文艺出版社）；诗人个人诗集包括：《马雁诗集》《马雁散文集》（新星出版社4月出版），桑克《冬天的早班飞机》（人民文学出版社5月出版），李建春《出发遇雨：二十年诗选》（花城出版社7月出版），孙文波《新山水诗》（人民文学出版社10月出版），郑小琼《女工记》（花城出版社12月出版），道辉《无简历篇》（北京燕山出版社），杨克《石榴的火焰》（花城出版社），江离《忍冬花的黄昏》，寒烟《月亮向西》等。

从以上整理的资料大致能够看出，当代诗歌的民间、独立出版规模远大于正式出版的数量。“民间”作为一种文化话语，在当代诗歌中曾经是独立、自由，自觉对抗主流意识形态的象征。在今天，这个词的文化内涵已经多多少少被稀释了。虽然，诗歌写作的活力依然呈现在它的民间性所包含的自主性与多样性方面，但是，无论是在互联网上通过微博、豆瓣小站等平台自由发表诗歌，独立出版，还是与出版社合作出版，诗人作为主体，其自主性不仅需要借助出版行为获得，而且，更重要的是，需要通过诗歌的接受，通过它在当代文化中发挥的作用而显现。

那么，各种诗歌活动与诗歌奖项是否能证明社会对诗人的尊重以及文化环境中诗歌地位的提升呢？2012 年的诗歌活动虽然不少，但诗歌朗诵会、笔会日益程式化，顶多对诗与诗人有着展示、推广的意义，而缺乏经由诗歌或诗人群体对现实提出问题的活动。值得一提的是，《今天》文学杂志去年春季号出版“飘风特辑”，刊发了格非的中篇小说《隐身衣》，学者刘禾的长篇随笔《六个字母的解法》选章，作家李陀的长篇小说《无名指》选章，以及诗人欧阳江河的长诗《凤凰》，翟永明的长诗《随黄公望游富春山》片断，西川的组诗《万寿》和北岛的长诗《歧路行》选章。欧阳江河、翟永明、西川和北岛的诗歌写作已为读者广泛了解，而《今天》集中刊发他们分量较强的近作，本身即是有意识的行动。2012 年下半年，《今天》杂志在北京邀请部分诗人、批评家就“飘风特辑”中的作品进行讨论。让作者直接面对读者与批评家，就写作过程，作品特点以及存在问题进行对话、交流。

2012 年重要的诗歌奖项及获奖诗人包括：“第三届天问诗歌奖”于 2012 年年初颁发，郑玲获得终身成就奖，赵野、娜夜获诗人奖；陈先发获得首届海南岛诗歌诗歌双年奖；杨键、吕约获得首届骆一禾诗歌奖；三诗人获得第二十届柔刚诗歌奖，荣誉奖吉狄马加，主奖麦芒，新人奖王西平；第十届华语文学传媒大奖 2011 年度诗人奖由黄灿然获得；胡弦获第三届闻一多诗歌奖；唐力、杨矿等五位重庆诗人获首届何其芳诗歌奖；2012 年《人民文学》奖诗歌奖得主为轩辕轼轲、羽微微；第三届柳青文学奖由诗人李小洛获得；2012 年度中国青年诗人诗歌奖、批评奖由聂广友、臧棣获得，这个奖项由诗人郑文斌所创办的中国现代汉语元诗研究所设立。另，杨炼获得意大利 2012 诺尼诺国际文学奖，翟永明获得意大利 CEPPO PISTOIA 国际文学奖。奖励诗人，是对他们的诗歌写作成就的肯定，是对诗人通过诗歌触及并思考现实，保持精神创造活力的褒扬，但是，这也仅是文学场内部的一种协调机制的作用——让优秀的诗人和诗篇得以凸显，以获得较广泛的关注。而真正使得诗歌发挥其自身的文化功能的情景应该是怎样的呢？应该是广泛而深入的阅读，并滋养改变我们的文化。从这个理想看，在今天的整个文化格局当中，诗歌依然显得寂寞。

2012 年末，中国当代小说家莫言获得诺贝尔文学奖。莫言的获奖立刻在网络等媒体上产生热议，甚至在诺贝尔文学奖尚未公布之前，海外媒体只透露莫言有望获奖时，网上争议就开始了。当获奖消息传来后，主流媒体高调宣传，而那些对中国现行政治与文化体制持反对态度的公知们则陷入矛盾中，一方面他们质疑抄写过《讲话》的体制内作家莫言的艺术品质，另一方面他们又认定诺贝尔文学奖在政治立场上是值得他们信赖的。网络上的论争之外，人们普遍承认中国当代文学因为莫言的得奖而获得了全世界的关注。当然，还有一种对莫言获奖持审慎批评态度的言论认为，中国当代诗歌的成就高于小说的成就，当代中国诗人更有理由获得诺贝尔文学奖，这大概是来自诗人群体或研究诗歌的学者发出的感慨吧。总之，它更凸显了当代中国诗歌的寂寞处境。

与其期待这个时代对诗歌保持热情，不如更接近诗人的工作，看看在诗歌写作和批评中，诗歌所显现的精神魅力。

三　见证的声音：新媒体时代的公共性与诗（人）的选择

现实丰富多样，期待诗人去发现、创造，2012 年，诗人写作中的现实不止一种。在写下、发表之后，得到阅读、理解与讨论，才可能让诗歌所展现的生活世界，诗人所带动的精神力量得以传递与交流。诗人写下了诗歌，诗歌期待着被关注。

在新媒体时代，正如上文所描述的，诗歌，也和其他文类一样，经受着时代的变化带来的契机与困难。虽然，目前我们无法统计得出网络读者与纸媒读者的比例，无论是按照年龄层还是按照受教育状况，这也许是社会学者们需要关心的事。作为诗歌发展的观察者，我仅能从媒介的角度，对 2012 年的诗歌分布状况作一番梳理。

2012 年第一期《天涯》杂志刊发了诗人郑小琼的组诗《珠三角女工生活史》，在组诗标题下有 11 首诗及 11 篇写作笔记，每一首诗讲述的是一位普通女工的故事，描述了她们不同但又相近的命运，每一篇写作笔记都记录了诗人写作这首诗的缘起，为写作而进行的采访以及写作过程中对相关现实问题的思考。在“题记”中，郑小琼写道：“从 2004 年起，我一直在做一件事情，就是采访数量庞大的外来女工。很多时候，她们被媒体、广告、新闻等用一个集体的名字代替，用的是‘们’字。我是这个‘们’中的一员，对此我深有感受。深入她们之中，才会感觉在‘们’背后的个体命运和她们的个人经历。”在这一题材下，郑小琼累计写了百余首诗，除了《天涯》杂志外，去年还在《芳草》《创作与评论》《文学界》和《人民文学》等杂志发表，12 月，诗集《女工记》由花城出版社出版。

《女工记》无疑是2012年最值得关注的诗集，也是郑小琼迄今最重要的诗集。每首诗基本以女工的名字为题，平实、简洁的语言，记述每位女性的经历，她们的青春，她们的性格，她们的遭遇，以及她们的生活态度、理想和失落。在诗中，郑小琼也反思着自身，因为她作为她们中的一员，她努力地接近她们，试图走近她们的内心，去理解她们，站在她们的身边。《天涯》杂志在刊发《珠三角女工生活史》时的“编后语”这样评价：“这是一组诗文体观察笔记。作为珠三角女工生活见证者的郑小琼，记下了发生在她周围的意外死亡者、童工、出轨者以及成功者的个人履历，让我们看到宏大历史叙事中隐含着的人物命运，更加全面地了解脚下的现实，也为后来者了解这段历史提供了鲜活的素材”。“落后挨打一百多年之后的中国，近三十年迎来了高速发展的时期。但在GDP高速增长的背面，是一个个平凡人付出的辛劳与代价，特别是那些生活在底层的人们，他们的际遇考验着一个时代的良知。”见证者的意义远远不止于记录，还包括思考、批判以及反思与期待。而所谓期待，也离不开一个诗人对时代变化的敏感和随之而来的行动。

在文学刊物上陆续发表，再到结集出版，这是郑小琼也许通常一位诗人或作家让自己的写作为读者所知的基本渠道。但是，在新媒体时代，纸媒的传播速度已渐趋缓慢，并局限在相对固定的受众群体中。因此，尽管我们可以在这里推荐几种2012年出版的诗集，比如英年早逝的诗人马雁的《马雁诗集》，近年活跃的青年诗人肖水的《失物认领》，著名诗人孙文波的《新山水诗》，桑克的《冬天的早班飞机》，等等，都是值得仔细阅读的好诗集，但是，不得不承认，受众群体已经改变了他们的阅读方式，这些诗集更多地只限于同行和研究者阅读。既然受众群体的阅读方式改变了，那么，要求批评的跟进，研究的展开，也将是一个复杂的问题。因为批评和研究的文字相对比较枯燥与抽象，也很难在互联网上产生及时效应。

值得一提的是诗人臧棣的写作实践。使用新浪微博账号，自2012年9月，诗人臧棣坚持以长微博工具发表自己的诗歌新作“丛书系列”，不到半年已经发表百余首，并结合微博对字数限定的发表要求，持续在微博上发表总题为“诗道鳟燕”的诗话随笔。臧棣用自己的写作直接和读者（包括网上的诗人和普通读者）进行交流，包括论争。当然，诗人首先在网络上发表诗歌与诗话，然后或相应同步地在纸媒上发表，这样的并行状态也是现阶段的特点。可以说，作为一名在诗歌创作上多产而严肃的诗人，臧棣近年在网络上的活跃，包括前几年在诗生活论坛上以诗歌批评文字，激发诗歌论争等，都是积极运用新媒体，进行写作与批评实验的尝试。据臧棣本人说，他有意识地在微博上坚持每天写一首新诗，虽然这个实践多少妨碍了他专注于写作其他文类的计划，但他写作短诗的功力日益精进。

与网络传播的快速便捷相比，个人的写作总是相对缓慢的，即使处于创造力最活跃状态中的诗人也是如此，毕竟，写作需要沉淀，而写下的文字也需要斟酌与修改。新媒体时代的公共性，也等待着当代诗人以写作和批评的文化行动去创造参与。

2012年的诗歌批评也作为见证的声音之一，延续着前一年诗歌批评话语对现实质询与对诗歌反思的论题。在争论与商榷方面，臧棣批评北岛言论的长文《诗歌政治的风车：或曰“古老的敌意”》刊发于2012年2月出版的《诗建设》第4辑“建设”栏（删节版）以及复刊的《中国新诗评论》（全文），这是延续2011

年末臧棣对北岛近年有关当代中国新诗的言论的批评，《诗建设》同期发表诗人韦白的回应性批评《从里尔克“古老的敌意”谈起》，为北岛的观点辩护，兼及知识分子的分类和诗歌与政治的关系问题的讨论。《新诗评论》2012年第一辑“问题与事件”栏刊发诗人余旸《诗歌与伦理的诠释性关系》、萧开愚《我的低级政治辩论》两篇文章，从诗与伦理的诠释性关系，诗的政治性思考的角度，探讨当代诗歌与当下现实世界的关联。复刊的《中国新诗评论》刊发余旸《“技艺”的当代政治性维度——有关诗人多多批评的批评》，则是将诗歌与当下现实的关联话题继续延展、拓宽，并深入到具体的写作中的探讨。

无论是诗歌写作的伦理，还是诗歌与政治的关系，都是近年来备受关注的诗歌与现实的关系问题的一部分，也是中国新文学自诞生以来一直持续困扰知识分子艺术家的主要问题。围绕这一问题的当代探讨应该尽量梳理与总结文学史上相关问题的成果，既要避免将文学视为政治宣传工具的泛政治化现象，又要警惕去政治化的政治效果，当然更需要摒弃文学讨论中的人身攻击，等等。如何在当下的文化实践中厘清诗歌写作与现实的关系，是考验诗人的写作与批评家的思考的古老而常新的话题。

《当代诗》第3辑“专题研究”栏，刊发张伟栋《新诗的现代性品格》、胡桑《自我流放与谦逊的凝视——关于当代诗与现代性》、胡亮《你是谁，为了谁：质诘新诗现代性》、周伟驰《用典与新诗的传统纵深问题》等文章，探讨当代新诗的现代性问题。这组研究文章的共同特点是，对于中国新诗的现代性的探讨，不再简单沿用西方文学中的现代性理论思路，而是能结合中国新诗发生的特点，立足现代中国历史与文化的实际状况，发现中国新诗的问题。张伟栋、胡桑和胡亮的文章侧重现代性理论的辨析，而周伟驰的论文则从一个具体的诗歌问题入手，小中见大，不乏洞见。

2012 年的中国新诗进入了一个过渡期，它的发生场所、传播方式以及写作的动力学都悄然改变了。让我以两年前写下的一段文字作为本文的结语吧，作为一名持续关注中国诗歌生态的作者，我看到，“在互联网等新媒体上，文化的生产者和消费者界限模糊，话语繁殖比文化创造更能获得现世的利益与即时的效果。近十年余来，各种诗歌话语，如下半身、草根写作、打工诗歌、梨花体、羊羔体、新红颜写作等，都显示了被风景化之后的诗歌置身被看、被消费的境地，而这些话语本身并无能力转化为诗歌写作的真问题，以至于一些紧随其后的批评也沦为商品的附赠品，过眼烟云。与此同时，即便是坚持严肃立场的写作者当中的最优秀者，也同样面临着如何让诗歌进一步社会化的挑战：仅仅处于写作着、写作中的状态而导致总体性的薄弱而虚无；仅仅玩味词语、进行词语内部的拆解重组也走不了多远；仅仅在微博、论坛、博客、开心网、豆瓣上标明诗人身份更不是诗歌社会化的行动，当代诗人需要有一种选择的自觉，一种存在主义式的积极态度，在否定中肯定，在拒绝中建设。”

（本章执笔　中国社会科学院文学研究所副研究员　周　瓒）

B.8
戏剧：平稳前行中的新进取与新气象

2012 年的戏剧演出，表面上看上去波澜不惊——既没有前些年围绕着“戏逍堂”“雷子乐”的争议，也没有小剧场快速扩展带来的震惊。但在这平淡之下，作为长年跟踪当代剧场的研究者，笔者却发现了一些重要变化的线索。首先，北京市文化局主办的小剧场戏剧展演，透露了政府文化部门职能转变的讯息；其次，中生代导演孟京辉与田沁鑫都在其创作的旺盛期，他们的作品，无论在舞台表现还是对社会生活的把握上，都体现了大导演的气度，而青年导演在 2012 年，在市场的真实竞争中，终于展现了他们迥异于前代导演的特质。同时，随着中国国际地位的提高，越来越多世界级的演出纷纷登陆中国——2012 年中国戏剧迎来了影响了好几代导演的戏剧大师彼得布鲁克的作品。无论是在体制的变革、国际交流的深入度，还是戏剧创作的进展，2012 年都可以说是体现了新的气象。

一　小剧场戏剧三十年

2012 年的戏剧界，“当代小剧场三十年”无疑是最引人注目的话题。

自 1982 年林兆华执导的第一部小剧场话剧《绝对信号》在北京人艺小剧场上演以来，中国的小剧场话剧到 2012 年就进入了第三十年。这30年来，从最初的每年一出，甚至几年一出戏，到现在一年能有数百场不同风格的小剧场话剧在全国各地的舞台轮番上演，从少数戏剧先锋的实验田发展到小剧场话剧甚至占据了戏剧舞台上的半壁江山。正是在这种背景下，“小剧场戏剧三十周年”在2012年特别凸显了其重要性。

1. “首届北京优秀小剧场剧目展演”与政府的职能转变

相比于十年前“小剧场二十周年”，此次纪念“小剧场三十周年”的活动可以算是轰轰烈烈。11月，北京人民艺术剧院特意在当年演出的时间，推出了林兆华的两部作品《天鹅之歌》《论烟草有害》，作为对小剧场三十年的致敬。如果说北京人艺的纪念活动，相对局限在小范围内，带有点象征色彩，那么北京市文化局在2012年举办的“首届北京优秀小剧场剧目展演”，则充分说明随着最近几年小剧场的蓬勃发展，随着小剧场在戏剧演出市场中——尤其是已经形成的以北京、上海这样的大城市为戏剧生产基地辐射全国的局面——占据了越来越重要的位置，它已经引起了政府部门的高度重视，而且，也在无形中推动了政府文化职能的点滴转变。

“首届北京优秀小剧场剧目展演”有几个关键词：第一个关键词是“首届”——这是北京文化局首次举办的小剧场戏剧展演。之前两次的小剧场戏剧展演，一次是在1989年，由中国剧协主办，一次是在1993年，由中国话剧研究会主办。由政府的职能部门直接主办的小剧场戏剧展演，这可以说是第一次。第二个关键词是“北京”。在进入21世纪以来，从全国范围来看，北京地区的小剧场戏剧发展是最有特点的。虽然上海的小剧场戏剧演出在量上并不少，但上海小剧场戏剧无论是生产制作单位还是戏剧演出风格，都不如北京多元。上海的小剧场，到目前为止最主要的制作单位一是上海话剧艺术中心，一是现代人剧社，这一个官方、一个民间的制作团体一年生产的剧目，要占到上海小剧场的80%左右。在风格上，这些年来在白领戏剧的风格之外，以阿加莎克里斯蒂的原著改编为核心，开拓了悬疑戏剧的系列。相比之下，北京的小剧场不仅有院团和社会团体，而且在风格与类型上非常多元。在类型上，参加这次的展演的剧目，既有小剧场话剧，也有小剧场的戏曲（《西厢记》）和现代舞作品（《觉》）。在风格上，既有着如孟京辉这样贯穿着戏剧实验与文化市场相结合的思路（《空中花园谋杀案》），也有强调实验性的戏剧探讨（《我的祖宗十八代》）以及更在意市场回报的“减压戏剧”（《幸福像草儿一样》《隐婚男女》）；既有着刻画北京市民生活风貌的《锣鼓巷的故事》，也有着致力于将国外先锋戏剧中国化的《高朋满座》（改编自尤奈斯库《椅子》）。第三个关键词是“优秀”。北京市举办这一届“优秀小剧场剧目展演”报名剧目有60多部，展演剧目共20部。这20部各具特色的剧目，可以说是代表了当前小剧场不同风格的。

“首届北京优秀小剧场剧目展演”自2012年4月6日开始到5月3日结束，共演出了20个剧目。我们可以先看一下此次展演的剧目以及相关资料。

序号	演出单位	剧目名称	艺术品种	主创人员	主演出地点
1	北京人民艺术剧院	《第一次的亲密接触》	话剧	原著：蔡智恒（台湾） 编剧：胡玥 导演：任鸣　制作人：刘洋	人艺实验剧场
2	北京市东城区吴朱红戏剧工作室	《安妮日记》	话剧	编剧：F. 古德里奇、A. 海克特（美国） 导演：吴朱红	风尚剧场
3	北方公园（北京）戏剧文化有限公司	《空中花园谋杀案》	音乐剧	编剧：史航、孟京辉 导演：孟京辉	蜂巢剧场
4	繁星戏剧村	《高朋满座》	话剧	编剧：颜永祺 导演：颜永祺	繁星剧场

续表

序号	演出单位	剧目名称	艺术品种	主创人员	主演出地点
5	东方桥文化传播(北京)有限公司	《飞来横财》	话剧	编剧:雷·库内 导演:任麦	繁星剧场
6	李伯男戏剧工作室	《隐婚男女》	话剧	编剧:哈智超 导演:李伯男	东方先锋剧场
7	哲腾(北京)文化传播有限公司	《我的祖宗十八代》	话剧	编剧:李宗熹 导演:李宗熹	东方先锋剧场
8	雷子乐笑工场(北京)文化发展有限公司	《幸福像草儿一样》	话剧	编剧:王军 导演:张成晓勇、王军	风尚剧场
9	优戏剧工作室	《在变老之前远去》	话剧	编剧:小马、赵尔 导演:邵泽辉	国话先锋剧场
10	北京现代舞团	《觉》	舞剧	编导:高艳津子	北京舞蹈学院小剧场
11	北京凤朝阳文化发展公司	《杨三姐与陈小二》	话剧	编剧:李龙吟 导演:李龙吟、丛林	北京 9 剧场 TNT 剧场
12	盟邦(北京)文化发展有限公司	《如果,我不是我》	话剧	编剧:周申 导演:周申、刘露	国话先锋剧场
13	戏逍堂(北京)娱乐文化发展有限公司	《李小红》	话剧	编剧:丁东杰 导演:关皓月	戏逍堂枫蓝国际小剧场
14	御嘉世星影业(北京)有限公司	《请你对我说个谎》	话剧	编剧:林蔚然 导演:张慧	国话先锋剧场
15	中国国家话剧院	《霸王歌行》	话剧	编剧:潘军 导演:王晓鹰	国话先锋剧场
16	北京龙马社文化传播公司	《有一种毒药》	话剧	编剧:万方 导演:苏蓬 制作人:王明辉	北京文联小剧场
17	北方昆曲剧院	摘锦版《西厢记》(六折)	昆曲	剧本整理:胡明明、张蕾 导演:朱雅	大观园戏楼
18	黄盈戏剧工作室、哲腾(北京)文化传播有限公司	《未完待续》	话剧	编剧:王彩练、黄盈 导演:黄盈	北京文联小剧场
19	北京蓬蒿人剧场	《锣鼓巷的故事》	话剧	编剧:王翔 导演:王绍军、穆德	风尚剧场
20	三拓旗(北京)文化传媒有限公司	《达人未爱狂想曲》	话剧	编剧:赵淼 导演:赵淼	国话先锋

这20个演出剧目及20个不同类型的戏剧制作团体，笔者在之前的戏剧文情报告中大多做过一些介绍。在这里，笔者不打算就演出作品的风格再做描述。比较起来，笔者认为最为重要的是，由北京市文化局主办的这次展演吸纳了多元制作主体，这对戏剧产业的发展来说，具有非常重要的意义。

我们先来看一下这20个剧目的制作主体由哪几类构成。在这20个剧目的制作主体中，来自国家院团的有3个，分别是北京人艺、国家话剧院、北方昆曲剧院，来自其他事业单位或事业单位下属的公司有2个，分别是北京现代舞团与北京凤朝阳文化发展有限公司。其他的15个制作团体，全部是公司性质的社会团体——其比重占到了75%。这在政府主办的戏剧展演中可以说是非常独特的。我们可以做个对比。前两界的小剧场戏剧展演的制作单位，均来自院团和戏剧学院系统。2003年的中国戏剧节特设了小剧场戏剧单元，只有一家民营制作团体出现。同样是在2012年，文化部为了庆祝党的十八大举办的"精品汇演"，其演出剧目和制作演出单位如下：

剧　　目	制作演出单位
《李白》	北京人艺
《活着》《红玫瑰与白玫瑰》《红岩魂》《大宅门》《四世同堂》	国家话剧院
《原野》	天津人民艺术剧院
《风雪夜归人》《共和国掌柜》《大哥》	上海话剧艺术中心
《郭明义》《父亲》	辽宁人艺
《王府井》	国家大剧院

显然，由文化部主办的戏剧展演所依赖的主体仍然是院团。相比之下，北京市的文化部门，以戏剧展演的名义，在小剧场作为突破口，以较为宽容的态度，将社会团体的作品吸纳到政府部门主办

的戏剧活动中。尤为重要的是，参加这次戏剧展演的戏剧制作公司也是形形色色。总括来说，这些制作公司包括三类。第一类是比较成熟的制作公司，一般以明星为主体，比如孟京辉领衔的北方花园文化发展公司、邹静之和万芳领衔的龙马社等；第二类是没有依托明星的但长期以来一直坚持戏剧制作并且已经形成相对有规模制作团队，如哲腾戏剧、戏逍堂、三拓旗，盟邦戏剧文化公司等；第三类则是一些更小的制作团队，如优戏剧，黄盈戏剧工作室，吴朱红戏剧工作室这些制作公司等。这些不同类型的民营制作公司共同出现在展演中，充分体现了北京文化局此次展演的开放性。一方面它并没有偏重于有明星的团队，对于小的戏剧创作团队，这次戏剧展演也完全给予平等的认可；另一方面，它看重小剧场的艺术创作，但也不反对小剧场在市场化方向的努力。也因此如雷子乐这样一直走较为低端的市场，在 2011 年底还因为作品的质量和观众发生口水战之后，他们的作品《幸福像草儿一样》也还能出现在展演剧目中。

以小剧场戏剧展演的名义，集合了当前小剧场创作的主要创作力量与优秀剧目——无论其创作团队是来自院团、戏剧学院还是社会团体，这都充分展现了政府职能上的转变。作为政府的职能部门，北京市文化局有责任对某种艺术的发展方向有进行引导的任务。而这种引导作用，以往在体制上往往体现在对于院团的垂直管理，当前，文化体制正在变革之中。北京市文化局率先改变这种垂直管理，将文化系统的资源，不仅提供给垂直体系中的院团，而且更为广泛地面向社会。这种体制上的创造性，值得特别关注。

还需要特别指出的是，2 月，由北京中京奕名文化公司联合了著名电视剧导演杨亚洲、子曰乐队主唱秋野等人制作的《北京我爱你》这样一部小剧场剧目，在北京 9 剧场演出期间，被观众举报粗口太多，导致了这一剧目在4月份的后续演出被取消。小剧场戏剧的市场为之紧张了一下。恰在此之后，北京文化局推出了小剧场戏剧展演，一方面，这样一次集中的戏剧展演，给小剧场戏剧的进一步提供了发展的信心和动力，另一方面，也针对小剧场在快速发展中的问题，给以正确的引导。正如北京文化局副局长吴然所说："近年来，小剧场戏剧的发展迅猛，在北京每年大概就有400场演出是在小剧场进行的，但是小剧场的进入门槛相对较低，鱼龙混杂，各种多元因素良莠不齐，有一些相对低俗的东西要摒弃，比如台词中的不必要出现的脏话，等等，需要我们对其进行一定的'引导'，使其步入健康、良性的发展轨道"①。

无论是在体制上，还是在作品的风格上，这次展演是政府引导作用的集中体现。

2. 如何理解小剧场

在讨论了以小剧场三十周年呈现的体制的变化之外，笔者还要花费一点笔墨讨论一下小剧场本身的问题。小剧场戏剧三十周年，也引发了人们对小剧场的一些讨论。比较代表性的声音，大致是现在的小剧场普遍丧失了实验精神。比如说原北京青年报记者杭程在北京晚报纪念小剧场专辑文章中以《曾经光荣的小剧场戏剧》为题的文中就说到："小剧场戏剧曾经是一个光荣的称谓，确实充当着实验和先锋的角色，引领着当时戏剧的审美和走向……他们一路走来，曾经先锋和边缘的他们其中很多人现在都已经成为戏剧市场的主流，热情、真诚和勇气被商业化的市场消磨着，真正的小剧场

① 《引领方向　树立品牌　注重品质　提升品位》，《中国文化报》2012年4月24日。

戏剧已经不见了踪影。”①

杭程作为新世纪小剧场戏剧的重要报道者，其对小剧场戏剧的态度代表了许多人对于小剧场越来越市场化进而商业化的普遍不满。那么，如何看到这样的问题呢？

小剧场戏剧从90年代末期，引入社会资源、民间资金进入戏剧生产，开创了一个面向青年人的新戏剧市场。尽管这当中有这样那样的问题，但从整个文化市场的视角来看，却是意义深远的。首先，这是一股自下而上的力量，是一种来自社会资本的力量。其次，小剧场因为具有资本投入比较小、在市场机制下操作便利的特点，对于市场的探索，要比大剧场更为活跃。小剧场更能直接地、更为快捷地反映北京、上海这些都市青年的生活状态与思想倾向，也更为直接地塑造着当下文化市场的基本面貌。

另外，小剧场戏剧在突飞猛进的市场开拓过程中，也的确产生了许多问题。2005年以来的小剧场戏剧主要是由制作公司在推动，对于市场需求的捕捉比较准确，对于舞台的表现探讨却比较少——这不奇怪，市场的需求是稳定，创新也是必须在稳定基础上再可以推动的。小剧场的制作公司，起步的门槛比较低，所能吸纳的优秀创作者有限，也使得这类剧场作品长于市场营销弱在舞台创造。中国的当代小剧场，在这时有些吊诡地改写了小剧场的内涵，在特定历史阶段，反而成为了“商业”的代名词。这也是当下的小剧场最为人诟病的地方。但在某种意义上，笔者并不认为这就亵渎了“小剧场精神”——甚或这是一种更大程度上的实验。中国的文化市场在新世纪刚刚展开。而在中国，文化市场的建构在总体上是一次自上而下的推动。在这种情况下，像小剧场这样自下而上的一种

① 《曾经光荣的小剧场戏剧》，《北京晚报》2012年10月20日。

市场实践，是对这种文化市场建设的有力补充。这种自下而上的文化实践，虽比不上在文化大发展大繁荣的背景下官方动辄推动“百个剧场”的气魄，但它激活的是中国社会的底层创造力。而且，从国际范围来看，中国的文化市场是在全球化背景之下展开的，它既不存在现成的模板，又面对着来自欧美发达国家强大文化产业的冲击。因此，中国的文化市场必须在中国特殊的市场经济背景下，在官方的政策框架内，充分激活社会的力量，探讨中国文化市场的样态。而小剧场这些年的发展，正是在戏剧领域内对于中国文化市场形态的有益探索。

当然，在现阶段，因为商业小剧场的快速发展，的确存在着市场以其日渐僵硬的范式规范小剧场戏剧的趋势。笔者不否认小剧场商业戏剧的发展，其同质化的一面，也在扼杀小剧场的活力。但与此同时，我们也要看到，在小剧场迅速商业化的过程中，小剧场这一概念本身所具备的对抗性，并没有在总体商业化的过程中完全湮灭，反而，这种对抗性一直在新的商业时代寻找着自己的独特空间。比如说林兆华的实验戏剧在2000年以后进入更为激进的状态，其作品《故事新编》《论烟草有害》对于中国人表演方式的探讨，都达到了一个很高的程度。比如说上海的草台班、青岛的凌云焰舞团，多年来坚持着将创作者的生活实践与创作理路结合的路径，也创造出自己独特的舞台表现。再比如说新工人艺术团，他们以《我们的世界我们的梦想》《城市的乡村》等作品，以扎实的对于民工生活、理念的探讨，表达的是要在城市中建立自己文化领土的自信。他们的创作，集中体现了打破剧场和社会的截然分隔，更为直接地将社会问题带入到剧场，小剧场的实验气质也体现在主动地从剧场的范围内往社会范围内扩散的可能。

所以，相较于其他的戏剧研究者，笔者对小剧场现在所呈现的商业化面貌带有充分的理解，而对小剧场潜藏着的实验气质，又有着充分的自信——前提是，不要把实验局限在某一个方式上。如同欧洲的实验戏剧始于以自然主义对抗明星戏剧，到自然主义、现实主义又成为表现主义和其他表现形式抗击的对象，只要创作者保持着一种对于社会生活的敏感，对于艺术表现的执著，小剧场这样的灵活的艺术空间，总会在不同时代、不同社会创造着新的传奇。

二　中生代导演的黄金年代

长期以来，小剧场在戏剧上的突破较为明显，而大剧场的作品一直比较沉寂。在 2012 年，有两位重要的中生代导演——孟京辉与田沁鑫——以他们一直以来的不懈努力，以他们的新作品，给我们带来的主流剧场的新气象。

在国家话剧院较为灵活的体制之下，孟京辉与田沁鑫这两位导演各自成立了两个独立核算的戏剧工作室——孟京辉戏剧工作室和田沁鑫戏剧工作室。一直以来这两个工作室，分别由两个国家话剧院演出中心的制作人戈大力、李东管理，运用市场手段，结合国家话剧院的创造能力，以更为灵便的制作方向，面向新的戏剧文化市场，展开了更具实践性的探索。2012 年，这两位导演又不约而同地将目光聚焦在了学校，分别在北京大学和清华大学进行了巡演：比如孟京辉最近几年的几部重要作品《两只狗的生活意见》《初恋》以及最经典的《恋爱的犀牛》分别在 6 月 15 ~ 17 日、11 月 23 ~ 25 日、12 月 23 ~ 24 日在北京大学百年讲堂演出。同样，田沁鑫导演也在北京大学百年讲堂和清华学堂举办了其个人演出季。演出作品包括：《四世同堂》（北京大学 3 月 9 ~ 11 日、清华大学 9 月 20 ~ 22 日）、《红玫瑰白玫瑰》（北京大学 3 月 16 ~ 18 日、清华大学 10 月 26～10 月 29 日），多媒体音乐剧《大家都有病》（北京大学 3 月 23～25 日、清华大学 9 月 27～29 日）、《夜店之天生绝配》（清华大学 9 月 19～21 日）。

这两位导演不约而同地选择在北京大学、清华大学举办自己的个人戏剧演出季，表明在校大学生和大学毕业生仍然是主流话剧观众的主要群体。也正是依托戏剧工作室这样灵活的机构以及这两位导演长期以来对于戏剧观众的经营，他们两人的作品每年都可以在全国巡演。我们在这里可以看一下孟京辉戏剧工作室在 2012 年演出剧目以及场次安排：

剧目	演出时间	剧场	备注
《枪，谎言和玫瑰》	6 月 7 日～6 月 24 日 9 月 21 日～9 月 23 日	蜂巢剧场 深圳少年宫	孟京辉导演
《初恋》	6 月 28 日～7 月 22 日 10 月 2 日～10 月 14 日 11 月 23 日～11 月 25 日 8 月 31 日～9 月 2 日	蜂巢剧场 蜂巢剧场 北京大学百年讲堂 深圳保利剧院	孟京辉导演 孟京辉导演
《怪谈》	7 月 25 日～7 月 29 日 10 月 30 日～11 月 11 日	蜂巢剧场	孟京辉监制 赵淙作品
《空中花园谋杀案》	5 月 17 日～5 月 20 日 7 月 31 日～8 月 12 日 11 月 13 日～11 月 25 日 11 月 27 日～12 月 9 日	国话剧场 蜂巢剧场	孟京辉导演
《桃色办公室》	8 月 14 日～9 月 2 日 6 月 28 日～7 月 8 日 6 月 21 日～6 月 24 日 10 月 25 日～10 月 28 日 11 月 27 日～12 月 9 日	蜂巢剧场 上海大剧院 深圳少年宫 蜂巢剧场 蜂巢剧场	孟京辉监制 詹瑞文作品
《两只狗的生活意见》	10 月 16 日～10 月 28 日 6 月 7 日～6 月 10 日 6 月 15 日～6 月 17 日 8 月 30 日～9 月 2 日 5 月 18 日～5 月 20 日 9 月 4 日～9 月 9 日	蜂巢剧场 上海大剧院 北京大学百年讲堂 上海大剧院 深圳少年宫 中国传媒大学	孟京辉导演

续表

剧目	演出时间	剧场	备注
《混小子狂欢节》	7月3日~7月22日 12月4日~12月16日 5月2日~5月13日 8月23日~8月25日	先锋剧场 先锋剧场 上海话剧艺术中心 深圳少年宫	孟京辉导演
《恋爱的犀牛》	8月7日~8月12日 12月23日~12月24日 11月23日~11月25日 11月23日-10月25日	保利剧院 北京大学百年讲堂 上海大剧院 深圳少年宫	孟京辉导演
《活着》	9月4日~9月9日 9月12日 9月14日~9月16日 9月18日~9月20日 10月29日~10月31日 11月02日~11月04日	国家大剧院 宁波大剧院 杭州红星剧院 苏州文化艺术中心 大剧院 深圳保利剧院 广州友谊剧院	孟京辉导演

戏剧工作室与国家话剧院之间的关系较为复杂（比如项目资金的结算），但总的来说，工作室是在国家话剧院的支持下具有独立的运作能力的文化公司。像这样一份遍及全国、横贯全年的戏剧演出，在院团内部操作是非常困难的——最简单的，能够协调这么多剧组的演员都是一个难题。而可独立运作、具有法人资格的戏剧工作室，却可以单独和院外演员签约，保证演出的顺利进行。

而这两位重要的导演，在2012年的成绩，除了演出量上的积累之外，更重要的是他们在2012年都推出了重要作品，引起了广泛的讨论。这两部作品，一部是孟京辉改编自余华小说《活着》的同名话剧，另一部是田沁鑫根据传奇人物赛金花的故事改编的话剧《风华绝代》。

余华的小说《活着》的改编，一直比较受关注。《活着》在20世纪90年代出版以来，同名电影在国际上引起了很大的反响，葛优也因这部电影获得国际大奖。把《活着》改编成舞台剧，也就因而有了很高的参照。但事实上，《活着》因为有着漫长的时间跨度、复杂的人物结构，改编成舞台剧是件非常困难的事。此次孟京辉将小说改编成舞台剧，一改他之前做改编时大刀阔斧的“颠覆”风格，改编后的《活着》，极大地保持了原著的基本风格：既保留了原著叙述框架与叙事线，甚至连人物的台词基本上都是小说原有的——孟京辉表示，余华小说语言是他个人推崇的。因此，孟京辉是在不改变小说基本风格的前提下，对《活着》做了大胆的舞台改动，让这部20年前的小说，在当下的舞台上呈现出了当下的时代感。

《活着》的舞台是非常有现代感的极简舞台。在这个极简的舞台上，《活着》的舞台设计在舞台上往下设计了数条一米深的割裂深沟。这样几条深沟，就将舞台的演出分割成不同的表演间。一方面演员可以藏身其间，变换不同方式出其不意地登台亮相，增加了舞台的灵动感；另一方面，在视觉上造成一种错落有致的奇特效果。而那深浅构成的沟壑纵横效果，也象征性地展示出广漠的大千世界。除了这个极具魅力的舞台造型，舞台两侧的镜像是孟京辉纯熟的舞台技巧，扩展了表演空间，也增加了叙述的暧昧性。

就表演来说，黄渤在《活着》中出演福贵，也显示出了巨大的张力。黄渤不仅很好地完成了舞台的叙事，而且，借助他本人在观众心目中既有的喜剧感，以及他在表演中所带有的疏离的自然状态，让舞台上一幕幕的悲剧有了一种可以抽身的、可以喘气的空间。这种表演风格，造就了一场带有笑声的悲剧。

总的来说，2012年演出的《活着》可以说是比较成功的，在孟京辉最近几年大剧场作品中是一部优秀的作品。这部作品，可以说是集合了孟京辉最近几年在大小剧场，就舞台空间、舞台表现各种横冲直撞积累的经验后的大成之作。但这样一部成功的作品，却也集中反映了这位导演或者说当前舞台剧创作整体上的问题。首先，如同孟京辉的许多作品一样，《活着》的演出风格是一种断片式的组接。这其中有些断片释放出能量非常强大——比如说黄渤饰演的福贵在儿子死后，在舞台上拼命地砸矿泉水瓶。这的确是一幕带有超强能量的舞台画面。但是，断片式的结构本身并不那么容易的，它可以是一种结构，但这需要极强的结构力。《活着》的舞台剧把小说线性叙事拆成了片段，这没有问题；问题是如何将这些断片在一定的时间与空间内构造出一种更具能量的结构？显然，在这方面，导演并没有来得及思考。这就形成了《活着》依靠片段的力量，缺乏整体的力量。与此相关的第二个问题，舞台上呈现的《活着》在整体上究竟是一种什么样的状态？如果说当年余华的小说，以一种历史纵深感，以人面对纵身历史的存在感折服了读者，在今天的舞台上，无论是历史的纵深感还是人的存在感，都变得有些含糊。因此，或许我们可以说舞台剧《活着》比较完美地呈现了作品的风貌，但却丢失了原著深层的内涵。当然，笔者并不认为这种丢失是导演的责任。21 世纪以来，“一切都是平的”这样的心理结构已经极大改造了人们的艺术感受——这是流行文化的集体无意识。孟京辉的作品，只不过是当下文化心态的集中反映，而且，是极为精彩的反映。

相比起来，田沁鑫的作品略有些不同。有趣的是，正如同在 2011 年文情报告中笔者所分析的《夜店》这部小剧场作品，田沁鑫在《风华绝代》这部民国戏中，也体现了她对当下的生活状态与心理都有着极为敏锐地捕捉，呈现出她在捕捉这种状态与心理的同时，作为导演的田沁鑫又对这种状态与心理表达着自己的态度和立场。

在某种意义上说，《风华绝代》是一部非常商业化的作品：这部由巨龙文化公司联合天津人艺共同出品的作品，做这部戏的基本动因是因为请到了刘晓庆演赛金花。《风华绝代》可以说是围绕着刘晓庆量身制作的——但有趣的是，这种量身打造并不是特别牵强。田沁鑫在构思整部作品的时候，恰当地运用刘晓庆的长处，将这位演员在风尘中练就的一身本事尽情地融入戏剧中的角色赛金花——用田沁鑫的话说就是“传奇女人演绎传奇女人的传奇大戏”。在这种思路调动下，刘晓庆饰演的赛金花，无论是最开始“千呼万唤始出来”的场面，还是赛金花周旋在官场、老板之间，再到以“戏中戏”的方式处理赛金花夜访联军统帅瓦西里，刘晓庆成功地演绎了这一个角色，而且造就了舞台上的活色生香。

这部戏尤其精彩的部分是赛金花夜访联军统帅瓦西里以及最后赛金花的表白。赛金花夜访瓦西里，见于民间传闻；在《金陵十三钗》“妓女救国”招致很多议论之后，如何处理这一传闻就成了很大的困难。导演田沁鑫有些天才地以戏中戏的方式排演了这场困难的戏。在舞台的前场，曾朴及当时报社的同人绘声绘色地描述着赛金花如何夜访瓦西里，在舞台的后场，刘晓庆饰演的赛金花与作为影子出现的瓦西里按照前场的叙述现场表演——而且，她还和前场的演员之间有着巧妙的互动。就这样，在这亦真亦假的欢乐氛围中，赛金花就完成了夜访瓦西里拯救北京城的任务。

刘晓庆可谓在作为角色的赛金花与作为演员的刘晓庆之间周旋自如。戏在结束之前赛金花有一段独白，导演特意将刘晓庆调度到舞台前台。在这段田沁鑫为这个角色书写的独白中，刘晓庆说出的是作为一名奇女子的坎坷与不妥协——这一段很难说是赛金花的独白还是刘晓庆的独白，也因而赢得观众长久掌声。

在笔者看来《风华绝代》体现了田沁鑫作为导演的三大特点：

首先，她非常善于利用演员本身的特点融入作品中。在之前的《夜店》中，她将年轻演员的状态很好地融入作品中，而在《风华绝代》这里，她更是艰难地将一位明星的鲜明特点融入角色之中，既丰富了角色的深度，也用足了明星的长处。其次，是在戏剧舞台上，田沁鑫总是能以一种敏锐的能力捕捉住人们的社会生活感觉，并将这种感觉准确地在其作品中呈现出来。无论是当下题材的《夜店》还是民国题材的《风华绝代》无不如此。如果说《夜店》是年轻人在一团混乱的现实中整天抱怨但又对未来不失乐观的心态，《风华绝代》则显现出成熟的艺术家在社会乱象前敏锐地捕捉到的来自底层的旺盛活力。最后，不像其他戏剧导演沉迷于对舞台技艺的钻研，田沁鑫一直在舞台上试图把握的是时代与人的关系。正如她对《风华绝代》所做的描述——把一个女人在动荡的大时代中的传奇展现出来，让观众看到更深刻的人性价值。

在笔者看来，这三点是田沁鑫导演最独特的地方，也是其仍然具有饱满、旺盛的创作活力的源泉。我们在今后的戏剧舞台上，一定还能看到她更精彩的演出。

三　青年导演的突围

在中生代导演推出杰作的当下，2012 年我们也看到了青年戏剧更为精彩的表现。有趣的是，在 2012 年比较重要、有影响的青年导演作品，并没有出现在到 2012 年已经延续了 4 年的青年戏剧节上。2012 年的青年戏剧节中，也有一些很别致的演出，比如说李凝带来的舞蹈剧场作品《蜕植》，但总的来说，一直在青年戏剧节被重视的青年导演，如黄盈、赵淼，他们的作品《梦行者》《水生》，一方面并没有超越之前的表达、叙述习惯，另一方面，在内容上也都比较温和。相反，在戏剧节这个带有些保护性的体制之外，在与市场更为贴身的“肉搏”中，却出现了两部非常有力量的作品。

在此笔者要稍微检讨一下青年戏剧节对戏剧创作的影响。青年戏剧节对于青年导演来说，是在商业环境下提供了某种庇护，使得他们可以在一个相对宽松的环境中进行艺术创作，这种庇护的好处是青年戏剧导演可以在起步之时不太受环境的干扰，能够按照自己对戏剧艺术的理解来做。但这种庇护也带来一些负面的影响：那就是青年戏剧节有些封闭的环境和封闭的评判标准会使得青年戏剧的创作“小圈子化”。随着青年戏剧节的深入，这种小圈子化的迹象越来越突出。不过，总还有些有创作者，突破这种小圈子，将自己的艺术创作带到一个并不友善的市场环境中。在市场环境中，尝试自己表达的有效性。这方面，比较典型的代表是2012年由民间戏剧制作机构至乐汇推出的青年导演周申的作品《东莫村的驴得水》。另一部是由东方荣盛公司推出的王翀导演的《雷雨2.0》。

1. 驴得水：什么是荒诞，什么是现实

周申也是毕业于中央戏剧学院导演系，也算是“学院派”。他也参加了2007年首届青年戏剧节，作品是尤奈斯库的《秃头歌女》。但在那以后，他就没有参加过青年戏剧节，反而是和较为有名的戏剧制作机构“麻花”合作过“白日梦”等商业作品。2012年6月，由周申编导、至乐汇推出的戏剧作品《驴得水》在木马剧场进行首演。木马是个较为偏僻的剧场，但饶是如此，这部戏第一轮的演出，就赢得了良好的口碑。很快，这部戏在2012年一演再演，在木马剧场了连续演出两轮后移师东方先锋剧场，旋即展开了在全国的巡演。

在当下的戏剧环境中，一部民间制作的小剧场戏剧能够在首演当年即全国巡演，已经不是特别新鲜的事。新鲜的是这部由社会资本投入的作品，一扫之前人们对“小话剧”浅薄、娱乐、业余的成见，它以一种在欢笑中夹杂着冷峻、在刻薄中希冀着纯净的态度，以对于戏剧表达的深刻探讨与纯熟的表演技巧，展现了民间小剧场话剧的另一种可能。

长期以来，小话剧基本上是以爱情故事为基本内容，以“恶搞”赢得爆笑的喜剧效果，在表演上，也基本上模仿了“电视剧腔”。《驴得水》首先将自己的内容设定在民国一群知识分子“上山下乡”搞平民教育的背景中，一下子就和男欢女爱拉开了距离。

《驴得水》的故事说起来像是个寓言。一群民国时知识分子，为了帮助山里的孩子学习文化。来到贫瘠缺水的山区。只是这个高尚的事业，有一个瑕疵：他们编了一个“驴得水”的英文老师，一直在吃空饷。寓言归寓言，在这样一个寓言中展开的，却是四位“支教”老师与闯入者铁匠之间真实的人际关系。“支教”的四位老师关系错综复杂——周铁男暗恋校长的女儿佳佳，魁山追求着交际花一曼，校长有些固执地坚持“开启民智”的理想。《驴得水》是在这群小知识分子百无聊赖的会议中开始的——开启民智的理想，已经在日复一日的没人理解、没有人来上学的惨淡中被消耗殆尽了。这场嘻嘻哈哈却又百无聊赖的会议，随着教育部官员要来视察在编人员而陷入了危机。正在为学校驴棚修锁的农民铁匠，意外地顶替了驴得水。他随之被改变的，不只是被“洗了个澡”那么简单。在和这群“文明”的城里人接触过程中，他对性爱有了新认识（为了说服驴得水留下，一曼不惜献身他一晚），对文明也有了懵懂的新感受。

但是，这种懵懂的被改变的人生，并没有如“开启民智”者所设想的那样，延续着启蒙的理想路径次第展开。铁匠的命运在短时间内发生了天翻地覆的变化。一方面，铁匠在乡村里的人际关系网络中面临着重大失败——铁匠老婆敏锐地发现铁匠的变化，来学校里打闹。更重要的，是这群启蒙者自身在权势与金钱面前暴露出的脆弱与无能，让铁匠陷入了无所适从的地步。

20世纪以来，以启蒙为主导的思潮，一直以一种摧枯拉朽的姿态挑战着中国传统。但是《驴得水》却对这一逻辑的倡导者本身展开了深刻的批判。知识分子的启蒙思想，在权势与金钱这两种势力的压迫下，可以说是一败涂地——在这两种力量的胁迫下，启蒙者本身的所宣扬的理想，是自己都无法坚持的。《驴得水》将一群知识分子的脆弱与无能淋漓尽致地展现。他逼迫着所谓“文明人”检省自身的逻辑。

有趣的是，这种较为深刻的内容，虽然是严肃的议题，却不像一般的严肃戏剧，端着架子。《驴得水》的现场非常热闹，整场演出观众笑声不断。而在这种嘻嘻哈哈中展开的严肃性，并不只是“搞笑”那么简单。它的艺术表达立足于导演周申长期以来对于荒诞与现实关系的思考。

20世纪80年代对于现代戏剧的介绍，基本上是一种理念性或概念性的。比如说对于“荒诞戏剧”的介绍和理解，长期以来也是停留在概念与理论层面，对于如何将那些被称为“荒诞戏剧”的风格各异的戏剧落实在舞台上，其实是缺乏真正有效的建设。我们在舞台上看到的荒诞戏剧，在大多情况下，要不是像孟京辉那样，借《等待戈多》的他人酒杯，浇的是自己块垒；要不就停留在概念上，将作品直接搬上舞台，看上去是很荒诞——因为的确无逻辑地不知所云。但是，荒诞戏剧中那些看上去前言不搭后语的台词，真的是表面上看上去的那样，就是没关系的么？《等待戈多》里的迪迪和戈戈，他们脱鞋子、吃胡萝卜、上吊玩，这究竟又是在干什么？《秃头歌女》中那些毫无意义的语言游戏，真的就是枯燥的么？我们一直以来简单地认为无意义、无逻辑的舞台表现，它有没有可能是一种生活逻辑经由高度凝练、高度抽象后的极致表现？我们是不是不应该停留在那些经由高度凝练后显现的非逻辑的表象，而深入到那些扭曲的表象后寻找真实的逻辑？这些，都是最真实的戏剧舞台的问题。

周申从排练荒诞剧《秃头歌女》开始，就体现了新一代导演打破现代主义戏剧的概念怪圈，打破了荒诞表面上的无逻辑、“反戏剧”，而是理解这些戏剧的内在逻辑，还原荒诞戏剧中游戏性的场景，落实为舞台上成为一部不仅让人看得懂而且还很有趣的戏。如果说《秃头歌女》还只是在遵循着并努力理解荒诞大师的逻辑，而《驴得水》则是自由运用这些舞台逻辑了。

《驴得水》在整部戏的处理上，往往就是在高度凝练与现实逻辑之间找着微妙的平衡，往往是将现实的逻辑推到某种要断裂的极致——但妙的是，这些逻辑还是观众能捕捉得到也能领会其中的喜剧感的。比如说开场时，佳佳一人赶着驴车去给学校背水，逐渐显现出佳佳与那头驴之间的微妙关系；比如说连普通话说不好的铁匠，突然就将英语说得很利落，而特派员居然能将铁匠的家乡话听成了“伦敦口音”；比如说铁匠下定决心要将驴得水演到底，他站在那里换了副表情，他老婆从他身边走过就愣没认出他来；再比如铁匠为了蒙骗外国人罗斯必须装死，而死后为了争夺财产突然复活……这些设置，都有些将生活逻辑推到极致的边缘上。虽然极致，但逻辑并没有全然断裂，还带着观众往前走。当然，也有在细节上真崩裂的时候，比如一曼在献身铁匠之后，有一个段落居然在显示一曼似乎对铁匠有了真正的感情，这实在是不符合一曼的逻辑。但总的来说，这部作品致力于将现实生活的逻辑推向即将崩溃的边缘，近乎荒诞，却又能传达着现实生活的感受与情绪。

如果说《驴得水》对于荒诞与现实的探讨，承接的是20世纪80、90年代的戏剧探索，而能够将这种对于荒诞与现实的探讨，深化在舞台上，具体还是要落实到演员的表现上。《驴得水》虽然以其严肃超越了商业小话剧，但它是从这个戏剧生态中成长出来的。这个生态赋予它最好的一面就是这些演员长期活跃在商业小剧场的舞台上，比如说饰演铁匠的郑磊，饰演铁男的富冠鸣，饰演罗斯的郑博，等等，都已经是小剧场“元老级”演员。常年的舞台演出，给了他们对于舞台控制的实际经验，也让他们更熟悉现场观众的反应。《驴得水》能够实现在艺术表达上虚实相生、现实与荒诞的融合，与《驴得水》的演员多年舞台经验的累积不无关系。这种介于荒诞与现实之间的戏剧表现，需要演员掌握准确的节奏，决不能拖沓。因为节奏如果拖沓，必然会导致戏剧逻辑的崩溃——比如说，铁匠老婆认不出铁匠那场戏，如果演员要放慢速度、完整展现认不出来的场面，那一场戏就不会像现在这样匆匆从对面走过那么有趣。

像《驴得水》这样严肃的、认真的小剧场戏剧，在商业戏剧的大潮流中异军突起，并不是空穴来风。它显现的是小剧场商业戏剧的结构日趋复杂。《驴得水》是民营机构至乐汇推出的第5部作品。至乐汇是从小剧场商业剧场中涌现出的小剧场制作公司之一，不同的是，它并不急于一部戏的简单盈利，而是有着相对长期的发展规划。这样的定位，使得至乐汇非常注意与一些专业的、有潜力的年轻创作者长期合作。不同于小剧场商业戏剧往往选择都市爱情的题材，他们的题材选择极为广泛：从相声剧《三人行不行》到斯特林堡《一出梦的戏剧》，风格不可谓不多元，愿景也不可谓不严肃。

《驴得水》尽管算得上是当前小话剧的“异类”，但它也反映了当前小剧场作品的呈现的一些基本问题。比如在表演风格上，这些年轻的戏剧演员在将演出经验带入严肃实验的同时，也沾染了一些不良习惯——比如说这里面有太多的与性有关的小玩笑。虽然现在还在一种适可而止的范围内，但如果能够用一些更高妙的手法吸引观众，是不是也是一种更为艺术的技巧呢？

2. 《雷雨 2.0》：用影像重构剧场

同周申一样，王翀也参加过青年戏剧节，在前几年的青年戏剧节上演出过《电之驿站》《哈姆雷特机器》等日本、德国的著名现代主义戏剧。而在此之前，王翀在 2007 年刚刚从夏威夷大学读完戏剧研究生回到北京后，就敏锐地选择了《阴道独白》作为其试水戏剧市场的作品。这部仅仅几万元的投资完成的小成本制作，为王翀以后在戏剧市场奠定了很好的基础。在此之后，王翀就在两个方向上行走。一方面，延续着《电之驿站》这样的道路，有些类似先锋戏剧的概念，往国际戏剧节的方向发展，一方面，他也试图在国内建立自己的市场范围，向着“凶险的市场”前进。2012 年，王翀得到东方荣盛的投资①，以“戏剧新浪潮”的名义，在木马剧场推出了三部作品《雷雨 2.0》、《乔布斯的美丽与哀愁》以及《一镜一生易卜生》。不过，和20 世纪90 年代末这两条道路分别以牟森和孟京辉的创作为代表分道扬镳不同的是，王翀的这两个方向一直是互相支撑的。一方面，他借助自己在国际戏剧节上的表现，争夺在当下戏剧表达上的话语权；另一方面，他又敏锐地捕捉国际戏剧的一些可能有市场的新剧目带到北京演出。在 2012 年，他改

① 不同于至乐汇是一家民营的戏剧演出机构，东方荣盛是东方歌舞团与荣盛投资成立的公司，可以说，是“改制”后形成的新的国有文化公司。

编伍迪艾伦的同名电影《中央公园西路》为戏剧，也取得了很好的市场效果。

以“戏剧新浪潮”来命名自己的演出季，就表明了王翀的立场：力图以实验戏剧的方式来打造新的北京戏剧市场。他显然是想借“新浪潮”在当年现代主义艺术中的名气，创造一种先锋戏剧在当今的市场氛围。这三部剧目，有两部是经典作品的改编：《雷雨 2.0》改编自曹禺的《雷雨》，《一镜一生易卜生》也可以称为易卜生的 2.0 版，糅合多部易卜生戏剧中的人物特点；《乔布斯的美丽与哀愁》改编自当下的一部美国百老汇小剧场剧目，虽不是名剧改编，但至少也和名人沾边。这三部剧目呈现出王翀对于戏剧市场的判断：首先是以名人和名剧为起点，其次要为名剧找到新的剧场方法——在“戏剧新浪潮”中，王翀找到的新方法是影像。

《雷雨 2.0》是戏剧新浪潮中最开始的一部，也是最为成熟的一部。王翀的《雷雨 2.0》有两个创造。一是他将《雷雨》的人物关系与情节结构完全打乱，只是用《雷雨》中的台词拼接出完全不同的一部作品。《雷雨 2.0》的灵感来源是 2005 年王翀在大学生戏剧节上演出的一部外国剧目《哈姆雷特》。在那一版的《哈姆雷特》中，导演将《哈姆雷特》原著中的人物结构与情节线索全部打乱，但是用《哈姆雷特》里的台词奇妙地拼接成了一部关于暴力的新作品。《雷雨 2.0》对《雷雨》的修改也是如此。在《雷雨 2.0》中，既见不到周朴园、周萍与繁漪和四凤这些人复杂的关系，也见不到与他们之间的故事紧密相关的情节结构。王翀从《雷雨》具体的人物关系中，将他们的台词抽取出来然后重新组接，同时，他将《雷雨 2.0》置于 20 世纪 90 年代初的中国当代语境中。经过组接后的台词在这一新的语境下构成了两组全新的人物关系：一个家庭的女主人与这家的小保姆和一位男性的暧昧关系。当然，《雷雨 2.0》不如当年的《哈姆雷特》走得彻底，在这两组人物关系中还隐隐可见周萍、四凤与繁漪的人物逻辑。

王翀的另一个创造走得更为激进。《雷雨 2.0》将影像引入了剧场——但是，不同于以往影像往往是剧场内的辅助手段，这次《雷雨 2.0》的影像，几乎代替了演员，成为了剧场内的主要角色。《雷雨 2.0》首演在北京木马剧场。木马剧场的舞台三面环观众，演出开始后，剧场内的各个角落都成为演出区域——甚至包括进出的剧场大门。在这样一个空间中，《雷雨 2.0》的演员分成两部分，一部分是表演角色的演员，另一部分是手持摄影器材的工作人员——除了极个别的主要演员之外，这两部分的演员大部分的情况下是可以互换的。不仅如此，在舞台现场的一个角落里，这部作品还有一个庞大的影像工作团队，适时地将拍摄下来的影像快速剪切后呈现给观众。

在现有的舞台演出中，像《雷雨 2.0》这样运用影像可以说是达到了一种极致。以往的舞台演出，也经常使用多媒体，导演们也一直在思考如何将影像介入到剧场中，形成特殊的风格。2012 年青戏节中，青年导演黄盈在其新作《梦行者》，也运用影像进行实地跟拍，将影像的实时记录展现在剧场空间中。但总的来说，影像仍然只是一种扩充。而王翀在《雷雨 2.0》中却是挑战影像与剧场之间存在的裂隙。《雷雨 2.0》的影像几乎与表演各占一半——如果不是占到更多比重的话。剧场中两组人物各自演绎着自己的故事，不过，不同于其他戏剧演出的是，在他们演绎故事的过程中，总是有三四人手持摄影机近距离地跟随他们在拍摄，拍摄与这一场景有关的特写，然后经过细致而快速的切换，整理到剧场的屏幕上。

这种观剧感觉非常奇特。也就是说，对于一个场面，观众可以同时看到两种表现。一种是被摄影师包围着的现场表演，另一种是被剪切过的、导演想让你看到的场面的细节。这两种表现相互补充，还要相互配合。有时，为了制造丰富的视觉效果，就如同拍电影一样，导演还要安排演员的替身穿着相同的衣服作为背影出现。

在这种一气呵成的影像与戏剧表演融为一体的过程中，《雷雨2.0》就在快速推进着两个女性的命运。当然，在这种后现代式的通过剪切与拼凑而成的新内容，是不太可能有完整的表达的。因此，在《雷雨2.0》中，用《雷雨》的人物结构一个新故事并不是重点，重点是导演在剧场内讲故事的方式。在后来的《一镜一生易卜生》这部作品中，王翀又在尝试另一种极端：他只用一架摄影机，用一个长镜头完成与《雷雨2.0》同样的工作。

这种影像和戏剧表演重叠、补充的剧场效果，的确是让看的人眼花缭乱。但这种独特甚至有些奇妙的剧场效果，和导演通过剪切《雷雨》当中的台词重构的戏剧故事之间，究竟构成什么样的关系？这些，恐怕是导演王翀来不及仔细思考的，也是作为导演的王翀在每一场演后谈中都想和观众解释清楚但也很难解释清楚的地方。

其实，在笔者看来，对于一位年轻导演来说，王翀在《雷雨2.0》中呈现的形式上的创造性已经足够精彩。对于剧场表达来说，如何运用新媒体来扩展表达的领域与空间，一直是艺术家探索的方向，在这方面的每一步扎实的创造，都将影响以后的戏剧创作。诚然，王翀有些讨巧地以解构《雷雨》的方式来完成他的艺术创新，而且，这种创新到目前来说，仍然是在技术层面，在技术与表达之间的关系上，还有待进一步的深化，但这种用影像重构剧场的方式，不仅在中国当下，恐怕在世界剧场上，都可以算得上是别处心裁的创造。也正为《雷雨2.0》的独特成就，王翀也得到了中国戏剧家协会的推荐，带着他的新作《椅子2.0》参加了在日本利贺举办的中日韩青年戏剧节。

四　国际戏剧的冲击：彼得·布鲁克与我们

随着中国国际地位的提升，由中方主持的国际演出的质量、水准都在提升。比如2012年的上海国际戏剧演出季就邀请了来自西班牙、澳大利亚、加拿大、德国、美国、英国、瑞士、斯洛文尼亚等十多个国家和台北、香港、上海、北京、福建、广州等地区的戏剧团体共同参与，在为期一个多月的时间内，共有18个参演剧目，展现了中国当代戏剧生机和创新的态势，也体现了亚洲乃至世界当代戏剧的魅力。此外，北京国家话剧院主办的“华彩欧罗巴”戏剧节，包括《图兰朵》（俄罗斯喀山国家剧院）、《敌人，一个爱情故事》（以色列盖谢尔剧院）、《沃伊采克》（德国威斯巴登剧院）、《如影随行》（法国多雷纳方剧院）、《水手之谜》（丹麦欧德赛剧院）、《远离阿贡当市》与《打造蓝色》（国家话剧院）、《理查三世》（国家话剧院）等多国的作品，其中以色列盖谢尔剧院带来的《敌人，一个爱情故事》，以辛格对于以色列问题手术刀一般的剖析为基本底色，在舞台上用影片切割的方式完成了复杂的戏剧结构——看这部戏，比看电影大片还要享受。

在所有的国际戏剧演出中有一部作品不得不提——那就是林兆华戏剧节邀请的彼得·布鲁克的《情人的衣服》。《情人的衣服》首先于12月初在北京的国家博物馆剧院演出，随后巡回至天津大剧院、上海戏剧学院。这是彼得·布鲁克这一位对中国当代戏剧影响深远的当代戏剧导演、理论家首部在中国内地演出的剧目。

对于学习戏剧、研究戏剧以及热爱戏剧的人来说，彼得·布鲁克的《情人的衣服》是部没法不去看的戏。在今天如果要问中戏的导演系学生：彼得·布鲁克有多么重要？很多人都会给你背诵《空的空间》那本书中最经典的语录：一个演员，在众人的注目下走过空荡的舞台，就已经是戏剧了。彼得·布鲁克就是与“空的空间”一起，影响了20世纪80年代的探索戏剧与实验戏剧，影响了那些当时在学院里、在院团内挣扎着要创造新的戏剧美学的人——这影响一直延续了30年。

在20世纪80年代，人们有些“莫名其妙”地把斯坦尼作为一个攻击的靶子，把布莱希特与梅耶荷德、布鲁克与格洛托夫斯基……一批新的外国人当作了我们新的学习对象。在这些“新神”中，布莱希特与梅耶荷德都已经过世，布鲁克与格洛托夫斯基都还健在。只是，这些人的命运与斯坦尼也差不多，他们还没来得及真正被理解，潮流就又变了。这一次潮流的变化，是因为市场社会来了，文化市场来了。这些人物就显得有些过时了。这时候，人们需要的“新神”是百老汇，是伦敦西区……再往下，我们意识到戏剧市场化或许有些过头了，那要学的就成了爱丁堡或者阿维尼翁。

因此，虽然80年代以后的布鲁克仍然在其艺术的成熟期，其艺术疆域蔓延至非洲、中亚等异质文明区域，他对我们来说，却似乎越来越遥远。中戏的学生们也许还可以在资料室、在课堂上欣赏他早期的作品资料《马拉萨德》，但对大多数人来说，他的所思所想，他所忧虑的，所兴奋的，等等，都在我们视野中逐渐消失。2010年出版的《彼得·布鲁克》访谈录一定程度上弥补了这样的缺憾，这本访谈录记载着他在1970～2000年间的横跨大洋的远大行程，以及他在这漫长行程中对于戏剧的零星思考。只是，这些思考在访谈中太过碎片化，需要的是有心人在字里行间的捕捉。因此，即使是在《空的空间》已经出版了近30年后（虽说当时的出版好像还是没有版权的内部读物），即使他的另一本谈表演与戏剧的著作《敞开的门》也已经出版，即使如今戏剧的国际化已经不再遥远，要谈论彼得·布鲁克，一张嘴，我们能说出来的，恐怕还是那句“有一个人，在众人的注目下走过空荡的舞台……”

这也就是彼得·布鲁克的《情人的衣服》在北京、天津、上海三个城市巡演，并且在三个城市都引起人们强烈关注的根本原因——除了这些高度理论化的概括之外，中国戏剧人其实并不真的理解他。《情人的衣服》带来了让我们从理论看到现实的机会。

《情人的衣服》是彼得·布鲁克在1999年根据南非作家的同名小说改编的一部舞台剧。戏的规模并不大，7名演员，其中4名黑人演员，3名白人演员负责现场音乐，偶尔客串一下“群众角色”。戏剧的情节看上去也并不复杂：在南非约翰内斯堡，黑人职员菲勒蒙发现妻子马蒂尔德和另一位黑人小伙通奸，情人逃走留下外衣，菲勒蒙对妻子的惩罚是让她把那套外衣看作是“客人”。马蒂尔德原来以为这惩罚并不重，但是，正是这看似无形的惩罚，让马蒂尔德最终选择了自杀。但这个家庭故事只是《情人的衣服》的一层结构，戏剧中还有一层结构，那就是菲勒蒙在和他的朋友们聊天时不断谈及的社会中对于黑人的暴力：三个消失的黑人小伙子，被割去手指的黑人吉他手……就整部戏的舞台表现来说，布鲁克应该没有让熟知他戏剧理论的中国观众失望。舞台非常简洁，如同积木堆积；叙述收放自如，大部分的场面都是演员通过对角色的叙述完成的；演员的表演更为轻松，尤其是那位时而充当叙述者的演员，跑上跑下请观众配合，很忙活但不做作。

面对着我们久仰而终于与之见面的大师的作品，北京的观众有着两种不同的态度。有一种声音有点失望：大师不过如此啊！我们看过太多欧洲剧场的表达方式——远的不说，近的说苏格兰国家剧院的《屋中怪兽》等就与此类似。其实，从单纯的导演技艺上，当下的中国导演未必不能做到。无论是林兆华，还是孟京辉、田沁鑫，甚至包括像王翀这样更为年轻的导演，中国的当代导演们，伴随着国际化的冲击，在当代生活越来越快的节奏的推动下，以及对中国表演方式的思考中，他们也在不断地创造着符合布鲁克理论的舞台叙述：无论是孟京辉的《两只狗的生活意见》，田沁鑫的《夜店》，还是王翀的《雷雨 2.0》——具体到每一部作品的叙事方式，可能和《情人的衣服》不尽相同，但在整体上，都是一种与当下生活节奏与生活感觉密切相关的新叙述方式，是在“空的空间”中展开的全新的剧场叙述。当然在大师和青年人之间，还是有差别的——《情人的衣服》中黑人演员的歌声那么有磁性，在中国当下还真难找——但显然，这差别已然不是一种本质的差别。但饶是如此，我们也还要看到布鲁克在 2000 年创造的这种叙述方式，对于欧洲主流剧场的深远影响。也就是说，我们也许不直接受益于布鲁克，但受益于他的剧场思维带动的变化。而且，我们还可以继续讨论彼得·布鲁克娴熟的剧场叙述的准确性——比如他是如何在一片欢乐之中，讲述如此悲惨的故事？

还有一种声音是赞叹不已。但面对着扑面而来的叫好声，不由得让人产生一种疑问：太多的赞叹停留在用大师在书本上的概念对应大师作品。把大师的概念再概念化——只停留在概念中，不就如同我们当年面对斯坦尼一样么？

如果说“一出真正的戏剧是没有过去的，它只存在于当下”，那我们应该再追问下去，那自如的舞台表现，那亲切的如游戏般的互动，在那虚实相生的空间中，在娴熟的导演技法之下，他的

"当下"意味着什么？如果说布鲁克"与观众与时代共生"，"共生"的究竟是什么？

只是在当前中国的戏剧节，人们总爱错把思想当成政治、表达的负担，因而只愿意谈较为抽象的空间美学，却不愿进一步思考这空间美学所要承载的价值。如果只从空间美学、表演方式这些视角来谈《情人的衣服》，无疑把这部作品放小了。撇开剧场表达的游戏性，撇开舞台叙述的自由度，撇开演员表演的自然，在那精准、鲜活的剧场美学之下，流动着的是布鲁克对于一些有关人类根本命题的思考。《情人的衣服》或许真是大师的小剧目，或许比不上他那上天入地的《摩柯婆罗多》，比不上他在伊朗山巅演出的《奥克哈斯特》……但彼得·布鲁克几十年来在非洲、中亚的穿行，在漫长的导演岁月中他对共同体文化艰难的实践，都在表明，即使是《情人的衣服》这样的小作品，他也会把他对人类一些根本问题的思考置于其中。"衣服"所展现的隐秘的暴力，并存在家庭与社会两个结构中，它无声无息，可能还很欢乐，但却深潜于人心，在你没有知觉的时候就已经呈现出它的黑暗面貌。布鲁克一直致力于与人类文明的本源对话，在《情人的衣服》中，如此轻松地穿透这两个结构，在如此轻松的日常生活中，阴冷地展现着暴力如何渗透进普通人的生活——虽然这暴力非常无形。

总的来说，我们对布鲁克所知太少。因此，在今日面对布鲁克的作品，我们只能试图接近，试图理解——也许这接近和理解在目前不可避免地带有个人的限制，而且也过于理性。但当彼得·布鲁克的作品终于生动地呈现在我们面前，我们要做的，首先应该是不要再把一切都概念化，而应该力图还原一些他本人想要面对的问题，以及面对问题的来源。

五　北京人艺60周年

2012年中国话剧演出的重镇北京人民艺术剧院迎来了其六十华诞。北京人艺为其六十华诞准备的大礼是一部部经典剧目的演出。北京人艺60周年集中展现的作品，大致包含三个部分：一部分是复排的经典，如《蔡文姬》《哗变》；一部分是重排的经典，如《推销员之死》《北京人》；一部分是新作，这些新作在演出中获得了良好的口碑，有望“走向经典”。这些作品，集中呈现在舞台上，让我们可以通过经典，来体会一个悠久的剧院的当下魅力。

复排，听上去是最简单的，指的是它基本上按照原来的舞台调度和表演方式完成，不太强调复排导演的个人性与特殊性。此次展演剧目中，如《蔡文姬》《哗变》，也包括徐昂接棒浅利庆太导演的《哈姆雷特》，都属于这一类型。在我们这个强调导演个性的时代中，“复排”，一直很不受重视。但其实，对于一个大剧院，尤其是对于如北京人艺这样在其60年的历史中形成了一定的表演风格与舞台特性的大剧院来说，“复排”，事实上是无比重要的。复排，就是以“描红”的方式，揣摩前人的用心与用意；复排经典作品，也就是在揣摩的过程中，体会这部作品呈现出的所有优点，也是在体察一部历史久远的舞台呈现，如何融入当下生活。显然，对于一个大剧院的传承与发展来说，复排是有着重要作用的。

比如说《蔡文姬》。从内容上看，这样一部作品对于现在的观众来说，也许有些隔膜；从舞台的节奏来说，现在的呈现也有些散漫。但《蔡文姬》的重要之处，是当年焦菊隐结合郭沫若为这部作品建立的诗化风格，在舞台调度上充分发扬了中国戏曲的特点。如果说焦先生一生致力于在现代舞台上传达中国传统戏曲的独特美感，那《蔡文姬》可以说将中国戏曲的舞台调度在现代舞台上发挥到某种极致，在舞台上创造了诗一般的流动性。这种舞台调度未必适合其他的作品，但它渲染的诗化风格，也是当代舞台表现的一个方向。复排的《蔡文姬》，虽然看上去有些风尘仆仆的旧样貌，但它所体现出的一种舞台发展的路向却仍然分外清晰。

此外，从某种意义上来说，林兆华版的《茶馆》也可以说是“描红类”的复排——其整体的舞台调度与表演方式并没有大的变化。林兆华导演稍作调整，赋予了这部戏一定意义上的形式感，也适应了现代舞台的新节奏。但总的来说，这一版的《茶馆》沿袭着焦菊隐开创的道路。比如说，第一场围绕着几张八仙桌展开的经典的群戏场面，基本上和老版《茶馆》的舞台调度区别不大。这一场群戏如何表现，可以说是奠定了《茶馆》的表演基准。焦菊隐和于是之那一代戏剧艺术家，显然是花了很大的心思处理这一场面。群戏，本来是电影的长项而非戏剧的长项，电影可以很自如地以镜头切换和拉伸来转换观众的注意力，而在一个平面展开的舞台上，导演所拥有的工具只有两种——演员的表演与演员的走位。而焦菊隐他们也正是运用这两种以肉身做成的工具，使得演员们在一个展开的大平面构图中，错落别致，进退自如，从而构成了一幅流畅自如的精彩画面。

像林兆华这样个性十足的导演，面对《茶馆》这样的经典，他所采取的审慎态度，并不是说他没有创造性，而是这个场面的舞台调度已经具备了足够的魅力。这也是在说明，如《茶馆》这样的作品呈现出的“中国作风”“中国气派”，绝不是一种综合的抽象风格；它是以戏剧文本呈现出的强硬的时代穿透力，以舞台调度所呈现的优美的视觉呈现以及演员在舞台上的精准表演，以这些落实在舞台上的具体手段，展现着其穿越时空的魅力。

重排的经典如《北京人》《推销员之死》等，都带有新导演强烈的个人信息。这种个人信息，首先表现在舞台上强烈的形式感。比如《北京人》舞台上比例故意失调的高大院墙以及《推销员之死》中别出心裁的斜面舞台构型。在经典作品中突出个人的特点，恐怕在每个时代、每个社会都是一种潮流；只是在我们这个时代，这种个人性有些集中地以形式感呈现出来。当然，伴随着形式感而来的，必然是对作品的重新释义。我们的年轻导演比较愿意根据自己对作品的理解，根据“现代人”的认识，强化这一作品中的某些元素，弱化其中的另外一些元素。这样，尽管不做大的删减与调整，同样一部作品也会呈现出一些特定的走向。比如李六乙导演的《北京人》，除去形式化的高墙之外，在表演上比较强调个人的独白效果。在这样的一种导演倾向之下，瑞珏与觉新新婚那一场戏，两个人的表演带了些戏曲的味道：他们就是用表演把自己“困”在自己的内心世界中。这一版的《北京人》也在导演的趣味引导之下，更多了些诗化的色彩与抒情的气氛。

人艺这些年取得不错口碑的作品，如《窝头会馆》《喜剧的忧伤》等，的确带着“走向经典”的意味。《窝头会馆》的编剧刘恒很明确地说自己是在模仿《茶馆》，用《茶馆》的结构、《茶馆》塑造人物的方式来塑造《窝头会馆》的人物……虽是新作品，却处处能看到一个优良传统的呵护。年轻导演徐昂的《喜剧的忧伤》，以精彩的舞台调度与演员收放自如的表演，精心控制着舞台上的情感释放，打造了权力与自由的舞台辩证法。对于这些作品，我们期待的是未来舞台上的精彩。

在人艺的新作中有一部 2012 年全新的作品较为引人关注，那就是著名编剧何冀平的作品《甲子园》。这部作品引人关注有两个原因，一是何冀平是当年北京人艺的老编剧，三十岁时就写出

《天下第一楼》这样大气磅礴的作品。在定居香港后参与香港的影视制作，又创作了《新龙门客栈》这样脍炙人口的武侠剧。而她为香港话剧团创作的《德龄与慈禧》，也展现了其充沛的戏剧能力。为北京人艺写戏，是何冀平多年的愿望。更重要的是这部戏集合了北京人艺众多老演员：如朱旭、郑榕、蓝天野甚至坐在轮椅上的朱琳，都参与演出这部作品。这些观众们喜爱的老演员们集中出现在一部戏中，当然引人关注。

但是，演出后的《甲子园》虽然一票难求，但对于戏剧的表现，却未能如人们所想象的那般精彩，这是为什么？

剧本写作与排练时间的仓促是事实，也仅仅是一个外在的原因。如果要检讨《甲子园》的不成功，笔者认为这牵涉到一个复杂的理论问题：即导演如何找到一部作品独特的气质，在舞台上释放属于这部作品的特性，完成一部作品。长年以来，中国戏剧界一直以来在“改不改”经典的伪问题上纠缠不休。其实，“颠覆”不颠覆经典，改动不改动原著，这些都是表面的现象，最根本的问题，一部作品有一部作品的独特气质，一部作品有适合一部作品的导表演方法；作为导演，就是要找到这一作品的气质。

比如说《甲子园》。从剧本的走向上来看，这是一部非常平民化的通俗性作品，在通俗中，藏着些女性的敏感与灵动。这就是这部作品的气质。因此，这种剧作首先要还原其平民化的通俗色彩——所谓通俗性，就是要求整场演出要在快速的推进中完成，在快节奏中展现其中的灵动。但大幕一打开，整部作品就完全在一种沉重的、迂腐的调子中前进。首先是舞台布景太实。导演倒是真没改动原著，硬生生地剧本中带有抒情性的一棵大树置于舞台中央，让舞台调度变得非常笨重；而舞台的整个色调，也有些太沉重。在这两个元素的共同作用下，这部作品显得无比拖沓。其次，演员的表演风格也有些与作品的格调脱节。何冀平的长处是对于市民生活的描摹，而蓝天野饰演角色的习惯是一种英雄式的展现。这也是为什么在这部戏中朱旭的表演非常让人舒服——他的节奏在舞台上明显比其他人快半拍，这是一种准确适合这部戏的节奏。

此外，导演在舞台上用音乐的烘托等方式人为地制造了太多的高潮，而忽略了这部作品的抒情是隐藏在戏剧内部的，浓墨重彩的烘托其实是在损害抒情。比如，在这部作品中被讨论比较多的，是在一个回忆的片段导演将字幕打在别墅的墙壁上——而在编剧的处理中，她想要表达的是“墙壁会说话”。的确，如何表现“墙壁会说话”是一个很困难的舞台问题，但编剧的意图是想展现这房子是有灵性的，而当导演在音乐的升华中将字幕打在这房子的墙壁上时，不仅破坏了作者想表达的“物也是有灵性”的感觉，而且，人为地升华到高潮带来的是观看的巨大不适。

当然一部新作品没有得到很好的口碑对于北京人艺来说并不是什么大问题。毕竟这是家有积累、有传承也有创新的剧院，一部新戏，也是要在打磨中不断改善的。但是，《甲子园》引起的讨论提醒我们的是，戏剧界在一些理论问题上必须要深入下去。比如在2012年面对彼得·布鲁克作品，无论是赞叹还是批评，都集中呈现了我们在戏剧理论问题上总是匆匆忙忙的一贯毛病。

不过，正如本文开首所说的，笔者在整体上对2012年的戏剧创作是充满信心的——虽然理论上的建树仍然不够深入，但无论是中生代导演的重要作品相继问世，还是青年导演有探索性的作品终于体现出不同于他们前辈的艺术表现，这些事实已经在说明，实践已经走在理论的前方，理论必须在今后对于实践做出回应了。

（本章执笔　中国社会科学院文学研究所副研究员　陶庆梅）

B.9

网络文学：规模持续增长
期待原创发力

2012 年网络文学总体发展均衡，各大文学网站进一步细分类型，类似于传统文学期刊中选刊的小说搜索引擎，在阅读竞争中逐渐显现出优势，但网络文学原创却显示出动力不足的迹象。2012 年，网络玄幻小说和仙侠小说依然是网络在线阅读最火爆的类型，作品发表数量（按总字数计算）增长 2.7%，日更新达到 2.3 亿字节。由于移动（手机）阅读的有效覆盖，产业份额仍处在上升通道中——预计总体规模（直接收入）将超过 50 亿人民币。值得引起重视的迹象是，截至 2012 年 6 月底，我国网络文学用户数为 1.9 亿，较 2011 年年底减少 4.0%。十多年来，随着互联网用户数的增长网络文学用户数一直再不断攀升，但 2012 年 6 月首次出现逆势减少。究其原因，作品质量未见显著提升，创新性萎缩是两大症结，具体显示在题材雷同、情节拖沓、文字累赘甚至涉及暴力色情等方面。网络文学在中国发展已有 15 年时间，相比较其他年龄段用户群体，目前 30～39 岁用户群体的网络文学使用率最高，因此主流阅读人群对网络文学作品的成熟度需求逐渐上升，部分用户“脱网”在所难免，这为网络文学有可能出现瓶颈发出了预警。大河曲折、回环，本是自然现象。2011 年，慢转型、热竞争的数字出版业已顺利突破千亿元大关，年均增长率超过 50%，这是中国文化领域面向未来的重要历史选择，如果看到这一点，我们就有理由充满乐观。大约需要 10 年时间，在中国移动、中国电信、盛大、百度、亚马逊等一批新兴企业的持续创新带动下，传统出版机构通过自身努力完成转型，形成与新兴数字媒体企业共荣共生的格局。到那时，由网络文学这台发动机衍生出的各种类型的数字化产品，将会成为中国最重要的文化输出。也就是说，网络文学将参与未来的“中国制造”，中国将以数字化产品影响世界。

一　当代文学的“V”字形道路

网络文学当属中国当代文学或称新世纪文学的范畴。与 20 世纪 80 年代文学黄金时代相比，它所形成、发展的社会背景要复杂得多。在整体上，网络文学与传统文学又是不能割断的，这恰好说明中国当代文学 30 年为什么会走过一条“V”字形的道路。20 世纪 80 年代初，在对外改革开放政策的巨大推动之下，文学作为思想解放的号角，成为了国家话语方式，因此呈现出空前繁荣。而繁荣的重要特征就是文学的民间化，每座城市，甚至每个乡镇都有自己的作家和诗人，每个人的桌上都会摆放一本文学著作。然而，发展经济毕竟是一个国家富强、民主的必由之路，90 年代的商业大潮旋即覆盖了文学浪头，下海经商替代了文学写作和阅读。在寂寞中，文学跌入低谷，曾经“洛阳纸贵”的文学图书也必须视商业利益马首是瞻。

随着中国社会的开放程度日趋宽广，新世纪以来中国文学遇到了更深层次的焦虑，首先是思想性的问题，社会处在变革时期，价值体系正在重建，旧有的伦理道德遭到了挑战。其次是现代性的问题，如何阐释今天这样一个高速发展、多样并存的社会，给文学表达增添了巨大难度；最后，还有艺术表现形式创新、代际交流障碍等问题，迫使当代文学的发展进入瓶颈期。应该说，网络文学的出现是国家话语方式面临创新的必然选择，其价值重组所认同的实践意义远远大于文本价值，并由此为中国文学在未来拓展新的领域，创造全新的想象空间打开了局面。在这个意义上，“V”字形的出现既是中国文学的自我选择，也是必然之路。

但必须强调的是，20 世纪 80 年代的文学，之所以产生重要影响，主要依靠的是意识形态的作用，而今天的网络文学则不同，它凭借的是文化的大众性和民间性，并且在传播手段上实现了革命性的飞跃。

中国经济保持 30 年持续增长，经济基础决定上层建筑，经济高速发展，文化上一定会有回响。文学不能叫增长，姑且称之为扩容，而文学扩容的实质是精神扩容。对于已经踏入市场经济的中国社会，只有在写作与阅读相互需求，即民间性和消费市场同时完备的前提下，才能形成真正意义上的扩容，并进而转化为一种社会能量，以建构新的国家话语方式。在过去的十多年时间里，网络文学走过了一条从无到有，从弱小到强大的艰难发展之路，当初只有屈指可数的几家论坛、社区，现在有数万家具备一定规模的网站；当初只能勉强糊口，现在年收入过百万的作者达到了三位数；当初默默无闻，甚至被指斥为垃圾，现在有大量作品出版并被搬上影视屏幕，深受大众喜爱。由此可见，中国文学所经历的由上升到衰弱，再由衰弱到上升的“V”字形道路，让我们看到了民间力量的强大。换句话说，文学只有来自于民间，活跃于民间，流动在民间，存续在民间，才有可能在某个特定的时期实现精英化，成为国家话语方式。往远处看，经过扩容后的中国文学才具备了与世界文学形成多方位对接的可能。网络文学的未来还有漫长的路要走，还有更重要的使命去完成。

二　网络文学发展模式趋向多元

在最初的10年，也就是2008年之前，网络文学主要依靠在线阅读收费模式支撑行业运营，但在近年，由于网络文学延伸领域愈来愈广泛，生存空间扩大的同时，竞争也日趋激烈。由此，网络文学已经不再是单兵作战模式，一部作品的好坏，不仅仅通过在线阅读来检验，而是看其延伸的领域是否足够广泛。文学网站考察作品，引导创作正在逐步改建入口标准，即网络文学能否有效转化成数字出版物、网络游戏、影视剧、图书和漫画等产品，并与这些领域的原创作品进行竞争和融合，以谋求新的发展空间。数字出版已成为国家文化战略的重要组成部分，预计中国将在2015年之前超过美国，成为世界最大的电子阅读器市场。这对网络文学来说，无疑是一次新的发展机遇，但能否成为“新宠”，还有待网络文学自身的蜕变。

统计数据显示，目前网络文学用户男女比例分别为56.4%和43.7%，男性用户所占比例比女性用户高出约13个百分点。观察多个网络文学网站的热门小说排行榜、阅读点击量排行榜，玄幻、仙侠、盗墓、探险等幻想类题材排名均靠前，这些题材的文学作品与男性偏好猎奇、寻求刺激的心理特征契合，受到男性用户更多的偏爱。同时，也是网络游戏改编的主要来源。由于网络小说读者和网络游戏玩家的高重合度、人气叠加、共通性和相互影响等效果显著，随着《诛仙》《鬼吹灯》《斗破苍穹》《星辰变》《兽血沸腾》等改编获得成功，网络文学改编网络游戏成为一种风潮，两个时下最为热门的数字娱乐产品形成了互依共荣的局面。而婚恋、家庭、职场、时尚等现实题材的作品，多受女性读者欢迎，更加适合影视改编和图书出版。据不完全统计，目前网络文学每年卖出的影视改编权在500~700部之间，每年下线出版图书简繁体版本在2000种左右。另外，唐家三少的作品《斗罗大陆》改编成网页游戏之后又成功改编成漫画，足见网络文学发展模式更趋多元和开放性。

由于两者天然具有兼容性，数字出版已成为网络文学进入主渠道最重要的通道。2012年8月，由商务部、中宣部、文化部、广电总局和新闻出版总署五部委组织申报的2011~2012年度国家文化出口重点企业和重点项目名单揭晓，网络文学以数字出版的形式首次进入国家订单集中出口，成为中国文化对外输出的重要产品。新型客户终端安卓、谷歌、苹果等渠道，也使得数字出版的国内市场份额逐年增长，截至2012年上半年，仅盛大文学云中书城一家，第三方内容合作伙伴超过330家，签约第三方作品数近10万种，移动客户端用户数已近600万，累计完成付费订单数900万单，被下载的电子书种类超50万种，并且这个数字还在不断快速增长中。相对来说，移动阅读平台对作品的遴选非常严格，原创文学的份额只占全部读物不到十分之一。新增的读书网站，如塔读文学、华夏中文网、魔铁中文网等从创建之初就分别与中国移动、新浪、腾讯、搜狐、3G门户等网站合作，主要是在数字出版领域展开竞争。

由于网络文学作品总量庞大，总体来说，无论在线还是无线阅读，读者阅读选择的自由度都相当大，文学网站的竞争也日趋激烈。根据iResearch艾瑞咨询推出的网民连续用户行为研究系统iUserTracker最新数据显示，2012年10月，垂直文学网站日均覆盖人数达1443万人。其中，起点中文网日均覆盖人数达200万人，网民到达率达0.9%，位居第一；晋江原创网日均覆盖人数达104万人，网民到达率达0.5%，位居第二；纵横中文网日均覆盖人数达 92 万人，网民到达率达 0.4%，位居第三。2012 年 10 月，垂直文学网站有效浏览时间达 2.5 亿小时。其中，笔趣阁有效浏览时间达 2153 万小时，占总有效浏览时间的 8.7%，位居第一；起点中文网有效浏览时间达 2114 万小时，占总有效浏览时间的 8.6%，位居第二；快眼看书有效浏览时间达 1257 万小时，占总有效浏览时间的 5.1%，位居第三。

在数字阅读高速发展期，海量信息成为阅读的重要障碍，搜索引擎运用技术手段，帮助用户在互联网庞大信息资源中以最快的速度寻找到自己所需的内容，为阅读、查阅提供了方便，但同时也引发了大量网络版权纠纷，阻碍了网络文学的发展。现在看来，合作是解决这一问题的最佳途径。一方面，搜索引擎应当清醒地认识到"天下没有免费的午餐"；另一方面，版权拥有者（文学网站或作者）应该顺应互联网技术的发展，也就是说，搜索引擎和权利人之间应加强合作、签订版权合同，即由搜索引擎服务商按传统模式与版权人就作品的使用订立合同，实现共赢。

三　创作题材向神话与现实两极发展

近年来，网络文学与传统文学逐渐融合，主要体现在阅读市场的相互渗透，比如门户网站新浪网、搜狐网、新华网的读书（或原创）频道，均以推介传统文学图书的数字化阅读为主，即使是原创类作品，也以"职场""官场""军事""都市言情"等比较接近传统文学的类型为主，也就是说，传统文学在线阅读的份额在逐年增长。而专业文学网站则以"玄幻""仙侠""网游""架空历史""穿越"等网络特色鲜明的类型为主，它们依然占据着网络阅读的主要市场。经过一段时间的磨合和市场分割，网络文学走向两个极端的趋势愈加明显，一头是现实，一头是神话。网络文学现实题材作品由于其细致、深入地诠释了当下生活与人的精神世界的关系，十多年来一直为图书出版业所关注，简繁体图书出版总数高达2万种。

职场官场、都市言情、婚姻家庭类网络小说依然是目前最受读者欢迎的现实题材作品。自《蜗居》《杜拉拉升职记》《和空姐一起的日子》等被改编成影视作品后，网络文学迅速成为影视改编的宠儿，其后的《失恋33天》《裸婚时代》《甄嬛传》《步步惊心》《金太郎的幸福生活》《帝锦》《搜索》《我的美女老板》《别再叫我俘虏兵》等一批作品乘势而上，使网络文学影响力急剧扩大。近期完成拍摄的《涩女日记》《刑名师爷》《浪漫满厨》和即将拍摄的《盛夏晚晴天》《第一最好不相见》《前妻来了》《小儿难养》《绣里藏针》等，预计将进一步推动网络文学进入主流阅读人群的视野。另据CNNIC网络文学用户调研数据显示，网络文学用户中有79.2%的人愿意观看网络文学改编的电影、电视剧。

网络玄幻小说和仙侠小说基本属于神话叙事范畴，但与农耕文明时代的神话叙事又有明显的差异，现代科技已经解决了人类进入太空的难题，但地球上的问题却愈来愈复杂，危机论、末日论甚嚣尘上。网络小说敏感地把握住了这一现实，将笔触由时空领域转向塑造新的文明形态，故事情节和人物行为超出了人类社会的思维模式，人类往往只是其中的一部分而不再是主宰者。在这一点上，网络玄幻小说和仙侠小说与西方现代神话故事似有不谋而合之处，比如《哈利波特》《指环王》，甚至是《阿凡达》，这些作品中国化的版本在网络上比比皆是，但它们中国特色十分鲜明。网络玄幻小说和仙侠小说多数还杂糅了科幻、穿越、言情、重生等表现手法，但我并不认为应该把它们划入上述类型，它们的核心是神话叙事。

去年和今年，网络玄幻小说和仙侠小说依然是网络在线阅读最火爆的类型。我吃西红柿、天蚕土豆、血红、猫腻在起点中文网最新发布的长篇小说《吞噬星空》《斗破苍穹》《偷天》和《将夜》，烟雨江南在17K文学网发布的长篇小说《罪恶之城》，无罪在纵横中文网发布的长篇小说《仙魔变》，点击率均超过千万，它们同样是无线阅读平台（手机阅读）最热门的作品，移动阅读高达5亿次的日浏览量，差不多有一半是在点击这些作品。年收入过百万的网络作家，90%属于这个人群，因此，可以说他们对网络文学的产业化发展作出了贡献。由于多种原因，影视尚无力改编、拍摄这个类型的作品，但它们在影视领域埋下的伏笔早晚会引发一波网络文学最大的浪潮。值得注意的是，这一类型的作品如此大规模的出现在网络，并被广泛阅读和传播，的确是中国文学史上的一大奇观，但遗憾的是，它被学界重视的程度恐怕不及它被阅读的万分之一。

四　年度网络文学重要作品

东方玄幻类小说《将夜》（作者：猫腻），2011年8月15日开始在起点中文网连载，已完成字数：2330584，未完稿。

作品简介：在环境险恶的边境军队中，普通小兵宁缺是一个满脑子修行美梦却毫无修炼天赋的少年，凭借着过人的武艺，他成了令土匪闻风丧胆的梳碧湖的砍柴者。由于战功显赫，他被推荐到京城书院读书，并承担护卫公主返京的任务。没想到一路上并不平静，目睹了大宗师级别的战斗，他保护公主躲过多次追杀行刺，与公主及其护卫宗师结下了深厚的感情，并且打开了修行的大门。来到京城后，宁缺以优异的成绩考进书院，并且在所有的书院弟子中，脱颖而出成为新弟子的佼佼者，随后成功地进入了书院的二层楼，成为了传说中的夫子的亲传弟子。由于目睹杀害他父母的仇人逍遥法外，宁缺在众多天才出众的师兄的帮助下，研制了属于自己的武器，快速贪婪地修行，使他在一系列的冒险和一次次的挑战中，快速提升着自己的实力，并且终于手刃了仇家。复仇成功之后的宁缺，更加专注在书院的学习和自身修为的提高，而后又踏上了去往西陵学习的路途，完成了可歌可泣可笑可爱的草根崛起史。

玄幻类异界大陆小说《神印王座》（作者：唐家三少），2011年11月20日开始在起点中文网连载，2012年11月完结。总字数：2642273。

作品简介：故事发生在位于圣殿联盟南部边境的奥丁镇，那里的魔族十分强势，在人类即将被灭绝之时，一个叫做六大圣殿的组织崛起，带领人类守住最后的领土。这是一个道魔林立的时代，强人不绝，凶人不止，唯有物竞天择，强者胜。本书主角少年龙皓晨，为救母加入骑士圣殿，奇迹、诡计，不断在他身上上演，凭借自己的努力，终于登上象征着骑士最高荣耀的神印王座。

玄幻类异界大陆小说《罪恶之城》（作者：烟雨江南），2011年12月24日开始在17K文学网连载，已完成字数：2110929，未完稿。

作品简介：这个家族血管中流的每一滴血，都充满了罪恶、淫秽和肮脏的东西。他们是所有矛盾的集合：他们热情，他们冷酷；他们善于记忆，他们经常遗忘；他们忠于梦想，他们随时妥协；他们愿与圣徒为伴，他们总和魔鬼合作；他们非常冷静，他们必然疯狂。他们是天使，他们也是魔鬼。小说运用宏大的叙事结构，描绘了诡异、冷艳而瑰丽的神秘世界，以精致犀利的语言，匪夷所思的故事情节，以及一个个陌生又鲜活的人物形象，使得“诺兰德大陆”上演的那些爱恨情仇令人惊诧不已。

玄幻类异界大陆小说《仙魔变》（作者：无罪），2012 年 5 月 6 日开始在纵横中文网连载，未完稿。

作品简介：这是一个有关帝国和荣耀，有关忠贞和背叛，有关青春和热血，有关一个怀着与众不同目光的少年，有关一个强大的修行学院的故事。六十年前，一个中年大叔带着一条长得像癞皮狗一样的麒麟和一头长得像鸭子一样的鸳鸯第一次走入了中州皇城。那一年，这个中年大叔穿过了山海主脉，穿过了四季平原，走进了青鸾学院。六十年后，林夕坐着一辆破旧的马车，从鹿林镇穿过半个云秦帝国，一路向北，行向青鸾学院。

官场类小说《对手》（作者：姜搏远），2010 年 7 月 13 日开始在新浪读书连载。

作品简介：海川市驻京办事处是一个各方面都很落后的单位，驻京多年还一直租房办公，为了改变落后局面，驻京办傅华采用紧迫盯人的方式成功地打动了台湾大公司融宏集团的老总陈彻，争取让陈彻在海川投巨资建设了生产基地。从而一炮打响，获得了市委市政府的赞赏。傅华参加融宏集团正式跟海川市的签约，趁机向市长要求市政府投资为驻京办事处建办公用房。曲炜同意了，但同时也批评他不务正业，跟不正当的女人孙莹来往，甚至不承揽主动要求投资的客商赵进。傅华这才知道驻京办的副主任林东一直在窥视他，想把他赶走，甚至不惜偷窃他的资料。傅华揭露了赵进的骗局，并趁机跟林东摊牌，收服了林东。因为融宏集团成功落户，傅华获得了极高的声誉，便开始膨胀，他把建办公用房扩展成要买地把驻京办建成一座大酒店，向市政府请批得到了批准，为此求助于旧情人郭静的老公杨军。因为融宏集团落户海川，东海省认为曲炜功不可没，有意调走市委书记孙永，让曲炜接任。但最终调走的却是曲炜……

职场类小说《黑白律师之山庄疑云》（作者：暂时无名），搜狐原创连载作品。

作品简介：陈锦荣，号称明山市第一青年律师才俊，一个游走在黑与白之间的律师。他无意中代理了一起普通的破产企业工人追讨经济补偿金案，一审获胜，企业方被判决支付补偿金，但清算后净资产无力兑现法院判决。经过调查发现该企业在变卖处置的投资项目存在严重问题，很多企业都是以极低的价格被卖出。市长推荐陈锦荣进入清算组，要求其协助市政府清算组彻底查清这些企业的资产处置问题，陈锦荣无奈参与，但是在调查中却意外发现此案与他代理的另一桩云梦山庄强奸杀人案有了千丝万缕的关联。

都市类小说《妖孽保镖》（作者：青狐妖），塔读文学连载作品。

作品简介：小说主人公在工作之余揽私活儿，一个人承接多位美女的保护任务；他敢于狂吃窝边草，当然还有窝外的草，以及其他草、所有草。一个妖孽如谜的男人，一群形形色色的女人，演绎了万花丛中的一段段离奇韵事。作者笔触细腻、纯洁，故事有趣、生动。

职场类小说《生死浮沉：急诊科的那些事》（作者：于莺、江南麦地），榕树下文学网连载。于莺，北京协和医院急诊科主治医师，毕业于中国协和医科大学，医学博士。

作品简介：中国版《急诊室的故事》。健康与病痛相连，生命与死亡并存。每天有很多人从这里健康地走出，也有很多生命在这里画上句号。本书讲述发生在急诊室里真实而又感人的故事：医生与医生之间、医生与领导之间、医生与病人之间，各自有着怎样不为人知的内幕？全书以主人公的事业成长、情感纠葛为主线，贯穿起 30 多个医疗故事案例，力求故事性与真实性的完美结合，既是精彩的社会热点小说，又是患者就医指南读本。大起大落看透命运，大悲大喜看透人性。

言情类小说《盛夏晚晴天》（作者：柳晨枫），红袖添香网连载作品，将于2013年投入电视剧拍摄，杨幂、刘恺威主演。

作品简介：结婚三年，面对丈夫的冷漠，她从来都没有显示过软弱，但当小三怀了丈夫的孩子闹上门，她第一次泪眼婆娑。面对他鲜有的错愕，她挺直脊梁倔犟地转身。丈夫在背后他冷语嘲讽：夏晚晴，凭你市长千金的身份，多的是豪门巨富登门求亲，何必束缚我？离婚协议签署的那一刻，她拾起骄傲，笑靥如初。凭她的身份，想嫁个不错的男人，易如反掌，若非为爱，婚姻又能持续多久，但若是为爱，还不是铩羽而归？她终于选择了没有爱情的婚姻。

另外，起点文学网发布的《股神来了》《午夜开棺人》；17K文学网发布的《哥几个，走着》《诡案组陵光》《花满三春》；纵横中文网发布的《宰执天下》；大佳网发布的《命门》《王南瓜的打工生活》；起点中文网发布的《赘婿》《天才相师》（作者：打眼）；起点女生网发布的《世婚》（作者：意千重）、《花开锦绣》（作者：吱吱）、《金玉满唐》（作者：袖唐）；晋江书城发布的《论太子妃的倒掉》（作者：茂林修竹）、《离婚365次》（作者：两颗心的百草堂）；潇湘书院发布的《妾本惊华》（作者：西子情）、《千金笑》（作者：天下归元）；红袖添香网发布的《8090婚约》（作者：白槿湖）；塔读文学发布的《白银之歌》（作者：罗森）、《仙国大帝》（作者：观棋）、《不灭元神》（作者：百世经纶）等作品也取得了较好的成绩。

《股神来了》作者丰言，原名潘起，1980年出生在上海，2001年初赴德国留学，毕业于德国慕尼黑大学计算机专业，硕士学位，现旅居德国。小说讲述了中国证券市场发展二十余年后，在全民炒股的年代中，一个普通散户陷入人生与证券双重困境的奇妙故事。《午夜开棺人》作者唐小豪，原名唐博耗。小说描述了棺材镇可咒人数代的奇葬“白狐盖面”；腐尸村可使人永生的“镇魂棺”；郪江崖墓所藏可致阴兵之“牧鬼箱”；成都零号防空洞内的阴铁“阎王刃”；邛崃天台山阴冥地街中的“烙阴酒”；若尔盖草原扎曼雪山中的“炙阳简”等传奇故事。《哥几个，走着》作者纯银耳坠，小说讲述的是一个高中生小混混王越，靠着家里的关系，上了一所普通的大专，但是由于种种原因而大学辍学。走出校门之后王越彻底融入社会，在一系列美好愿望全都落空以后，他抱着幻想回到了他原来上高中的地方，可是一切的一切，都已经不再美好，人心善变，危机重重，形势险峻，生离死别。《诡案组陵光》作者求无欲（《诡案组》系列已于2012年初改编成电视剧），故事延续了诡案组系列“恐怖源于真实”的风格，通过各类荒诞不经的虚构故事，揭露了层层迷雾下那些丑恶的人性本质。《花满三春》作者煌瑛，故事始于虚拟国家“大昱”灭亡之后。天下一分为四，女主角苏砚君的父亲是复辟党中一员。为让女儿远走高飞，苏父安排她远嫁。对父亲用心一无所知的苏砚君踏上北上完婚之路，也踏入了乱世的漩涡。《宰执天下》作者cuslaa，因为一场空难，贺方穿越千年，回到了传说中“积贫积弱”同时又“富庶远超汉唐”的北宋。一个贫寒的家庭，一场因贪婪带来的灾难，为了能保住自己小小的幸福，新生的韩冈开始了向上迈进的脚步。这一走，就再也无法停留。逐渐的，他走到了他所能达到的最高峰。在诸多闪耀在史书中的名字身边，终于寻找到了自己的位置。《命门》作者年志勇，电信业覆盖了现代生活的每一个角落，电信资费与服务，始终是舆论与民众关注的焦点。常被公众诟病“垄断”的三大电信运营商，市场竞争之惨烈、员工生存之压力，远超人们想象。小说诠释了各级电信运营商的艰难蜕变，铺开了一轴有关通信圈鲜活的浮世绘，昭示了从业人员的命运沉浮，折射了时代激流与天下苍生。《王南瓜的打工生活》作者侯平章，王南瓜是一个写诗的内地青年，学校毕业后怀抱梦想做了南漂。本来是想投靠早先到南方发展的叔叔。当历尽艰辛找到叔叔时，叔叔生活的变故，让他的梦想彻底破灭，他又踏上了新的历程。《赘婿》作者愤怒的香蕉，小说讲述一个受够了勾心斗角、生死打拼的金融界巨头回到古代，进入一商贾之家最没地位的赘婿身体后的休闲故事。家国天下事，本已不欲去碰的他，却又如何回避。

五　年度网络文学重要理论观点

关于网络文学是否具有社会价值的讨论。针对网络文学缺少社会责任感的质疑，张颐武认为，我们对于社会责任、社会担当的认识应该更加宽广一点，不能过于狭窄，关注民生问题，关注社会问题，固然是一种社会责任，但不是只有关注民生社会的才有社会责任。不仅网络文学如此，整个社会都是如此，你不能说袁隆平的研究非常有社会价值，霍金就没有社会价值，他们在不同的领域，通过不同的方式对人类的发展起到不同的作用。文学也是如此，如果说非得关注农民工，关注社会问题才叫有价值有担当，那么写爱情小说是不是就没有价值，也要否定呢？关注社会问题当然需要，但是不能要求所有作品都同样去理解与书写生活。网络文学长于开发人们的想象力，长于个体情怀和感受的表达。实际上，想象力的开发，对于人类社会发展非常重要，所以，关注现实固然非常重要，但是促进人类的想象力，也同样是文学价值的一部分。

市场经济与新兴媒体对文学的革命性影响。汪政、晓华认为，因为新兴媒体的支持，我们才认为，“自文学”的时代已经到来。没有哪个时代像今天这样注重信息与传媒。以往，文学的传媒是相对单一的，而如今，报纸、刊物、出版、网络、电视、广播、手机……构成了文学传播庞大的空间。新兴媒体所催生出的写作形态如博客、微博、手机作品、电子杂志等与传统的出版或发表方式是有本质上的区别的。它们非常自由，它们可以是私密的，但除了自己加密的“日志”外，更多的都不是私人性的了，它们进入了与他者的交流，进入了不同范围的公共领域。市场的文学同时就是消费的文学与传播的文学，是真正的“个人的文学”，这个人的文学不是知识分子的那少部分个人，不是精英的个人，而是民众的、大众的、人民的个人，是每一个社会成员的个人。在这个时期，不能说国家的文学与知识分子和精英的文学已经不存在了，但在这个多元的格局中，显然个人的文学更为庞大，也更具草根性、当下性、日常性，因而也更生机勃勃。都在说文学正在衰落，正在走向边缘，其实这是从国家文学以及精英文学的角度说的，如果仔细研究一下，可能没有哪个时代有今天这么众多的写作者，专业作家、业余作家、职业写手、自由撰稿人，以及庞大的匿名写作者，他们构成了一个身份各异的写作生态圈。文学不再是一部分人的权利与垄断，而是每个人日常生活的可能与现实。

因为移动互联网异军突起，网络文学在2012年出现变局。李伟长认为，如果说若干年前的网络文学还多局限于以起点中文网为代表的类型写作，比如盗墓派、穿越派、玄幻派，等等，那到今日，已经发生变化了，关于网络文学需要重新被定义，至少不仅仅是类型小说。网络文学已开始向数字出版转变。这种观念之变已经渗透在互联网文学产业链中，网易阅读、豆瓣阅读等平台的推出，说明洗牌正在暗流涌动。这次洗牌将会影响未来整个网络文学格局。洗牌，从来就是新格局调整的开始，是其他势力企图重新崛起的动作，也是既得利益者集团试图巩固阵地的战略。没有纯图公益慈善的洗牌，只有利益的驱动，网络文学洗牌更是如此，不仅是势力版图的划分，更是利益之争，还有观念之争。

类型化写作适于分众、小众的点击期待，吸引读者付费阅读。欧阳友权认为，这类作品的情节、故事、人物、想象、节奏和叙事方式等大都是模式化的。写作者尽可以天马行空，释放自己的想象力，把虚拟的类型化空间拉长、拓宽，以迎合阅读市场。但由于一些作者的“类型化想象”缺少深厚的文化底蕴和坚实的生活积累，用于想象的创作素材囿于有限的生活阅历、知识视野，有的甚至就来自某些网络游戏，久而久之很容易陷于“枯竭焦虑”，摆不脱自我重复的窠臼或难以为继的尴尬，导致一些类型化作品红极一时却速成速朽，短期内能赢得排行榜、赚取点击量，却少有艺术提升的空间和文学创新的潜能。最终，类型化的“槽模”变成了艺术想象力的桎梏。刻意相似的写作模式，生编硬造的故事情节，动辄上百万甚至数百万字的篇幅，除了创造商业资本最大化利润外，其实是无关乎文学艺术的。类型化写作的过度膨胀，隔断了文学与现实的依存性关联，使网络文学面临自我重复、猎奇猎艳、凌空蹈虚的潜在危机。

经典性和流行性并非二元对立。邵燕君认为，“如果将眼光放宽，古今中外的伟大经典大都在当世极为流行。”她非常看重文学作品的“当下性”，就是说，一个国家的当代文学有责任以文学的方式呈现它所属时代的精神图景，给当代人的核心困惑以文学的解说，或者给读者提供精神抚慰。“‘当下性’在‘主流文学’里已经相当稀薄，产生经典作品的可能也日渐减少。而网络文学这一边，‘当下性’异常丰茂，虽然现在仍处于‘大神阶段’，但‘大师’的出现不是没有可能。”她还设想，一个如当年余华那样的居于县城的文学青年如何走向文学之路，他会选择给网站写稿还是给文学期刊，“十有八九是前者”。

如何应对“审美知识失效”的困境。罗勇认为，面对这一状况，需要我们的批评家更新知识结构、扩充人文知识，以便对新的文学作出新的有效阐释；更需要培养和推出一支新的青年批评家队伍与之对接。所谓一代有一代之文学，批评亦然。要做到“有效”，我们的文学批评要真正介入到文学实践的现场中去，寻找新的批评对象，寻找新的批评话题，寻找新的话语方式甚至新的传播方式。诚然，文学批评可以为文学经典的建构提供依据，为文学史的科学定位提供参照，为文学理论的健全完善提供实践检验；它不仅要对文学作品、文学现象与思潮作有效的艺术阐释、独到的审美发现，还要有富于启迪的审美创造——接通现实，表达思想，有效地参与到公众精神生态和人类精神生活的塑造中去。

网络文学飞速发展仍无法承担起文学走出边缘化的重任。业内人士指出，从国外的经验来看，网络文学小说尤其是手机小说的前景非常值得期待。比如在日本，2007 年由 Mika（美嘉）写的自传体手机小说《恋空》引起热潮，有 1200 万名读者下载阅读，网站累计点击达 2672 万人次。在网络文学的冲击下，我国的传统文学市场已经出现边缘化的趋势。有统计表示，尽管全国出版的期刊多达 9000 多家，但是文学类期刊仅占约 10%，而且在这八九百家文学期刊中，能勉强生存的还不到 10%，90% 以上的文学期刊陷入生存危机或者经营困境。这样的数据说明，网络阅读在无形中已经占据了相当规模的市场，也存在着很有利润前景的发展空间。但业内人士同时指出，网络文学小说的发展固然很有前景。但在目前看来，网络文学与传统文学比起来，还存在一定的差距，还无法承担起文学走出边缘化的重任。如何应对未来的发展主流，依然是值得去深思的问题。

六　年度网络文学重要事件

1. 中国作协加大网络文学扶持力度

今年，中国作协加大了对网络文学的扶持力度，共有17部作品入选两个层次的扶持，其中《春秋故宅》（作者：骁骑校）、《风吹草动》（作者：张院萍）、《深的蓝，浅的蓝》（作者：沙爽）、《官场风云30年》（作者：叶春萱）、《新式8090婚约》（作者：白槿湖）《晋升》（作者：神七）等6个项目获得中国作协扶持，《命门》（作者：年志勇）、《双城生活》（作者：三十三）、《挽婚》（作者：毕蓬勃）、《王南瓜的打工生活》（作者：侯平章）、《我本多情》（作者：梅静）、《香之城》（作者：米问问）、《不易居》（作者：月斜影清）、《碑痕》（作者：童行倩）、《浮华都市》（作者：万万）、《弹如流星》（作者：拔剑东门）、《河东旧梦》（作者：冷羽轻寒）等11个项目获得全国网络文学重点园地联席会议扶持。这些作品分别由新浪读书、搜狐原创、红袖添香文学网、晋江文学城、17K文学网、腾讯原创、汉王书城、大佳网和中国网络文学联盟网等网站申报。

2. 首届全国网络文学作品研讨会在京举行

在年初举办第二次网络作家于传统作家结对交友之后，6月28日，中国作协在京举行首届全国网络文学作品研讨会，表明中国作协对网络文学的关注已进入深层阶段。《扶摇皇后》《遍地狼烟》《新宋》《隋乱》和《凝暮颜》等5部作品入选。白烨、欧阳友权、陈福民、王祥、马季、邵燕君等10位学者专家到会，与作者展开面对面的坦率的探讨和交流。他们认为参加研讨的5部作品可读性强，想象力丰富，将文字的新鲜、灵活、平实、丰富发挥得淋漓尽致；不足之处是作品存在与现实社会有隔膜感、对人物的内心世界缺少更深的把握、文字不够精练等问题。中国作协党组成员、书记处书记陈崎嵘表示，举办网络文学作品研讨会，是基于以下三点认识：一是网络文学异军突起，方兴未艾，三分天下有其一，并且逐渐呈现出“半边天”的趋势，影响着越来越多的网络受众。若重视文学，必须重视网络文学；若关心文学的未来，必须关注网络文学的发展。二是网络文学作品良莠不齐，泥沙俱下，亟须大浪淘沙，亟须高人指点，逐步建立符合文学本质、具有网络文学特点的审美评价体系，促使其蓬勃发展，健康成长。三是通过研讨评论，推出一批优秀的网络文学作品、网络作家和网络文学评论家。

3. 广东作协关注网络创作

继2011年年底广东网络文学院挂牌、全国首家《网络文学评论》杂志首发以来，广东作协采取多种途径关注网络创作。今年7月17日，由广东网络文学院组织的“广东网络作家与外国学者对话”在广东文学艺术中心举行。旅美英国学者殷海洁和广东知名网络作家红娘子、无意归、蔼琳、猗兰霓裳、李伊、媚媚猫等进行跨文化学术对话。这是广东网络文学院继去年“广东网络文学十年精品回顾”四场主题座谈和“峰会”后的又一探索性活动。与会网络作家在亲切轻松的对话氛围中，详尽诉说各自实际情况和业内见闻，热情展开谈论，从每个人的独特经验和角度表达了对网络文学的作者、读者、编辑，各种类型小说的特点与发展状况，等等。与会各方都憧憬在全球一体化时代中，网络文学在中国文化和西方汉学家之间充当双向文化交流的桥梁。另外，广东作协还举办了广东网络作家高级研修班，打造广东网络作家精英队伍，50位广东网络作家参加学习，邀请国内、省内著名专家学者、作家授课。

4. 首部《网络文学词典》问世

由欧阳友权主编、中南大学网络文学研究团队编撰的中国第一部《网络文学词典》2012年9月正式出版发行。近年来，网络文学研究与批评在不断向深水区探究，但批评话语却一直无法系统建构起来。《网络文学词典》力求把网络文学研究从草根的、海量的、碎片化的、微文本化的、个体化的批评状态，修正到专业的、系统的、学理的研究体系中来，以其权威性建构起网络文学研究与批评的框架、术语，整合成一种“网络文学批评范式”。《网络文学词典》按照词条主题性质，分为网络术语、网络文学概念、网络文学站点、网络写手与群体、网络写作软件、网络文学作品与文类、网络文学语言、网络文学产业、网络文学研究、网络文学事件、网络流行语等11个大类，共收词条1081条，对当今涉及的网络文学相关概念尽量收进，力求词典客观反映网络文学发展实际，全面涵盖网络文学各种现象与问题，以构建网络文学整体的概念和知识体系。同时，词典对含义相近的相关概念进行了科学取舍。

5. “网络作家富豪榜”首度发布

2012年11月26日，《华西都市报》独家发布了由媒体人吴怀尧团队制作的“2012第七届中国作家富豪榜”全新子榜单——“网络作家富豪榜”。网络作家唐家三少、我吃西红柿、天蚕土豆分别以3300万元、2100万元、1800万元的版税收入荣登“网络作家富豪榜”前三甲。骷髅精灵、血红、梦入禅机、辰东、耳根、柳下挥、风凌天下、跳舞、鱼人二代、苍天白鹤、高楼大厦、无罪、月关、天使奥斯卡、忘语、猫腻和打眼等20人分列榜单第4至20位。收入总金额高达1.7亿元人民币。“网络作家富豪榜”记录了中国网络作家2007至2012年五年间，其作品产生的版税及相关授权所得的总和。网络作家的收入除了在线和无线，通过读者点击阅读其作品获得收益以外，还会产生相关收益，如授权简体繁体纸质出版、影视和网游改编等。在此次“中国网络作家富豪榜”20人榜单中，“80后”构成了网络作家富豪的主体。没有一人在40岁以上，35岁以上的只有月关、苍天白鹤、天使奥斯卡和忘语4人，其余16人年龄均在33岁以下，1980年以后出生者14人，最年轻的“天蚕土豆”1989年出生，“90后”的身影尚未出现。在去年发布的“第六届中国作家富豪榜”上，网络作家并未单列，而是和传统作家混合在一起，其中包括位列第二的南派三叔（1580万）、位列第五的安妮宝贝（940万）、位列第八的当年明月（575万）和位列第十四的桐华（290万），以及何马、小树老桥、李可等8位网络作家。

6. 盛大文学首度盈利

2012年5月10日，根据盛大文学最新F－1财报显示，盛大文学2012年第一季度首次实现扭亏为盈。盛大文学的扭亏为盈意味着盛大文学的全版权运营取得了成效，文学内容之于整个文化产业链的源头作用得到进一步的凸显。最新F－1财报：盛大文学Q1主营业务收入为1.92亿元，相较2011年Q1同比增长38.2%。毛利6693万元，相较2011年Q1同比增长65.4%，毛利率34.9%。盛大文学在2012年Q1实现净盈利逾300万元。盛大文学自2008年7月宣布成立以来，经过多年的积累和发展，盛大文学在线文学产业已经形成了一套创收模式，包括在线付费阅读、无线订阅、针对性广告、版权授权以及多种娱乐产业等。

7. 文学网站从业人员情况调查

2012年5月8日起至6月22日，由中国作协牵头，组织中国作家网、盛大文学、中文在线、新浪读书频道、搜狐原创频道、TOM 网读书频道、腾讯原创频道、大佳网和作家在线等网站，对全国主要文学网站编辑人员现状进行了调研。调研组先后走访了起点中文网、17K 文学网、铁血网、TOM 网读书频道、腾讯原创频道、上海市作家协会“云文学网”、湖南作家网、广东作家网和天涯社区文学频道等 20 余家文学网站，采用会议座谈、随意交谈、问卷调查等方式进行调研。据统计，全国主要文学网站从事文学编辑工作的专（兼）职人数约有 2 万余人，约占全国网络文学从业人员总数的 70%。

问卷调查数据显示，网络文学编辑年龄偏低，76.2% 在 30 岁以下；其中女性占 51.7%；硕士研究生及以上学历占 2.6%，本科学历占 48.3%；大专学历占 40.4%；高中及以下学历占 8.7%。网络文学编辑人员从业时间偏短，跳槽现象比较严重，平均只有 3 到 5 年，从业 5 年以上者已属资深编辑。

调研中了解到，由于行业仍处于发展期，网络文学还没有形成比较明确的职业规范和行业标准，因此编辑岗位的划分和职责，都是根据各家网站的不同特点确定的，总的来说，与传统出版业存在明显的不同之处。目前，网络文学编辑岗位主要分审核编辑、文学编辑和运营编辑三部分。各文学网站没有统一的技术职称评聘标准，各自为政、五花八门。主要分为三类：一是盛大、中文在线等文学网站采用的公司体制；二是门户网站新浪、搜狐读书频道等采用的互联网体制；三是上海作协云文学网、广东作家网、湖南作家网等采用的挂靠作协体制。各文学网站（公司）对编辑职务、级别都有考核规范要求，但没有相对应的技术职称体系。各网站招聘网络文学编辑的标准主要有三条：从业经验、沟通交际能力和学历。但大多没有具体量化的标准，用来衡量和考核从业人员的资格、资历和职业水平。由于网络文学产业化时间较短，编辑人才十分短缺，网站招聘编辑存在一定的难度。一般由熟人推荐，主要来源有：计算机类毕业生、文科类毕业生、由网络写手改行转型者。编辑人员多数没有接受过正规化、系统化的职业培训，入职后主要采取以老带新的模式进行业务培训。网络编辑工作负荷很大，一个编辑通常要负责与成百上千位作者的日常联系，几乎没有时间和精力进行业务学习。同时，由于行业竞争强烈，从业人员内部流动频繁，客观上制约了网站对编辑人员的培训投入。近年来，新闻出版总署和中国作协开始关注这个问题，对网络文学编辑实施有计划的培训，文学网站配合十分积极，反应良好。

中国当代文学在经历了艰难的跋涉和论争之后，迎来了 2012 年，按照玛雅人的旧历，地球将在这一年岁末毁灭，12 月 22 日凌晨，我在电脑上完成了这篇综述的写作，透过窗户，寒冷的北京一片宁静，整个世界仿佛真的只剩下我一个人。就在数日前莫言领取了诺贝尔文学奖，他并表示文学奖不是发给国家，而是发给个人。这让我静下心来重新思考一个问题：文学当然不能离开个体而存在，但究竟在多大程度上体现着国家精神？经济、科技、体育都是可以量化的，唯文化无法度量、测算，文学在其中则是最个性化的部分。伴随着高速发展，中国社会需要补充的能量实在是太多了，想象力不可避免成为其中的重要元素，它既是文明进步的火种，也是个体生命最宝贵的能源。网络文学的发展正是以此作为原动力，应该说它是当下中国人精神现状的重要表征之一。

（本章执笔　中国作家协会“中国作家网”
副主编　马　季）

B.10
理论批评与文坛热点

2012 年的当代文学理论批评领域，一个最为突出的特点，是重大事件较多，重要论争频仍。通常的情形是：事件引发了研讨，现象引发了争论，而研讨又超越了事件，争论又深化了问题。这使得当代文学研究较之往年，更具有现实的介入性，理论的能动性。这些事件与争论，择其要者，主要是纪念毛泽东《在延安文艺座谈会上讲话》发表 70 周年引发的文艺批评有效性、公信力的研讨；乡土文学的式微引起的乡土文学写作与“50 后”文学经验的讨论，莫言获得诺奖引起的关于当代文学现状的反思，等等。这些研讨与争论，分别由理论、现象和事件引发，但最终都落到了当下文学的实处，并对人们进而认识文学现状与相关问题，以及增进“文化自觉”与“文化自信”，乃至促动文学的发展与繁荣，都将可能起到一定的积极作用。

一　纪念《讲话》发表七十周年与文学批评有效性研讨

截至 2012 年 5 月，毛泽东的《在延安文艺座谈会上的讲话》发表整整 70 周年。是年 5 月起，许多不同形式的纪念《讲话》活动纷纷举行，其中不少研讨是由《讲话》立足，反思现状。如 5 月 9 日《文艺报》社在京举办的“切实增强文艺批评的有效性——纪念毛泽东同志《在延安文艺座谈会上的讲话》发表 70 周年座谈会”，与会学者在重温《讲话》精神的前提下，集中研讨了“如何增强文艺批评的有效性”问题。大家认为：《讲话》对我们如何增强文艺批评的有效性具有重要的指导意义，因为《讲话》本身就是文艺批评有效性的典范。

谈到文艺批评的有效性，与会专家分别从“强烈的问题意识”，“批评家的独立性”、“多元化的批评观念”等方面进行了深入而具体地探讨。董学文表示，毛泽东同志在《讲话》中讲的都是理论性的东西，但这些理论都跟现实密切相关，他是从现实出发来解决文艺基本问题。《讲话》具有很强的问题意识。《讲话》不回避矛盾，直接回答所面临的文艺问题，体现出一种追求真理、旗帜鲜明的理论态度。但现在有些批评文章，净是讲一些空泛的东西，有问题就绕着走，不愿意给出明确的答案，缺乏旗帜鲜明的表达，这不利于文学的繁荣发展。向云驹也认为，毛泽东同志非常注重到一线去调研，而且调研的面非常宽，方方面面都注意到。在调查之后，再进行理论上的思考，从而获得对现状的清晰认知。这种调研不仅包括到某个实地进行观察，也可以包括在理论上或资料上的研究。但现在的很多批评家缺乏耐心来做这些扎实的工作，甚至连读一部作品都是匆匆而过。为此，何西来和李美皆提出“批评家也要深入生活”。何西来认为，一个批评家有没有水平，就看他在对作品的评论中有没有显示出自己独特的见识。这种见识毫无疑问是来源于生活的，因此不仅文艺家需要深入生活，批评家也需要深入生活。

谈到批评家要发出自己独特的声音时，雷达说，这些年文艺批评取得的成绩很大，但也存在一些突出的问题，比如文艺批评变得越来越工具化、商品化。为了参加各种评奖，经常作品一出来就请专家们去追捧。在这个时候，批评家尤其需要保持清醒，至少做到

“有好就说好，有坏就说坏”。李一也认为，现在很多的批评文章一味“抬轿子”“吹喇叭”，已经完全缺乏公信力了。批评不再需要学理的支撑，而是完全跟着市场走，丧失了自己的独立性。

与会者认为，要保持文艺批评的有效性，还应该注意批评本身的多元化。陈晓明认为，我们不能以某种绝对的、一成不变的、要统摄一切的文学观念和批评标准去理解当今纷纭复杂的文学现实。特别是在今天倡导文化大发展大繁荣，文化的表现形态也必然是多元化和多样化的。批评应该有广阔的容忍空间，看到文学作品的差异，看到作家的千差万别。徐坤对此深有同感。她说，身为作家非常不容易，所以希望批评家能够体恤作家的辛苦，文艺家与批评家之间应相互理解，营造一个宽松的文艺批评环境。白烨认为，随着数字媒介的兴起，在传统的文学体式之外出现了不少新的文学样式，如网络文学、手机文，学等。但现在的文学批评大多是关注传统文学，对新兴的文学板块关注不够。对这些新出现的文学样式，我们应该从一个崭新的角度切入，这样才能真正增强文艺批评的有效性。

7 月 19 日至 20 日，由中国作家协会创研部主办的“全国文学理论批评暨创研工作会”，围绕着如何评估当前文学理论批评面临的形势及发展态势、增强理论批评的有效性、建设性和公信力、发挥作家协会的协同作用推动立足于文学现场的批评发展、加强培养理论批评队伍建设和人才培养、在新的传播条件下做好文学精品的推介工作等问题展开了深入而富有见地的探讨。李敬泽指出，现在对批评责难的声音很多，正说明了社会大众对文学批评的期待。当前文学批评的确存在问题，需要文学批评工作者自身的反思。但也要认识到，文学批评对文学创作是有责任，有影响，而非法力无边。对文学批评要有正确的认识。

社会发生很大的变化，对批评的需求也发生了很大变化。南帆认为，变化表现在三方面：一是普通读者中有相当一部分人水平很高，能阅读批判，愿与批评家印证、对话。二是作家，他们感兴趣的是教练式的直接与创作有关的批评。但现在很多批评对作品艺术质量缺乏足够的把握。三是学术界对文学批评理论学术含量的要求高，而现在一般批评理论学术含量不足。需求的复杂和多元是文学批评面临的挑战，也说明了文学批评的重要性。

没有文学批评的成绩，就没有评奖工作的成熟以及文学史写作的成熟。因此王尧认为，虽然现在对批评家非议很多，但不能轻易否定，夸大问题。曾镇南也认为，当前文艺批评没有危机性问题，不用悲观但也不能过于乐观。孟繁华认为，60 年来，当代文学和文学批评都发展到了最好的时期之一。文学批评中存在的混乱无方向感问题，是社会现状的投射和反映，因此不能孤立地评价文学批评的生态和现状。雷达觉得在今天做一个文学评论家比任何一个时代都要艰难，因为在中国传统的古典时代，批评家面对的只是一个封闭的中国传统，批评家面对的精神世界也是大一统的，但是，今天的批评家不仅要面对一个完全开放的、陌生的、广阔的世界文化，同样还要面对正在兴起的传统文化以及其他民族的文化，在应对现实世界的纷繁复杂的同时还要思考电子虚拟世界带来的难解难分，所以，今天的批评家要解决的思想问题要比过去的批评家多得多。

二　乡土文学式微与“50 后”写作的讨论

近年来，随着乡土现实的巨大变异与乡土文学的相对式微，乡土文学逐渐成为文学批评领域里的一个热门话题。乡土文学从长期以来的盛极一时，到现在的直面新的现实的无能为力，其中确有一定的复杂原因。批评界就此话题开展研讨，意在探寻内里存在的一些问题，及其背后的诸多原因。

有关乡土文学，2012 年上半年有一个研讨会和一份调查，都在一定程度上引起了人们的广泛关注。

一个研讨会，是于 6 月 12 日在京召开的《中国当代乡土小说大系》首发式暨乡土文学创作研讨会。在这个研讨会上，与会专家学者围绕白烨主编的《中国当代乡土小说大系》(1979～2009)，就乡土文学的发展与现状，经验与问题等，进行的热烈的讨论。雷达在发言中指出：对于中国来说，乡土文学的话题永不过时。而作为中华文明的重要组成，乡土文学还有很多资源可以继续挖掘。“要知道我们的文化根源在哪里、如何清醒地看待中国农民，以及中国文明在世界的地位。所以对我们来说，乡土文学并不过时，是需要温故而知新的。”孟繁华则认为，在当代中国，随着社会经济的发展，乡村文明开始出现崩溃。“乡村更多的是留守老人和儿童，土地不产出一粒粮食和一寸纤维，乡村文明没有了载体。”不过，在孟繁华看来，这并不意味着乡村小说题材的终结，反而提供了更多的选择。“乡村文明的终结不等于乡村小说题材的终结。乡村文明的崩溃，使作家们开始书写新的乡土文学，城乡交界处的题材得以显现出来，从而为乡土文学提供了另外一个版本。”而对于孟繁华的这番言论，中国少数民族作家学会常务副会长叶梅却显得更为“乐观”。她认为，中国的乡村文明根深蒂固，尽管时代变迁，但大多数的乡村文化却没有因此而发生改变，“甚至和上个世纪没有根本的变化。”叶梅认为，改革开放是中国社会从农业化向工业化转变的过程，而占总人口约 80% 的乡村人口的命运也因此发生改变，而这种变迁无疑为作家供了丰富的创作素材。“高科技尽管超越了人类的想象，但乡土文明却依旧根深蒂固。”

一份调查，是何平发表于7月3日《人民日报》的《“乡土文学”大调查：揭当下农村文学现状两大隐忧》。文章指出：近年，我们在湖南岳阳、江苏南通、江苏泰州和北京通州等地进行“新农村建设中的文学参与”的调查和访谈。在所涉及的“您听说的作家”“您听说的当代作家”“您读过的当代中国作家作品”三个问题中，几乎没有一部（篇）新世纪农村题材的文学作品进入到农村的文学阅读记忆，像1980年代路遥在农村那样高的认知度的作家几乎没有，在我们的入户调查中看到的和农村“文学生活”相关的只是有限的通俗小说和《知音》《故事会》等读物。一个显而易见的事实是，当下的农村题材文学创作一方面在自身的嬗变中拓展着审美疆域；另一方面却几乎和当下的农村文学阅读无关。而且农民阅读的文学，即所谓农民喜闻乐见的文学，根据我们所做的农民阅读状况调查来看也是很复杂的。我们一定不要想当然地以为写了农民熟悉的生活就会为农民所“喜闻乐见”。但即便如此，从文学生产的角度来看，当下文学，特别是农村题材文学缺少有效的农村阅读，这样的文学生态很难说是正常的。根据以上的调查，作者得出了这样让人不无忧虑的结论，那就是：“文学阅读和写作在乡村萎缩，甚至从乡村退场。”

另一值得关注的事件，是刚刚登场的有关乡土文学的一个争论。事情的起因源于孟繁华的一篇文章。在2012年的《文艺研究》第六期上，孟繁华发表的一篇题为《乡村文明的变异与“50后”的境遇——当下中国文学状况的一个方面》的文章。此文发表之后，李雪撰写了《“50后”作家的创作依然蕴含着无限生机——兼与孟繁华先生商榷》的文章与之商榷，之后，又有白烨的《话题很重要，焦点在“乡土”——也谈乡土文学与“50后”》

跟进讨论，遂使写作乡土文学系连着“50后”写作，成为相互关联的一个话题。

孟繁华在文章中指出：“考察当下的文学创作，作家关注的对象或焦点，正在从乡村逐渐向都市转移。这个结构性的变化不仅仅是文学创作空间的挪移，也并非是作家对乡村人口向城市转移追踪性的文学‘报道’。这一趋向出现的主要原因，是中国的现代性——乡村文明的溃败和新文明的迅速崛起带来的必然结果。这一变化，使百年来作为主流文学的乡村书写遭遇了不曾经历的挑战。或者说，百年来中国文学的主要成就表现在乡土文学方面。即便到了21世纪，乡土文学在文学整体结构中仍然处于主流地位。2011年第八届茅盾文学奖的获奖作品基本是乡土小说，足以说明这一点。但是，深入观察文学的发展趋向，我们发现有一个巨大的文学潜流隆隆作响，已经浮出地表，这个潜流就是与都市相关的文学。当然，这一文学现象大规模涌现的时间还很短暂，它表现出的新的审美特征和属性还有待深入观察。但是，这一现象的出现重要无比：它是对笼罩百年文坛的乡村题材一次有声有色的突围，也是对当下中国社会生活发生巨变的有力表现和回响。值得注意的是，这一文学现象的作者基本来自‘60后’‘70后’的中、青年作家。而‘50后’作家（这里主要指那些长期以乡村生活为创作对象的作家）基本还固守过去乡村文明的经验。因此，对这一现象，我们可以判断的是：乡村文明的溃败与‘50后’作家的终结就这样同时发生了。”

谈到“50后”时他又指出：“‘50后’是有特殊经历的一代人，他们大多有上山下乡或从军经历，或有乡村出身的背景。他们从登上文坛到今天，特别是‘30后’退出历史前台后，便独步天下。他们的经历和成就已经转换为资本，这个功成名就的一代正傲慢地享用这一特权。他们不再是文学变革的推动力量，而是竭力地维护当下的文学秩序和观念，对这个时代的精神困境和难题，不仅没有表达的能力，甚至丧失了愿望。而他们已经形成的文学观念和隐形霸权统治了整个文坛。这也正是我们需要讨论这一文学群体的真正原因。”

孟繁华同时认为：“乡村文明的危机或崩溃，并不意味着乡土文学的终结。对这一危机或崩溃的反映，同样可以成就伟大的作品，就像封建社会大厦将倾却成就了《红楼梦》一样。但是，这样的期待当下的文学创作还没有为我们兑现。乡村文明的危机一方面来自新文明的挤压，一方面也为涌向都市的新文明的膨胀和发展提供了多种可能和无限空间。乡村文明讲求秩序、平静和诗意，是中国本土文化构建的文明；都市文化凸显欲望、喧嚣和时尚，是现代多种文明杂交的集散地或大卖场。新乡土文学的建构与‘50 后’一代关系密切，但乡村文明的崩溃和内在的全部复杂性，却很少在这代作家得到揭示。这一现象表明，在处理当下中国面临的最具现代性问题的时候，‘50 后’作家无论愿望还是能力都是欠缺的。上述提到的作家恰好都是‘60 后’‘70 后’作家。”

李雪在 7 月 24 日《光明日报》的《“50 后”作家的创作依然蕴含着无限生机——兼与孟繁华先生商榷》文章，主要抓住有关“50 后”问题，认为所谓“终结‘50 后’作家建构的文学意识形态，就把‘50 后’作家当成了中国文学发展的绊脚石”。文章在“50 后”的创作算不上一部“衰败史”，“50 后”没有遗忘正在崛起的都市文明，“50 后”建构的文学秩序活力依旧的三个小标题之下，分别述说了“50 后”作家的创作实绩，并由此总结性地说道：“50 后”作家的确已经建立起了当今中国文学的话语秩序。这种秩序至今还不是遮蔽性、压抑性的，而依然具有创造力，是弥散性、催生性的。如果中国文学要继续健康发展，在某些方面需要继承“50 后”作家的成功经验。其实，许多“60 后”“70 后”作家也是在如此实践着，如迟子建、毕飞宇、红柯、韩东、李洱、鬼子等。当然，需要警惕的是，一旦许多“50 后”作家功成名就，进入暮年之后，他们便可能丧失与现实的紧张关系，丧失批判的兴趣，丧失探索精神难题的动力，与权力和市场合谋，只在一种惯性写作中得过且过，利用自己的影响力打击新生力量，维持既得利益。那样，“50 后”的终结才是不可避免的，不过那也就是他们的自我终结。

在李文之后，白烨随后发表《话题很重要，焦点在“乡土”——也谈乡土文学与“50 后”写作》的文章，参与到讨论中来，他认为：李雪把话题的重心从“乡土文学”那里转移了，而转到“50 后”之后又疏离了“乡土文学”。因此，李文的商榷并没有真正对准问题的焦点。而在他看：孟繁华的文章并非是在一般意义上来谈论“50 后”写作的问题，他是在构建乡土文学经验，并在这一经验中成就自己又束裹自己的意义上，来谈论“50 后”的写作的。而就此来看，进入新世纪以来，乡土文明在现代性的强力主导之下，以城镇化、产业化、空巢化等多种方式，从生存方式、生活形态，到生产方式、人员结构等，都发生了剧烈又巨大的变化。这种变化不仅是结构性的，而且是带有根本性的。问题还在于，这种变化仍然方兴未艾，始终处于变动不居的过程之中。旧有的乡村经过“革命”，走向了“集体化”；又经过“改革”，走向了现代化，乡村文明的整体性已不复存在，变动中的乡土现实又在多样性中充满不确定性。这些都给作家们认识现实和把握现实带来极大的难度，他们已有的文学经验与这种新的现实并不对位，因而难以在彼此之间建立起有效的内在勾连，这就造成“50 后”们在乡土文学写作上难以逾越的写作困境。因此，直面当下乡土现实的长篇小说为数较少，而不多的写作涉及当下乡土生活的变异时，又多在惊诧与哀叹中表现出无力与无奈，这已是无可讳言的乡土写作现状。新的乡土现实的小说写作的这种困境，与其说是属于“50后”，不如说是属于这个时代。由此出发，他表示赞同孟繁华的一个看法，即：新的乡土中国的乡土文学的写作上的进而出新，要寄望于60后、70后。他们传统经验的负累较少，自身的成长与新的社会现实具有对应的关系，也许他们能够从他们的角度有新的发现，从新的层面上找到新的立足点。他觉得乡土文学在新的历史条件下的再开新局，真的要寄望于他们这些新生代作家，这可能也是历史赋予乡土文学新一代的新的使命。

三　莫言获取诺奖引发的反应与影响

北京时间2012年10月11日晚7时，瑞典文学院正式宣布，将2012年度诺贝尔文学奖授予中国作家莫言。获奖喜讯传来，文坛内外一片欢腾。文坛与社会的反应热烈，国内与国外的议论不断，个中反映了诸多的文情，也折射了不少的舆情。

评奖委员会在宣布莫言获奖时说，2012年的诺贝尔文学奖颁给莫言，“因为他将现实和幻想、历史和社会角度结合在一起。”评委会对于莫言的这个评价，主要出自对莫言的长篇小说《生死疲劳》的阅读感受，但也大致概括了莫言创作的主要特色。

莫言的写作始于1981年，成名作是1985年发布于《中国作家》第2期上的中篇小说《透明的红萝卜》，引起人们广泛关注的是发表于1986年《人民文学》第3期的中篇小说《红高粱》。这些作品在“写什么”上个性十足，在“怎么写”上也不同凡俗，被人们看作是闯入文坛的一匹“黑马”。他从80年代到新世纪先后写出的《丰乳肥臀》《檀香刑》《生死疲劳》《蛙》等长篇小说，都是他自己和当代文学不同时期的代表性作品。他的创作一直保有相当的人性深度与持续的反思精神，总在历史与个人的互动关系中，探悉各色人等的命运走向。他在艺术描写上，非常注重在感觉的丰沛性，语言的粗粝性中，营造与所表达内容相适应的艺术形式。感情丰沛、想象丰盈，辞藻丰赡，常常相随相伴，又相得益彰。他是立足于民族文化和卓具中国气派的当代中国最具代表性的作家之一。

在莫言的作品中，最具代表性的作品是早期的《红高粱》，中期的《丰乳肥臀》，近期的《蛙》。但只有《红高粱》和《生死疲劳》被翻译成瑞典文，评委会主要是根据这两部作品来做判断的。而莫言的实际文学成就，显然要高于这两部作品。在这个意义上说，他的获奖，是实至名归的。

诺贝尔文学奖评委之一、瑞典汉学家马悦然在接受新华社记者专访时说，莫言是一位很好的作家，他的作品十分有想象力和幽默感，他很善于讲故事。此次莫言获奖将会进一步把中国文学介绍给世界。

莫言能够荣获诺奖，主要是他自己坚持写作30多年，不断进取，成就卓著的结果。他连续性地推出有影响的作品，连续几年进入诺奖的评选视野，达到了诺奖评奖的条件与要求，有过硬的资质可以获奖；因了这样的理由，他在几轮的淘选中不断胜出，使这届诺奖评委在最终竞选的几位作家中，共同选择了莫言（据报道，今年的诺贝尔文学奖热门人选包括了美国民歌演唱者鲍勃·迪伦，加拿大作家艾丽丝·门罗，美国小说家菲利普·罗斯，日本作家村上春树等）。其次的原因，是莫言是中国当代作家中，被译介得最多，外文译本数量也最多。他的大部分长篇都被翻译成外文，其中《红高粱家族》有16种译本，长篇小说《酒国》有6种，《丰乳肥臀》《天堂蒜薹之歌》等都有多种译本。这种众多语种的文学译本，使他为更多的外国读者所知晓和喜欢，这是一个作家是否具有世界性影响的重要标志。更为重要的是，因为瑞典文学院的诺奖评委均为瑞典学者，候选作家的作品是否有好的瑞典文译本，就显得至关重要。正好在评奖之前，瑞典翻译家陈安娜翻译出了莫言的《生死疲劳》（莫言另外两本作品《红高粱》和《天堂蒜薹之歌》，也是由陈安娜翻译的），人们认为在莫言的获奖背后，翻译家陈安娜也功不可没。陈安娜的丈夫、旅瑞华人作家万之在接受采访时表示，瑞典文学院很久以来就关注中国文学和中国作家，莫言的作品如《红高粱》、《天堂蒜薹之歌》等都很为瑞典文坛所看重。

因为诺奖揭晓之前，由外国两家博彩公司传出莫言可能获奖的消息，国内媒体一直高度关注此事。在10月11日下午，相关的媒体已经在预约文学界人士准备采访。晚七时正式公布莫言获奖之后，各大网站立刻发表消息，相关的采访也铺天盖地。从这些报道的内容看，主要是欢呼雀跃，其次是因为“没想到”，而“意外地惊喜”。文学界人士除了祝贺莫言之外，还谈到了与此相关的文学话题。

当10月11日傍晚六点半，瑞典文学院常务秘书用电话告知莫言获得诺贝尔奖消息时，莫言的第一反应是“狂喜并惶恐”，显然也很出乎他自己所料。莫言在接受记者采访时表示：“刚听到这个消息的时候，我也很吃惊，我们全世界有很多优秀的伟大的作家，都在排着队等候，轮到我这么一个相对年轻的作家可能性很小，所以刚接到这个消息感到很惊讶。”

当晚，以铁凝、王蒙、李敬泽等为代表的中国作协负责同志、著名作家、评论家等，都通过网站、微博等媒介，纷纷发表访谈，祝贺莫言获奖。11 日，中国作家协会对莫言获诺贝尔文学奖发表贺词，12 日，李长春同志致信中国作协祝贺莫言获奖。

作家、评论家纷纷表示，“莫言的获奖说明了中国当代作家以及中国当代的文学成就获得了世界的关注”（王蒙）。“这意味着中国文学不再是隔绝、封闭的，正在融入世界文学”（张抗抗）。“他的文字有力地证明了中国文学的实力”，“他的获奖，会让中国作家和文学更有自信与世界对话”（李敬泽）。

莫言获奖消息刚一传出，从网上到网下，读者纷纷加入抢购热潮，其作品一时之间成为各大书店热销产品，多家书店和网络书城被抢购一空。很多不认识莫言的人，也希望通过书来了解他。据多家媒体报道，莫言的作品现在各大书店销售火爆，《蛙》尤其成为众多消费者询问和购买的热点。有业内人士称，单莫言获茅盾文学奖的小说《蛙》，从 2009 年出版至今共印刷 20 万册，近日多家书店（实体书店和网上书城）的库存已被抢购一空。当当网和亚马逊网站莫言的作品基本都缺货。除此，不少网站开始对网络阅读莫言作品进行收费。

莫言获奖的消息一开始带来的，主要是热烈欢呼和一般表态，但随着时间的推移，更深层次的话题相继呈现出来，这些话题与问题，有助于人们借助“莫言热”，重新认识诺贝尔奖并反思当下的文学现状与问题，以促动整体的文学创作与文学事业更好地发展。

首先，是这次诺奖的评选，确实在观念上、标准上，表现出一定程度的调整。从近 10 年来的诺奖评选来看，获奖的作家除过突出的文学成就外，背后还有一定的政治姿态的考量。这使诺奖近年来的评选，明显地增加了意识形态性。而此次诺奖评选，似乎有意淡化政治性因素，着意凸显文学性因素。这种调整，使得诺奖在一定程度上，因为凸显文学性、强化世界性，而恢复了原有的权威性。这种改变的意义，对于作家而言，显然也是利好消息，可使更多的作家专注于文学创作本身，而不是考虑在文学之外再作什么政治性的文章。

其次，是莫言获奖有一个坚实的基础，是许多作品被翻译成多种外本版本，在世界文坛已有相当的认知度与影响力。而这种状况的前提，是他的作品具有“可译性”，也即他的作品在中国内容的艺术表达上，因为能与国外的文学创作联通、与国外的文学阅读接轨，更容易为国外文学同行所理解、所欣赏。可以说，中国当代像莫言这样“走出去”的作家，为数并不很多。因此，莫言获奖，也给其他中国作家以很大的启示，那就是一个作家要“走出去”，需要连续性地有代表性的作品推出；作品本身既要有个人化的艺术风格，又要有民族化的文化底蕴，还应有世界性的题旨表达。

最后，中国作家走向世界，与世界文学对话，有一个必不可少的重要桥梁——文学翻译。在这一方面，我们存在着主动性不足、组织性不够等明显的问题。目前，我们只有少数几位作家在国际上较有影响，受到关注。更多的作家因为作品未被译介，难出国门，还默默无闻。而“走出去”的作家，也就十多位而已。这里除过作品的“可译性”问题之外，一个关键性的制约因素是翻译的环节，在这一方面，我们缺少应有的规划，必要的投入，基本的团队，现在只能主要依靠散居于海外的汉学家的个人兴趣，属于一种自然而然的状态。这种状况与中国当代文学蓬勃发展的现状很不适应，确实需要加大气力和投入精力，切实地予以逐步改变。

四 学界关注“文学写作中的中国经验”

文学写作中的中国经验，是在不同领域的研究中逐步显现出来的一个重要问题。这个问题最先萌芽于文化自信与文化自觉问题探讨。在这一问题的探讨中，人们由文学上的“自信”与“自觉”，探求本土立场与民族角度，乃至中国的表达，中国的想象。此后，逐步联系到当下的作家作品，发掘蕴含其中的中国经验。也因此，这个问题的研讨，带有理论批评上的倡导性，或先导性。

把文化问题与文学问题勾连起来，并进而研究其中的内在联系的，是于2012年10月13、14日中国社会科学院文学研究所在京召开的“文化自觉与中国想象力”学术论坛，这个论坛着眼于社会转型的既成事实及其对于学术研究构成的挑战与机遇。期望对此既相互区别又内在关联的两个论域进行深入探讨时，既保持严谨的学术研究传统，又能促进它们与文化现实的密切相关性。论坛在就“文化自觉”与“中国想象力”问题进行讨论时，与会学者普遍谈到：文化在社会发展中的地位和作用举足轻重，而文学在文化的发展的作用与意义又至关重要。而“文学想象力”又以思维方式的特殊功能在文学创作中发生着主导性的作用。因此，文学想象力的问题，是一个迫切需要关注与研究的重要课题。大家看到：文学创作和研究自21世纪以来，呈现出了与以往文学史传统不同的面貌。这不仅表现在一些新的文类伴随着互联网时代的到来而空前繁盛，冲击了动摇了原有的文学格局，同时，文学表达和想象世界的经验方式也不断被重新提出并考量。学者们认为，“中国想象力”与“文学想象力”是互相指涉但又层面不同的东西。文学想象力并不是一个神秘而空洞的概念，它是与思想能力、历史理解、时代感密切相关的。也就是说，讨论想象力不能仅仅局限于文学内部，无论是传统的文学写作，还是在网络新媒体条件下的各种类型的文学写作，都存在着如何想象中国进而表达中国的根本问题。在当下，文学与现实的相关性及有效性，构成了想象力的基本前提，无论上述相关性是显在的还是隐秘的。

学者们对传统的经验方式和文学格局遭遇到的困难与挑战表示了担忧。认为，构成一般文学经验与想象方式的农业文明基础正在发生动摇和破坏，尽管在中国，乡村文明传统源远流长，还会在相当长的时间内支配着作家们的文学创作，但不可否认的是，很多创作无力回应愈演愈烈的时代转型。这种状况，对写作者的自我理解与历史理解提出了迫切的要求。“在这个意义上，自觉和想象力这两个话题，事实上是创造力的源泉，但是要想获得这样的创造力，必须回到对当代现实基本的分析和把握里面去。”

在讨论中，学者们以新世纪的“科幻文学”与网络新媒体文学为例，讨论了不同文明条件下的文学想象方式。中国的“科幻文学”起步晚于欧美，基础相对薄弱，而且自童恩正《珊瑚岛上的死光》获奖之后，莫名中断了 20 多年，然而新世纪以来，仍然取得了令人瞩目的成绩。刘慈欣的《三体 3 · 死神永生》，甚至获得了 2011 年人民文学出版社主办的《当代》长篇小说年度奖，这在过去的文学体制里面几乎是不可能的。科幻文学依赖于自然科学的发展，也相应地依赖于写作者不同凡响的想象力。重要性在于，科幻文学通过构筑文明观念更为广阔的文学世界，拓宽了传统文学的经验边界，这一点对于读者的现实认知，提供了不同维度的参照。

由小说创作的某些新变现象，来发现体现于当下创作的中国经验，主要表现于贺绍俊的题为《新世纪长篇小说创作：中国经验与当代长篇小说新变》一文，在这篇文章中，贺绍俊从饶宗颐的：

“21世纪应该是一个‘中学西渐’的年代”的观点说起，认为从这个角度来说，应将莫言获得诺贝尔文学奖看成是“中学西渐”进程中的一个醒目的路标。他认为：从“中学西渐”的角度来看新世纪以来的长篇小说，有两个关键词值得关注，一是现实主义，一是中国经验。瑞典文学院将莫言的作品归属到现实主义上，我以为也包含着他们对中国文学的一个整体认识。事实上，莫言的作品与传统的、经典意义上的现实主义相去甚远，但中国当代作家都是在一个强大的现实主义语境下进行着各自的探索。这一方面体现在中国自现代文学以来就建设起的非常深厚的现实主义传统，另一方面体现在自当代文学创作开始以来，现实主义一直具有最强势的话语权。新世纪以来长篇小说的突破首先就体现在现实主义表现空间的大大拓展。另一个关键词是中国经验。中国近30年来的现代化实践取得了令世界瞩目的成就，中国在探索繁荣发展之路的实践中积累了丰富的经验，人们欣喜地将其称之为“中国经验”。一些海外学者还提出了“北京共识”的概念，表现了他们对中国经验的极大兴趣。毫无疑问，中国经验将为人类文明添加上精彩辉煌的一笔。他还在“从反映到表现”“从乡土到都市”“从现实到历史”的几个标题之下，具体论述了曹征路的《问苍茫》，格非的《春尽江南》，宁肯的《天·藏》，贾平凹的《秦腔》，关仁山的《麦河》，赵本夫的《无土时代》，陈继明的《堕落诗》，邓一光的《我是我的神》，艾伟的《风和日丽》，都梁的《亮剑》，铁凝的《笨花》，徐贵祥的《历史的天空》等长篇小说，认为不少作家“都以文学的方式对中国经验作出了独特的阐释”，“中国经验也给作家提供了一条重新审视中国本土文学资源的有效途径”。这一切都向人们表明：在全球化时代，文化对话变得越来越重要。“中学西渐”其实就是文化对话中的一种状态，莫言获得诺贝尔文学奖将文化对话的大门开启得更大，我们期待，从这里出发，“中学西渐”的文化对话状态逐渐变成一种常态。而新世纪以来长篇小说的发展趋势也为这种文化常态提供了种种可能性。

张晓琴在《文化自信与中国经验》的文章里，从文化觉醒到中国经验，文化自信到世界文坛相关话题的论述中，表达了与贺绍俊观点相近似的看法。她认为：文学的真实往往是内心的真实。也就是说，无论历史和当下，都要放在心海里澄一澄，放在想象中比对一下，再放在价值的天秤上称一称，那时，才可能会触及真实。而真实，恰恰也是文学意义上的中国经验最重要的内核。她由陈忠实的《白鹿原》说起，指出《白鹿原》所以重要，扉页上的“小说是一个民族的秘史”，是一条导往《白鹿原》心脏的通道。《白鹿原》讲的是被不少人忽略了的传统的耕读文化。也是从《白鹿原》开始，中国经验这一特定时期的文学方向受到重视。她还认为：莫言的小说在形式上有马尔克斯和福克纳等的影子，但是，这些不但不影响他对红高粱家族的多彩描绘，反而开启了他对家乡历史、地理、风物、人情的神秘探索。也是因为如此，他的小说才会将“魔幻现实主义与民间故事、历史与当代社会融合在一起”。我们不能说莫言在传统文化方面有多么深广的造诣，只能说他所体验和描写的民间文化连通了大地、农民和那个地区的历史。这就是中国经验。她也指出：文学中的中国经验也许并不一定就是当下。文学的真实往往是内心的真实。也就是说，无论历史和当下，都要放在心海里澄一澄，放在想象中比对一下，再放在价值的天秤上称一称，那时，才可能会触及真实。而真实，恰恰也是文学意义上的中国经验最重要的内核。

（本章执笔　中国社会科学院文字研究所研究员　白　烨）

B.11 作家身影与文学声音

张抗抗：建议对实体书店加大政策性支持

2012 年全国“两会”即将召开，文艺界部分人大代表的议案和政协委员的提案成为公众关注的焦点。全国政协委员、中国作家协会副主席张抗抗在 3 月 27 日在接受读书报采访时，披露了自己的提案，建议政府对实体书店加大政策性支持。

自 2010 年开始，北京第三极书局、风入松书店，上海季风书园的四家分店、大夏书店、广州三联书店天河店等颇受读者欢迎的著名书店相继停业。2011 年年底，光合作用全国连锁书店关门。2012 年春节前夕，成都时间简史书坊、上海万象书店突然倒闭。春节后，上海书城淮海店关门调整。四川弘文书局主店倒闭，作为将近 20 年的老牌书店，只剩下最后一家店面。近日，福建老牌书店晓枫书屋鼓浪屿店，因不堪狂涨 8 倍房租，被迫关门另觅新址。全国各地如此之多的民营实体书店纷纷倒闭、凋敝的消息不绝于耳。

张抗抗委员指出，综合分析各地民营书店纷纷停业的现象，原因主要有以下几条：其一，民营实体书店，都是靠自主经营、自有资金生存的。而近年来书店房租、人力成本急剧上升，造成书店经营成本过高。再加上员工工资和店铺租金，积压的存货和到期应付的书款，书店的资金流转极其困难，无论怎样压缩开支降低成本，仍然处于艰难挣扎的境地；其二，网上书店的低价冲击和疯狂扩张，严重挤压了实体书店的市场份额。实体书店实际上已沦为网上书店的“样品店”。民营书店的正常售价，根本无法抵挡网上低价图书，成为图书价格战的最大受害者；其三，即便是新华书店系统，销售业绩也因网上的恶性价格战而持续下滑。农村地区的新华书店可享受免税优惠，但城市新华书店享受不到免税政策；老城区的新华书店，新中国成立后一直享有政府社区开发“配套设施”的房产，基本属于无偿划拨，成本支出相对较少。但从“福利分房”取消后，配套设施政策不再。那些迁入新城区的新华书店，得按市场价格租房和缴纳物业费。新华书店赖以生存的基础受到影响，目前仅剩返税一项特殊政策，只能靠出售文具、电子音像产品的利润勉强维持。

“政府每年花很多钱做公共服务，为什么不能把民营书店纳入政策扶持的范围?”张抗抗委员提出，全国图书行业的销售总税收约 22 亿元，这在国家每年 9 万多亿元的总税收中，只占万分之二的比例。发达国家如法国政府，长期免征书店所得税的政策，保证了大小书店的良好运营。第一，她建议政府考虑对实体书店进行大幅度减税（小书店以营业税为主，大一点的书店主要是增值税）。也可参照目前新华书店享有的返税政策，使民营书店享受同等的“国民待遇”，让民营实体书店能够健康发展。第二，她还建议，各地政府把实体书店纳入公共文化服务系统，在文化发展机制上进行设计调整，鼓励创新。对书店的城市区域分布位置进行合理布局，在城区规划中为书店留下一角之地。政府应积极协调房地产商与书店的利益关系。但凡用于文化建设的政府拨款，也应向民营书店进行适度倾斜，在分配上体现更多的公平原则。第三，张抗抗建议设立图书公益基金等类似性质的民间或半官方机构，对资金流转困难的民营实体书店进行定期资助。可考虑在中国版权协会下设一个图书流通监管委员会，该委员会应吸纳各界知名人士，如大学教授、人大代表、政协委员、社会贤达等热爱阅读的人参加评审工作。各省市也可在地方版协设此机构，由政府每年划拨一定数额的图书资助资金，对登记注册的各地民营实体书店，设立业绩、信誉的评估机制。民营实体书店可向该机构提交房租补贴申请，由委员会专家进行评审，并批准发放合理的房租补贴。第四，面对网络书店的书价恶意竞争，政府不能无所作为，完全可以依照国际价格法，制定相应的政策法规，对网络书店以及其他任何类型书店的图书销售进行限价。主管部门可出台网络书店的准入措施对恶意竞争行为加以约束和惩处。

（原载3月8日《中华读书报》舒晋瑜采访）

陈忠实：大时代需要大作品

最好的回报是读者的呼应

《新民周刊》：《白鹿原》刚出版后，就有影视公司要买改编权，但后来又传出《白鹿原》不能被改编的消息，现在怎么又突然能够被改编成话剧、电影、电视剧了呢？

陈忠实：《白鹿原》刚出来的时候几位大导演都有要改编成电影、电视剧的想法，后来我从媒体上看到不准改编的消息。1997年获茅盾文学奖之后，应该不成为一个问题了。我想是因为一个作品从出来到大家接受有一个过程吧。

《新民周刊》：你自己为什么不做编剧？

陈忠实：我不能当编剧，小说和电视剧、电影、话剧完全是不同的表达方式。《白鹿原》改编难度的确很大，首先是人物众多，一部电影至多两个多小时，但是小说要涉及上百个人物，要在这么短的时间内完全展现，是不可能的；其次，小说并没有一个连续的完整的故事，而电影要求故事性强，这两方面都是改编最难的地方。改编成话剧、舞剧有同样的困难，我从未试探过话剧创作，舞剧更隔膜了，现在学习也来不及了，让话剧和舞剧编剧去完成再创作，比我肯定高明。我最想看到的是电视剧，只有电视剧能够不受时间限制，充分展开，拍它个40集。

《新民周刊》：我11年前采访你，你对自己的作品很自信，但对于社会接受心里没底。这十几年，这部作品不断被加印，成为了畅销书，还要改编成电视剧、电影、话剧，你怎么看这部作品被接受的过程？

陈忠实：我写小说的基本目的，就是要争取与最广泛的读者完成交流和呼应。我从短篇小说、中篇小说写到长篇小说，这个交流和呼应的层面逐渐扩大，尤其到《白鹿原》的出版和发表，读者的热情和呼应，远远超出我写作完成之时的期待。

这十几年来，这部作品也带来了不少荣誉，获了几次文学奖。但真正能给作者长久安慰的还是这本书的畅销和常销，读者对它的兴趣没有减弱，已经持续了这么多年，暂且可以说它不是一个过眼云烟。从90年代中期到现在，每年加印几万或十几万册，持续这么多年。算起来，《白鹿原》销量已经超过160万册。我以为这是对我最好的回报和最高奖励，一个作家通过作品完成对历史或现实的体验和思考，得到读者的广泛认可，才可能引发那种呼应，也就肯定了一部作品存在的价值，肯定了作家思考和劳动的意义。

《新民周刊》：你当时对我说《白鹿原》是一部可以垫在脑袋底下进棺材的书。现在，你还怎么认为吗？

陈忠实：说这句话，是我到长安县查县志和文史资料的时候，遇到一个文学朋友，晚上和他一起喝酒。他问我“按你在农村的生活经历写一部长篇小说的资料还不够吗？怎么还要下这么大工夫来收集材料，你究竟想干什么？”我当时喝了酒，性情也有点控制不住了，就对他说了一句：“我现在已经46岁了，我要写一本死的时候可以做枕头的书。写了一辈子小说，到死的时候如果发现没有一部能够垫棺作枕的书，好像棺材都躺不稳。”这个话是我当时的创作心态的表述形式，所指完全是内向的，让我从小就迷恋创作的心，别弄到离开这个世界时留下空落和遗憾。可以说，这个期望应该是实现了。

创作困境

《新民周刊》：多年前，我采访你的时候，你当时说正在准备下一个长篇小说，已经准备了两年时间，《白鹿原》发表出版已经有18年了，为什么到现在这个长篇小说还没有出版？

陈忠实：《白鹿原》写完后，我一直想写长篇，但这个小说和《白鹿原》没有直接的联系。《白鹿原》写的是20世纪前50年的事，刚把《白鹿原》写完的时候，我心里很自然地就有一种欲望，能把后50年的乡村生活也写一部长篇小说。

但你知道，我这个人写长篇小说，必须有一种对生活的独立理解和体验，一种能让自己灵魂激荡不安的那种体验，才会激起表述的强烈欲望，才会扬起艺术表现的新形式。可惜，至今未能获得。正是缺失这种独特的体验，我发现自己没有写长篇小说的激情和冲动。这是最重要的原因。如果凭一点浮光掠影或人云亦云的理解去硬写，肯定会使读者失望，也更挫伤自己。

对我这个现象我不知道研究小说和作家的评论家如何从理论

上、心理上进行阐述。按说《白鹿原》获得了那么大的荣誉和社会的好评，应该进入创作的兴奋期，结果我正好跌入对小说的兴趣最冷淡的心理，写作的情绪和欲望都没有，对小说这个体裁的兴趣一下跌到最低点，很长的一段时间都回升不起来。

《新民周刊》：具体来说，你的困难在哪里？

陈忠实：我面对的一个重要困难是，20 世纪后 50 年的乡村生活离我的生活非常近，我个人的理解和体验反倒很难进入有深度的独辟的理性思维。按说我对乡村生活的积累，写后 50 年应该更加得心应手，因为后 50 年我是亲身经历并直接参与的。但直到现在，对 20 世纪后 50 年历史的理解过程还在持续着，重大历史事件对生活的影响，理解到怎样的程度，形成怎样的体验，这些东西对我来说才是重要的因素。20 世纪 80 年代中期，对前 50 年的那段历史的理解和把握，我是有自信的，所以写起来就很从容，就是感觉我自己对那段历史有独到的体验，现在对后 50 年达不到对那段历史的那种理解和体验，没有那种自信。

《新民周刊》：你的压力是来自自己，还是外界？比如发表可能有争议，或者不能被出版。

陈忠实：这个我没有考虑过，如果我想写就会写，问题是我自己理解和体验到的那些东西，无疑是我要负责任的。从创作的常识来讲，对生活的理解和认识不可能直接进入创作，必须化成作家的生活体验和生命体验，才能进入创作。我写作的时候，特别注重自己的体验和感受。这些年里，对这段历史的“回嚼”一直在脑海中进行。

这些年里，我的压力和痛苦不来自外界，而是来自自己。这个新长篇小说，我还没有能够形成自己的独到的一种理解，把这种理解变成作家写作的体验。一个作家对创作的理解是要很长的时间的，个人形成的对创作的感受和理解都是很难改变的。这个过程我现在还没有完成。

我有时候就对自己说，中国现在不缺长篇啊，现在一年有一千部长篇小说出版，我会写的，还在完成准备过程中，我就这样自我宽慰。

长篇小说热

《新民周刊》：你怎么看这几年的长篇小说热？

陈忠实：我是从报刊的统计数字里知道长篇小说创作出版的巨大数字的，也从我周边的生活环境能亲自感觉到，譬如一个县一年就可能出版几部长篇。我亲历过20世纪50年代末全民写诗的大跃进景观。我也被感染得诗情澎湃，在作文本上写了好多首民歌体诗歌，其中一首四句的诗在《西安日报》发表，稿费一元。这是我今日第一次向你透露，我一直不以这首小诗为处女作，今天话说到这里顺便提及，却仍然坚持以60年代中期的散文为处女作发表。只是向你说明当时全民诗歌创作热到何种状态。

现在的长篇小说热，与20世纪50年代的情景有质的区别，那时候是从上到下全力发动和组织起来的，是强扭的不熟也不甜的瓜。近年间长篇小说写作热是自然形成的，没有人为有意操纵的因素。应该说是当代文学空前繁荣持续繁荣的大景观，是新文学出现以来的前所未有的繁荣景象，我很受鼓舞。这种繁荣景象起码证明了一点，整个民族文化素养大幅度提升了，使那些敏感于文字进而喜欢创作的人获得了表述的能力。20世纪50年代有谁能在报刊上连续发几篇散文和小小说，都会成为一方地域的名人，现在出版几部长篇小说，仍然很难进入社会关注的视野，把文学创作的神秘化自然而然淡化了。

我想谁也不会对文学创作的繁荣持异议，仅仅在于对高水准长篇小说的比例太小不大满意。我是从每年年终专家作的创作评述里获得这个印象的，能被读者热心关注和评论家非说不可的小说比例太小了。专家和普通读者都期待令人耳目一新的大作品出现。我以为急不得，首先是繁荣提供了一个雄厚的阵势，那么多作家都持续在进行探索和创造，大作和精品肯定会出现，我想这个过程应该宽容。

《新民周刊》：现在文学界终于开始对过去的20世纪开始发言了，格非写完了《人面桃花》三部曲；余华手上在写一个关于江南小镇一家四代人一百年生活的长篇小说；莫言的《生死疲劳》《丰乳肥臀》写的也是一百年的农村；迟子建《额尔古纳河右岸》写了鄂温克人一百年的生活沧桑；阿来的《空山》写藏区一百年的变化。更多的作家在对刚刚过去的一百年发言，你怎么看待这样的长篇小说追求？

陈忠实：20世纪中国的一百年历史，其剧烈演变的复杂过程，在世界上是没有哪个国家所能比拟的。亲身经历并参与其中任何一个段落的有思想的人，抑或从资料获得具体而又现实的生活史实的作家，很难摆脱对这个民族近代以来命运的思考，也很难舍弃在独立思考里形成的生活体验或生命体验，会激起一种强烈的表述欲望，自然就会有小说创作。这一百年应该反复写，应该有许多作家去写，各自以其独立的思维和独特的体验，对这个民族百余年来反复的心理剥离的痛苦和欢乐，就会有各自不同的异彩呈现的艺术景观展示，留给这个民族的子孙，也展示给世界各个民族。

《新民周刊》：现在长篇小说很多，但我们很难看到像《静静的顿河》《约翰·克利斯朵夫》《复活》《铁皮鼓》《百年孤独》那样有史诗品格的长篇小说，我们还没有看到完美反映中国这一百多年里生活变化、精神变化的长篇小说，你怎么看待这一类小说？

陈忠实：还可以举出一串被公认为史诗的长篇小说来。仅以你列举的5部小说看，其中3部都是俄罗斯（或苏联）作家创作的。俄罗斯是世界文学的重镇，可以列举的影响到世界的作家和作品还有很多。美国也有海明威、福克纳等一批影响到世界的大作家和史诗性作品。

我想不明白中国为什么没有。按说中国人口比上述国家多几倍，为什么出不来如你标高的史诗，看来与人口的多少关系不大，印度也是人口大国，除了诗人泰戈尔，也很难再有谁能排进你列举的那个行列。按人口说，日本和印度尼西亚也都是人口大国，尽管日本有两位诺贝尔奖获得者，其作品的影响力也很难进入你所标志的作品行列。似乎与经济的发达程度和物质的文明高低也没有直接关系，你列举的俄罗斯作家的史诗，都是在旧俄的农业时代完成的，《静静的顿河》产生时，苏联正处于物质最贫乏的战争恢复期。《百年孤独》的作者马尔科斯生活的哥伦比亚，也是一个用我们的话说属于发展中国家。我的确解释不了那些史诗为什么出现在那些国家，类似水平的史诗却没有在中国和其他许多国家出现。我更无法预测未来能影响到世界的史诗会在哪个国家产生，真希望能在某个中国作家的笔下诞生。

不必计较中心或边缘

《新民周刊》：近些年，文学界关于长篇小说创作的讨论会很多，如果有一种评价标准，中国的长篇小说标准是接近苏联好还是西方好？

陈忠实：不同的年龄层次的人不一样，我这个年龄层的作家很自然接触苏联文学，包括到新时期之初，仍然继续接受苏联文学的影响。50 年代西方世界的能翻译过来的作品主要是具有左倾倾向、揭露资本主义罪恶的作品。因为那时候还有一个政策问题，西方很多经典之作不准进来。

到改革开放以后，西方文学的优秀作家的优秀作品被介绍进来的时候，我自己阅读也倾向他们，通过阅读不断扩大视野。在文学影响上，20 世纪 80 年代进来的拉美文学对中国文学的冲击和影响不亚于过去的苏联文学。像我这代作家也接受了他们的一些文学观念。当然，比我更年轻的这些作家读的多是西方文学，他们接受苏联文学的影响可能就要少些。

《新民周刊》：对当下社会，你怎么判断？当下社会作为文学题材，造就史诗小说的可能性，比以前更大还是更小？

陈忠实：当下的社会，起码在我有生之年的对比性感受里，是前所未有的繁荣昌盛，和前所未有的政治开明，以及文艺政策对文学规律的尊重。恕我不再列举事实，因为太多了，谁都可以看到。

我们在改革开放以来的 30 多年时间里，单是心理层面已经经历了几波可以称作翻天覆地的变化。30 多年的现在时，社会生活中已经出现的纷繁景象，让正在完成新的心理结构的人，呈现着某些费解的困惑和迷乱。在经济快速发展的形态下，我感到人生信仰、人生价值和人的道德建构也发生着前所未有的纷杂现象。对于创作而言，我觉得这是产生大作品乃至史诗的时代。我相信会有人在未来的年月来创造出来。

《新民周刊》：你对“文学边缘化”这个提法怎么看？

陈忠实：我听到过也看到过“文学边缘化”这个说法。我尚把握不准其意指。如果从字面上看，就是说文学已经成为社会生活各个领域的边缘上的事了，或者说从社会的中心或次中心位置被挤到远离中心的外沿了。

我想，文学在中国，什么时候都不在中心位置，盛唐的诗歌很盛，然而处于唐王朝社会中心位置的仍然是政治、政权、经济和军事，李白这样的大诗人无非是给皇帝凑一点热闹罢了，凑不到向上就被轻轻拨到一边去了。在世界上或富或贫的国家里，似乎都仍然以政治、经济和军事，还有科研为主体，稳居其社会中心，小说和诗歌在任何国家似乎都挤不到社会的中心位置上去，更挤不到总统和国会的议事日程上去。人对文学作品的阅读和欣赏的雅兴，只能在衣食无虞的空闲时发生。我记忆里的“三年困难时期”，乡里人普遍饿肚子（且不说饿死人），城里人抄着吃不到月底的粮票过日子，欣赏小说吟诵诗歌的兴致恐怕很难激起。我觉得文学是一个健全社会不可或缺的且有重要精神内蕴的东西，却不必计较在中心还是边缘。

（原载3月1日《新民周刊》）

阿乙：即使泥潭，也比坦途要好

记者：您最新的长篇小说《下面，我该干些什么》（以下简称《下面》）描写的是一桩“无理由杀人案”，整桩案件从最初的策划、执行、逃亡、束手就擒，都是在冷静和不动声色中完成，直至最后一刻，法庭上的爆发，才泄露出少年杀人犯内心最深处的愤怒与恐惧。《下面》一书前言的标题是“一个作者，还是一个正义的作者。”对于这部作品而言，提出这样一个问题或许是有意义的。杀人显然是不正义的，但在整个叙述过程，读者似乎很难找出我们惯常见到的对杀人案件的价值判断、道德判断、情感导向等等。为何会选择用这种不带感情色彩的“零度叙述”来进行叙述？

阿乙：有时小说的产生很漫长。2002 年时我开始接触加缪的作品，《局外人》《鼠疫》、戏剧还有文论，以前我依赖心灵鸡汤或者杂文来理解自己和别人，等于是将脑子让给社会，让自己成为教条的奴隶，加缪的好处是将你的脑子还给你自己，将你的眼睛还给你自己。加缪的小说在辨别真相和寻找自我两方面体现得都很好。真相是什么，我为什么活着，我经历了什么，我因什么而存在，我该怎么抵抗这种荒谬。他在这方面做得很多。

2006 年，我在报纸上看到一起无由杀人案，之所以无由，是当时的社会教育学家、心理教育专家、记者、主持人还有长者都不能准确找到他的杀人动机，而他也不积极于交代这个动机。我当时的推测是，他看到一部分荒谬，并沦陷其中，他亦试图寻找出路，但选择的是一种极端逃避行为。我在 2007 年写它，失败了。2010 年重新写，也没有写出我心里想要的样子，但我把它出版了。可能没有一部文学作品是作者心里的完美样态。我心目中的好作者应该是独立的，他忠诚于艺术品本身，他就像是作品的一个奴隶，而不是反过来，他来统御作品，让作品成为道德说教的镜子。我觉得中国古代作品很多就是毁在过于功利的善恶教化上，大部分脸谱化的人物刻画也来自于这种“正义冲动”。作家应该为作品而生，而不是先为道德而生，如果为道德而生，我觉得他可以另谋出路，去当一个演说家。那样会更好。

记者：在一次访谈中，您曾称自己为一个“封闭的作者”，很多作品都来源于曾经的生活。但写作者大抵要经过从写自己到写“他人”的过程。而《下面》一书显然有着比以往作品更多的想象和虚构。您也提及，《下面》也是您写得最“苦”的一部作品。

“苦”在何处？与之前的短篇小说相比，您更钟爱哪一个？

阿乙：我会更喜欢现在这部小说。目前几乎所有的读者都在用前边的作品来打击我这部作品，但我坚持认为这个超越以前。我说的超越，不是说它在文学价值上高于以前，而是在探索上比以前走得更远，我可能走进泥潭里，但即使是泥潭，也比以前的坦途要好。

写《下面，我该干些什么》之所以苦，是因为想在写法上达到一种新的可能，要让自己简朴化，甚至显得拙，这是以损害自己以前的表达冲动为代价的。另外的苦是因为要通过上班来交月供（交月供是因为买房，买房是因为要结婚，要结婚是因为父亲中风），时间被吞噬一空，只有周六日能写一点。我焦躁了半年。我自己在县城经历的很多事情都被我写空了，这部小说的写作正处在这种空荡期，我很不适应。但通过这次锻炼，我在经验之外的虚构能力已大为增强。我最近新开工的长篇就得了这次锻炼的益处。我现在学会了用写戏剧的办法，设置好人物、关系、性格，将它们化合作用，制造出冲突来。过去，我的经验是对一些事的经历。现在，我的经验是对世界的看法。

记者：在《下面》一书中，最打动我的是书中前言，文中弥漫的被困于理想与现实夹缝之间无法突破的愤怒和无望，足以令人感同身受。如今，您的写作和生活处于一种怎样的关系之中？

阿乙：写作是我最后一个和这个世界建立关系的手段，我试图用很多方式来与世界发生关系，但仍然无法填补与它的陌生。后来我想，不如将这种陌生感写进去。我现在对生活还充满敌意。生活是个什么东西？就像是有五匹马，从五个方向拉着你，你团团转。在这个过程，蹲下写作极为艰难。生活就像黏性的飞虫，不知道怎么粘了我一身，使我像个巨大的怪物。我现在基本是依靠自己妥协一点、我的亲人妥协一点的方式来处理生活与写作的关系。

（原载 3 月 22 日《文学报》金莹采访）

贾平凹：中国文人要为时代为社会立言

记者：文学艺术创作，需要作者具有深厚的生活，但也需要作者具有比较高的思想、哲学和文化素养，而您的文学创作无论是小说还是散文，都呈现出我国传统文化的根蒂而具有了耐久的艺术生命，尤其是您对佛家文化和道家文化有独特的认识，您能谈谈这方面的艺术体验吗？

贾平凹：自从《秦腔》和《古炉》出版以后，有相当多的北京和上海的评论家，他们有一个观点说，我的创作完成了对中国文学的一种叙述。在这之前，大量的是西方翻译期的那种文学样式。这些评论给我了一些思考——就是说，怎样使作品写出来既有时代感，又有中国的做派，叫人看了以后就是中国人的思维、中国人写的小说，而不是中国人写的外国小说或者别的啥小说。

我一直在创作中坚持一种理念：思想境界上一定要吸收全人类的东西，就是可以接受西方的一些东西，全人类的东西，但在叙事上一定要是中国式的，这样才能既是现代的又是传统的，既是中国的又超越中国。当然关于这一点我虽这么想但目前还做不到，但起码我有这么个想法。

对于传统的东西，你就要不断丰富自己的学术素养。现在一些人经常开口闭口就是继承传统，而实际上你问传统是啥东西他却回答不上来；传统包括啥东西，他也答不上来。好多人都是要么没读过，要么一知半解。文学创作要有远大的理想，要把你的作品写的寿命能长一点、走的路能远一点，我觉得，对一个作家的素养方面的要求特别高。不光包括哲学，还包括各种文化知识在里面。至于说这个佛呀、道啊，这是中国传统文化里边很重要的几个方面，你起码得涉猎一些。这就需要你自己去钻研，下工夫来读各方面的书籍，提高自己，才可能使你的作品丰富起来。

记者：语言是文学艺术的首要条件，离开了语言艺术，文学作品便没有了活力，也就没有了感染人的艺术力量。您的文学作品的语言很美且很富于韵味，同时，又能及时吸取生活里那些幽默、诙谐和极富艺术表现力的口语、流行语，并能把这些和带有古典色彩以及精彩的现代语言糅合在一起形成您别具一格的语言风格，这除了您对语言具有很好的敏感因素之外，还有其他生成因素吗？

贾平凹：每一个作家都有自己文学语言的特点，有些作家他天生对语言有敏感性。拿我个人来讲，我一上手就喜欢而且注重文学语言。我小时候接触的作品，要么就是苏联文学，要么就是四十年代边区文学和五十年代一些作品，从小受这些作品影响。五十年代一些作品它受西方翻译文学体的影响，所谓现实主义、批判现实主义、革命现实主义，都是从那个时候过来的。我是一边学传统，一边学民间，然后进行刻苦的训练，慢慢才有了自己的风格。

关于语言这方面，我也写过好多文章，谈过好多东西。包括语言的质感问题、节奏问题和还原问题，有的还比较专业。总的来讲，我觉得，作为一个作家，文学作品也就是个语言艺术，就是靠文字，文笔起码要好，这样才有可能谈到第二步，才能写得深刻，写得宏大，写得丰富……反之，即使你再丰富、再深刻，你用文字表达不出来，那就传之不远。

记者：您曾经发布的唯一一条微博引起了网友的强烈关注，据悉，您目前仍有 23 万多的粉丝。可见大家都对您的写作以及生活有着很强的兴趣，有没有想过满足一下读者的这种“好奇心”？

贾平凹：因为我自己从来不上网，连电脑都没有。微博是新浪的几个领导到我这来了，人家说你在手机上发一下，一发马上就传到网上去了。那天正好是圣诞节，我就说：圣诞节快乐！就发了，没想到就变成微博了。当时对微博还没有多少概念，后来一看一下那么多人在关注，把我还给吓着了。

我一直认为，创作是不需要热闹的一个行业。所以说我后来尤其到了五十多岁以后，能少一事就少一事，能不见谁就不见谁，能不参加活动就不参加活动。我就想安安静静地来完成自己想干的一些事情。你看我一辈子在文坛上没发表过任何不同的观念，没和人家争执过啥东西。我一辈子受人争执，但从不回应。我觉得搞好创作就行了。作为一个作家说到底是作品，别的都是过眼烟云。人的一生时间很紧张，我觉得还是多写一些，安安静静地写一些东西就最好了。

有好多媒体，社会上有啥事就老叫你回答，我说除过文学我都不回答。因为啥？我不是万金油，我不是别的啥都知道，我其实是一个很呆板的人。对于社会，我关注度也非常强烈，但我不爱发表观点。我还是喜欢自己悄悄写一些东西，这是我所追求的。

记者：在我国当代文学史上，尤其是新时期和改革开放以来，您无论是短篇小说也好，中篇小说也好，还是长篇小说也好，乃至散文，都获得了国家大奖以及国内外文学奖项，特别是您的《秦腔》荣获第七届茅盾文学奖，这标志着您在文学艺术创作上不断走向新的辉煌，请问，您今后有何重大的创作计划？

贾平凹：我现在正在写个长篇，内容是关于乡下的，主要写乡镇工作的。在写长篇的过程中，人沉浸进去以后就不容易出来，所以不愿意叫人干扰。我总是会找各种借口来拒绝一些活动，甚至不可避免地会得罪人，但时间还是叫人切割了。切割不碎吧，也切割成无数个块。

我现在这个精力毕竟不像30来岁的人。我记得当年写《废都》的时候，草稿我只用40天就完成了。但现在光这个草稿就得写半年，而且现在的情况是我常说的一句话：越写人越惊恐哩。现在每写一个长篇最少写三遍，工作量特别大，比如说40万字就得写120多万字。这是一种不停地折腾，有时也生气，但是你还得耐住性子就这么写下去。

记者：从古至今，陕西这方热土积淀着异常丰厚的人类文化，历代都有彪炳史册的伟大作品存世，而今，您又是陕西省作家协会主席，请您谈谈您对陕西文学前景的看法。

贾平凹：陕西文学前景总的来说还是好的，我对陕西文学前景非常看好，但同时也有一些担心。从目前国内的整体情况来看，整个社会，大家都说文学边缘化了，好像大家不甚热衷于文学了。实际上这个时代对文学还热衷着呢，你看网上全民写作的这一种热潮，是从来没有过的。只能说，体制内的写作、专业写作的这些人边缘化了。

从目前国内各省的文学现状来看，有些省份表现得更好一点。更好的标志就是一大批中青年作家大量涌现出来。不管是网上的网络写作，还是发表在刊物上的传统的纸质写作，产生的全国瞩目的作家比陕西要多一些。当然陕西文学创作队伍也特别庞大。据我目前了解的状况，大家都在潜心写一些东西，或许用不了多久，就有一批作品、一批新人会涌现出来。然而作为作协来讲，我觉得始终要有一种忧患意识：就是怎么样进一步的发展、培养、动员更多的年轻人来写作，把陕西这种文学传统继承下去。

（原载5月7日《西安日报》）

李佩甫：文学因无用而无价

新小说在“写脚印”

孙竞：关于“平原”，你一直有写三部曲的打算，1999年出版了长篇小说《羊的门》；2003年又出版了《城的灯》；到今年，《生命册》是第三部。这三部曲是怎样酝酿、产生的？

李佩甫：每一个作家可能都有自己的写作领地，或者在自己最熟悉的领域内挖一口井，我是在当时20世纪80年代末期找到了我的领地，就是豫中平原。这个平原已经不是具象意义的平原，而是变成了我心中的平原，是虚拟的平原，和原来具象是有一点差别的，就是作家心中的平原。《羊的门》是“平原三部曲”的第一部，我当时就想写这块土壤，想写人与土地的对话，或者叫做土壤与植物的关系。我觉得《羊的门》主要是写草的，就是把人作为草来写，写这块土壤的生命状态，就是最好的植物可以生长成什么样，当时是这样一个考虑，写了《羊的门》。1999年写的《羊的门》，2003年出版了《城的灯》，这时候关于写“平原三部曲”的想法在脑子里才是完整的，我要再写一部，更全面地、更宽阔地、更丰富地展现这片土壤的生命状态，我个人叫做土壤与植物的关系，就是把人当作植物来写，这块土地上的生命现象，这块土地的生命状态。《羊的门》就是写草多一些，《城的灯》是写逃离的，就是从土地逃离乡村，是一种对灯的向往、渴望，从乡村走向城市的，是写叛逆的。到了《生命册》更本土一点，就是写到知识分子，就是这块土地上一个背着土地行走的人，更多是写他的背景和土壤，写一个人五十年的心灵史。这样的话，“平原三部曲”就是完整的，在我心中需要完成的，我前后花了十二年写了这三本书。

孙竞：《生命册》中的很多人物在时代变迁中，都发生了变化。比如“骆驼”开始是直爽侠义，最后变得贪婪狡猾。梁五方，原来聪明能干，最后成了流氓这样的人物。每个人最终都走向一个和自己的理想比较相反的道路。这样写是为了表达什么？

李佩甫：我是想写一部内省书，是对自己五十年的重新再认识。我觉得几乎是叫做“写脚印”的，当我们往前走的时候，如果你停下来，回头看一看你的脚印，你再往前走的时候，会走得更好一些，是这样一个意思。这本书可能更多的就是写这五十年当中，中国社会发生巨大变化的时候，人在这块土地上是怎样变形的。特别是写到各种各样的树，在平原上我跟乡村的木匠谈过很长时间，这块土壤的树离开土地之后会变形的。再一个就是，这各种各样的生命状态，与中国五十年的巨大变化，是有很大关系的。中国人在走过这五十年的时候，就会发现过去单一的年代，我们是渴望多元的。但是单一的年代容易导致纯粹，纯粹又容易导致极端，现在社会生活多元了、复杂了、丰富了，各种颜色都有，但是多元化之后，又会带来一种复杂、混沌、混乱，这时候人们又渴望纯粹。

作为一个生命，他走过了五十年，作为一个知识分子，当他思考人生的时候，就发现他是边走边看，看一看自己的脚印，在一个人思念家乡，回忆故土的时候，他发现他竟然有这么宽阔的背景，他身上竟然背着这么多沉重的负担。同时呢，他对人生有了自己的认识，是一种很驳杂的，很混沌的，很矛盾的一种现象，是这样一个人。

写到“指甲开花”

孙竞：理想与现实的纠缠与落差始终贯穿于整部小说。小说中几乎所有的人在最初都有各自或大或小的理想，这些人物，又寄予了你自己怎样的理想？

李佩甫：作为一个作家，我觉得文学是社会生活的沙盘。我有一个观点，在这个世界上，凡是有用的，都是有价的，凡是无用的，都是无价的，比如一个桌子，哪怕是金的，也有价格，比如说百米赛跑跑了9秒，足球运动员踢进了一个球，再比如说凡·高画了一幅画。踢进一个球有什么用？对现实生活没有任何用处，百米赛跑跑了9秒没有任何用处，一幅画对一个具象的生活没有任何用处，但是它体现的是人类体能、智能、人类想象力的极限。人类想象力至关重要，如果没有想象力，我们不一定有飞机，如果没有相对论，就不可能发现原子弹。

凡是无用的都是无价的，凡是有用的都是有价的，我觉得文学应该属于这个范畴，它提供的是现实生活的一个一个沙盘，什么叫好？什么是好的生活？我们为什么活着？我们怎样生活得更好？文学给你提供一个一个沙盘，让现实生活的人在这里面，期望找到一种更适宜人的好的生活。所以看似文学对现实生活没有任何用处，但是对于人的心灵是有用的，它可以对人类想象力提供一个沙盘作用，是这样。

孙竞：你写的中原乡民，身上有坚韧、顽强的优秀品质，但也毫不客气指出他们身上的那些顽疾，比如嫉妒、冷漠。你曾经说，在写这些乡民的时候，“有一种指甲里开花的感觉，特别疼”，这是什么样的一种感觉？

李佩甫：我写的平原，应该是生我养我的故乡，我对我的家乡，对这块平原，应该是有深深的情感在里面，热爱着这个故乡。这本书就是映照自己，反省自己，反省这块土地，反省我的亲人们，他们是这样走过来的。所以写的时候，每当写到他们，心里有点痛，当你拿笔的时候，或者打电脑的时候，真是一种指甲开花的感觉，疼，就是说一个作家写东西的时候，写着写着，不是你在写，是生活在写你，是它引导着你走，而已经不是你在写作了。在这块土壤，人们这种生活，这种经历，对你会产生很大的影响，你跟他们同命运。

孙竞：你在书前面引用了泰戈尔的一句话："旅客在每一个生人门口敲叩，才能敲到自己的家门；人要在外边到处漂流，最后才能走到最深的内殿。"你认为小说中的人物找到了家门和内殿吗？

李佩甫：我二十年前非常欣赏泰戈尔这句话，就是说人只有走出来，拉开距离，才能重新认识和看清自己最早生活的这块土壤，如果他生在其中，他永远是一个农民，农民不可能全面认识自己，认识生活。二十年前我非常欣赏这句话，立即记住，我觉得用在这本书里是很贴切的，因为吴志鹏这个人物是走出来的，他是个孤儿，乡民们养育他长大，而他走出来了，他的良心上有愧，他背负着这块土地，他身后有很多双眼睛。他知道在这块土地上，没有一片树叶是干净的，不是人的缘故，而是风的缘故，就是说一个时期的风尚会影响到这个地域生活的人们。他这样一步一步走开来的时候，他对家乡才能越看越清楚。只有拉开距离，这个距离包括时间和空间的距离，然后对那一片土地，那种生活，才能看出它的问题来。

（原载5月17日《羊城晚报》，孙竞采访）

阎连科：中国小说与世界差距没拉大

写作从“为物质的个人”开始

北京晨报：写小说是一件辛苦的事业，您当初为什么会走上这条路呢?

阎连科：作家为什么而写作，这话可以说得很漂亮，比如为社会写作、为艺术写作等等，但很多人是在撒谎。绝大多数作家刚开始都是“为物质的个人”而写作，特别是我们这一代，几乎人人如此，因为写小说能找一份稳定的工作，能进城，那时除了饥饿，就是革命，想改变命运，一是考大学，二是去当兵，如果都不行，就只剩下文学这条路了，所以大家刚开始时，既不是为心灵写作，也不是为读者写作。从“为物质的个人”，到“为精神的个人”，再到“为写作而写作”，这是一个逐步变化的过程。

北京晨报：您为什么没去考大学?

阎连科：1977 年我参加高考了。我只上过高一，当时正在新疆打工，知道高考的消息，匆匆赶回来，只复习了一两周，考场设在一座破庙里。写作文时，每人发四页 500 格的稿纸，我第一个用完了，申请再要两张。监考老师看我居然能写这么多，字迹还可以，就当众展示了一下，说我一定能上大学。考完 10 多天，又到古庙报志愿，我连志愿是什么都不懂。老师说，就是填你想上的大学，如果想去北京，就填北京大学，想去郑州，就填河南大学，连老师都不知道河南大学在开封。当时都觉得北京好，所有学生填的都是北京大学。最后，我们县连一个中专都没考上。

差点上了自卫反击战前线

北京晨报：后来您参军了？

阎连科：是。在部队我各方面都不好，队列走不好，单双杠也做不好，木马都跳不过去，结果射击比赛 10 发打了 100 环，团长踢了我屁股一脚，让我换个地方打，结果我又打了 99 环，就派我参加师级比赛，结果并列第三，打了 98 环。那时正赶上自卫反击战，在挑战士上前线，那一段我紧张得晚上都睡不着觉，心里很奇怪，自己什么都不行，为什么偏偏打靶这么好呢？前几年我又打了一次靶，还是 90 多环。

一天我正出黑板报，营教导员看到了，当时营里有文化的战士很少，他看我连写带画，很快就完成了，就推荐我去河南信阳参加军队文学创作学习班。他暗示我说，你回来时，部队可能已经开拔了，你要想上前线的话可以追，但部队也不是那么好追的，不如就在营地里把猪喂好，把菜种好。为了保留一个写小说的种子，他确实费了心。

在学习班里，我第一次知道，原来小说还分短篇小说、中篇小说和长篇小说，回来后，我开始认真写小说了，一口气发了几个短篇，第一次得了 8 元稿费，我用 4 元钱给同伴们买了烟和糖。

北京晨报：从农村到军队，当时能适应吗？

阎连科：非常适应，因为吃得好，能进城，那时在农村受的苦比在部队训练受的苦要多得多。

年轻人为名利可以原谅

北京晨报：从“为物质的自我”写作，又是如何转化成“为精神的自我”写作呢?

阎连科: 那要看你内心的膨胀，物质解决了，便开始想成名成家。20岁前，我只读过《金光大道》《烈火金刚》之类，在部队，我当了2年图书保管员，那时图书馆每周六下午和周日才开放，平时可以看书，这时才发现过去读的书并不好，世界上原来还有那么多伟大的作品，居然一直没传递给青年人，没有成为他们的精神营养。现在网上，网友说最不喜欢《红楼梦》，最喜欢《潜伏》，在一所著名大学，校园里挂了一个巨大的横幅，上书“追随尔康，还是选择紫薇，一切由你自己决定”。这话通不通另说，在今天的年轻人眼中，这些就代表了他们的“名著”，实在让人哭笑不得。

“为精神的自我”写作，也就是为了名利，这是每个作家都必须经过的坎，卡夫卡那么伟大，为了拿一个很小的奖项，也找别的老作家商量：你得过那么多次大奖了，这次奖让给我吧。

对于作家来说，这个坎最终要迈过去，我年轻时也很在乎评奖，但今天就很淡然了，名利来到门前，我会把门打开，让它进来，但不会冲出门去抢。

不觉得今天文学失落

北京晨报: 回想20世纪80年代先锋小说的辉煌，今天的文学似乎有些失落，为什么?

阎连科: 不觉得今天文学失落了，有什么样的现实，就有什么样的文学，20世纪80年代有一些纯粹的文学，因为当时文化环境相对纯粹。今天出现了一些吊诡的事，但文学能否把握好，这是作家的能力与才华的问题。

北京晨报: 今天的社会比过去更多元，但与真正的多元社会相比，依然显得单调，这是不是制约当代写作的一个重要因素？

阎连科：今天的现实比过去丰富了，但并没实现真正的复杂，出现了多元中单调的问题，因为大家在灵魂上都太单调了。今天各种文学样式都存在，但批判式写作往往停留在文学口号上，没触及到体制的东西，歌颂式写作则多是表层，并没表现出人精神中极大的爱。

应该说，今天的写作还是有空间的，这个空间没被抹杀掉，也没被填补。对于当代作家来说，这可能是一个前所未有的好时期，因为现实复杂深刻，人性扭曲独一无二，只是你能否写出最复杂的世界和最复杂的人性，能否把内心世界撕开来，呈现给读者。

北京晨报：这两年来，不少老作家又回归严肃文学的写作，您怎么看？

阎连科：最重要的不是谁回来了，而是写得怎么样，写得好，就会被读者接受，没写出来，不过是出版数字上增加了几个而已。真正经典的作品，不要担心读者读不懂，而是要考虑自己与经典的距离有多远。

今天许多年轻人喜欢看韩寒，但过了那个阶段，他们也会关注其他的当代作家，所以我总说，不要忽视韩寒为严肃文学培养的读者群，希望地铁上人人读鲁迅，也不太现实。

每个时代有每个时代的创作，毕竟今天写作的人数增多了，阅读的人群也增多了，只是大家读的不是我们所希望读的书。

当代的写作并不一定伟大，但它属于今天的读者。从历史上看，可能哪一代作家，也无法像凯瑟琳·罗琳那样卖掉这么多本书，今天有电脑游戏，有电视剧，可几乎没有读者能拒绝她，这值得我们思考。

中国作家影响在扩大

北京晨报：与世界文学相比，今天中国文学差距颇大，应该怎么看这个差距？

阎连科：今天年轻人的阅读基本是从西方文学开始，但到了我这个年龄，就不再是从西方文学中汲取什么了，而是减少什么。年轻人如何开始不是问题，但从创作来说，最终会走上第三条道路，既不是传统文学的道路，也不是西方文学的道路。

北京晨报：去年以来，"短经典"丛书引发了不小的轰动，来自印度、摩洛哥等国的作家尤其令人震惊，感觉中国当代小说与他们有了不小的差距，可不可以这么看，我们和世界文学之间的差距正在拉大？

阎连科："短经典"介绍的都是短篇，20 世纪八九十年代以来，我们短篇创作在下滑，但长篇的影响却在逐步增加，法国、日本、韩国等国对我们的关注越来越多，当然，与我们对这些国家的关注相比，还不成比例，但从整体上看，我们和世界之间的差距并没拉大。短篇小说是受压抑的文体，不太容易市场化，局面显得困难一些，但阿乙、蒋一谈、葛亮等作家的创作还是非常有个性的，他们也被读者们接受了。"短经典"带来了短篇的复兴，让年轻人也喜欢看短篇了，这是一件好事。我甚至想把长篇暂时停下来，去写一些短篇。

北京晨报：在推动文学进步方面，局外人应怎样去作为？

阎连科：文学是明天的事业，明天的判断比今天更重要，所以要顺其自然，不要引导，不要过多干预，从古至今，伟大的文学作品都不是被谁引导出来的，伟大作品本身就会引导作家。有些东西要放到明天再来看，今天说什么都为时过早。

（原载 6 月 21 日《北京晨报》）

刘庆邦：不爱网络文学，反对长篇崇拜

网络文学无下限

读书报：关注网络小说吗？网络写手动辄几十万字的速度，有的网络写手一天就可以写一万字，以这样的速度写短篇，大概一天能写一篇。

刘庆邦：因生命资源有限，好多好东西还没时间看呢，我很少看网络上发表的小说。

我不赞同用网络为文学命名。网络只是一个平台，一个载体，它本身并不是文学。如同石头、竹简、羊皮、纸等，都曾是文学的载体，我们不能称之为石头文学、竹简文学、羊皮文学和纸文学一样。

无论文学载体怎样变来变去，天不变，道亦不变，文学的本质是不变的。归根结底，文学要求写作者怀抱人道理想，投入自己的生命，以真诚的态度去写人，写人的丰富感情，直抵人性的深处。作品品质的高下，取决于创作者创作水平和人格的高下，网络的出现给创作者帮不上多少忙。

我曾给《文汇报》写过一篇谈网络文学的文章，叫《网络无边心有边》。我的看法是，文化是一种含蓄，文明是一种约束，自由并不是无边无际。原始人赤身露体不算有文化，知道遮羞了才算有文化。放纵无度不是文明，有分寸感，懂得节制，才是文明。自由是相对边际而言，没有了边际，自由就失去了意义。网络是无边的，但我们作者的心灵是有边的。这个边界可以说是一个下限，那就是作者的良心所在。我们要对他人负责，对社会负责，同时也是对自己负责。我们不能昧着良心写作。

读书报：您的作品有电子版吗？在签版权时，会不会格外留意电子版权这一项？

刘庆邦：我的作品不仅有电子版，可以说电子版满天飞，我所有的作品在网络上几乎都可以查到。有人在自己的博客上就可以贴我的小说，让人毫无办法。我也和有的公司签过电子版权转让协议，但他们很少付给报酬。我们的权益不断被侵害，但找谁去说理呢？在电子版权的问题上，我们只能忍气吞声，成了真正的弱势群体。

读书报：您对网络的依赖多吗？有没有微博和博客？利用网络都做些什么？

刘庆邦：我没有微博和博客，平时很少上网。写小说还是手写。写完了由我妻子帮我打出来。我承认自己是一个保守的人，写作沿用的还是“爬格子”的方式。上网也主要是为了收发邮件。

回忆名利思想

读书报：您第一篇小说是1972年当矿工时写的，为什么写完放了六年才发表？

刘庆邦：当时全国各地的文学刊物都停刊了，写了小说无处发表，积极性很难维持。但我写了第一篇小说没舍得扔，把它压在了箱底。此后六年，我没有再写小说，调到矿务局宣传部搞通讯报道。写人物通讯，对写作也是一种锻炼，对写作素材也是一种积累。直到1978年，各地的文学刊物纷纷开办，我想起自己也写过一篇小说。翻出来一看，觉得还可以，就投给了《郑州文艺》。让我深感幸运的是，这篇在箱底睡了六年的小说一拿出来就发表了。

读书报：那么到今年，您创作已经整整40年了。

刘庆邦：没错儿，从写第一篇小说算起，我已经写了整整40年。要是做别的手艺，我可能早就练得轻车熟路，得心应手。可写小说这种事，谁都不敢说自己已经写得很熟练，写一篇成一篇。要是有熟练的感觉，恐怕离被小说抛弃就不远了。要说写作历程，至少在写作动机上是不同的。在农村为广播站写广播稿，是想摆脱农村，改变自己的命运。到了煤矿写小说，是为了拿给女朋友看，显示自己的写作才能，以赢得爱情。调到北京继续写小说，很大程度上是为了出名，为了得奖，为了挣稿费补贴家用。眼下的写作，不能说名利思想一点儿都没有了，但主要成为一种心理上的需要，是为了自我修行，完善自己。写作的方法有过变化，也像西方的小说家学习过，但变来变去，又变了回来，回到了中国小说的传统。

论长短

读书报：作家出版社推出的《刘庆邦短篇小说选》，腰封上打着“短篇小说的教科书”“短篇王刘庆邦的经典文集”。您自己怎么看这些评价？

刘庆邦：您看到了作家出版社出版的《刘庆邦短篇小说选》，其实我今年已出了三部短篇小说集。还有两部，分别是求真出版社出版的《风中的竹林》，和上海文艺出版社出版的《麦子》。前者收录的是我近两年发表的短篇小说新作；后者是“中国短经典”丛书之一种。

因为出版短篇小说经济效益不好，一些出版社不愿出。我很感谢这三家出版社，他们可能冒着赔钱的风险。

关于“短篇王”的说法我一直在否认，一直在自我摘帽。可不管我走到哪里，人家还是愿意拿这顶帽子往我头上戴，看来想摘掉帽子实属不易。

不管是写长篇，还是写短篇，萝卜白菜各有所爱，无可厚非。问题是目前对长篇的追逐成了一种潮流，几乎形成了长篇崇拜。

出现这种状况，有多种多样的原因，如：市场不看好短篇；按字数计稿酬；短篇与影视不容易对接；有些文学奖不设短篇小说奖；短篇在网络上的点击率上不去，等等。说白了，主要是利益在起作用。有人甚至提出了“扬长避短”，把长篇看成了“长”，把短篇看成了“短”，这就有些过了。

其实长篇和短篇各有千秋，谁都代替不了谁。长篇有“长”也有“短”，而短篇有“短”也有“长”。长篇因体积大，包皮厚，容易掺假使水，泥沙俱下。这是长篇的“短”。而短篇至少有这样几点“长处”：其一，短篇小说因篇幅短小，节奏均衡，不容杂芜和放纵，更接近诗性和纯粹文学艺术的本质。其二，短篇小说一般来说都是攻其一点，不及其余，对现实有着极强的穿透力。其三，短篇小说出手快，能够对现实做出快速反应，以速度体现短篇小说的力量。其四，短篇小说还被称为礼貌性的文体，因为阅读起来无须占用读者多少时间。

读书报：在《想象的局限》里，您也谈到有时候的自我怀疑，担心力不能及，不能建成一个完整的或完美的小说世界。那么，您是如何完成短篇构想的？开始小说创作后，笔下的人物会完全按您的掌控吗？还是由人物自行决定其发展方向？

刘庆邦：短篇小说是小体量的东西，但不能因为其小，就不需要虚构和想象。恰恰相反，短篇小说的显著特点就在于它的虚构性，极端的虚构性。它是在现实故事结束的地方开始构建小说中的故事，是在看似无文章可做的地方做文章。

汪曾祺评价林斤澜的小说，说是“实则虚之，虚则实之，有话则短，无话则长”，说的就是这个意思。

短篇小说的构想是在现实生活只取那么一点，我把它称为小说的种子。把种子在内心的土壤里孕育过，用自己的心血浇灌过，用心灵的阳光照耀过，才有可能生根，发芽，开花，结果，最终生长成一篇短篇小说。至于对笔下人物的发展，是既掌控，又不掌控，掌控的是人物的文化心理和性格逻辑，不掌控的是人物自然生长的行为细节。应对笔下的人物有足够的尊重，是贴着人物写，不是牵着人物写。

食欲高于性欲

读书报：《到处都很干净》是一篇与饥饿和性都有关系的小说，却写得很干净。您的作品中有很多性描写，有什么特别的意义吗？

刘庆邦：这是一篇记忆小说，也是一篇反讽小说，其思想内涵有很强的社会批判性。在食的欲望得到极大满足之后，性的能量和性的消费获得大幅度增长和大量释放，社会变得肮脏起来。但是，若像三年大饥荒那样，掐断了人们赖以生存的口粮，白茫茫大地干净倒是干净了，但那种干净是多么可怕。

我要表达的想法是，人类无论走到哪一步都是困境。性当然是美好的东西，它是生命的根基，是人性的根本属性之一，从来都是文学描写的对象。在这篇小说中，性只对食而言，表明没有了食，就没有了性，食对性的作用是决定性的。

读书报：您将自己的小说风格分为两类——柔美和酷烈，怎么理解这两种不同风格的小说？

刘庆邦：这种分类是源于一家出版社的编辑，为出版考虑，他们把我的小说分为三类，除了酷烈小说和柔美小说，还有一类成长小说。我自己在写小说时，并没有明确的分类意识。只是在写煤矿题材时，比较贴近现实，显得严酷一些。而写农村题材时，出于对农业文明的一种回望，寄托的是乡思和乡愁，描绘的多是民俗风情，显得柔美一些。风格对立说不上，只是作者写作心理的一种平衡。

自己的作品越看越感动

读书报：有些作家不大愿意回过头去看自己的作品，相反，有些作家却愿意反复欣赏回味自己的作品。您属于后者吧？

刘庆邦：是的，我的确听有的作家说过，作品一经写完，一经发表，就不再看了，事情好像过去了，跟自己没什么关系了。我不是，小说写完了我要看，发表后我要看，出作品集还要看。有时看得还挺感动，鼻子发酸，泪水模糊了双眼。自己的作品就是自己的孩子，孩子生下后，哪能舍得不闻不问呢！我觉得回头看自己作品的过程，也是一种自我衡量的过程，如果还看得过去，还吸引着自己，并感动自己，说明作品是用心写的。

读书报：很多评论家用“完美”形容您的作品。那么您修改得多吗？

刘庆邦：有人说作品是改出来的，我不大认同。我的小说写完后，一般就不再改。我现在仍是用钢笔在方格纸上写作，没用电脑写作。我的手稿一格一字，干干净净，很少涂改。因为在写作时，我全神贯注，调动全身的感官参与写作，一字一句都仔细推敲过，写完后就不用改了。再改很难找到当时的感觉，很难再进去。当然了，改不改都是一个习惯问题。我的习惯是不改。比如有人习惯用电脑写作，有人习惯用钢笔写作，什么样的习惯都会写出好作品。

读书报：很多大学开设了写作教程。您认为小说写作有特定的训练方法吗？

刘庆邦：不少作家认为写作不可教，写作方法不可传授。我不这样认为。我认为小说创作还是有规律可循，有技巧可学。我多次应邀到鲁迅文学院讲课，主要就是结合自己的创作实践，讲一些创作技巧。我们的写作课讲宏观的东西比较多，讲大道理比较多，讲操作方法比较少。听说美国也办作家班，他们把一篇小说拆成零件，再把小说组装起来，从技术层面讲得比较多。这种做法虽然比较机械，但对写作训练来说是有效的。

读书报：文学评论对您有启发意义吗？

刘庆邦：我看重文学评论。特别是对于评论我小说的评论，我都要看一看。前不久，贵州的何锐给我打电话，说今年《文学评论》第3期发了王彬彬写的一篇长篇评论，评论是以我的长篇小说《遍地月光》为例，谈关于长篇小说的语言问题。得到信息后，我专门跑到社科院文学所《文学评论》编辑部讨要了两本杂志，回来拜读后，受到了不少启发。

我们写小说偏重于感性，或者说是感性出发。而评论家的评论理性的东西多一些，评论家常常能说出让我们意想不到的东西。正是这些意想不到的东西，会引导我们的创作。

写作不是集体行为

读书报：在今年的北京国际图书博览会上，中国作家馆首次设立主宾省——河南省，提出“文学中原崛起”的概念。作为其中一员，您怎么看待“中原作家群”？

刘庆邦：中原作家群是存在的，这的确是值得关注的一个现象。但写作从来都是个人的事，不是集体行为，是心灵化的内部生活，不是社会化的外部生活，写作还得靠自己挖掘自己，自己完善自己。

读书报：很多评论家注意到，无论是本土河南作家，还是走出来的河南籍作家，共同特点是“根性写作”。不知您是否认同？

刘庆邦：一个地方出了这么多作家，应该与历史有关，与土地有关，与文化有关，甚至与语言的优势有关，值得分析。至于根性写作，我觉得这不仅是中原作家的特点，全中国及至全世界的作家，哪个作家都不是从天上掉下来的，谁没有自己的根呢！

读书报：您曾提到在多年的写作中不断要回去接接地气，在“接地气”的过程中，您体会到什么？有怎样的收获？

刘庆邦：一个作家要做到持续写作，应具备以下六个条件：真正热爱写作；用学习的观点对待写作；用劳动的态度对待写作；始终保持一颗平常心；知难而进；还要一个好身体。这六个条件当中，所谓学习的观点，主要是不断向生活学习。学习的过程，就是接地气的过程。

读书报：中原作家群要想走向世界，还需要在哪些方面有所突破？

刘庆邦：这个问题我回答不好，力不能及。我想，中原作家面临的问题，也是中国作家面临的问题。比如我们承认卡夫卡的小说写得好，可我们学不会、写不了那样的小说。就算你使劲模仿，写出来还是皮像肉不像，不是那么回事儿。这背后恐怕有一个缺乏务虚哲学支持的问题。

也想写厚重的长篇

读书报：您的写作习惯有哪些？妨碍你创作的都有哪些事情？我知道您喜欢喝一点酒，酒精给您带来过灵感吗？

刘庆邦：我的写作习惯是早上起来写作，一般来说不熬夜。每天早上，当别人还在熟睡时，窗外还黑着，我就开始了写作。

我这种习惯是在报社工作时养成的。我在煤炭报当10年副刊部主任，每天忙碌一天，晚上没有精力再写小说。自己又不愿意放弃写小说，怎么办呢？只有早早爬起来写。久而久之，就养成了早起早睡的习惯。妻子说我是个老农民，说老农民就是日出而作，日落而息。我说其实老农民的习惯不错，遵循的是自然规律。

我没有酒瘾，自己在家不怎么喝酒，只有出来和朋友们聚会时才喝。我承认酒是好东西，既是物质的，又是精神的。喝酒和不喝酒，精神不在一个层面的。喝过酒之后，确有一种飘飘欲仙、灵魂飞升的感觉。酒精没有给过我创作灵感，喝了酒我只想睡觉。我没有写过关于酒的小说，但人喝过酒后的状态我还是写过的。

读书报：有很多作家，到了一定的年纪会重复自己。

刘庆邦：年纪大了创作力当然会逐渐消退。好比果树有挂果期，女人有生育期，作家的写作也有黄金期。年纪大了，激情没有了，想象力也会减弱。

林斤澜跟我说过，他80岁之后，写东西很费劲，也想写，但集中不起精力。精力刚集中起来，很快就散掉了。上了年纪，能重复自己算是好的，多数情况是重复不动了。飞人乔丹倒是想重复自己呢，但他再也飞不起来了。

读书报：作为作家，您有没有感觉自己有什么局陷？事业中最大的缺憾是什么？

刘庆邦：我还是觉得自己的小说写得太实，抽象能力不强，思想不够深刻。缺憾是还没有写出一部厚重的长篇小说。

读书报：接下来会有怎样的创作计划？

刘庆邦：想来想去，我决定从保姆这一点切入，写一组“保姆在北京”的系列短篇小说。

我计划写8篇到12篇，目前已经写出7篇，分别发在《北京文学》《作家》《上海文学》《花城》等刊物。等全部完成，希望能出一本集子。

（原载9月24日《中华读书报》
舒晋瑜采访）

温儒敏：把国民“文学生活”纳入研究视野

最近，山东大学文学院发起国民“文学生活”调查，试图突破现当代文学研究陈陈相因的“内循环”格局，把普通国民的文学阅读及文学消费纳入研究的视野。此举引起学界评论界的关注。本报记者为此专门采访了山东大学特聘文科一级教授、北大语文教育研究所所长温儒敏先生。

关注“文学生活”，突破文学研究“内循环”

记者：《人民日报》曾发表您的专论《关注我们的“文学生活”》，呼吁文学研究要关注“文学生活”。不久前，您又发表长文《中国国民的“文学生活”》。关于“文学生活”，您能具体阐释其含义吗？

温儒敏：通常说“文学生活”，大家都会有自己的理会，但作为一个学术性的概念，“文学生活”主要是指普通国民的文学阅读、文学消费、文学接受等活动，也牵涉到文学生产、传播、读者群、阅读风尚，以及社会生活各个领域文学渗透的现象，等等。所谓“普通国民的文学生活”，是相对专业的文学创作、批评等活动而言。我们的研究主要关注普通国民的文学生活，或者与文学有关的社会生活。“文学生活”这概念既是文学的，又是社会学的，二合一，就是文学社会学。

记者： 年初，您所任教的山东大学开展了关于“文学阅读与当代生活”的大型调查，这与您呼吁重视“文学生活”，有什么联系？

温儒敏： 2009年9月在武汉召开的“现当代文学研究60年研讨会”上，我就提出过研究“文学生活”，主张走向“田野调查”，了解一般读者的文学诉求。去年我到山东大学任教，和文学院同事黄万华、郑春、贺仲明等讨论学科发展，大家都认为对当前社会“文学生活”的调查研究，可能是一个学科生长点，也是一个现当代文学研究突破口。山大的文科原来是很强的，这些年有些平面化了，学科建设如何突破原来的格局，发挥新一代学者的潜力？那就要寻求新路，有一部分课题可以和社会生活联系更紧密一点。大家对现有的文学史及现当代文学研究有些不满，主要是陈陈相因，只在作家作品—批评家（文学史家）这个圈子打转，很少关注社会上普通读者的反应，我称之为“内循环”式研究。其实普通读者的接受构成了真实的社会文学生活，最能反映作品的实际效应，理所当然要进入文学研究的视野。我们设想从“文学生活”的调查研究入手，把作品的生产、传播，特别是普通读者的反应纳入研究视野，让文学研究和教学更完整、全面，更有活力，这既可以为文化政策实施提供参照，又为学科建设拓展一个新生面。

记者： 能具体介绍一下这次关于“文学生活”调查的成果吗？

温儒敏： 上学期山大文学院组织过一次“文学生活”的调查，除了现当代文学研究所的10位教师，还动员全院数百名同学参加，利用寒假到十多个省市进行问卷调查。第一批调查报告包括9个选题：《农民工当代文学阅读情况调查》（贺仲明）、《学校教育背景下的大学生文学阅读状况的调查》（黄万华）、《近年来长篇小说生产与传播的调查报告》（马兵）、《网络文学生态的调研报告》（史建国）、《茅盾文学奖获奖作品接受情况调查报告》（张学军）、《当下文化语境中鲁迅作品的阅读与接受》（郑春 叶诚生）、《金庸武侠小说读者群调查》（刘方政）、《城市白领文学阅读情况调查》（程鸿彬）、《影视互动及观众接受情况调查》（丛新桥）。这9项调查已大致完成，前7项以“文学生活”专题研究形式，集束发表于《中国现代文学研究丛刊》2012年第8期。这些成果还只是探路子的，下一步我们准备扩大调查的面，收集足够的数据，使调查更扎实可靠。这项工作需要一些物质支持，我们正在申报国家社科基金的重大课题，也希望学术界评论界有更多同好参加。

大学生文学阅读状况不如小学生，是语文教育的悲剧

记者：你们这次调查显示出一个非常有意思的状况：农民工的文学阅读高于普通国民的阅读状况，而且年阅读作品较多的读者，更倾向于阅读网络作品，被当代文学所历史化和经典化的作家作品阅读状况并不理想。这样看来，农民工与当代文学似乎既亲近又遥远，您如何看待这一状况？这对我们的当代文学研究有什么启示？

温儒敏：那是贺仲明教授主持的调查，在大型企业、建筑业和城市摊贩等行业的2000多名农民工之中进行问卷，结果“每年文学作品阅读量”是：读1～4本的占46.3%，读5～10本的占19.5%。这明显高于一般国民人均读书4.53本的阅读量。而且农民工的数据是单指“文学阅读”。另一项调查（黄万华教授主持）也表明：业余时间较多用于阅读文学作品的农民工比例为14%，高于职员阶层的12%和学生的10%。什么原因？是农民工的业余文化生活比一般城市居民单调，缺少选择性，阅读便成了主要的选

择之一。但调查又表明，农民工读的主要是网络文学，居然占全部阅读的84%，纯文学（特别是纸质作品）的比例是很少的。除了上网，农民工“读过的文学期刊”范围很小，《故事会》占68.8%，《读者》占53.2%，其他也是《知音》一类通俗刊物，当代文学在农民工的阅读中只占极少量。调查之后的研究认为，农民工的文学阅读大都停留在中学语文曾涉及的范围，当代文学对农民读者是缺少吸引力的，他们与当代文学的关系相当疏远。以往人们对农民工的文学阅读可能有这样那样的想象，有了调查的数据材料，就有比较实在的看法了。对其他阶层的“文学生活”也是如此，只有先靠调查，摸清状况，然后才谈得上研究。

记者：调查中还显示出这么一个结论，认为中小学生和大学生的文学阅读存在纵向上的偏执与下滑，大学生的文学阅读状况可能不如中学生，中学生的文学阅读状况可能不如小学生，您如何看待这一纵向上的差异？

温儒敏：很明显，是由于应试教育的负面影响。小学相对影响轻一点，课外阅读的情况就好一点。阅读量一般到初中二年级，就开始下滑，因为初三就要中考，接着高中要全面应对高考，家长老师都不让学生读“闲书”了，学生几乎就只读教材教辅。中学语文课也是老师讲得多，讨论多，唯独是学生自己的阅读少。阅读对于人的成长太重要了，说得极端一点，宁可不上语文课，也不能不读书。可是现在的中小学受制于中考和高考，多做题，少读书，学生中学毕业了，读书的习惯和爱好并没有培养起来，这是语文教育的悲剧，离天天挂在口上的“素质教育”远着呢，对千百万青少年一生的发展都会有负面影响。这些调查也坚定了我对课改的认识。所以我提出：“让语文教学贴近学生的生活实际，让课堂阅读教学往课外阅读伸展，让课堂内外的阅读教学相互交叉、渗透和整合，联成一体。”“在应试教育还不可能完全取消的情况下，学生最好还是要兼顾一些，除了‘为高考而读书’，适当保留一点自由阅读的空间，让自己的爱好与潜力在相对宽松的个性化阅读中发展。”

从关注“语文教育”到“文学生活”：学术工作应更贴近社会

记者：近十多年来，您一直非常关心中学语文教育和大学语文教育，参与基础教育的语文课程改革，主持义务教育语文课程标准的修订，还编写多套语文教材，也接连出了三本谈教育的集子。从文学史研究转向教育的初衷是什么？

温儒敏：我在大学教书，常常给本科生上课，看到大学生的读写能力每况愈下，更严重的问题，是没有读书的习惯，即使读，也就是一些流行读物，所谓素质教育只是空谈。大学教学的很多问题，其实是和中小学连带的，所以大学的老师也要多少关心一下基础教育。再说，我所从事的现当代文学史研究，和语文教育有密切的联系，我们有责任考虑自己的研究对于中小学语文教育的影响。所有大学中文系，包括像北大这样的综合大学的中文系，都应当适当关注中小学语文课程改革，这是我们学科的“题中应有之义”。事实上，过去的大学中文系许多著名的前辈学者，都曾涉足中小学语文，为中小学编教材，参与语文教学的讨论，在这个领域有过不可替代的贡献。但是现在大学学科分工越来越细，每个学者都抱着一块做文章，加上高校的学术管理体制鼓励偏向所谓“研究型”，教授们哪里还有精力放在中小学或者大学的语文上？即使在一些师范大学中文系，与中小学有关的学科（比如“教学论”）也被看做学术“含金量”低，是被边缘化了的。这很不正常，是我们的学术脱离实际的病象之一。有感于此，最近十多年我就用部分精力关注语文教育，鼓励和带动北大部分老师投入这方面，培养语文教育的博士生硕士生。语文教育的改革，主力还得靠师范院校和一线语文教师，我并没有“转行”，只是兼顾，为社会尽点责，敲敲边鼓就是了。

记者：您主政北大中文系时，提出“守正创新”的观点，把“守正”放在“创新”的前面。在很多场合您也提到教育的一大问题在于“多动症”，这引起了一些误解，您能为此多说几句吗？

温儒敏：现在教育界到处都搞各种各样的“改革”，还有各种各样的“项目”“课题”“工程”，名堂极多，目不暇接，说是繁荣吧，可是效果不见得好，反而搞得人心浮动，沉不下心来做教学研究。教育有滞后性，不能老变动。即使做些改革试验，也要有个过程，跟踪多年才能下结论。可是上级主管部门往往为了显示政绩，搞“教育的 GDP”，于是便上上下下都“多动”。学校领导如果自己有主心骨，才能意识到“多动症”的祸害，尽量去抑制。我担任北大中文系主任 9 年，针对“多动”，提倡“守正创新”，在比较艰难的条件下，教学科研以及课程建设还是维持在较好的水平。这也得益于北大的宽容，校方没有逼着我们“多动”。全国大学的中文系几乎全都“升级”为学院了，我说不必去跟风，不必在“名堂”上下工夫。办教育和办工厂不一样，需要积累，不宜变动频繁。我把“守正”放在“创新”前面，是想说明继承优良学术传统的重要性、基础性，不赞成浮躁的教育“大跃进”。我们能做的不过是要坚守最基本的人文道德精神，并且将之付之于积极的建设。

记者：作为与您同时代人的钱理群，在基础教育中挣扎了很多年之后，忽然“告别教育”，对于从教育内部改革教育失去了信心。这么多年对教育的关注关心，您最大的感受是什么？

温儒敏：我和老钱是同门同学，了解他是理想主义者，是很有热情和激情的学者。多年来他为教育事业包括基础教育，奔走呼号，做了很多事情。他提出要“告别教育”，我想只是愤激之词，他在推行一些新的教育理念时，碰到巨大的阻力，想退而从外部来“攻打”。这份心思很可以理解，我想他并没有失去信心。课改十年，阻力巨大，成效不见得那么大，但很多新的教学理念开始为公众所了解了。这一点还是要肯定。用一句俗话来说，教育改革是个“系统工程”，得整个社会多方面入手来做，内外的工作都要有耐心，步步为营，稳步挺进。有时恐怕还要有些平衡，进两步，退一步。具体到个人，则尽量少抱怨，从我做起，能做一点就是一点。我曾经在《温儒敏论语文教育》一书的封底写过这样一句话：“在中国喊喊口号或者写些痛快文章容易，要改革就比想象难得多，在教育领域哪怕是一寸的改革，都要付出巨大的代价。我们光是批评抱怨不行，还要了解社会，多做建设性工作。”

从关注“语文教育”到“文学生活”，我都是一个思路：希望自己从事的学术工作更贴近社会。

（原载10月26日《文学报》
实习记者　刘新林　本报记者　傅小平）

莫言：我只能写我所熟悉的

与莫言对话，是对自己的一次挑战。大凡熟悉莫言小说的人，莫不在他汪洋恣肆的语言之海中漂浮，并时有晕眩之感。而莫言的叙述，总让人忘不了什么是小说的“纯粹”。按约定的时间找到莫言的家，除了一张醒目的世界地图之外，就是已经摆在桌上的莫言准备好送我的高密东北乡的剪纸和泥塑老虎。于是，访谈就在这种意外的欢喜和绵绵透出的质朴乡土之气中开始了。

胡编乱造是一种考验

问：您的创作一直都把视线定格在农村。中间当然也有城市题材的，但只是极小的部分。可以说，一直关注农村表现农村，您是中国作家中为数不多的一个。而您的农村题材的写作，又和一般的作家有很大的区别。能否请您谈谈您的这种写作选择。

答：我觉得这好像是一种命定。我想一个作家能写什么能怎样写，大概在他二十岁以前就基本决定了。刚开始写作时，一般都是写熟悉的生活。我最熟悉的生活，当然是农村。我 21 岁时才当兵离开家乡，当了三四年兵后开始学习写作，部队生活也了解了一些，但刻骨铭心的记忆肯定还要回到当兵以前。我在当兵以前唯一的一次出远门是去青岛。73 年的春天，送哥哥和侄子去青岛坐船，那次去青岛是我当时生活中的一次重大事件，也是我们村子里的一件大事。我们村有很多人一辈子都没有到过县城。我开始写作时，虽然四人帮已经粉碎了，但极左思想的影响还是很厉害，很多有名刊物的编辑给我们讲课也说要抓重大题材，要有政治敏感性。当时我就天天看报纸，听说刘少奇要平反了，我就写了一篇《老贫农怀念刘主席》的小说，等消息公开了，我的小说就到了编辑手里了。事实证明这样的小说是不行的。当兵头 4 年其实我也没有离开过农村，新兵训练没有结束，我就被总参下属一个部队抽调去了，到驻地后，心凉了半截。一个破败的小院子，两三排平房，一边堆着陈年的煤堆，旁边就是露天厕所，半个篮球场，绳上挂着军队家属晾的孩子的尿布，满院子跑的是鸡，前面是老百姓的庄稼地，左边是老百姓晾粉丝的地方，就是后来的龙口粉丝，后面就是制造粉丝的作坊，臭气熏天，根本没有苍蝇和蚊子，估计它们都被熏跑了。右边是老百姓的牛棚，里面拴着人民公社的牛或马。我就在这样的环境中待了四年。这个地方比我的家乡还破烂。过了这个寻找重大题材的阶段后，我考到了解放军艺术学院。接受了各种各样的文学思潮的冲击，冲掉了原来脑子里带有很浓政治色彩的文学观念。这时候我意识到最重要的是借各种外力来冲破我们原有的文学观念，通过这个过程发现自我找到自我，找到自我也就找到了文学。这时候写的《大风》《石磨》，就开始开启了我的少年记忆和农村记忆，这种状态以《透明的红萝卜》作为标志，它发表以后，我再也不愁没东西可写了。《透明的红萝卜》得到肯定以后，我有了一种强大的自信：我什么都可能缺乏，比如才华等，但就是不会缺乏素材。20 多年的农村生活，就像电影连环画一样，一部接一部地纷至沓来。它都可以写成小说，都可以用语言描述出来。这也就是为什么我的城市题材写得比较少的原因。因为农村题材还没有写完，不断地有东西出现。当然客观地说，如果我不当兵离开农村，而且也在那个地方走上了文学道路，我写的肯定也是农村生活，但那样情况下写出的农村生活跟现在写的农村生活肯定是不一样的。因为我进入了城市，接受了城市的文明，受到了职业化的文学教育，对我回顾自己的童年、发现自己的童年非常有作用。没有职业化，以前那些东西都不可能成型。用了这种文明催化剂后，它一下子该凝固的凝固了，该变色的变色了，一切都明朗了。也就是说尽管我写的是农村题材，但城市是对我起作用的。没有城市也就没有现在这样的农村题材的小说。当然后来我的一些小说中也不纯然写农村，像《酒国》那个长篇。

故乡是一条永远流动的河

问：您离开农村已经很长时间了，就算我们常说的童年记忆，也会有用完的时候。像很多从农村出来的作家，他们写了几部之后，可能就没有什么好写的了，转向了别的题材。而且您现在生活在北京，难道北京的生活经验就没有冲击您的农村记忆吗？

答：我是1976年当兵的，尽管当兵头几年还是在农村的环境里，但按照习惯的说法，当兵就是参加革命，只要是吃国库粮就算参加革命了，那我“参加革命”已经28年了。82年从河北山沟里调到延庆，84年我考到军艺，延庆是北京的地盘，所以说我到北京已经有20多年了。为什么我的小说中始终没有出现北京呢，因为我觉得我的农村题材还没有写完，还经常冒出一些让我激动的觉得有意义的东西想写。另外一个，有些作家的个人经历一两本书写完后没有可写的了，或转向写别的东西了，我觉得我大概能知道其中的原因。比如50年代的一些老作家，他们写的是亲身的经历，比如剿匪，当武工队员，小说中很多是照搬了生活，无非是加了点文学工而已。但为什么这些小说出来后那么感人？因为生活中确实包含了很多超出人想象的东西，比如《林海雪原》。东北森林里的剿匪本来就很传奇很惊险，如实记录下来就会很好看。所以他们第一部作品一般是很轰动的，尤其是50年代，小说比较少，每一部小说的出版都是一件大事。但写完这些后就没什么东西可写了，再写就编造了。我看过曲波后来写的的《山呼海啸》《桥隆飙》，还看过那个写过《野火春风都古城》的李英儒重获解放后写的一部长篇，编造得太过虚假，令人啼笑皆非，跟他们的成名作无法相比。小说家要不要编造？当然要。不编造不是小说家，胡编乱造甚至不是一个贬义词。但怎样编得真实有说服力，这就是对一个作家的考验。这个能力就是用自己的情感来同化生活的能力。为什么我们这代作家可以持续不断地写，就是因为我们掌握了一种同化生活的能力。同化就是可以把听来的看来的别人的生活当作自己的生活来写。可以把从某个角度生发想象出来的东西当作真实来写。这种用自己的情感经历同化别人生活的能力，说穿了也就是一种想象力。当编辑的大概都有这样的经历：有的作者说我写的都是真的，是真的发生过的事，是我家里的事，但你一看还是觉得虚假。有的人就是编，但读来却感觉逼真，仿佛写的就是自己身边的事。这就是作家的能力。要达到这个程度，第一就是要有一种煞有介事的具有说服力的语言，当这种具有说服力的语言确立以后，读者马上就会建立起一种对你的信任。比如马尔克斯的《百年孤独》，那肯定是瞎编的，吹得无边无沿，但他就是确定了一种腔调，吸引了你，文本和读者建立了一种信任，达成了默契。有些明明是真的事情，但写出来别人感觉假，那就是语言不过关。再有就是没有深入到人物的内心里去，描写的是事情的过程，这就是你并没有准确地把握到人物的性格。当然鲁迅也说过，你要写刽子手未必真要去杀人，这就是要求作家应该有想象力，这种想象力就是当你写刽子手时你就应该把自己想象成刽子手，深入到刽子手的内心里去。也就是说，当你写一个人物时，这个人物应该在你的头脑里活灵活现，像相处多年一样。《檀香刑》就是这样写的。我现在生活在城市里，每天都有无数的信息。你看我现在好像闲着，其实头脑里一直在忙碌着，哪一个信息有文学价值，头脑里马上就会有一根神经兴奋起来，就像电脑里程序的待命状态一样。发现小说素材，马上就会反应。城市的生活好像是封闭的静止的，但记忆中的故乡是一条河流，在不断地流动着，当然，最根本的还是过去。

我的小说语言来自故乡民间

问：您曾经说过，“故乡和人是有血脉关系的，尤其对小说家。故乡释放了无穷的自由，但对我是一种束缚。”“不管将来有多少故事，有什么经历，也还是要把它放回到故乡的情景之中，这样你的故事才能活，哪怕你的故乡是一个马店，但这个道理也是会通用的。”这就涉及另外一个问题，故乡和童年记忆在一个作家身上的烙印如此深表现如此强烈的，您是突出的一个，无论故乡还是童年记忆，在一般作家身上随着时间的推移会淡化，但在您身上，我的感觉是，随着您离开故乡越远，年头越长，它们没有淡化而是在不断地强化，不断地被突出。从“小黑孩”开始，一直有一条线联系着，从来没断过，虽然他们中间有不同有变化。除了您前面说的原因，还有没有别的原因？为什么所有的东西都放回到故乡里去了？

答：故乡对作家是一种限制。这个限制首先指的是经历上的，当然这种限制我们后来可以突破。比如我离开故乡二十多年了，经历会慢慢用完。但当我把这种情感经历变成一种情感经验，就一下和后来的生活接通了。我把在农村训练出来的思想方法感情方式，用来处理后来听到的别人的故事，用我的童年记忆处理器，它一下就把故乡生活这个封闭的记忆和现代生活打通了。（记：也就是说，现在您的故乡是开放的。）对。它是开放的，是一个无边的概念。所谓故乡的限制，我觉得更是一种语言的限制。一个作家的语言有后天训练的因素，但他语言的内核、语言的精气神，恐怕还是更早时候的影响决定的。我觉得我的语言就是继承了民间的，和民间艺术家的口头传说是一脉相承的。第一这种语言是夸张的流畅的滔滔不绝的，第二这种语言是生动的有乡土气息的。在农村我们经常看见一个大字都不识的，当你听他讲话时你会觉得他的学问大得无边无沿。他绘声绘色的描述非常打动人，语言本身有着巨大的魅力。炮人炮孩子，尽管你知道他是瞎说八道，但你听得津津有味，因为你会把它当故事听，这是一种听觉的盛宴。我想我的语言最根本的来源就在这。第三，我想，是中华民族的传奇文学的源头，或者是一种文学表达的方式。传奇文学主要是靠口口相传的，越往前推，识字的人越少，当然现在大家都认字了。口头的故事本来就是经过加工的，每一个讲述故事的肯定要添油加醋，所以200年前一件普通事，经过口口相传，到现在肯定了不得了。所以说，第一从语言上第二从经历上，故乡对人是有制约的。尽管后来我看了很多西方翻译过来的著作，也看了很多我们古典的文学作品和当代的，但为什么我的语言没变成和余华的一样，为什么我的语言和苏童叶兆言的不一样，虽然我们后来的基础都差不多。我和余华是鲁院同学，听的东西都是一个老师讲的，看的书也差不多，但我们的语言风格差别是十分鲜明的。王安忆作品中的上海乡下，苏童的苏州，我觉得都是故乡因素的制约在起作用。这一方面是好事，一方面也是坏事，是无可奈何的存在事实。这样更多的作家才有存在的价值。当然大家都试图在突破，试图在变化自己，但深水的鱼到了浅水就难以存活，是一个道理。我们现在能做的是千方百计把这种限制变得有弹性一点，努力地增长它，往里面填充新的材料。我必须把故乡记忆故乡经历的闸门打开，必须把它从死水变成流动的河流，必须要学习学习再学习，任何新鲜东西都要努力地去接受，天南海北发生的事都要过滤接受。这样说，我小说里的故乡高密东北乡完全不是一个地理概念了，真实的高密东北乡和它已经完全不是一回事，它是一种文学的情感的反映。而且我小时候的高密东北乡和记忆里的也不是一回事，比如我现在回老家，就发现哪还有高密东北乡啊，完全不是一回事。但母本还是过去的那点东西，比如说河流，街道，而且还有很多传说中的，并不是现实生活中存在的。清朝的事我不可能知道，凭的是邻居乡亲在茶余饭后或田间地头休息时说的话和典故，那些都变成了我的东西，而且可能长时间保存突然在某一天被激活。台湾一个作家写的《旱魃》，我看到第三页的时候就猜到了他的结尾，觉得那就是我的故事，我在十二三岁时听过的。

问：您的作品一直没有离开农村的土地，但您和很多作家写农村的方法是不一样的。我们注意到，您的作品如果连贯起来其实就是农村的心灵史，不知道您是否有意在这方面创作一部完整的，比如表现百年农村心灵史的作品？

答：你说的是《静静的顿河》一样的作品吧。其实我们国家六十年代是有人可能完成这样的作品的，但时代限制了他们的才华。从新中国成立到现在，又是五十多年，这五十多年的乡村生活，其实并没有得到深刻的表现，如果能把这五十多年写出来，肯定是了不起的，这五十多年发生了多少悲喜剧荒诞剧啊？写出来，很可能成为经典。但我也有些疑问，当今这个时代，这样的书还有人看吗？

问：现在的读者并不拒绝经典，而且目前也没有经典可以期待。

答：读者对经典不要有太大的期望，每个时代，能产生几部经典就行了。即便发动全国的作家来制造经典，即便设上几亿的文学基金，给作家们提供优裕的创作条件，也无济于事。经典恰恰是在油灯下窑洞里写出来的，经典是淡化了经典意识之后写出来的。经典都是作家孤独心灵的产物，轰轰烈烈，标语口号，披红戴花，敲锣打鼓，那是大炼钢铁，不是写作。

有电灯的地方没有童话

问：关于您的作品，我的一个阅读记忆，好像您的小说中所有的动植物都是活的，都是有生命的。《檀香刑》《四十一炮》《生死疲劳》……似乎小说中每一个物件都是活的。在您的作品中，看到的是您对每一个生命每一个个体的灵性的表达和尊重。

答：台湾的出版社刚给我寄来了他们翻译的《马尔克斯传》，开篇第一句话就是“万物都有生命，问题是怎样唤起它们的灵性。”在我的写作过程中，并没有刻意要表达它们的灵性，那为什么在我的作品中有些动植物仿佛能够通灵呢？我想这还是和我的童年有关系。我 11 岁辍学，辍学后有过一段大约三五年特别孤独的时候。那时候还是生产队，11 岁的孩子连半劳力也算不上，只能放一放牛、割一割草，做一些辅助性的劳动，我的主要工作就是放牛。一天挣三个工分。牵了牛到荒地去，早上去晚上回，中午自己带点干粮，整整一天，太阳冒红就走，直到日落西山才回。一个认得点字的孩子，对外界有点认知能力，也听过一些神话传说故事，也有美好的幻想，这时候无法跟人交流，只能跟牛、跟天上的鸟、地上的草、蚂蚱等动植物交流。牛是非常懂事的，能够看懂我的心灵。这样一直到 15 岁，成了半劳力，可以参加生产队的集体劳动了。这三五年真的是太孤独了，想说话又没有说话的对象，有时候在田野里大喊大叫，更多的时候是躺在草地上，看天上缓缓飘过的白云，看天上鸣叫的小鸟，胡思乱想。我对鸟也很了解，像云雀。它在天上叫我就能准确地在地上找到它的巢。我曾经把麻雀的幼鸟放到云雀的窝里，看着云雀把它养大了。我就猜测云雀母亲看到自己养大的这个怪物后的心情。84 年我写了一个中篇《球状闪电》，那其中很多动物植物就都有心理活动。听到的故事对我也有影响。

农村是泛神论，万物都可以成精，比如一棵大树，百年之后就是老树精了，我们村头就有这样一棵树。还有蛇。我对蛇的恐惧到了无以复加的地步，而且有种心灵感应。村里的一个老坟头上面长了茂密的小树，我感觉里面有蛇，喊一声，果然就有一条小蛇游了出来。小时候为什么我是不受家长喜欢的孩子呢，就是因为我的胆子太小，想象力太丰富。割草的时候胆大的孩子很快就割满一箩筐回家了，我总是很长时间还割不满。有草的地方我就害怕有蛇、有刺猬，但又盼望着草里有小鸟，发现有小鸟就爱不释手，怎么还能割草？发现蛇就不断地摸乱头发，因为传说只要头发的根数被蛇数清，人的魂就被蛇摄去。然后就召唤孩子们来打。只要发现一条蛇，一个上午就过去了，哪里还能割满草筐？小时候我每时每刻都感到怕，至于究竟怕什么，也说不清楚。孤独的童年生活和听了太多这样的故事，导致了我不怎么和人交流。这和城市孩子不一样。所以我想，是不是科技越发达的地方，这种人和自然的交流就越退化。

问：但这种人和自然的交流对文学创作来说是非常重要的。

答：（笑）所以我认为，要训练一个作家的话，小时候应该把他放到一个没有电的地方。晚上太明亮了，童话就没有了，想象力也就萎缩了。有一年和王安忆一起去瑞典，我就知道了丹麦产生安徒生是和那时候他们特别落后有关系。因为他们靠近北极，有一个漫长的冬天，白天只有三四个小时，晚上一家人围坐火炉，这不产生童话产生什么？如果到了北京上海，灯火通明，每一个角落都照得纤尘毕现，童话就消失了。所以有电灯以后就没有童话了（笑）。

问：我看过一个材料，说王安忆最喜欢的作家就是您。

答：这是《北京晨报》前几年登的。我想那是王安忆答问题时随口说的。马上被问话者捕捉了，变成了一个标题，显然缺乏深思熟虑。

问：可我感觉王安忆说话是很慎重的，她不会随意说，也不会说违心的话。

答：我觉得她这么说，是因为我和她在创作上反差比较大，离得比较远。如果一个人发现别人的东西写得和自己很相似，他是不会喜欢他的。我写农村，她写上海，她当然也写过农村，她是写苏北的。但是我觉得她是用城市的眼光写的，当然写得也非常地道，但是还是不一样，视角不一样。

问：我感觉您和她之间还是有共通之处。就是作品中对心灵、对世界、对每一个生命体都非常关注，是一种内心的真诚的关注。

答：我想这是任何作家都不能忽视的一个问题，就是对人物内心的关注。我记得文学界20世纪80年代有个讨论，就是文学要向内转，作家应该从人物的内心出发写作。

问：作家要具备一种能力，能深入到人物的内心深处去。

答：或者说在某一瞬间自己的内心完全和人物的内心同化，这和戏剧演员在舞台上的移情还不一样。《檀香刑》中刽子手浸泡檀香木时的心理，完全是一种想象，我相信历史上没有过，杀一个人哪用得着那么费事。

问：那是一种近乎宗教般的情结和举动。

答：它要求写作的时候要自信。而且某个时候，我就是他，我就是这么想的，我认为我应该得到这种荣耀（被太后赏赐）。那么细节紧接着就来了，既然我是把刽子手这个职业看得无比荣耀的，那我就是在替皇帝做事，我就是国家法律物化的表现，国家法律最后就体现在我身上。既然如此神圣如此庄严，那檀香刑每一个步骤每一个刑具的制作都是非常庄严的事情。

问：您给他找到了庄严的依据。

答：对，为了发扬刽子手行当的职业精神。也是一种表演。受刑执刑都是戏。

小说的第一因素是好看

问：《檀香刑》是想象力的大爆发，您的文学创造力也是受到人们承认的。但当代文学的想象力似乎成了一个问题。还有就是现在的作品中表现出的讲故事的能力。比如说，我们就可以说，你有很强的讲故事的能力，但似乎现在的一些作家不屑于讲故事。想象力、讲故事的能力在文学创作中究竟有什么样的位置？

答：讲故事的能力就是想象力。有的人可以讲一个活灵活现的故事，就因为他有想象力。当然想象力比讲故事的能力要宽阔一点。语言方面调动词汇方面，都是需要想象力的。小说的结构，也需要想象力。语言方面，确定叙述的调门就好像电脑里确定了一套程序，它会自动搜索需要的语言。比如写一个省委书记，肯定有一套他的词汇，讲一个老农民，他也有他的一套词汇。但归根到底是需要想象力的。有些比喻，像《围城》里的，婚姻比做鸟笼，像这种精彩的比喻是都需要想象力的。如果对一个文本进行分析，可以看出，比喻用的多少，可以显示出这个作家想象力的强弱。当比喻用得多而贴切有创意时，这个作家的想象力就是比较强大的。当一个作家在他的作品中没有用什么比喻或是一些烂透了的比喻，起码就是他的想象力和创造力不够。再有一个是故事的编撰。编得合情合理又出乎意外，这就是一种想象的能力。现在不少作家编故事的能力都很强，写电视电影剧本时，主要是编撰故事。但有时就是差那么一点点，结果就完全不一样。

问：说到讲故事，现在很多作家似乎不屑于讲故事。

答：有一种认为是，最好的小说是不讲故事或淡化故事的。这种淡化故事的倾向在80年代中期就开始了，它主要受西方的影响。一些人认为传统的讲故事的小说已经耳熟能详了，要进行小说革命，要全面革命。不仅革掉语言，而且要改变小说最基本的要素。有人就淡化故事，但淡化故事并不等于没有故事，没有故事短篇可以，像马尔克斯的《伊丽莎白在马孔多时的观雨独白》，就写一个女人看着窗外的暴雨胡思乱想。但如果是长篇，或是一个中篇小说，没有故事，那怎么读？而且在现在，它拿什么去吸引读者？我一直强调小说的第一个因素是小说应该好看，小说要让读者读得下去。什么样的小说好看？小说应该有一个很好的故事精彩的故事。因为所谓思想、人物性格的塑造、时代精神的开掘，所有的微言大义，都是通过故事表现出来的。而且做评论文章，单纯从结构和文体，也是没有多少话好讲的。所以我认为还是应该有故事，而且应该有精彩的故事。尤其是在长篇小说里，更应该有让人看了难以忘记的故事，这样才有可能产生让人难以忘记的可以进入文学画廊的典型人物，那些美丽的语言才有可能附丽。皮之不存，毛将焉附？这样故事淡化的短篇存在，像孙甘露的一些小说，《信使之函》等，但后来的第三、第四、第五篇还有人读吗？我觉得作为一种实验是可以存在的，如果所有的长篇所有的小说都这样了，那将是小说的末日。

问：您刚才说电视剧都在讲故事。但我的感觉是在滥讲故事，讲烂故事，模式化了。一方面现在的电视剧不好看，很多导演也把目光投向了作家，另一方面，小说家现在的写作也有小说剧本化的问题。您是比较早触电的作家，不知道您关注过这些问题没有？

答：这是个老问题了。一是电视剧好看的不多，这也不能勉强，因为电视就是一种商业性的操作。很多导演在拍电视剧时不把它当艺术作品来拍。有很多时候是一种捞钱的手段。因此不要指望所有的电视剧好看。但每年还是有那么几部值得看的。为什么不好看，同类题材克隆的太多。还有就是现有的限制制约了电视剧的精彩。比如现在一些现实题材的，没办法深入。我在《检察日报》工作，了解了很多贪污反贪之类的事情。我也写过，也和别的作者写的差不多。比如涉及公检法自身的腐败黑暗，怎么把握尺度？还有一些影视化的小说，作家创作时就希望自己的作品受到导演的注意，这完全是一种功利行为。这样做是无可厚非的。但我的经验是不能这样做。如果一开始就考虑我的小说要改编影视剧，那小说写得肯定就变了。我觉得写小说就是写小说，绝对不要去考虑影视。而且，真正的好导演，他不需要你向他靠拢，他会向你靠拢。这个我有亲身经历。写《红高粱》时，谁想到要改编电影啊？而且那时候我觉得我离电影非常遥远，但张艺谋看了后很激动。后来大概是 1990 年时，张艺谋找到我，说想要我写一个农村题材的场面宏大的有意义的故事。我给他写了一个。他说，你千万不要想张艺谋改编电影的事，你就按你的小说写。但事实上做不到。我写的时候，加强了故事性加强了悬念，注意到哪个细节可能在电影里会有用，写出来的这个中篇《白棉花》，我认为是我的中篇里不成功的，简直就是把有意思的东西给糟蹋了。张艺谋看了，他认为也很难拍。他看了以后没被我打动。为什么我千方百计想向他靠拢的时候打动不了他，而在我根本不知道他的时候他反而被我的小说吸引来了呢？所以我认为，不要向什么靠拢，好的小说自然会吸引好的导演。千方百计的靠拢也许反而背离了影视。或者说，如果真的想搞影视，就不要经过小说这个环节。从一开始就按影视剧本来构思。还有，好的影视作品，都是有很强的文学性的，尤其体现在它们的台词上。给我留下印象的像《大明宫词》，虽然它的台词过于优美了，像话剧，但毫无疑问它充分考虑了台词的文学性，而这也恰恰是它的特点。《走向共和》的台词也很精到，人物的台词让人觉得塑造出来的人物形象让人信服。

语言就是一种说服力

问：您的小说语言，有评论家用“汁液横流”来评价，而您在《四十一炮》后记中也说是“语言的浊流冲决了堤坝”，可以想象，需要什么样的语言的洪流才能冲决一个堤坝，小溪流是不可能冲决一座堤坝的。您自己认为，《四十一炮》的语言有点转，转到了有点优雅上，但我还是感觉到了您语言上一以贯之的“狠”，而且您的语言还被称为“动物语言”，这个动物，一是指没有羁绊和规范的野性，二是动物性。您一直强调小说是语言的艺术，这些来自读者和评论界的概括，您怎么理解？

答：我觉得语言就是一种说服力。对语言的技术化的量化的分析是很困难的，有一些可以量化，比如常用的词汇；但作家的语感是无法量化的，语感是有独特性的，我们读鲁迅读沈从文，差别是很明显的。我相信让鲁迅和沈从文讲同一个故事，两篇小说都会是好小说。在这个意义上，故事不重要了。他们的语言本身就已经变成了艺术，成了小说。故事情节是附在语言之上的。80 年代中期一批年轻作家要消灭故事，可能就从这来的。所以它也是有道理的。

真正写到那种泥沙俱下的时候，是一种下意识。所有的词汇都不是想出来的，是它自己涌出来的。再有就是你对笔下写的东西的认知深度。至于为什么会进入这种状态，我觉得作家自己是很难进行条分缕析的。有时候过了 10 年 8 年后再读原来的作品，还会纳闷：这词从哪来的，我怎么现在想不出来。我的语言的形成，主要还是和童年的关系，和原野乡村文化有关系。当然后来的学习丰富了我的语言。

问：对您的创作，陈思和认为，是革命性和破坏性相结合。

答：我的确没有想到过要革谁的命。但这种感受这种情绪是有的。现在回忆 80 年代在军艺学习时，就是感觉到不服气。我就觉得你们写的东西不是我心目中最好的东西，为此当然得罪了很多人，说了很多刻薄的话。好小说是什么样的，你让我说，我真说不出来，但我就是觉得当时文坛走红的给了很高声誉的作品不好，我觉得这不是我要写的小说。当然只能用作品来说话。我觉得作家的气是很重要的。当你处在胸怀大志急于想表现又表现不出来的时候，那时候可能就把你的很多潜能都调动起来了。一旦稳定下来有评论家这样那样指点后，我的创作反而进入了比较难的时候。现在我就进入了一种创作要特别小心的时候。

问：这个小心是什么意思？

答：这个小心就是千方百计地减少对自己的重复，但是是非常困难的。比如说《四十一炮》，我尽量想写得语言和《檀香刑》不一样，但读者可能还是感受到一以贯之。可能语言内核的东西还没有变掉。故事变化很容易，比如我可以写一个《师傅越来越幽默》这样的作品，但它为什么会有不像的感觉呢？就是因为语言没有说服力。这个不像就产生于我写这个人物时没有像其他人物一样，我在某一时刻可以变成他。因为我毕竟对这么一个老工人的心态不是特别熟悉。当然我也接触过这样一些老工人。他放在县城里我还是很熟悉的，但放在大城市里就不熟悉了。《师傅越来越幽默》的故事如果放在县城放在乡镇可能就好一些。第一我有自信啊，我一有自信我的语言就有说服力。当然《师傅越来越幽默》你看了也挑不出什么毛病，但可以感受到它缺少说服力。

问： 您自己认为，《檀香刑》是您创作的一个分野，此前多少还是受的魔幻现实主义影响，此后完全转到了本土的乡土文化。但就像您刚才说的，我感觉您的创作从始至终是有口气贯穿下来的。对民间传说、民间文化的继承一直没有变，只是在表现方式、结构或叙述方式上发生了一些变化。内核是以一贯之的。

答： 我觉得是这样的。地方小戏是民间文化中对我产生影响的很重要的艺术样式。这些东西在我过去的小说里肯定已经发生作用，《透明的红萝卜》《檀香刑》里都有，后者用小说的方式来写乡村的戏剧，这个时候作家的主观意图就比较明确了。这也很难说好还是不好。

小说家应该有强烈的批判精神

问： 韩少功的丙崽，阿来的土司二儿子，您的炮孩子和肉神，都是有种通灵色彩的形象。如果用正常人的标准来衡量，他们都是非正常的。但恰恰是这样的形象，往往使作品内涵更丰富。为什么塑造这样形象的作品往往更吸引人或更容易成功？

答： 这确实是世界文学中的一个普遍现象。回想一下，这样的主人公是太多太多了。格拉斯的《铁皮鼓》、伦兹的《德语课》，拉什迪的《午夜的孩子》，欧·本茨《饥饿的道路》，这种傻孩子或超常孩子，为什么会有说服力呢？我想，这样的小说反映的都是打破了平庸的非正常的奇特生活，通过这样的孩子的眼睛看来是不是更准确一点。再有，我的小说为什么要确定罗小通的炮腔炮调，就是考虑到这种生活的说服力。我怕读者难以相信这种生活的说服力，所以我就先框定这是一个炮孩子的炮言炮语。他在讲述的时候就是一种创造，不要用现实的条框来框定。这是可以从创作心理学上来研究的一个课题。很多世界的国内的著作都有这种超常的小孩在里面，一群傻瓜。傻孩子现在太多了（笑）。也可能傻作家太多了，很多题材雷同。我刚给《小说选刊》原创版写那个《火烧花篮阁》的结尾：接下来的故事，无论他怎样努力地想不落俗套，都会变成对时下流行小说的拙劣模仿。

时下一些作者挖空心思搞一个创新，回头一看，又落入另一个圈套了。怎么办？只能尽量做到不重复自己也不重复别人，但实际上你以为没有，其实还是在重复。

问：《四十一炮》的后记您有一句话，说“我不谈思想”。在您和大江健三郎的对话中，也有一句话“作为一个农民的儿子，我有一颗农民的良心，不管农民采取了什么方式，但我和农民的观点是一致的。”这是谈到《天堂蒜薹之歌》时说的。“我是从乡村出发的，我也坚持写乡村农村，这看起来离中国当今的现实比较远，如何把我在乡村小说中描写的感受延续到新的题材中来，这是我思考的问题。因为我写的是小说，而不是大批判的文章。”“经过了一段创作以后，我发现作家是不能脱离社会的。一个作家可以千方百计地逃避现实对你的影响，但现实会过来找你”。前面谈到的这些作品，看上去好像离现实有一段距离，但是否从这样的角度反而更利于切入我们生活的本质？表现生活的力度更大更直接一些？就像您离开高密东北乡后，因为距离反而获得了更好的表达？

答：作家写的时候未必会考虑这个问题。但现实的影响还是有的，我读《爸爸爸》，这个小说对“文革”的批判的意图是非常明确的。《尘埃落定》中，可以看到阿来的藏人立场。《四十一炮》，我尽量地把这个故事变成童话或寓言，但罗小通讲到 90 年代的农村时，我对农村的看法也是掩盖不了的。我没有批判老兰，没有骂老兰，但实际上我对他的态度是明显的。作家应该尽量往后藏，不谈思想不代表没有思想，我对老兰这样的人物肯定是持一种批判的态度的。但是不是这个小说就完全把他掩盖住了呢？我并不知道。当然有些作家可以在作品里直接表达爱憎表达思想。我的意思是，我不代替人物说话。既然是罗小通这个炮孩子在讲话，那么所有的思想都是罗小通的，现实生活中，我对老兰这种人物深恶痛绝，但罗小通对他很赞赏；我对父亲这样的人物有同情，但罗小通是瞧不起的。这也是文学作品的批评方法的问题。究竟怎样看待作家和小说人物之间的关系，究竟怎样把作家的思想和作品中人物的思想区分开来？当然，作家的思想最终也制约他对小说素材的选择，也制约了他作品水平的高低，但完全把作家思想和小说人物的思想画等号，这种批评方法非常的陈旧。

问：在这个作品中，无论罗小通最后怎样，读者是能读到一种非常尖锐的批判的。

答：写作时，我在里面也表达了很多的讽喻。起码我觉得是对现在社会人的变态的夸大的欲望的一种批判，罗小通在吃肉上表现出的病态和夸大，以及肉神庙、肉神节，就是人的非正常欲望的表现。和尚的性史，就是对现在泛性的讽刺。写《酒国》时，这个主题也是非常鲜明的：对酒文化的反讽和批判。但我没必要自己跳出来骂，这就是我说的不谈思想的意思。作家的思想没有直接表现而读者能感受到，这是一种最好的境界。

问：现在有一些作家，不谈批评，不谈思想，这个不谈和您说的不一样。您觉得，小说家要不要批判精神？小说应不应该有批判精神？

答：小说家应该有强烈的批判精神。实际上每个人都在批判，作家不能简单跳出来，像骂大街的，但这种批判精神应该是支撑小说的时代精神。你选择了作家这个职业，你就选择了一个反叛者的行当。扮演了一个反叛的批判的角色。任何一个时代的好作家都是扮演了一个批评者的角色。像铁凝、王安忆、张平，他们的作品中都有着批判的精神，但表现方式却是大不相同。

（原载10月12日“中国作家网”刘颋采访）

王蒙：别把传统文化和世界先进文化对立起来

南方日报：你写《中国天机》这部书的时候是不是想对中国的现实发声？

王蒙：我曾深深地参与中国的政治生活，但是我主要的工作还是创作文学作品。我曾看到媒体上的一些人对我的一些经历作出说明，于是我想，与其让别人为我说明，还不如我自己来说。更何况我也没有什么需要隐瞒的，所以就写了这本书，把我自己的政治见闻和经历写出来。

南方日报：有人对写作目的有着泾渭分明的划分，要么为市场，要么为责任。不少读者质疑作家没有做到应有的担当。

王蒙：这是一个微妙的分类，为商业和为责任而写，这看上去清晰，实则不是。比如说曹雪芹写《红楼梦》，他肯定不是为了商业而写，当时既没有版权、更别谈挣稿费，更没有奖金。如果说他是为责任而写，那就更不可能，他写《红楼梦》有什么责任？其实只是抒发自己的感受，消除苦闷。我觉得对文学动机论的分析往往是自欺欺人，我们往往只能看文本和作品，你说李白写诗为什么？和责任有关系？其实和商业、求官也没有什么关系，因为这对他都不会有直接的帮助。有时候表面上对作家创作动机的归类，不一定靠谱。

南方日报：你对自己哪部作品最满意？

王蒙：这个很难说，因为有的作品是当时满意。而我又写得太多，我觉得最愚蠢的事就是为自己的作品分个三六九等，我还没有糊涂到那个地步。明年人民文学出版社出版我的文集，45卷，1500万字，用四个轮的拉杆车才能搬得回去，1500万字里面让我挑出15万最好的，我怎么也不干。

南方日报：这次你演讲的主题是“中华文化与全民修身”，你所讲的“修身”跟传统文化中的“修身”有什么区别？

王蒙：中国的传统文化一直以来都强调把道德放在首位，道德的修炼是需要每个人自己下工夫的，克制自己心中的恶，挖掘善的力量。

但是现在修身和宋儒时期的修身是不一样的，方法也不同。我们现在这个时代强调社会实践，提倡公共利益，打坐、诵读这种行为已经不合时宜了。我觉得当下谈修身，必须和学习这个态度分不开的，实际上是对精神能力的培养，对精神空间的扩大，对精神境界的提升，也是对精神生活的丰满。

学习就不仅仅只是对传统文化复兴这么简单了，修身这个词和传统文化有密切关系，但它的内涵和容量不只是复古和背诵，涵盖面很广泛。

南方日报：有人认为现在整个社会似乎走进了文化迷茫期，有的提倡向传统文化寻找智慧，而有的说当前的现代性还没有完成。你怎么看待两者之间的关系？

王蒙：我觉得我们不可以把传统文化的弘扬和世界先进文化的汲取对立起来。这个传统文化代表一种更广泛、更深厚的精神资源，传统文化当中有一些被我们长期以来忽略的东西。

有的人就会持一种观点，五四运动的时候激烈批评甚至推翻传统文化，所以现在有人认为五四搞错了。但是我认为如果没有五四，就没有我们现在很多的新思想和新的文化。我所设想的就是充分弘扬传统文化中美好的东西，同样也热烈地汲取全世界的一切优秀美好的东西。

南方日报：莫言近期获得诺贝尔文学奖，你也曾被7次提名。听说你曾经不太配合参选这个奖项。

王蒙：诺贝尔文学奖是一个重要的奖，但始终代表以欧洲为中心的强势文化。很多第三世界的国家对这个奖项的态度是矛盾的，一方面很羡慕这个奖，并希望得到，不希望自己被忽略。但是，它背后是以基督教为核心的价值系统，这是一种和中国完全不同的文化形态。我当然希望获得这个奖项，但非常明显的是，这已经越来越不可能了。

南方日报：撇开个人趣味的争辩，你怎么看莫言获得诺贝尔文学奖背后的意义？

王蒙：关于喜不喜欢莫言作品的争论非常正常，但是应该说，更正常的是莫言的写作确实有他独特的成绩。他写人对世界的各种感觉很敏锐细致，想象力很丰富，敢于突破一些禁区。他的写作总体来说非常放得开，30多年一直保持着旺盛、甚至是井喷的写作状态，笔耕不辍。

南方日报：莫言的获奖是不是揭示了你所说的欧洲文化和中国文化之间的沟通？

王蒙：从莫言的获奖我们可以看到哥伦比亚作家加西亚·马尔克斯的贡献，他的写作把所谓的第三世界，即欧洲主流文化眼中观察的那个“他者”的经验魔幻化、神秘化，把和西方中心、基督教价值不一样并被其话语遮蔽下的种种差别展现得淋漓尽致。

当然，欧洲文化与第三世界文化之间会有非常多的摩擦，有很多隔膜，但都有沟通的愿望。

诺贝尔文学奖，奖励过埃及、日本、印度、尼日利亚的作家，这就可以看出这个奖项的深层还是藏着沟通的愿望，而我们也有这种被承认和被推崇的希冀，当然有时候这种愿望收获的成果并不是我们所设想的，不但沟通没有达成，反而造成更大的距离，冲突也就更大。但莫言这次获奖的意义就是在于对他的认同度比较大，少数人的异议仅是停留在个体文学品位之争，托尔斯泰还不喜欢莎士比亚呢，但这不代表什么，只能说明个人趣味。

（原载 11 月 26 日《南方日报》）

李敬泽："杂花生树才是我们的文学生活"

——十年来我国文学创作与阅读生态访谈

文学的概念正在被打开。越来越多的“圈子”以外的人在写自己理解中的文学，评论自己感兴趣的文学。在严肃的传统意义上的“纯文学”以外，满足更多阅读需求的通俗文学大有市场，网络文学方兴未艾，各种路数的“小文学”径自成长。即便你不去直接阅读这些文学文本，以这些文学为“底本”的影视作品和其他大众文化产品也无时无处不在。文学依然潜在而深远地引导着我们的文化氛围和精神走向。曾经高高在上的文学圣殿依然还在，但是更丰富、更多样的杂花生树的状态，才是我们该有的文学生活。

回应时代：要贴近，也要发挥引导功能

编辑：考察同时代的文学状况，一个很重要的维度是看它如何回应这一时代的生活，这是文学的“当代性”所在。10 年来文学创作在这方面的表现如何？

李敬泽： 中国文学的这10年有一个约定俗成的说法——“新世纪文学”。近10年的中国文学，无论是从内部状况，还是从外部关系来说，都有很大的变化。这种变化是和新世纪以来国家社会经济的发展以及人们生活的变迁密切相关的。转型期的中国对作家们来说构成了认识上的难度。怎么把握急剧变化的时代，把握复杂多样的精神状况，贴到经验、贴到人心上，以及怎么穿过表象、穿过经验，像恩格斯说的，把握社会历史的隐秘结构——这些都是巨大的挑战。事实上，无论哪个时代的文学，都是与时代进行艰苦对话的成果。而从这些年的文学创作中，特别是从反映现实生活的作品中，我们看到，文学在积极应战。作家们体认到时代之大和认识之难，也更加自觉地去克服困难，描绘和塑造这个时代的“人”的形象。

编辑： 大众文化的发展已经成为我们今天谈论文学的一个很重要的背景，电视剧、电影甚至网络段子与大众、与时代的联系看上去更为直接，也更为密切，相较于它们来说，文学贴近时代、表现时代、回应时代的特殊性在哪里？有什么独到之处？

李敬泽： 我们得承认，这是一个网络的时代、媒体的时代，众声喧哗，其中文学的声音肯定是相对弱的，在社会关注度上，一部小说、一首诗和报纸上、网络上的热门话题是不能比的。但就是这个相对微弱的声音10年来仍不失其力量。说到底，文学关系到我们内在的价值生活和精神生活，是民族文化不可缺少的营养来源。它力图“推敲”和表现我们的人性和心灵是怎样的，我们何以如此，我们怎样和世界相处，等等。这些都不是话题和新闻所能取代的，它指向话题和新闻背后的那些人。一个人天天看微博、上网，可能会得到很多知识和信息，但面对一部文学作品时，他面对的是活生生的心灵，从中看到的可能是他自己。

文学对人生的想象尺度不是片段的、即时的，它在整体上看待人生。它不是想象人怎么飞来飞去，而是想象和探索人的可能性。比如，在特定的人生境遇下，人如何活得尊严、高尚，人如何在自己的生命中实现正直、忠诚、谦卑、善良等美好价值。这10年是社会急剧变化的10年，人的价值生活和精神生活也面临极大考验，成功正在成为最大的甚至唯一的价值，为了成功什么都可以交出去，而衡量成功的唯一尺度就是钱，这就是“单面的人”。而文学就要对抗这种贫瘠的“单面”，让我们恢复对人性和人生的丰富、整体的认识。在这方面，作家们作出了很大的努力，取得了很大的成就，并且经由文学作品影响到其他艺术门类。比如大众文化特别是影视剧这10年来就经历了一个英雄主义的复兴，仔细研究会发现，邓一光、麦家这些作家的写作在这方面起了很重要的先导作用，这些作家提示我们，不要总是从低处想象人，更应该从高处，从人之为人的光荣和尊严上去想象人。所以说，文学是在潜在地引导着社会意识，开辟新的精神空间。

面向市场：有消费性，更有高远的志向

编辑：文学的这种特殊性并不意味着它在市场上可以“特殊化”，和其他文化产品一样，它也要接受残酷的市场检验。毕竟，我们判断文学作品在社会生活中的作用常常是通过它被接受和被阅读的程度。

李敬泽：经常有人问，为什么我们现在写不出《红岩》《青春之歌》那样的书了，那些书出版之后，全社会都看，都说好。要我说，现在很难有一本书达到那样的效果。考察文学的状况一定要考虑到同时代的社会状况，我们这个时代，人民群众的精神需求是高度多样化、多层次的，精神文化产品比过去丰富得多，相比于上

世纪50年代，可以说是极大丰富，文学现在只是丰富的文化产品序列中的一部分，甚至一小部分。但是尽管如此，我相信文学依然有超出它本身体量的影响力，这不仅体现在对读者的直接影响，也体现在它对其他艺术形式和文化形态的影响上。在文化各个门类中，文学可能算是个“种地”的，种地能挣多少钱？但不种地行吗？它是文化的基础门类，或者说是先导门类。

与此同时，10年来文学的消费性有了迅猛的发育。比如说，10年前我们基本没有类型文学，我们对类型文学的需求大都是靠港台作家来满足的。但现在，类型文学特别是网络上的类型文学得到了极大发展。正常的文学生态本来就应该有消费功能，这某种程度上也是补上了五四新文学的缺课。不过，考量文学，不能仅仅考量它的消费性，文学还应有更高的志向，那就是对文化的责任，对民族精神和民族灵魂的责任，在这方面，文学永远不能放弃自己的使命。

编辑：从更大的范围来看，中国文学在世界市场的被接受度如何？

李敬泽：这是10年来的大亮点。中国文学走向世界的步伐从来没有像近年来这么大、这么有成效，一个重要标志当然就是莫言今年拿到了诺贝尔文学奖。过去我们的文学作品翻译出去，只是在很小的一个圈子，比如学院中文系、汉学家圈子里流传，很少能进入主流的阅读市场，但现在欧美的大众书店里经常能发现中国小说家的作品，一些中国作家频繁活跃地参与到世界文学的对话中去，在国际出版商那里也得到高度关注。

尽管中国文学在中国文化走向世界的进程中是走在前面，但我们的路还很长，海外对中国文学的了解依然是有限的和零散的，我们的很多优秀作家和优秀作品还没有被世界充分认识。很多人将原因归结为翻译的数量不足、质量不高，这固然有道理，但未免把事情想得简单了，文化的交流是一个复杂的机制，不仅是翻译问题，还涉及出版、推广等很多重要因素，而且整个过程还都得和对方接得上才行，不能一厢情愿，单方面使劲。所以，我们还需要下很大的工夫，耐心地培育和建设一个有效的文学交流机制，在这个机制中，中外的出版人、经纪人、翻译家都能充分地发挥作用。简单的灵丹妙药是没有的。

丰富构成：更多样化，才有生命力

编辑： 这10年也是中国互联网飞速发展的10年，网络丰富了文学的格局，也打开了我们观照文学的角度，“文学”的概念似乎变得更开放。

李敬泽： 创作、阅读、批评，在以往的文学生产和消费中像一条工业化流水线似的分得很清，但在网络时代，这种楚河汉界不复存在，取而代之的是流动的、网状的、交互的状态。比如网络上，天南地北的读者会凑在一起关注某个作家，他们在阅读中形成小社群，不需要批评家来说什么，自己就能承担批评的职能。比如现在活跃着一大批非职业作者，他们不再是专业/业余两分法里的“业余作者”，两分法意味着业余一直在努力提高水平，要变成专业修成正果，但现在这些作者不这么想，“业余”不一定意味着水平不高，有的人写得很好，但却一直没想变成“专业”，他们可能是医生，是记者，是做IT卖变压器的，他们的生活背景、文化资源、写作路数一人一个样，相较于传统的文学史秩序来说常常是“野路子”，但这种“野路子”正在有力地丰富和扩展着我们的文学。

这实际上也对我们的文学期刊和出版、文学批评、文学组织等提出了很大的挑战。比如有些作家写得很好，很有影响，但评论界几乎没人研究他，不是因为评论家没看到他，而是因为看到了也拿他没办法，没法把他装进现成的文学思维和文学论述的框架里去，中药铺里那么多柜子，但就没有装他的抽屉。我过去编刊物时，常对编辑说，不要总是安于那么些作者、那么几种路数，要四面八方去找，现在有很多你想不到的高人和新路。这种开放性，说到底，是来自30多年的改革开放，来自人们生活形态的巨大变化，对很多人来说，文学不再是一种谋生手段，它是闲暇的精神生活，同时，网络的发展也使得文学阅读的细分成为可能，写一本书，不再是想着要让所有人喜欢，但你总能找到喜欢读的人。各种各样的阅读需求、审美趣味都得以发育，各种各样的创作和对文学可能性的探索都得以展开，就现在创作、阅读、批评的丰富性而言，我们的文学已不再是“百花园”，而更像是杂花生树的大自然了，有鲜花，有灌木，也有杂草，有大树，这样的自然生态更有生长力，正在孕育着新的文化因素和创造性力量。

编辑：对于文学，人们还是有一种厚古薄今的倾向，常常自觉不自觉地拿传统经典来要求当代创作，这无疑增加了当代文学创作的难度。

李敬泽：文学有一个经典传统，我们衡量当下的文学作品多多少少都是从被建构的经典传统出发的。这种传统的强大，恰恰反映了文学在文化传承中的作用和力量。对当代作家来说，传统教会他怎么写，但同时也告诉他不能这么写，逼迫他另辟新路，不能守在家里，要去开疆拓土，要以新变来通过这一时代的考验，征服这个时代的读者。传统是安全的，陈陈相因是安全的，创新总是有风险，因为传统是已被承认和习惯的东西，而创新是挑战和冒犯，总是难免让人不习惯，总是需要一个接受过程。但一个时代的文学，应该敢于冒险，应该立足于这个时代，在一些根本点上对我们民族的语言、思想、感受力发挥深刻的影响，比如包括莫言在内的上世纪80年代的一批作家，就曾有力地影响了中国人感受世界的方式。

（原载11月27日《人民日报》）

刘慈欣：科幻小说是基于科学、基于想象的文学

刘慈欣，中国当代新生代科幻的主要代表作家，中国科普作协会员，山西省作家协会会员。1963年6月出生于北京，祖籍山西阳泉。代表作有长篇小说《超新星纪元》《球状闪电》“地球往事”系列（《三体》《三体Ⅱ：黑暗森林》及刚刚出版的《三体Ⅲ：死神永生》）等，中短篇《流浪地球》《乡村教师》《朝闻道》《全频带阻塞干扰》等。曾多次获得中国科幻银河奖。

读书报：最早接触科幻是什么时候？

刘慈欣：文革时期，没书看。父亲的旧书被视为毒草，放在一个箱子里，塞到床底下。记忆中箱子里有很多书，包括国内的长篇小说，也有托尔斯泰的小说，我还小，繁体字看起来很吃力，最早看的是儒勒·凡尔纳的《地心游记》，还有乔治·奥威尔的作品。后来看到苏联的科幻，阿·卡赞采夫的《太空神曲》和叶弗列莫夫的《仙女座星云》，感觉很震撼，以前的世界很狭窄，像是间黑屋子，现在打开门走出来，世界突然大了很多。

我对科幻小说的喜欢，不止是从科幻得来的，是从科学、数学、物理得来的。坦率地说，我没对文学产生过兴趣。我在小学高年级时读完《红楼梦》，是为了打发时间，实在没办法才从头到尾

读完了。前一段突然想起来，四五十年过去了，再看《红楼梦》应该理解会更深。抱着这种想法，找来《红楼梦》——小时候我还能看完，现在看了三分之一，就看不下去了，觉得十分无聊。

读书报：你从西方科幻小说那里，学到了什么？

刘慈欣：西方的科幻小说风格多样，有的偏技术，有的偏社会，各有各的优点。总的来说，科幻文学是科学技术催生的，人的想象力插上科学的翅膀变得更广阔、更深远；神话是百分之百的想象，科幻不管希望多小，总有实现的可能。科幻把幻想区别开了，这是西方科幻给我的感觉。

我看的科幻小说很多，大概有三类，一是阿瑟·克拉克，是西方传统的以技术内核展开的小说，让人感受到宇宙的宏大与个体渺小的反差，感受到技术带来的美感；二是艾萨克·阿西莫夫的作品，他的《基地系列》让人感到科幻可以创造平行的完整的世界，可建立在理性的设定上，通过简单的科学设定展开故事，《机器人系列》也是如此；三是西方社会科学性的作品，乔治·奥威尔的《1984》可以设想一种不存在的极端的社会状态，通过这种状态，思想实验能够抵达主流文学达不到的层次，能够更深刻地认识现实。

读书报：你在1999年发表第一篇作品，同年就获中国科幻银河奖一等奖，此后也是屡屡获奖。我想这不仅仅是运气。

刘慈欣：我是执著的科幻迷，从1970年代末就开始关注科幻文学。随着《珊瑚岛上的死光》，科幻文学出现了，有一段时间又中断了，中间有一段漫长的过程，对我来说很像欧洲中世纪一样漫长黑暗，一下子跌入谷底。没有渠道继续关注科幻小说，我就产生了自己写的念头。但只在脑子里想想而已。当然思考并没有停止，后来的创作是科幻创意积累产生的结果，所以从1999年一开始写就能获奖。

那段时间，任何一点关于科幻的信息我都关注。直到 1995 年以后科幻小说又渐渐地复苏。我就是看到这一点，才给刊物投稿。我有个特点，写作的唯一目的就是发表。进一步说，如果我的东西发表不出来，我不会写。我不会写给自己看，没有那个雅兴。

读书报：从短篇到长篇的转变是什么原因？水到渠成还是觉得需要证明自己的能力？

刘慈欣：其实长篇小说《超新星纪元》是在短篇之前就写了，只是发表时间晚。短篇和长篇在我一直是并行写作，2006 年以后我只写长篇。科幻是创意文学，创意的数量是有限的，短篇很难对创意有完美的表现。

我最近对主流文学有关注，发现一般作家是先写短篇、中篇，建立起一定影响再写长篇，这不奇怪。科幻属于类型文学、大众文学，作家成长的道路和主流文学界不同。因为大众文学中间，短篇、中篇没有多大市场，不存在有影响的刊物，也不存在主流文学强大的评论，要想获得成功只有读者的认可。在美国，科幻大师出手都是长篇，他们即使有短篇，也不是分量很重。

读书报：如果有机会专职写作，你会放弃工作吗？

刘慈欣：如果每天给我开过得去的工资，谁不愿意专职写作？但是可能性很小。目前科幻小说家专职的只有一两个。体制内的文学大概会觉得科幻小说家很边缘。我最理想的是另一种专业作家，靠一本书或两本书的版税够我后半辈子的生活。

读书报：是要写一两部传世之作吗？

刘慈欣：传世之作不能让你成为专业作家，畅销书才行。现在的畅销书的销售数字，对我们来说还是天文数字。

读书报：写科幻小说需不需要体验生活？

刘慈欣：小说家和生活的关系很复杂，科幻小说和主流文学有一定共性，不论写什么要有经历。但是也有区别，写科幻的人很少写自己，离谁都很遥远。真想体验生活，不可能体验到科幻的生活。我偶尔也能体验一点点，比如接触非常规的生活，去航天基地看看。曹文轩曾经说，文学就是无中生有。科幻小说必须有生活，但是，相当一部分确实是无中生有。科幻的内核肯定是无中生有，但创造的核心不是靠体验来的，是靠生活本身。

读书报：你对技术的激情来自哪里？

刘慈欣：刚开始写作的几年，作品出现了很多激情；现在过去十多年了，也有一些变化。《三体》里激情就少了，多了理性、冷静和冷酷；不变的是我的科幻理念，我认为科幻小说是基于科学、基于想象的文学，不是超自然的，这个信念一直没有变。我对科幻文学的核心，一直坚定地坚守。我说过，我很可能成为中国传统技术性科幻最后一个守卫者。

以前创作的时候，我的目光是一直盯着人与自然的关系，后来到了《三体》就渐渐地关注到人类自身上来，当然到目前为止还不能说是什么缺陷，但是这个趋势如果一直发展下去的话，就偏离了我的科幻理念。科幻本身最关注的应该是人与自然的关系，如果在科幻里还是过多地关注人类自身、人与社会的关系的话，就会把科幻本身的特性消磨掉，这样科幻就跟其他类型小说没有什么区别了。事实上，《三体》本身就过多地融入了人类本身以及人与社会之间的关系，我从《三体》开始察觉到这一点，下一本书应该会有所修正。

读书报：人性在科幻里的地位是怎样的？

刘慈欣：科幻小说对人性的表现，是一种和主流文学角度不同的表现，尺度也不同。准确地说，任何文学里不可能没有人性，文学的感染力就在于表现了人性。科幻对人性的表现角度是不一样的。主流文学中的人是个体，科幻小说里的文学形象不是一个人，有时是一个种族。

在科幻世界，人性所占的比例比主流要小得多，但总是有。比如世界科幻小说中有部经典是阿瑟·克拉克的《与拉玛相会》，整本书几十万字，描写外星船进入太阳系，从头到尾描写飞船惊奇的构造，小说也有人类的宇航员、科学家，但这些人是工具式的。像这样的小说，人性就退到边缘。

还有克拉克作品改编而来的电影《2001 太空漫游》，有一个场景耐人寻味：飞船上有两个宇航员，但表情呆板，分不出谁是谁，在宇宙中，人变成符号。科幻是多种多样的，有一些和主流接近，也有一些超出主流文学的尺度，有一本书是美国作家厄休拉·勒奎恩的《黑暗的左手》，这本书很文学，但是对人性的描写多了一个角度，因为作品中一个人就有两个性别，这样的作品，对人性的揭露深刻多了。

读书报：你有一个观点：“我对用科幻隐喻反映现实不感兴趣”，那你到底是怎么处理科幻和现实的关系？

刘慈欣：我认为，科幻文学的任务不在于隐喻现实、批判现实，科幻文学是空灵的文学，它所涉及的无论时间还是空间，涉及广阔的现实主义文学到不了的疆域。这是它的价值。当然我不否认也出现过反映现实的经典作品，比如乔治·威尔斯的《时间机器》，乔治·奥威尔的《1984》，但真正科幻世界的主流经典都不是批判现实的状态，都是把人的思想、人的想象的触角提升到现实之外的辰星之间。

我的大部分作品都离现实很近，我不是要把科幻小说作为批判现实的工具，《三体》也好，《球状闪电》也好，我是把现实作为想象起飞的平台。中国科幻和外国科幻的区别是叙事差异。为什么外国科幻小说中国读者不适应，它不是一步步走到未来，而是抓起头发一下子扔到未来。这种方式，中国读者极不适应，就适应从现实出发走到未来。我所做的，如果我的想象力是一只风筝，现实就是线，得有线牵着让风筝飞上天，这样容易把读者带入你想象的世界。把科幻作为批判现实的工具，是狭窄化、工具化的做法。

读书报：科幻与幻想有什么区别？你认为中国科幻小说在世界上处于什么位置？

刘慈欣：从常识来说，科幻是依据科学原理展开想象，幻想是天马行空的想象。2012 年雨果奖的华裔作家刘宇昆，他的获奖作品没有一点科学的内容，但是读起来很感人。奇幻文学，特别西方的奇幻文学，有严格的设定，可能不科学，但在作品中是自洽的。我的总体观念是，对于奇幻也好，科幻也好，作者应该坚守自己的理念，提倡多元化生态，只要写得好，有深刻的思想，有好的内核，我们就应该以宽容的姿态接纳它。

世界科幻的中心在美国。我是合格的科幻迷，我对世界科幻有确切的了解，在这种了解的基础上我知道自己几斤几两。我没有雄心壮志，中国本身有很大的读者群，潜在的读者群更大，我能够在这里取得成功，就已经成功了。从目前我自己的能力来看，主要为中国读者写作，当然现在出现好的苗头，美国本土华裔作家在崛起，以后中国的科幻小说在世界立足不是不可能。中国的科幻小说更需要得到世界的认可。

读书报：写了这么多，你觉得科幻的魅力在哪儿？

刘慈欣：有一个群体叫科幻迷，没有文学迷。这种迷是怎么产生的，肯定有很多因素。科幻文学除了传统之美外，还融入了科学理性的美感，讲究简洁、次序、理性。

读书报：你平时的写作时间怎么安排？如何从白天繁忙的工作中切换到想象的世界？

刘慈欣：我是先把细节想好才动笔写。也许三个月就写完了，但可能想了三年。为什么？就是大块时间很少。我的状况是这样，把整个东西想出来再写。这样写的好处是结构严谨，开头一句话后面有呼应，缺点是不够灵动，整部长篇都在脑子里，写出来就象打印出来。我基本是节假日和平时的晚上写作。业余作者写长篇，是一件很艰难的事情，很累。最近我发现不能熬夜了，这对我来说等于创作生命的终结，像得了绝症一样恐惧。

（原载 11 月 29 日《中华读书报》　舒晋瑜采访）

B.12
附录一　2012 年中国文坛大事记

白 烨　朱小兰 整理

1 月

史铁生文学创作研讨会在京召开　1 月 4 日，在史铁生诞辰 61 周年纪念日之际，文学界的部分专家学者和史铁生的亲朋好友等百余人齐聚北京中国现代文学馆，参加由中国作协主办的史铁生文学创作研讨会，以这种朴素而安静的方式与已离开我们一周年的史铁生的灵魂对话，进行文学和精神的交流，共同缅怀这位当代杰出作家。中国作协党组成员、书记处书记李敬泽主持研讨会，中国作协主席铁凝，中国残联主席张海迪，中国作协副主席高洪波，中国作协创研部胡平，中宣部文艺局梁鸿鹰等出席研讨会。

《中国现代文学研究丛刊》2011 年度优秀论文揭晓　1 月 11 日，《中国现代文学研究丛刊》2011 年度优秀论文评选结果揭晓，王德威的《国家不幸书家幸——台静农的书法与文学》、张丽华的《无声的口语——从〈古诗今译〉透视周作人的白话文理想》、魏建的《〈沫若诗词选〉与郭沫若后期诗歌文献》等 7 篇论文获得评审专家的肯定，荣获此奖项。

鲁院青年作家英语培训班在京结业　1 月 12 日，鲁迅文学院青年作家英语培训班结业典礼在京举行。来自全国各地的 36 名学员圆满完成了为期 3 个半月的学习并顺利结业。培训班以“加强听说训练，培养交往能力”为教学目标，将“全球化思考、本土化实践”的宗旨贯穿始终，实行分班教学管理，采取多种教学方式。培训班共计开展了300课时的课堂教学，涵盖外教口语、视听说、新概念、中高级写作、文学翻译等多门课程，结业考试以分科目测验与现场答辩相结合的方式，并特别安排了两次较大规模的“实战演习”，让学员独立完成2小时以上的持续性英语对话。培训班还安排了以“重温历史，感触现实，丰富知识，开拓眼界”为主题的海南社会实践活动。

中国作协迎春联谊会在京举行 1月13日下午，中国作家协会在北京人民大会堂宴会厅举行迎春联谊会。首都文学界德高望重的老作家，中国作协的老领导、离退休老同志、中青年作家，在京的中国作协主席团成员、书记处书记、全国委员会委员，中国作协各单位各部门负责人以及文学界、新闻界人士等千余人欢聚一堂，共同庆贺过去一年我国文学事业取得的成就，喜迎龙年的新春佳节。中国作协主席铁凝在联谊会上致辞。中国作协党组书记、副主席李冰主持联谊会，他代表中国作协向到会的领导、作家和嘉宾表示热烈欢迎，向全国广大作家和文学工作者致以新春的问候。

民族文学杂志社与中央党校新疆班座谈 1月18日，民族文学杂志社与中央党校第59期新疆地厅班、第60期新疆县处班举行了座谈会。会上，来自新疆维吾尔自治区、新疆军区、新疆生产建设兵团的维吾尔、哈萨克、柯尔克孜、汉等民族的20多位领导干部高度评价《民族文学》杂志以及创办《民族文学》维文版的意义，认为《民族文学》维文版为促进新疆地区各民族团结和长治久安发挥了积极作用，要扩大这个文化阵地的作用，让它走进社区、走进基层连队和广大农村，还要走向国外。大家期待《民族文学》进一步发挥国家级刊物的引领作用，多组织文学活动，让基层作者有交流学习的机会。哈萨克族学员对中国作协正在筹办《民族文学》哈萨克文版倍感兴奋，纷纷表示要全力支持和配合。

首届全国报告文学理论奖颁奖　1 月 20 日，中国报告文学学会龙年新年联欢会在京举行，该学会的“首届全国报告文学理论奖”同时颁发。“首届全国报告文学理论奖”是对新时期 30 多年报告文学理论研究成果的一次总结。评委会从 2010 年开始，对 30 年间的报告文学理论成果进行了较为全面的观照，评定出 20 部（篇）入围篇目。评委会经过审阅研读，评出朱子南的《中国报告文学史》、李炳银的《中国报告文学的凝思》、丁晓原的《文化生态视镜中的中国报告文学》、王晖的《时代文体和文体时代》为获奖作品。此外，还评出 4 部作品为优秀奖。

中央军委下发《关于大力发展先进军事文化的意见》　新华社北京 1 月 28 日电：经胡锦涛主席批准，中央军委日前下发《关于大力发展先进军事文化的意见》。《意见》深刻阐述贯彻党的十七届六中全会精神、大力发展先进军事文化的重大意义，深入分析新的形势任务对军事文化建设提出的新要求，明确提出发展先进军事文化的指导思想和目标要求，对发展先进军事文化的主要任务作出全面部署，是新形势下加强军事文化建设的重要指导性文件。

2 月

“甘肃小说八骏”再次洗牌　2 月 1 日，中国作家协会、甘肃省委宣传部等联合在京召开“甘肃文学论坛小说八骏研讨会”，叶舟、弋舟、王新军、马步升、严英秀、李学辉、雪漠和向春等 8 位作家，以“甘肃小说八骏”的新阵容首次在京集体亮相。这也是继 2005 年、2008 年之后，“甘肃小说八骏”的又一次洗牌。

首届全国教师文学表彰奖揭晓 2月9日，首届全国教师文学表彰奖在北京揭晓，分别评选出了“十佳教师作家”及10部获奖专著。本届评选活动由中国当代文学研究会校园文学委员会、中国教育学会中学语文教学专业委员会联袂主办。为了倡导、鼓励教师文学创作，繁荣校园文化，展现当今教师的文采、情采与风采，推举富有文学魅力的素质教育新型教师，把教师文学作品推向社会，特举办“教师文学表彰奖”。为了树立富有文学魅力的教师形象，激励、倡导教师文学创作，提高教师文学素养和文化品位，本届评选活动特设立了“教师作家特别荣誉奖”“终身成就奖”。

农民工诗人杨成军将出诗集 今年元旦播出的首期中国达人秀节目中，来自吉林省德惠市的农民工杨成军登台朗诵了两首送给工友和妻子的诗，“知心工友三两个，灯光暗淡围着坐。拼凑几块木板床，一瓶散白轮着喝”。这种风格朴实的诗歌不但感动了千万电视观众，也使他成为达人秀舞台上以“诗歌”形式晋级的第一人。2月5日，作家出版社与农民工诗人杨成军签订作品出版合同，将把杨成军农民工题材的作品结集出版。对于将要出版的诗集，他说这是之前做梦都不敢想的事：“我创作诗歌就是想把农民工的现实生活和内心世界表现出来。”

中国作协举办第二批作家“结对交友”见面会 2月16日，中国作协在京举办第二批作家“结对交友”见面会，传统作家与网络作家一对一地结成了15个“对子”。中国作协党组书记、副主席李冰主持见面会并讲话。作家、评论家代表李洱、宁肯、邵燕君，网络作家代表梁七少（梁业龙）、夜梦寒（陈辉）、翔尘（李翔）等分别在会上发言。结对作家之间还进行了现场互动交流。

邓拓百年诞辰纪念座谈会在京举行 2月28日，由中国作家协会主办的邓拓百年诞辰纪念座谈会在中国现代文学馆隆重举行。

邓拓同志是当代杰出的新闻工作者，著名的历史学家、书法家、杂文家和诗人。他在抗日战争中从事党的新闻工作，同时又是一位成长于烽烟战火中的行吟诗人。自抗战前的学生时代始，他一生留下了近五百首诗词，用诗词的艺术形式，记录下了革命事业曲折发展的轨迹和各时期人民的情感历程。他的散文作品表现出对革命者高尚情怀的礼赞，对革命前途的一腔激情。他散文创作的丰收期是在20 世纪 50 年代后期到 60 年代初期，代表作是《燕山夜话》和《三家村札记》。作为邓拓诞辰百年纪念活动的一部分，“邓拓百年诞辰纪念展”同时在中国现代文学馆揭幕。

3 月

鲁迅文学院第十七届中青年作家高级研讨班举行开学典礼　3 月 1 日，鲁迅文学院第十七届中青年作家高级研讨班开学典礼在京举行。中国作协主席铁凝，中国作协党组书记、副主席李冰，中国作协党组副书记、书记处书记、鲁迅文学院院长张健，中国作协副主席、书记处书记廖奔、何建明，中国作协党组成员、书记处书记陈崎嵘、白庚胜、李敬泽出席开学典礼。51 名来自全国各地的新学员相会在鲁迅文学院，将开始他们为期 4 个月的学习生活。

《中国文艺工作者职业道德公约》公布　3 月 2 日人民网报道：中国文联于今日向社会正式发布“文艺界核心价值观”和《中国文艺工作者职业道德公约》。文艺界核心价值观是广大文艺工作者的共同价值追求，内容是“爱国、为民、崇德、尚艺”。爱国，是文艺工作者的精神气节。为民，是文艺工作者的价值取向。崇德，是文艺工作者的基本操守。尚艺，是文艺工作者的职业追求。《中国文艺工作者职业道德公约》是广大文艺工作者践行文艺界核心价值观的行为规范，主要内容是“坚持爱国为民、弘扬先进文化、追求德艺双馨、倡导宽容和谐、模范遵纪守法”。

科幻小说30年首登《人民文学》 3月，2012年第3期《人民文学》以特选形式刊发了科幻作家刘慈欣的四篇科幻小说。这也是时隔30年，主流文学界再次把目光对准科幻作家。在《人民文学》卷首语中，编者称，发表刘慈欣的作品并非心血来潮，早在30多年前，《人民文学》已经发表过《珊瑚岛上的死光》，并因此开启了新时期文学中的科幻潮流。这次在杂志中，一共刊登了4篇刘慈欣短篇小说，皆为旧作，《微纪元》《诗云》《梦之海》和《赡养上帝》。

《中国百位文化名人传记》丛书工程创作会在京举行 3月18日，中国作家协会正式实施《中国百位文化名人传记》丛书工程，为百余位杰出文化名人立传。经多方征求意见，目前已制定了包括130位中国文化名人的参考名单。据丛书组委会介绍，目前该丛书第一批入选作家已初步确定，包括王蒙、何建明、王充闾、张炜、韩静霆、徐刚、雷抒雁、韩作荣、陈世旭、张建伟、黄传会、王宏甲、董保存、邢军纪、贾宏图、蒋巍、郑彦英、李鸣生、王家达、马瑞芳、李春雷、郭雪波、曾凡华、李健、马娜等40余位作家。作家们亦已初步选定了拟创作的传主对象。按照组委会的设想，该丛书今后将推出适合各阅读群体选购收藏的不同版本。

文学界瞩目基层作家崛起 “他们有两把锄头，一把在土地上耕耘，一把在稿纸上耕耘。他们不仅生产物质的食粮，还生产精神的食粮。”3月23日，在中国现代文学馆举行的基层作家作品研讨会上，中国作协党组书记、副主席李冰这样形容基层作家。基层作家的崛起引起了文学界的强烈关注。研讨会上，湖北农民作家周春兰、吉林打工诗人杨成军、北京顺义农民作家许福元等讲述了在基层开展文学创作的甘苦；何西来、孟繁华、陆建德、雷抒雁、杜芳伦、黄传会等作家、评论家深度研讨基层作家创作发展现状，湖北省委宣传部副部长陈连生、宁夏文联副主席哈若蕙介绍了扶持基层作家创作的体会。

朱寨先生追思会在京举行　3 月 23 日，由中国当代文学研究会和中国社会科学院文学研究所联合主办的朱寨先生追思会，在文学所会议厅举行。与会者有首都文学界知名人士、文学所新老研究人员代表、朱寨先生生前友好及亲属，共 70 余人。与会者满怀深情回忆朱寨先生不平凡的一生，盛赞朱寨先生一身正气、光明磊落的高风亮节和崇高品德，以及他在当代文学研究领域取得的丰硕成果与杰出奉献。

第五届《中国作家》鄂尔多斯文学奖颁奖　第五届（2011 年度）《中国作家》鄂尔多斯文学奖颁奖典礼 3 月 26 日在鄂尔多斯举行。高洪波宣读了评委会对长篇小说《裸地》、散文《父亲的天山，母亲的伊犁》、长篇报告文学《戴脚镣的舞者——丹东看守所的故事》等 11 部获奖作品的评语。在 25 日举行的“中国作家杂志社与鄂尔多斯市人民政府文化座谈会”上，当地作家与获奖作家进行了广泛的文学交流，对《中国作家》鄂尔多斯文学奖提出了更高的期望。作家们对鄂尔多斯市委市政府支持文学和文化建设的各项举措表示赞赏，并提出了良好的建议。

《小说选刊》（2011）年度大奖颁奖　3 月 26 日，第三届“茅台杯”《小说选刊》年度大奖暨“茅台国营 60 周年”征文颁奖仪式在京举行。获得第三届“茅台杯”《小说选刊》年度大奖的，有陈继明的《北京和尚》、徐虹的《逃亡者》、余一鸣的《入流》3 部中篇小说，铁凝的《飞行酿酒师》、邵丽的《挂职笔记》、晓航的《碎窗》3 部短篇小说，“90 后”女孩海潮凭《伙夫玛曲》获得新人奖。此外，为庆祝茅台国营60周年，茅台酒集团公司联合人民文学杂志社、小说选刊杂志社共同举办了“光辉岁月忆茅台——茅台国营60周年”征文活动，并从3200多篇来稿中评出小说故事类和散文类获奖作品各16篇。张颢和卡雅获得征文一等奖。

“娇子·未来大家top20”在京颁奖 由人民文学杂志社和盛大文学主办的“娇子·未来大家top20”评选活动于3月31日在北京中国现代文学馆举行颁奖典礼。冯唐、张悦然、笛安、乔叶、鲁敏、盛可以、魏微、葛亮、朱文颖、李浩、王十月、唐家三少、蔡骏、颜歌、计文君、滕肖澜、吕魁、路内、阿乙和张楚等青年作家位列其中，阿乙同时被评为年度青年作家，杨庆祥被评为年度青年批评家。《人民文学》还将推出“娇子·未来大家”专号，将20位作家的作品呈现给读者。

4月

第三届（2011）在场主义散文奖揭晓 4月8日，第三届（2011）在场主义散文奖在评出初步结果后，经过一周公示，组委会和评委会未接到投诉，评审结果于4月8日正式确认生效，并对外公布。本届大奖——在场主义散文奖空缺；作家夏榆的《黑暗的声音》、冯秋子的《朝向流水》、资中筠的《不尽之思》3部散文专著获本届在场主义散文奖提名奖；史岚、野夫、艾云、王必昆、胡冬林、摩罗、苍耳、嘎玛丹增、南子、柴静10名作家的单篇散文，获本届在场主义散文奖新锐奖。

中国作协八届二次主席团会议在京召开 4月9日，中国作家协会第八届主席团第二次会议在北京召开。会议深入学习贯彻党的十七届六中全会精神和胡锦涛总书记在八次作代会上的重要讲话精神，传达贯彻全国宣传部长会议精神，回顾总结了中国作协 2011 年工作，审议了《中国作家协会 2012 年工作要点》。大家结合当前文学工作形势和文学状况，围绕加强对文学创作的引导、大力实施精品战略、组织作家深入生活、推动少数民族文学创作繁荣发展、提高文学作品稿酬等议题展开了讨论，发表了意见和建议。会议审议了中国作家协会会徽方案和改变中国作家协会英文译名事宜，同意将上述事项提交中国作协八届二次全委会审议。

《民族文学》少数民族文字版审读座谈会在京召开　4 月 12 日，由民族文学杂志社和中国民族语文翻译局联袂主办的《民族文学》少数民族文字版审读座谈会在京召开。中国作协党组成员、副主席、书记处书记、中国作家出版集团党委书记、管委会主任何建明，中国作协党组成员、书记处书记白庚胜，《民族文学》主编叶梅，中国民族语文翻译局党委书记、局长李建辉，以及来自翻译局、出版社、报刊社、高校研究机构等单位的作家、翻译家、专家、学者、编辑、记者等 80 多人出席会议。

《中国少数民族文学 2011 年度选》首发式在京举行　4 月 12 日，中国少数民族作家学会编辑、作家出版社出版的《中国少数民族文学 2011 年度选》正式在京首发。该套书的作品从全国近百种文学报刊中几经遴选而出，分为中短篇小说（上下卷）、散文、诗歌、评论 5 卷，共编选了 38 个民族、238 位作者（含译者）的作品，是 2011 年度中国少数民族作家创作并公开发表的精品力作的权威展示，填补了少数民族文学年度选本的空白。

中国作家亮相伦敦书展　2012 年伦敦书展在伦敦时间 4 月 16 日早上 9 点正式开展，中国作家陆续亮相。作为今年的主宾国，中国展区是外国展区中面积最大的区域。中国为本届书展“主宾国”，此次伦敦书展对中国作家的关注十分全面，除了铁凝、莫言、刘震云、刘醒龙、阿来、李洱、严歌苓、西川等老牌作家，还有冯唐、阿乙、盛可以、徐则臣这样的年轻作家。藏族作家次仁罗布、科幻作家刘慈欣，畅销作家安妮宝贝，儿童文学作家杨红樱、郑渊洁，类型文学作家江南，文学评论家白烨、李敬泽等，也获邀参加对话与座谈。

中英双语版《中国文学》创刊出版新闻发布会在京举行 4月23日，中国作家出版集团举行中英文双语版《中国文学》创刊出版新闻发布会。中英双语版《中国文学》，是中国作家出版集团和国家外文局的合作项目，由作家出版社和新世界出版社联合出版，面向世界的中文和英文的文学爱好者，由何建明担任编委会主任。中英文双语版《中国文学》以发表中短篇文学作品为主，第一辑《中国文学》包括的作家作品有：铁凝《逃跑》、韩少功《第四十三页》、范小青《我们都在服务区》、潘向黎《白水青菜》、张翎《空巢》。

中国诗歌学会换届 4月25日，中国诗歌学会第三次全国会员代表大会今天在北京举行。大会选举产生了中国诗歌学会第三次理事会和常务理事会，选出了以雷抒雁为会长，高洪波、韩作荣、叶延滨、杨牧、李小雨（女）、李松涛、吴思敬、阿尔泰（蒙古族）、程步涛、骆英、曾凡华、傅天琳（女）为副会长，李小雨兼秘书长的新一届学会领导班子。

鲁迅文学院第五期网络文学作家培训班结业 4月27日，鲁迅文学院第五期网络文学作家培训班结业仪式在京举行。鲁迅文学院常务副院长白描在作培训班总结时说，本期网络文学作家培训班取得了令人满意的收获，学员们收获了知识，增长了学识，开拓了视野，提升了创作水平。随着网络的普及，经过十多年的磨砺，网络文学虽然正在迎接一个全新时期的到来，但还需要不断吸收营养，充实、丰富、提升自己，在文学的道路上戒骄戒躁，勤奋创作，更好地把握时代潮流和时代精神，创作出更能体现时代特点和创新精神的作品，为社会主义文学大发展大繁荣作出新的努力。

5 月

北京作协召开青年作家座谈会　5 月 3～4 日，由北京市文联、北京市作协组织召开的“文学繁荣和文化发展中的我们——北京青年作家座谈会”在京召开。关心青年作家，为青年作家的创作创造条件一直是北京市作协工作的一个重点，在北京市作协会员中，以“80 后”为主体的青年作家会员有 30 多人。白烨、陈福民、王干、邱华栋、兴安、顾建平、王德领、徐则臣等评论家、作家，张悦然、笛安、春树、马小淘、鲍尔金娜、霍艳、郑小驴、彭扬、祁又一、沈钰等“80 后”作家会员参加了座谈。座谈会由北京市作协秘书长王升山主持。

《文艺报》举办纪念《在延安文艺座谈会上的讲话》发表 70 周年座谈会　5 月 9 日，文艺报社在京举办“切实增强文艺批评的有效性——纪念毛泽东同志《在延安文艺座谈会上的讲话》发表 70 周年座谈会”。中国作协党组成员、副主席、书记处书记廖奔，以及 20 多名专家学者出席会议。会议由《文艺报》总编辑阎晶明主持。与会者在重温《讲话》精神，探讨努力增强文艺批评的有效性的可能与路径的同时，还就《讲话》中的文艺与生活、普及与提高、歌颂与暴露等问题进行了深入的研讨。

2011 年中国散文排行榜揭晓　5 月 9 日，由中国散文学会、百花洲文艺出版社、江西省文学创作研究会联合举办的 2011 年中国散文排行榜评选结果正式发布。此次评奖严格秉持艺术性、专业性、公正性的评选原则，历经数月细致公正的斟酌，从 2011 年全国公开发表的散文作品中筛选出部分精品力作，并最终评选出上榜作品 10 篇，余秋雨《断裂的爱》、刘上洋《江西老表》等作品榜上有名。

首届“周庄杯”全国儿童文学短篇小说大赛颁奖 5 月 13 日，首届“周庄杯”全国儿童文学短篇小说大赛颁奖典礼暨《一条杠也是杠》获奖作品集的首发活动，在江南古镇周庄举行。首届“周庄杯”全国儿童文学短篇小说大赛，引起了全国儿童文学作家和作者的热烈响应，大赛组委会共收到参赛稿 2000 余篇，其中 200 篇佳作入围大赛复评和终评。通过投票方式，最终 25 篇佳作脱颖而出。冯与蓝的《一条杠也是杠》以富有时代特色、生活气息浓厚、语言生动活泼摘得大赛特等奖桂冠。此外，李秋沅的《惟有时光》和常新港的《迷途的故事》获一等奖，另有 22 篇作品分获二等奖、三等奖和优秀奖。

《忆·读汪曾祺》在京研讨纪念汪曾祺逝世 15 周年 5 月 14 日，在汪曾祺先生逝世 15 周年，由安徽文艺出版社和中国现代文学馆共同主办的“纪念汪曾祺先生逝世十五周年座谈会暨苏北新著《忆·读汪曾祺》研讨会”在京举行。作为汪曾祺的“超级粉丝”，《忆·读汪曾祺》一书的作者苏北坦承他对于汪曾祺有近乎痴迷的热爱。在与会者看来，苏北对于汪曾祺的崇敬与喜爱，已经渗透到他的写作中，极大地影响了他的文字与文风。而汪曾祺在苏北的书里所体现出来的辐射力，更证明了其经久不衰的价值与魅力。

中国文联举办纪念《讲话》发表七十周年座谈会 5 月 17 日，中国文联在京举办纪念毛泽东同志《在延安文艺座谈会上的讲话》发表 70 周年座谈会。全国政协副主席、中国文联主席孙家正主持座谈会并发表讲话。中宣部副部长翟卫华，中国文联党组书记、副主席赵实出席座谈会。尚长荣、王晓棠、侯一民、李准、姜昆、冯双白、赵长青、宋祖英、王一川等 9 位艺术家、评论家从不同的角度和侧面，结合自己的艺术实践，畅谈了对《讲话》的时代背景、基本精神、思想内涵和指导意义的学习体会，进一步学习领会了党中央三代领导核心和胡锦涛总书记关于党的文艺工作的重要论述，表达了把握历史机遇，牢记历史使命和社会责任，深入践行“爱国、为民、崇德、尚艺”的文艺界核心价值观，努力成为德艺双馨文艺家的理想和追求。

中国作协召开坚持以人民为中心的创作导向座谈会 5月20日，中国作家协会在北京人民大会堂召开“坚持以人民为中心的创作导向座谈会”，纪念毛泽东同志《在延安文艺座谈会上的讲话》发表70周年。座谈会由中国作协党组书记、副主席李冰主持，中国作协主席铁凝讲话，中宣部副部长翟卫华等出席。著名作家、评论家张炯、白刃、李迪、雷达、杨红樱、朱向前、王树增、鲁若迪基、郑小琼等先后发言。中国作协党组书记处同志和各单位各部门负责同志、首都文学界代表、鲁迅文学院返校参加活动的第十二期少数民族作家高研班学员和正在学习的第十七期中青年作家高研班学员等约200人参加了座谈会。

中国社科院纪念《讲话》发表70周年 5月20日，中国社会科学院文学研究所和中国社会科学院中国特色社会主义理论体系研究中心在京举行了“继承传统、迎接挑战——纪念毛泽东《在延安文艺座谈会上的讲话》发表70周年学术研讨会”，总结《讲话》70年来指导我国文艺与文化建设的丰富实践与宝贵经验。与会学者围绕“《讲话》的历史意义及其与中国现当代文学的关系”“当前文艺所面临的问题与挑战”“《讲话》精神在当代文艺和文化生活的现实意义”等议题，展开了深入研讨。

百位文学艺术家手抄《讲话》珍藏纪念册出版 5月21日，在《在延安文艺座谈会上的讲话》发表70年之际，作家出版社隆重推出了《毛泽东同志〈在延安文艺座谈会上的讲话〉百位文学艺术家手抄珍藏纪念册》一书。全书由版本、首版、重录、手抄稿四部分组成。这一百位抄录者，有延安时期即参加革命、经历过学习和贯彻“讲话”精神的老同志周巍峙、郭汉城、白刃、贺敬之、于蓝、王昆等为代表，也有文坛、艺术界的名家陈忠实、铁凝、王蒙、贾平凹、莫言、冯骥才、田华、于洋、秦怡、王晓棠等。其中八九十岁的老一辈名家就有30余位。

文艺评论工作座谈会在京召开 为进一步加强和改进文艺评论工作，倡导文艺评论新风，中宣部文艺局、中国文联理论研究室、中国作协创作研究部5月21日在京召开了文艺评论工作座谈会。辽宁省委宣传部、《人民日报》《光明日报》《中国艺术报》、中国文联、中国作协相关同志先后在座谈会上作交流发言。与会者就文艺评论阵地意识、本体建设、生态环境、人才培养等问题展开研讨。与会者认为，开展积极健康的文艺评论，是文艺事业繁荣发展的内在需要，也是党领导文艺工作的重要方式。

6月

《诗刊》2011年度三大奖揭晓 6月2日，诗刊社“张浦杯”2011年度三项诗歌大奖颁奖典礼在江苏昆山张浦镇举行。张子选以组诗《藏地诗篇》、沈苇以组诗《柔巴依：告别旧年》、潘维以组诗《能不忆江南》荣膺《诗刊》年度诗歌奖，朵渔以组诗《我羞耻故我在》、江非以组诗《半神之心》、杨方以组诗《秋风近》获得诗歌中国·青年诗人奖，翟志国以《山溪》《访苗苗诗社》等6首诗词、赵京战以《军营短笛九首》分享了《诗刊》年度诗词奖。

“中国现当代文学展”向公众开放 在纪念毛泽东同志《在延

安文艺座谈会上的讲话》发表70周年之际，由中国现代文学馆精心制作的二期常设展览“中国现当代文学展”6月正式向公众开放。该展览是在中国现代文学馆一期展览的基础上，听取中国作协党组和各方面专家的意见，经过3年多的修改、调整、充实、提高而精心制作的。展览在时间跨度上自19世纪末一直延伸到21世纪，分为“20世纪文学革命的前奏”“五四文学革命”“左翼和进步文学的崛起”“战火洗礼中的文学”“社会主义新中国文学”“新时期文学的繁荣发展”“迈入21世纪的文学”七大主题展区，全面、生动、立体地展示了百年中国现当代文学波澜壮阔的发展历史。

《人民文学》2011年度中短篇小说奖揭晓　6月6日，在民族英雄袁崇焕的诞辰纪念日之际，第二届“石碣崇焕杯”《人民文学》中短篇小说奖（2011年度）颁奖典礼在袁崇焕的家乡——广东东莞市石碣镇举行。获得本届《人民文学》年度中短篇小说奖的作品及其作者具有较为广泛的代表性。其中青年作家计文君的《剔红》获得中篇小说金奖，旅美华裔作家哈金的《作曲家和他的鹦鹉》获得短篇小说金奖。蒋峰的《花园酒店》、余一鸣的《入流》、汪若菡的《那年夏天的吸血鬼》分获中篇小说年度奖，邓一光的《深圳在北纬22°27′～22°52′》、东君的《听洪素手弹琴》、邵丽的《挂职笔记》分获短篇小说年度奖。

上海文艺出版社喜迎60周年华诞　6月12日，上海文艺出版社为成立60周年举办纪念座谈会。中共中央政治局常委、全国人大常委会委员长吴邦国，中共中央政治局委员、上海市委书记俞正声，全国人大常委会副委员长陈至立分别发来贺词、贺信。上海市委常委、宣传部部长杨振武在12日举行的座谈会上讲话，充分肯定了上海文艺出版社60年来取得的成绩。他强调，要始终坚持正确的出版导向，以人民为中心开展出版工作，始终用社会主义核心价值体系引领出版工作，努力团结更多优秀作家学者，合力打造全国原创文学图书的出版高地。

《中国当代乡土小说大系》首发式暨乡土文学研讨会在京举行 6月12日，《中国当代乡土小说大系》首发式暨乡土文学研讨会在鲁迅文学院举行。《中国当代乡土小说大系》共三卷六册，420多万字。以时间为主轴，以作家作品为脉络。大体划分为1979～1989年、1990～1999年、2000～2009年三个阶段，荟萃了1979年以来中国乡土小说发展进程中重要作家的代表作品，多角度、多层次地反映了乡土小说三十多年来在不同时期的主要成果。全书选编120多位作家的小说作品150余篇（部），几乎囊括了新时期以来所有著名的乡土小说作家的经典之作。书后的“乡土作家谈创作”及“2000～2009年乡土文学评论篇目辑录”等附录对文学爱好者和研究者都极为实用。这是一套极具阅读鉴赏、研究收藏价值的当代乡土小说权威选本。

上海设立文艺评论专项基金 6月中旬，上海决定设立“文艺评论专项基金”，每年定期拨款用于加强和改进文艺评论。据悉，专项基金将配合和资助上海主要新闻媒体扩大文艺评论阵地，并大幅提高文艺评论稿酬，自今年7月起，相关媒体的评论稿酬标准每千字达到300～600元。同时，专项基金将设立年度文艺评论奖，以奖励和支持优秀的文艺评论。

第二届《人民文学》长篇小说双年奖揭晓 6月15日，第二届《人民文学》长篇小说双年奖在浙江慈溪揭晓，方方的《武昌城》、王刚的《关关雎鸠》、迟子建的《白雪乌鸦》、格非的《春尽江南》以及艾伟的《风和日丽》最终获奖。这5部作品是从两年来的近6000部长篇小说中脱颖而出的，它们以独特的文学品格赢得了读者和评委的青睐。

中国少数民族文学学会 2012 年年会暨学术研讨会在兰州召开　6 月 15～19 日，由中国少数民族文学学会、西北民族大学、甘肃民族师范学院、中国社会科学院民族文学研究所、《民族文学研究》编辑部主办的 2012 年中国少数民族文学学会年会暨学术研讨会在甘肃兰州召开，来自全国各地高校、科研机构的少数民族文学研究专家、学者 100 余人参加了会议。学术研讨分为民间文学与民俗学、民族文学理论与当代作家创作、少数民族作家文学与古代文学三个小组，与会者分别对少数民族文学研究中的若干专题展开讨论。

《中篇小说选刊》举行 2010～2011 年度“古井贡杯”全国优秀中篇小说颁奖　6 月 23～26 日，《中篇小说选刊》2010～2011 年度“古井贡杯”全国优秀中篇小说颁奖大会在安徽亳州隆重举行。本届共评出 6 部优秀中篇小说，它们是：《行走的年代》（蒋韵）、《北京和尚》（陈继明）、《玫瑰的岁月》（叶兆言）、《不二》（余一鸣）、《嫁入豪门》（范小青）、《黄鸡白酒》（迟子建）。这些作品思考生命本质与精神信仰，书写理想、人性与爱，洋溢着动人的现实情怀和时代特色，艺术地再现生活的真实，体现了可贵的文学品质。古井集团副总裁杨小凡在颁奖会上致辞祝贺。孟繁华代表本届评委发言，作家、评委毕飞宇宣读获奖作品颁奖词。江苏作家余一鸣、《上海文学》编辑崔欣分别代表获奖作家和获奖编辑发言。

网络文学作品研讨会在京举行　6 月 28 日，由中国作家协会主办的网络文学作品研讨会在京举行。这是中国作协成立 60 多年来首次对网络文学作品进行研讨，也可谓是一次网络文学的“京都论剑”。此次研讨会重点对各文学网站推荐的李晓敏的《遍地狼烟》、天下归元的《扶摇皇后》、酒徒的《隋乱》、阿越的《新宋》、杨蓥莹的《凝暮颜》等 5 部网络文学作品进行研讨。与传统的作品研讨会不同，此次研讨会的最大特点就是让专家学者与网络作家直接进行面对面的定向交流，每部作品都由两位专家进行点评，作者随后发表心得和感言。通过这种零距离的坦诚分享和探讨，与其说是令网络作家们受益匪浅，倒不如说是促进了双方的相互学习和共同提高。

中国报告文学学会第三届代表大会召开 6月30日，中国报告文学学会第三届代表大会在北京召开。中国作协名誉副主席、中国报告文学学会第二届会长张锲向大会致辞。中国报告文学学会第二届常务副会长周明向大会作学会工作报告。大会选举中国作协党组成员、副主席、书记处书记何建明为中国报告文学学会新一届会长，选举丁晓原、白描、杨晓升、杨黎光、李鸣生、李春雷、李炳银、张胜友、陈祖芬、赵瑜、袁厚春、黄传会为副会长（按姓氏笔画为序），同时产生第三届理事会。

7月

第三届汉语文学女评委大奖揭晓 月初，由芳草杂志社主办的第三届汉语文学女评委大奖各奖项尘埃落定，《铁凝评传》《我心彷徨——徐訏传》并列获大奖。《前面就是麦季》《放生羊》《绿松石》《末代紧皮手》《向阳湖》《遍地青菜》《作家手记：和王蒙先生“漫谈”（外九篇）》和《一壶乾坤》8篇作品分获特别奖、最佳叙事奖、最佳抒情奖和最佳审美奖。较前两届女评委大奖相比，今年首创了新的奖项——特别奖，获奖作品为刊发于《芳草》文学杂志的中篇小说《前面就是麦季》、短篇小说《放生羊》。

萧殷与中国新文学批评高级论坛在粤举办 7月9日，由中国新文学学会主办，中共河源市委宣传部和华南理工大学客家文化研究所承办的“萧殷与中国新文学批评高级论坛”，在广东河源举办。来自多所高校和研究机构的专家学者参加了本次会议，并从多层次、多角度对萧殷的生平、文学价值、其对新文学的贡献、对新文学工作者的培养以及其文艺批评的当下价值等做了全面的论述，并对在新时期如何传承萧殷的文学批评精神提出了一些见解。

藏族中青年作家作品研讨会在京举行　7月10日，中国作家协会主办的藏族中青年作家作品研讨会在京举行。中会上集中研讨了次仁罗布、尼玛潘多、白玛娜珍、江洋才让、达真、亮炯·朗萨、格绒追美、严英秀等8位藏族中青年作家作品。参加研讨的藏族作家对中国作协长期以来对藏族文学的关怀与支持表示衷心感谢，认为此次研讨会为大家提供了一次难得的交流学习机会，让他们得以更清晰地了解各自创作的优劣，了解藏族文学在整个中国当代文学发展中的重要地位，因此也深感责任与使命的重大。

第五届冰心散文奖评出　7月12日，由中国散文学会主办的第五届冰心散文奖（2010～2011年）在京揭晓。潘向黎的《茶可道》、倪萍的《姥姥语录》、董晓燕的《大海不告诉你》等30部作品获得散文集奖，洪烛的《黄河》、刘艾平的《父亲的老猎枪》、王然的《我的风信子》等30篇作品获得单篇作品奖，马力的《中国现代风景散文史》、高彩梅的《中国西部散文60年》等5部作品获得散文理论奖。另有30部（篇）作品获得优秀奖。

鲁迅文学院举办新疆中青年作家培训班　7月16日，鲁迅文学院新疆中青年作家培训班开班仪式在京举行。中国作协党组副书记、副主席、书记处书记、鲁迅文学院院长张健，中国作协副主席、书记处书记廖奔，中国作协党组成员、书记处书记白庚胜，新疆维吾尔自治区文联党组书记、副主席黄永军出席开班仪式。据悉，此次培训班为期20天，共有来自新疆各地多个民族的40位中青年作家参加培训。

“陆梅林学术思想研讨会”在京举行 7月19日，中国艺术研究院主办的“陆梅林学术思想研讨会”在京举行。贺敬之、郑伯农、赵铁信、刘润为、马蓥伯、王能宪、高叔眉、涂武生、庹祖海、白烨、陆贵山、周忠厚等有关方面的专家和学者50余人出席了研讨会。与会者深情回顾了陆梅林一生的主要业绩和突出贡献，怀念其作为一名坚定的马克思主义者在当代所凸显的学术人格魅力，怀念其对业界同仁、后辈学人的鼓励奖掖与温情扶助。在此基础上，与会者进一步探讨了在当下继承和发扬陆梅林等老一辈学者所开创的马克思主义文艺理论研究事业的方法、途径、作用和意义。

全国文学理论批评暨创研工作会议在北戴河召开 7月19～20日，由中国作家协会创研部主办的全国文学理论批评暨创研工作会在北戴河举行。与会代表围绕着如何评估当前文学理论批评面临的形势及发展态势、增强理论批评的有效性、建设性和公信力、发挥作家协会的协同作用、推动立足于文学现场的批评发展、加强培养理论批评队伍建设和人才培养、在新的传播条件下做好文学精品的推介工作等问题展开了深入而富有见地的探讨。

中国作家协会公告各专门委员会组成人员 7月20日，中国作家协会经书记处研究决定，正式公布了中国作协各专门委员会组成人员。陈忠实为小说委员会主任，雷抒雁为诗歌委员会主任，王巨才为散文委员会主任，张胜友为报告文学委员会主任，高洪波为儿童文学委员会主任，李存葆为军事文学委员会主任，陈建功为影视文学委员会主任，南帆为理论批评委员会主任，玛拉沁夫为少数民族文学委员会主任，张健为作家权益保障委员会主任。

中国作协权保办与作家维权联盟签订合作备忘录 7月29日，中国作家协会作家权益保障办公室与作家维权联盟在京签订合作备忘录。目前的大规模网络侵权行为主要涉及中国作协会员作家特别是一些知名作家。双方合作可以优势互补，借助中国作协的强大会员优势对大规模网络侵权行为形成震慑力。双方合作还可以将普法宣传提前预防与事后维权救济相结合，使调解与诉讼形成有效对接，切实解决作家的“维权难、诉讼难”问题。根据合作备忘录，双方将适时召开维权研讨会、开展维权普法宣传，就成功诉讼案例或其他网络维权热点问题进行讨论、宣传。另外，在作家有诉讼维权需求而作家维权联盟又有能力承接时，由中国作协权保办联系作家维权联盟进行委托代理诉讼。

8 月

中国小说学会换届　由中国小说学会主办、延边大学承办、延边作协协办的中国小说学会第四届全国代表大会暨第十一次年会，于8 月5 日在吉林省延吉市召开。此次中国小说学会经常务理事会投票选举，选举出新一任会长雷达，常务副会长赵利民，副会长李星、吴义勤、汪政、李国平、何向阳、阎晶明、施战军、卢翎，秘书长卢翎（兼），副秘书长林霆、江冰。常务理事会还推举前会长冯骥才为名誉会长，前副会长汤吉夫、夏康达为名誉副会长。会议期间，与会代表围绕着小说学会的今后发展以及“新世纪小说的创作、回顾、反思与展望”等主题进行了热烈的讨论。

中国作协成立作家书画院　8 月 8 日，中国作家协会在北京成立中国作家书画院，将汇集中国文坛上有翰墨之长、丹青之爱的当代部分专业、业余作家。陕西作家陈忠实、贾平凹、雷涛当选副院长。此次中国作协成立书画院旨在推动、研究当代作家的书画创作，活跃老一辈作家的文化生活，发现、培养当代青年作家的书画审美能力、创作能力，促进当代作家整体素质的提高。陕西省作协也将会于近期筹备陕西作家书画院的成立。

国际土著民族诗人帐篷圆桌会议在青海召开　8月11日，国际土著民族诗人帐篷圆桌会议在青海省海北藏族自治州召开。在以“回归的灵魂与远游的思想”为主题的论坛上，与会者就各民族诗人在当代世界语境下维护文化多样性的使命、各民族文化之于当今和未来人类生存的意义等话题展开了热烈探讨。会议期间，中外诗人还在青海湖畔参加了世界民族史诗青铜雕塑群的落成揭幕仪式及诗歌朗诵会。

第二次汉学家文学翻译国际研讨会召开　第二次汉学家文学翻译国际研讨会于8月20日在京开幕。来自韩国、日本、美国、荷兰等15个国家，近30位汉学家、翻译家和国际出版机构的代表出席该会议。不光如此，在会议现场还有莫言、刘震云、余华、笛安等国内作家的面孔。该会由中国作家协会主办，本届主题为“全球视角下的中国文学翻译”，与会嘉宾将就这一主题展开为期两天的深度讨论。

第八届全国回族作家笔会在昌吉举行　8月27日，第八届全国回族作家学者笔会在昌吉举行，来自全国的20多位知名作家、学者参加了这次盛会。在为期5天的笔会中，清华大学教授、作家格非，南京大学教授、评论家王彬彬，《小说月报》副主编刘书祺，《散文选刊》主编葛一敏等国内知名作家、学者将进行专题讲座，并通过专题讨论和采风等形式，开展多领域、高水平的交流和探讨，以此提高作家的创作水平。

中原作家群论坛在京举行　8月29日，作为第十九届北京图博会“中国作家馆”河南主宾省系列主题活动的重头戏之一，由中国作家协会和中共河南省委宣传部共同主办的“中原崛起——中原作家群论坛”在京举行。以齐整阵容参加此次系列主题活动的数十位河南籍作家与部分在京评论家共聚一堂，回顾总结中原作家群的创作成就和经验，分析交流河南作家作品的创作风格、文学特色与时代使命，共同展望中原文学的未来。

9 月

2012 年中国天津滨海新区国际作家写作营开营　9 月 3 日，2012 年（第二届）中国天津滨海新区国际作家写作营在津举行开营仪式。参加本届写作营的乔叶和欧根·乌里卡鲁作为中外作家代表进行了发言。在为期 5 天的写作营期间，作家们将围绕“经济发展中的生态环境和文化元素”这一主题开展圆桌交流，深入滨海新区的工业区、港口、博物馆等处参观采风，深入了解滨海新区的历史文化、发展规划、生态环保理念、市民生活、经济和高新技术发展等方面情况，感受改革开放对新区文化与生态发展的影响，并进行具有滨海新区元素的文学创作。

百余作家联名呼吁搜索引擎积极保护著作权人权益　9 月 5 日，国内最大的原创文学平台盛大文学旗下逾百名作者，5 日公开发表联合声明，呼吁多家搜索引擎（含 wap 等移动端）正视其社会责任、履行其法律义务、保护网络环境下著作权人的合法权益，并采取实际行动。签名参与反盗版声明的盛大文学原创网络文学作者共有 112 人。

鲁迅文学院第十八届中青年作家高级研讨班举行开学典礼　9 月 6 日，鲁迅文学院第十八届中青年作家高级研讨班开学典礼在京举行，50 名来自全国各地的新学员相会在鲁迅文学院，将开始为期四个月的学习生活。鲁迅文学院常务副院长白描主持开学典礼。李成恩、张祖文、周春生、冀海莲等学员代表在发言中表示，将珍惜此次难得的学习机会，力求通过 4 个月的“充电”和切磋，切实提高自身的文学水平和综合素养。

第20届曹禺戏剧文学奖揭晓 9月9日，由中国文联、中国剧协主办，湖北省文联、潜江市人民政府、剧本杂志社承办的第20届曹禺戏剧文学奖（第4届中国戏剧奖·曹禺剧本奖揭晓，并在湖北省潜江市举行颁奖活动。本届曹禺戏剧文学奖共收到全国各地报送的戏曲、话剧、儿童剧、歌剧、音乐剧、秧歌剧、歌舞剧剧本66部。经过评选，共有20部作品入围。最终，话剧《生命档案》（孟冰、王宏、肖力）、《红旗渠》（杨林）、《雾蒙山》（孙德民），秧歌剧《米脂婆姨绥德汉》（阿莹），豫剧《朱安女士》（陈涌泉），京剧《将军道》（吕育忠、罗周），闽剧《与妻书》（林瑞武），晋剧《大红灯笼》（贾璐）等8部剧作获得本届曹禺戏剧文学奖。

中国文联 中国作协发表声明 9月10日，中国文联、中国作协发表声明指出：日本政府不顾中方坚决反对，宣布“购买”钓鱼岛及其部分附属岛屿，实施所谓“国有化”，公然侵犯中国领土主权，严重伤害了中国人民感情，损害了两国关系。中国广大文学艺术工作者对日本政府“购买”钓鱼岛、侵犯我国领土主权的恶劣行径表示强烈愤慨，予以严厉谴责。

《民族文学》哈萨克文版、朝鲜文版正式创刊 9月中旬《民族文学》哈萨克文版、朝鲜文版正式创刊。《民族文学》哈萨克文版、朝鲜文版创刊号刊登了国务院总理温家宝的题词“办好民族文学，促进民族团结进步”，至此，《民族文学》拥有了汉文、蒙古文、藏文、维吾尔文、哈萨克文、朝鲜文6种文字的刊物。《民族文学》哈萨克文版、朝鲜文版创刊号还得到了中国民族语文翻译局、新疆作协、延边作协及哈萨克族和朝鲜族作家、翻译家的热情支持，社会各界的鼎力协助，保证了刊物及时顺利出版。

第五届全国少数民族文学创作会议在京开幕 9月18日，第五届全国少数民族文学创作会议在北京开幕。中国作协主席铁凝主持会议开幕式，中国作协党组书记、副主席李冰在会上发表讲话。来自全国各地的少数民族作家、诗人、评论家、翻译家和理论工作者，全国第十届少数民族文学创作“骏马奖”获奖作家、评委以及各省区市作协负责人约300人参加会议。这次会议为期3天，其间将举行全国第十届少数民族文学创作“骏马奖”颁奖典礼，并安排有专题讲座和分组讨论。为交流探讨各地繁荣发展少数民族文学的成就、经验和举措等。

全国第十届少数民族文学创作“骏马奖”颁奖典礼在京举行 9月19日，由中国作家协会、国家民族事务委员会联合主办的第十届全国少数民族文学创作“骏马奖”颁奖典礼在北京举行。本届“骏马奖”共有235部作品参评，最终25部作品（长篇小说、中短篇小说、散文、诗歌和报告文学获奖作品各5部）和4位翻译家获奖。

首届柔石小说奖颁奖 9月26日，在柔石诞生110周年之际，由人民文学杂志社与浙江宁海县人民政府联合主办的首届柔石小说奖在柔石故乡宁海举行了隆重的颁奖典礼。王蒙的《山中有历日》、刘慈欣的《赡养上帝》获首届柔石小说奖短篇小说金奖；须一瓜的《小学生黄博浩文档选》、蔡东的《往生》、陈问问的《爸爸糖》获首届柔石小说奖短篇小说奖；邓一光的《你可以让百合生长》、海飞的《捕风者》获首届柔石小说奖中篇小说金奖；蒋韵的《琉璃》、叶扬（独眼）的《通俗爱情》、畀愚的《暗夜》获首届柔石小说奖中篇小说奖。

“作家第一村两周年庆典暨第三届作家村文化论坛”在京召开 9月28日，“中国作家第一村”迎来两周年生日。东莞市文联牵头在北京举行了庆典暨第三届作家村文化论坛活动。两年来，“中国作家第一村”村民创作成果斐然。“村长”雷达带头创作不辍，发表多篇重量级文学评论文章并出版理论新著，王松、雪漠、陈启文、葛水平都相继推出新作，引起文坛广泛关注。当天的论坛上，与会专家、学者围绕着“中国作家第一村”这一新生事物，探讨其现实意义及未来走向，对“新的生活方式新的创作视野”之间的隐秘关系进行了阐释。

10 月

“中国科普作家协会优秀科普作品奖”揭晓 第二届“中国科普作家协会优秀科普作品奖”颁奖典礼10月10日在京举行。多部科普图书和科普影视动漫作品获奖。老多著、科学出版社出版的《贪玩的人类》，欧阳自远主编、贵州出版集团出版的《睁大眼睛看地球》，杨利伟著、解放军出版社出版的《天地九重》，袁清林主编、科学普及出版社出版的《奇妙的大自然丛书》等27种科普图书作品荣获优秀奖。同时，此次参评科普影视动漫类的作品272件，其中科普影视作品206件，科普动漫作品66件。北京科影音像出版社制作的《变暖的地球》，广东原创动力文化传播有限公司制作的《喜洋洋与灰太狼之给快乐加油》等12件（影视10件，动漫2件）作品荣获优秀奖。

中国作家莫言获得2012年诺贝尔文学奖 瑞典文学院于10月11日宣布，将2012年诺贝尔文学奖授予中国作家莫言。瑞典文学院常任秘书彼得·恩隆德当天中午在瑞典文学院会议厅先后用瑞典语和英语宣布了获奖者姓名。他说，中国作家莫言的“魔幻现实主义融合了民间故事、历史与当代社会”。瑞典文学院当天在一份新闻公报中说：“从历史和社会的视角，莫言用现实和梦幻的融合在作品中创造了一个令人联想的感观世界。”

“文化自觉与中国想象力”学术论坛在京举行 10月13、14

日，中国社会科学院文学研究所在京召开了以“文化自觉与中国想象力”为主题的学术论坛，论坛由文学所“中国文学现状与文化发展创新工程”举办，由首席研究员高建平、白烨共同主持，所长陆建德以及庹祖海、汪晖、孟繁华、贺绍俊、金元浦、王一川等来自文化部、全国各高校和研究机构的50余名专家学者，及文学所“创新工程”执行研究员等出席了会议。论坛分别就“文化自觉”与“中国想象力”进行了分组讨论，与会成员从自己的研究领域出发，从不同角度进行了阐发和评述。

王辛笛百年诞辰纪念座谈会在京召开　“九叶诗派”是20世纪40年代中国新诗的一座高峰，而王辛笛是其中的一个重要代表人物。10月16日，“王辛笛百年诞辰纪念座谈会暨创作生平展览”在中国现代文学馆举行。会议期间，“王辛笛创作生平展览”在中国现代文学馆同时举行。展览以丰富的图片、作家手稿、书信等珍贵的文物文献，翔实生动地展示了王辛笛的生平创作与文学交往。据悉，王辛笛去世后，他的子女遵照老人生前遗愿，把17000多件珍贵的文物文献无偿捐赠给了中国现代文学馆。在此次展览中，很多文物是第一次展出，较为全面地反映了王辛笛的创作实绩。

海外华文女作家协会双年会召开　10月23日，由湖北省作家协会、海外华文女作家协会、中国当代文学研究会女性文学委员会主办的海外华文女作家协会第十二届双年会在武汉召开。来自10多个国家和地区的100余名海外华文女作家及20余名专家学者参加会议。徐鲁、朱虹、张洪波、吴玲瑶、白舒荣、方向真、尤今、张翎、严歌苓等先后发表主题演讲，并就“自媒体时代的女性文学创作”及“换位思考——海外华文女作家和世界文学”等话题进行了分组讨论。在“跨文化背景与华文女性写作”论坛版块中陈美兰、严歌苓、乔以钢、张翎、何向阳、陈若曦、林丹娅、尤今、蔚蓝、施叔青等嘉宾发表了精彩的主题演讲，并与现场嘉宾及媒体记者进行了对话交流。

高晓声文学研究会成立　10 月 28 日，高晓声文学研究会在江苏省常州市成立。来自京、沪、宁等地的作家、学者，以及文化界人士近百人与会。高晓声文学研究会，是继汪曾祺、陆文夫之后，江苏省第三次为当代作家个人建立研究会。经过一年多的筹备，在各方关心和支持下，最终由常州工学院、江苏九洲投资集团发起成立。在研究会第一届第一次会员大会上，江苏省作家协会党组书记、主席范小青等 5 位同志被推举为名誉主席。

林斤澜短篇小说奖颁奖　10 月 29 日，由人民文学杂志社、温州市人民政府共同主办的首届“林斤澜短篇小说奖”颁奖典礼在温州举行。邓一光、刘庆邦获得“杰出作家奖”，张楚、阿乙、蒋一谈获得“优秀作家奖”。中国作协党组成员、书记处书记李敬泽，《人民文学》主编施战军，温州市市委副书记王昌荣，作家曹文轩、刘震云、麦家、刘醒龙等及林斤澜先生的亲属参加了颁奖典礼。活动期间还举行了以“短篇小说：必要与可能”为主题的论坛。

中国散文学会换届　10 月 29 日，中国散文学会第三次全国代表大会在京举行，来自全国各地的散文作家代表及有关人士百余人参加了会议。中国散文学会第二届理事会常务副会长周明就学会过去 10 年来的工作进行了回顾与总结。代表们审议并通过了《中国散文学会章程》，选举产生了中国散文学会新一届领导班子。王巨才当选为中国散文学会第三届理事会会长，马力、王彬、叶梅、红孩、刘兆林、李晓虹、陈奕纯、周振华、郑彦英、赵丽宏、姜琍敏、贾平凹、徐迅、韩小蕙当选为副会长，王彬兼任秘书长。同时，学会还聘任袁鹰、邓友梅、阎纲、从维熙等 15 人担任顾问，聘任林非、周明、石英、吴泰昌、王宗仁担任名誉会长。

11 月

《南方文坛》2012 年度优秀论文奖颁发　11 月 3 日，2012 年度《南方文坛》优秀论文奖颁奖会 11 月 3 日在广西桂林举行，邵燕君《网络时代："新文学"传统的断裂与"主流文学"的重建》、刘志荣《当代中国新科幻中的人文议题》、张莉《非虚构女性写作：一种新的女性叙事范式的生成》、郜元宝《鲁迅与当代中国的语言问题》、李仰智的《真实："花非花"——一个问题、两部小说、三点启发》及李美皆《由对待丁玲历史问题的态度看周扬晚年的性别观念局限》六篇论文获奖。颁奖之后，随即举行了第三届今日批评家论坛。本届论坛以"批评家的判断力和感受力"为主题，从批评家与文本的关系、批评家理论素养和感受力的关系、批评家的感受力与判断力的获得和培养等角度展开了热烈而率真的讨论。

学界研讨"白先勇的文学与文化实践"　11 月 9 ~ 10 日，由中国社科院文学研究所主办、台湾趋势教育基金会协办的"白先勇的文学与文化实践"暨"两岸艺文合作学术研讨会"在京召开。来自大陆、港台地区的近百名学者齐聚一堂，从文学写作、昆曲复兴与历史书写三方面探讨台湾知名作家白先勇的创作。研讨会上，与会学者分别就"白先勇与台湾文学六十年""白先勇文学及影视改编""青春版《牡丹亭》的美学及其影响""青春版《牡丹亭》的制作与昆曲复兴""《父亲与民国》与民国史的重建"、"白先勇文学中的历史重量"等问题展开研讨。

2012 年傅雷翻译出版奖出炉　11 月 18 日，2012 年傅雷翻译出版奖正式揭晓，由郑克鲁翻译、上海译文出版社出版的《第二性》（上下卷），郭宏安翻译、译林出版社出版的《加缪文集》，共同摘得2012年傅雷翻译出版奖。据悉，傅雷翻译出版奖颁奖典礼将于12月14日在京举行，有评委透露，届时会有法国重要作家到场。首届傅雷翻译出版奖颁奖时，勒克莱齐奥曾经到场。

第六届“老舍散文奖”评出并颁奖 11月15日，第六届“老舍散文奖”评出并在新浪微博举行网络颁奖典礼。阎纲《孤魂无主》、陈奕纯《月下狗声》、凸凹《山石殇》、马语《一言难尽陪读路》、王十月《父与子的战争》、耿立《谁的故乡不沉沦》、毕淑敏《马萨达永不再陷落》、凌仕江《西藏的石头》、韩小蕙《面对庐山》、雪小禅《风中的鸟巢》共10位作家的10篇作品获奖。毕淑敏通过微博发表了获奖感言。评委李敬泽、雷达、阎晶明、张颐武等专家学者参与微博点评。

第三届蒲松龄短篇小说奖在淄博颁奖 11月29日，由文艺报社、淄博市人民政府主办，淄博市委宣传部和淄川区人民政府承办的第三届（山川杯）蒲松龄短篇小说奖颁奖典礼在山东省淄博市淄川区举行。本届获奖的8部短篇小说分别是韩少功的《怒目金刚》、迟子建的《解冻》、毕飞宇的《一九七五年的春节》、艾玛的《浮生记》、李浩的《爷爷的“债务”》、阿乙的《杨村的一则咒语》、蒋一谈的《鲁迅的胡子》、付秀莹的《爱情到处流传》。活动期间还举行了短篇小说创作学术论坛，作家评论家们结合各自的创作和研究，从不同角度探讨短篇小说的独特魅力及其在当代的传承价值、发展走向等话题。

12月

第二届 全国校园文学研究高峰论坛暨成果展览会举行 12月1~2日，由中国当代文学研究会校园文学委员会、中国教育学会中学语文教学专业委员会、深圳读书月组委会办公室、深圳市教育局、深圳市文学艺术界联合会主办，深圳市中学生文联、深圳市红岭中学承办的第二届全国校园文学研究高峰论坛、第二届全国校园文学成果奖颁奖典礼在红岭中学隆重举行。论坛围绕文学教育和语文教学的话题，探寻文学教育、语文教学及文化强校的有效教学行为和策略，分别以“名家专场论坛”“校长专场论坛”“校园文学社团指导教师专场论坛”进行了研讨。在论坛期间举办了全国校园文学成果展览会暨校园文学成果奖颁奖典礼，北京师范大学附中、北京潞河中学、山东省实验中学等 100 多家校园文学社团获奖并参展。深圳校园文学成果展、红岭中学诺贝尔文学奖文学大观园、深圳少年作家区琳作品研讨会同时举行。

第十一届全国文学院院长联席会议举行　12 月 3 日至 5 日，由鲁迅文学院、广东省作协、中共梅州市委、梅州市人民政府主办的第十一届全国文学院院长联席会议在广东梅州举行。本届会议以“贯彻落实党的十八大精神，开创文学院工作新局面”为主题，进行了深入的学习讨论。与会代表结合各地文学院工作实际，共同探讨了文学创作的多样化、文学院管理功能的多元化、文学工作的成绩与经验等课题，并就如何跨地区合作、整合资源、优势互补、发挥协同效应开展优秀青年作家的培训等进行了交流。鲁迅文学院常务副院长、全国文学院院长联席会议秘书长白描回顾和总结了上届联席会议以来的工作，充分肯定了联席会议取得的成绩。会上还举行了中国客家文学院落户梅州授牌仪式。会议期间，与会者参观了中国客家博物馆、叶剑英纪念园、黄遵宪故居、古村落桥溪古韵等，许多作家被独特的客家文化吸引，表示将创作梅州题材的作品。

中国作家协会儿童文学委员会 2012 年年会在京举行　12 月 4 日，中国作协儿童文学委员会年会在京召开。本次年会是在完成新一轮新老委员交替后的首次年会，会议首先向刚刚卸任的老委员致敬，感谢他们多年来对儿委会工作的大力支持。总结全年工作、规划下一年度的工作计划是本次年会的主要议题。中国作家协会副主席、儿委会主任高洪波总结了近5年来儿委会的工作，与会者对当下儿童文学发展中的一些问题展开了讨论。年会结束后，中国作协儿童文学委员会随即以“关注青年作家，倡导阳光写作”为主旨，分别召开了青年儿童文学作家汤汤和张玉清的创作研讨会。对两位作家的创作特征、成绩等进行了研讨与评论。

第二届郁达夫小说奖颁发　12月7日，由《江南》杂志社、富阳市人民政府联合主办的第二届郁达夫小说奖颁奖典礼，在郁达夫故乡浙江富阳举行。山西作家蒋韵获得“中篇小说奖”，浙江青年作家东君获得“短篇小说奖”，以及其他获奖作家还有鲁敏、张翎、甫跃辉等。颁奖典礼之后，获奖作家和前来参加此次颁奖典礼的审读委、终评委、获奖作品编辑等数十人，一起参观了郁达夫中学，并在现场与郁中学子及当地文学爱好者展开文学对话会。

中国作家莫言在瑞典领取诺贝尔文学奖　12月10日，在瑞典首都斯德哥尔摩音乐厅举行的2012年年度诺贝尔奖颁奖仪式中，莫言身着黑色燕尾服缓缓走入，与其他领奖人逐一登台从瑞典国王手中领奖。莫言在晚宴中致了题为《讲故事的人》的答谢词。

“21世纪年度最佳外国小说（2012）·微山湖奖”颁奖典礼举行　12月12日，由人民文学出版社与中国外国文学学会举办的“21世纪年度最佳外国小说（2012）·微山湖奖”颁奖典礼在京举行。据悉，入选本年度“21世纪年度最佳外国小说”的作品包括：米夏埃尔·库普夫米勒（德）的《阳光下的日子》、弗拉基米尔·索罗金（俄）的《暴风雪》、哈维尔·莫罗（西班牙）的《帝国之王》、莉迪亚·米列特（美）的《鬼火》、格雷厄姆·斯威夫特（英）的《唯愿你在此》、谢什婷·埃克曼（瑞典）的《骗局的辉煌落幕》、安娜-杜芬妮·朱利安（法）的《沙滩上的小脚印》。其中，《阳光下的日子》和《暴风雪》两部作品以其独特的主题和表现手法，获得了本年度的“微山湖奖”。

2012 浙江类型文学创作高峰论坛在嘉兴举行　12 月 14 日，由浙江省作协小说创作委员会、类型文学创作委员会、嘉兴市作家协会主办的“类型文学创作高峰论坛”在浙江嘉兴举行，会议主要围绕浙江类型文学发展趋势及在全国的地位、纯文学作家与类型文学作家对话、类型文学产业化现象研究、浙江类型文学作家群研讨等话题展开，来自北京、上海以及浙江省的 50 多名评论家、网络作家和纯文学作家参加了此次论坛。

中国作协召开八届三次主席团会议　12 月 18 日，中国作家协会第八届主席团第三次会议在北京召开。会议认真学习领会党的十八大精神，对文学界深入学习贯彻党的十八大精神进行部署，作出《关于认真学习贯彻党的十八大精神的决议》。中国作协主席铁凝主持会议。中国作协党组书记李冰在会上讲话。会议还审议通过了部分团体委员变更事项。

《安魂》获评《当代》2012 年度最佳长篇小说　26 日，由人民文学出版社《当代》杂志举办的“当代·长篇小说年度论坛”在京举行。当天论坛现场，由与会作家、评论家、媒体和出版社代表等评选出的“长篇小说（2012）年度五佳”分别是刘震云的《我不是潘金莲》、周大新的《安魂》、格非的《隐身衣》、叶广芩的《状元媒》和马原的《牛鬼蛇神》。在最后的票选中，《安魂》险胜《我不是潘金莲》，当选“年度最佳”。

B.13

附录二　年度文学图书排行

一　2012年“开卷”小说类图书畅销排行

1. 小时代3.0刺金时代	郭敬明	长江文艺出版社有限公司
2. 百年孤独	(哥)马尔克斯著范晔译	南海出版公司
3. 那些年，我们一起追的女孩	九把刀	现代出版社
4. 高手过招：将为官艺术完美到底	黄晓阳	新世界出版社
5. 二号首长2：当官是一门技术活	黄晓阳	重庆出版社
6. 狼图腾	姜　戎	长江文艺出版社有限公司
7. 二号首长：当官是一门技术活	黄晓阳	重庆出版社
8. 阳谋高手	黄晓阳	光明日报出版社
9. 盗墓笔记（8）（下）	南派三叔	上海文化出版社
10. 南音（上）	笛　安	长江文艺出版社有限公司
11. 蛙	莫　言	上海文艺出版社
12. 遇见未知的自己：都市身心灵修行课	张德芬	华夏出版社
13. 盗墓笔记（8）（上）	南派三叔	上海文化出版社

14. 南音（下）	笛　安	长江文艺出版社有限公司
15. 围城	钱锺书	人民文学出版社
16. 丰乳肥臀	莫　言	上海文艺出版社
17. 藏海花	南派三叔	北京联合出版有限责任公司
18. 莫言文集－蛙	莫　言	作家出版社
19. 夏至未至（2010 修订版）	郭敬明	长江文艺出版社有限公司
20. 幻城	郭敬明	长江文艺出版社有限公司

二　2012 年“新浪·读书”小说类图书点击排行

1. 我的野蛮上司	西厢少年	大众出版社
2. 失宠王妃	满城烟火	江苏文艺出版社
3. 总裁的午夜新娘：走失在荒年的错爱	秦时明月	吉林文史出版社
4. 女副部长官场博弈：出牌①②③④⑤	亦　客	中国戏剧出版社
5. 当官是一门技术活：二号首长①②③	黄晓阳	重庆出版社
6. 交易①②③	亦　客	台海出版社
7. 新驻京办主任：对手	姜远方	中国戏剧出版社
8. 省委第一秘书：领导亲信	雨　阳	北京图书出版社
9. 没人比我更爱你：弄假成婚	晓　月	九州出版社
10. 靠近女领导：靠山	刘　明	中国戏剧出版社
11. 小人物沉浮权利场：底牌①②	亦　客	中国工人出版社
12. 中南海特卫传奇：一号保镖	冷海隐士	金城出版社
13. 抵押尊严的情人：最是缠绵无尽意	风宸雪	现代出版社
14. 永远有多远：婚久必昏	晓　月	湖南文艺出版社
15. 妾本惊华	西子情	江苏文艺出版社
16. 省委大院①②③	纳　川	作家出版社
17. 后宫甄嬛传	流潋紫	浙江文艺出版社
18. 中校的新娘	胡　狸	沈阳出版社
19. 殇璃	雪灵之	万卷出版社
20. 国色	汪宛夫	珠海出版社

盘点年度资讯　预测时代前程

社会科学文献出版社

2013年

皮书系列

权威·前沿·原创

社会科学文献出版社
SOCIAL SCIENCES ACADEMIC PRESS (CHINA)

社长致辞

我们是图书出版者，更是人文社会科学内容资源供应商；

我们背靠中国社会科学院，面向中国与世界人文社会科学界，坚持为人文社会科学的繁荣与发展服务；

我们精心打造权威信息资源整合平台，坚持为中国经济与社会的繁荣与发展提供决策咨询服务；

我们以读者定位自身，立志让爱书人读到好书，让求知者获得知识；

我们精心编辑、设计每一本好书以形成品牌张力，以优秀的品牌形象服务读者，开拓市场；

我们始终坚持“创社科经典，出传世文献”的经营理念，坚持“权威、前沿、原创”的产品特色；

我们“以人为本”，提倡阳光下创业，员工与企业共享发展之成果；

我们立足于现实，认真对待我们的优势、劣势，我们更着眼于未来，以不断的学习与创新适应不断变化的世界，以不断的努力提升自己的实力；

我们愿与社会各界友好合作，共享人文社会科学发展之成果，共同推动中国学术出版乃至内容产业的繁荣与发展。

社会科学文献出版社社长

中国社会学会秘书长

谢寿光

2013 年 1 月

"皮书"起源于十七、十八世纪的英国，主要指官方或社会组织正式发表的重要文件或报告，多以"白皮书"命名。在中国，"皮书"这一概念被社会广泛接受，并被成功运作、发展成为一种全新的出版形态，则源于中国社会科学院社会科学文献出版社。

皮书是对中国与世界发展状况和热点问题进行年度监测，以专家和学术的视角，针对某一领域或区域现状与发展态势展开分析和预测，具备权威性、前沿性、原创性、实证性、时效性等特点的连续性公开出版物，由一系列权威研究报告组成。皮书系列是社会科学文献出版社编辑出版的蓝皮书、绿皮书、黄皮书等的统称。

皮书系列的作者以中国社会科学院、著名高校、地方社会科学院的研究人员为主，多为国内一流研究机构的权威专家学者，他们的看法和观点代表了学界对中国与世界的现实和未来最高水平的解读与分析。

自 20 世纪 90 年代末推出以经济蓝皮书为开端的皮书系列以来，至今已出版皮书近 800 部，内容涵盖经济、社会、政法、文化传媒、行业、地方发展、国际形势等领域。皮书系列已成为社会科学文献出版社的著名图书品牌和中国社会科学院的知名学术品牌。

皮书系列在数字出版和国际出版方面成就斐然。皮书数据库被评为"2008~2009 年度数字出版知名品牌"；经济蓝皮书、社会蓝皮书等十几种皮书每年还由国外知名学术出版机构出版英文版、俄文版、韩文版和日文版，面向全球发行。

2011 年，皮书系列正式列入"十二五"国家重点出版规划项目，一年一度的皮书年会升格由中国社会科学院主办；2012 年，部分重点皮书列入中国社会科学院承担的国家哲学社会科学创新工程项目。

经 济 类

经济类皮书涵盖宏观经济、城市经济、大区域经济，
提供权威、前沿的分析与预测

经济蓝皮书

2013 年中国经济形势分析与预测（赠阅读卡）

陈佳贵　李　扬 / 主编　　2012 年 12 月出版　　估价 :59.00 元

◆　本书课题为“总理基金项目”，由著名经济学家陈佳贵、李扬领衔，联合数十家科研机构、国家部委和高等院校的专家共同撰写，其内容涉及宏观决策、财政金融、证券投资、工业调整、就业分配、对外贸易等一系列热点问题。本报告权威把脉中国经济 2012 年运行特征及 2013 年发展趋势。

世界经济黄皮书

2013 年世界经济形势分析与预测（赠阅读卡）

王洛林　张宇燕 / 主编　　2013 年 1 月出版　　估价 :59.00 元

◆　2012 年全球经济复苏步伐明显放缓，发达国家复苏动力不足，主权债务危机的升级以及长期的低利率也大大压缩了财政与货币政策调控的空间。本书围绕因此而来的国际金融市场震荡频发、国际贸易与投资增长乏力等经济问题对世界经济进行了分析展望。

国家竞争力蓝皮书

中国国家竞争力报告 No.2（赠阅读卡）

倪鹏飞 / 主编　　2013 年 4 月出版　　估价 :69.00 元

◆　本书运用有关竞争力的最新经济学理论，选取全球 100 个主要国家，在理论研究和计量分析的基础上，对全球国家竞争力进行了比较分析，并以这 100 个国家为参照系，指明了中国的位置和竞争环境，为研究中国的国家竞争力地位、制定全球竞争战略提供参考。

城市竞争力蓝皮书

中国城市竞争力报告 No.11（赠阅读卡）

倪鹏飞 / 主编　　2013 年 5 月出版　　估价 :69.00 元

◆　本书由中国社会科学院城市与竞争力中心主任倪鹏飞主持编写，汇集了众多研究城市经济问题的专家学者关于城市竞争力研究的最新成果。本报告构建了一套科学的城市竞争力评价指标体系，采用第一手数据材料，对国内重点城市年度竞争力格局变化进行客观分析和综合比较、排名，对研究城市经济及城市竞争力极具参考价值。

城市蓝皮书

中国城市发展报告 No.6（赠阅读卡）

潘家华　魏后凯 / 主编　　2013 年 8 月出版　　估价 :59.00 元

◆　本书由中国社会科学院城市发展与环境研究所主编，以聚焦新时期中国城市发展中的民生问题为主题，紧密联系现阶段中国城镇化发展的客观要求，回顾总结中国城镇化进程中城市民生改善的主要成效，并对城市发展中的各种民生问题进行全面剖析，在此基础上提出了民生优先的城市发展思路，以及改善城市民生的对策建议。

农村绿皮书

中国农村经济形势分析与预测 (2012~2013)（赠阅读卡）

中国社会科学院农村发展研究所　国家统计局农村社会经济调查司 / 著

2013 年 4 月出版　　估价 ：59.00 元

◆　本书对 2012 年中国农业和农村经济运行情况进行了系统的分析和评价，对 2013 年中国农业和农村经济发展趋势进行了预测，并提出相应的政策建议，专题部分将围绕某个重大的理论和现实问题进行多维、深入、细致的分析和探讨。

西部蓝皮书

中国西部经济发展报告 (2013)（赠阅读卡）

姚慧琴　徐璋勇 / 主编　　2013 年 7 月出版　　估价 :69.00 元

◆　本书由西北大学中国西部经济发展研究中心主编，汇集了源自西部本土以及国内研究西部问题的权威专家的第一手资料，对国家实施西部大开发战略进行年度动态跟踪，并对 2013 年西部经济、社会发展态势进行预测和展望。

宏观经济蓝皮书

中国经济增长报告(2012~2013)(赠阅读卡)

张　平　刘霞辉/主编　　2013年7月出版　　估价:69.00元

◆　本书由中国社会科学院经济研究所组织编写,独创了中国各省(区、市)发展前景评价体系,通过产出效率、经济结构、经济稳定、产出消耗、增长潜力等近60个指标对中国各省(区、市)发展前景进行客观评价,并就“十二五”时期中国经济面临的主要问题进行全面分析。

经济蓝皮书春季号

中国经济前景分析——2013年春季报告(赠阅读卡)

陈佳贵　李　扬/主编　　2013年5月出版　　估价:59.00元

◆　本书是经济蓝皮书的姊妹篇,是中国社会科学院“中国经济形势分析与预测”课题组推出的又一重磅作品,在模型模拟与实证分析的基础上,从我国面临的国内外环境入手,对2013年春季及全年经济全局及工业、农业、财政、金融、外贸、就业等热点问题进行多角度考察与研究,并提出政策建议,具有较强的实用性、科学性和前瞻性。

就业蓝皮书

2013年中国大学生就业报告(赠阅读卡)

麦可思研究院/主编　王伯庆/主审　2013年6月出版　估价:98.00元

◆　大学生就业是社会关注的热点和难点,本书是在麦可思研究院“中国2010届大学毕业生求职与工作能力调查”数据的基础上,由麦可思公司与西南财经大学共同完成的2013年度大学毕业生就业及重点产业人才分析报告。

国际城市蓝皮书

国际城市发展报告(2013)(赠阅读卡)

屠启宇/主编　　2013年1月出版　　估价:69.00元

◆　国际城市蓝皮书是由上海社会科学院城市与区域研究中心主办、世界经济研究所国际政治经济学研究室协办的关于国际城市发展动态的年度报告,力求为中国城市发展的决策者、操作者、研究者和关注者把握与借鉴国际城市发展动态、规律和实践,提供及时、全面、权威的解读。

社会政法类

社会政法类皮书聚焦社会发展领域的热点、难点问题，
提供权威、原创的资讯与视点

社会蓝皮书

2013 年中国社会形势分析与预测（赠阅读卡）

汝　信　陆学艺　李培林 / 主编　2012 年 12 月出版　估价：59.00 元

◆　本书为中国社会科学院核心学术品牌之一，荟萃中国社会科学院等众多学术单位的原创成果。本年度报告结合中共“十八大”会议精神，深入探讨中国迈向更加公平、公正的全面小康社会的路径。

法治蓝皮书

中国法治发展报告 No.11(2013)（赠阅读卡）

李　林 / 主编　　2013 年 3 月出版　　估价 :85.00 元

◆　本书是中国社会科学院法学研究所精心打造的年度报告。在多篇法治国情调研报告中，着力分析中国在立法、依法行政、预防与惩治腐败等方面的进展，并提出原创性箴言。

教育蓝皮书

中国教育发展报告 (2013)（赠阅读卡）

杨东平 / 主编　　2013 年 3 月出版　　估价：59.00 元

◆　本书由著名教育学家杨东平担任主编，直面当前教育改革中出现的教育公平、高校教育结构调整、义务教育均衡发展、学校布局调整与校车系统建设等热点、难点问题，提供极具价值的学者建言。

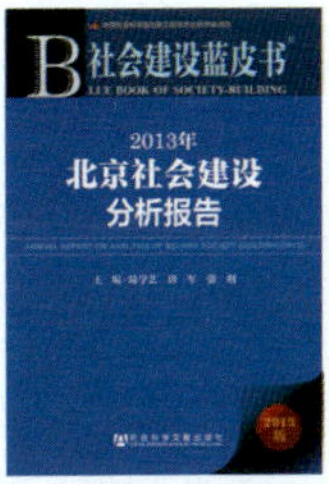

社会建设蓝皮书

2013 年北京社会建设分析报告（赠阅读卡）

陆学艺　唐　军　张　荆 / 主编　2013 年 5 月出版　估价 :69.00 元

◆　本书由著名社会学家陆学艺领衔主编，依据社会学理论框架和分析方法，对北京市的人口、就业、分配、社会阶层以及城乡关系等社会学基本问题进行了广泛调研与分析，对广受社会关注的住房、教育、医疗、养老、交通等社会热点问题做了深刻了解与剖析，对日益显现的征地搬迁、外籍人口管理、群体性心理障碍等进行了有益探讨。

政治参与蓝皮书

中国政治参与报告 (2013)（赠阅读卡）

房　宁 / 主编　2013 年 7 月出版　估价：58.00 元

◆　本书是国内第一本运用社会科学数据对“中国公民政策参考”进行持续研究的年度报告，依据全国性问卷调查数据，对中国公民的政策参与客观状况和政策参与主观状况作了总体说明，并对不同性别、不同年龄、不同学历、不同政治面貌、不同职业、不同区域、不同收入的公民群体的政策参与客观状况和主观状况作了具体说明。

社会心态蓝皮书

中国社会心态研究报告 (2012~2013)（赠阅读卡）

王俊秀　杨宜音 / 主编　2012 年 12 月出版　估价 :59.00 元

◆　本书由中国社会科学院社会学研究所社会心理研究中心编撰，从社会感受、价值观念、行为倾向等方面对于生活压力感、社会支持感、经济变动感受、微博使用行为、心理危机干预等问题，用社会心理学、社会学、经济学、传播学等多种学科的方法角度进行了调查和研究，深入揭示了我国社会心态状况。

城乡统筹蓝皮书

中国城乡统筹发展报告 (2013)（赠阅读卡）

程志强　潘晨光 / 主编　2013 年 3 月出版　估价 :59.00 元

◆　全书客观地总结了各地城乡统筹发展进程中的经验，详细论述了统筹城乡经济社会发展的理论基础，从多个角度对新时期加快我国城乡统筹发展进程进行了深入的研究与探讨。

环境绿皮书

中国环境发展报告 (2013)（赠阅读卡）

杨东平 / 主编　　2013 年 4 月出版　　估价 :69.00 元

◆　本书由民间环保组织“自然之友”组织编写，由特别关注、生态保护、宜居城市、可持续消费以及政策与治理等版块构成，以公共利益的视角记录、审视和思考中国环境状况，呈现2013年中国环境与可持续发展领域的全局态势，用深刻的思考、科学的数据分析 2012 年的环境热点事件。

环境竞争力绿皮书

中国省域环境竞争力发展报告(2010 ~ 2012)（赠阅读卡）

李建平 李闽榕 王金南 / 主编　　2013 年 3 月出版　　估价 :148.00 元

◆　本报告融马克思主义经济学、环境科学、生态学、统计学、计量经济学和人文地理学等理论和方法为一体，充分运用数理分析、空间分析以及规范分析与实证分析相结合的方法，构建了比较科学完善、符合中国国情的环境竞争力指标评价体系，对中国内地 31 个省级区域的环境竞争力进行全面、深入的比较分析和评价。

反腐倡廉蓝皮书

中国反腐倡廉建设报告 No.3（赠阅读卡）

李秋芳 / 主编　　2013 年 8 月出版　　估价：59.00 元

◆　本书从“惩治与专项治理、多主体综合监督、公共权力规制、公共资金资源资产监管、公职人员诚信管理、社会廉洁文化建设”六个方面对全国反腐倡廉建设进程与效果进行了综述，结合实地调研和问卷调查，反映了社会公众关注的难点焦点问题，并从理念和举措上提出建议。

行业报告类

行业报告类皮书立足重点行业、新兴行业领域，
提供及时、前瞻的数据与信息

金融蓝皮书

中国金融发展报告(2013)(赠阅读卡)

李　扬　王国刚 / 主编　2012 年 12 月出版　　估价：59.00 元

◆　本书由中国社会科学院金融研究所主编，对 2012 年中国金融业总体发展状况进行回顾和分析，聚焦国际及国内金融形势的新变化，解析中国货币政策、银行业、保险业和证券期货业的发展状况，预测中国金融发展的最新动态，包括投资基金、保险业发展和金融监管等。

房地产蓝皮书

中国房地产发展报告 No.10(赠阅读卡)

潘家华　李景国 / 主编　　2013 年 5 月出版　　估价 :69.00 元

◆　本书由中国社会科学院城市发展与环境研究所组织编写，秉承客观公正、科学中立的原则，深度解析 2012 年中国房地产发展的形势和存在的主要矛盾，并预测 2013 年中国房价走势及房地产市场发展大势。观点精辟，数据翔实，对关注房地产市场的各阶层人士极具参考价值。

住房绿皮书

中国住房发展报告(2012~2013)(赠阅读卡)

倪鹏飞 / 主编　　2012 年 12 月出版　　估价 :69.00 元

◆　本书从宏观背景、市场体系和公共政策等方面，对中国住房市场作全面系统的分析、预测与评价。在评述 2012 年住房市场走势的基础上，预测 2013 年中国住房市场的发展变化；通过构建中国住房指数体系，量化评估住房市场各关键领域的发展状况；剖析中国住房市场发展所面临的主要问题与挑战，并给出政策建议。

旅游绿皮书

2013 年中国旅游发展分析与预测（赠阅读卡）

张广瑞　刘德谦　宋　瑞 / 主编　2013 年 5 月出版　估价 :69.00 元

◆　本书由中国社会科学院旅游研究中心组织编写，从 2012 年国内外发展环境入手，深度剖析 20112 年我国旅游业的跌宕起伏以及背后错综复杂的影响因素，聚焦旅游相关行业的运行特征以及相关政策实施，对旅游发展的热点问题给出颇具见地的分析，并提出促进我国旅游业发展的对策建议。

产业蓝皮书

中国产业竞争力报告 (2013) No.3（赠阅读卡）

张其仔 / 主编　2013 年 12 月出版　估价 :79.00 元

◆　本书对中国产业竞争力的最新变化进行了系统分析，对 2012 年中国产业竞争力的走势进行了展望，对各省、56 个地区和 44 个园区的产业国际竞争力进行了评估，是了解中国产业竞争力、各地产业竞争力最新变化的支撑平台。

能源蓝皮书

中国能源发展报告 (2013)（赠阅读卡）

崔民选 / 主编　2013 年 7 月出版　估价 :79.00 元

◆　本书结合中国经济面临转型的新形势，着眼于构建安全稳定、经济清洁的现代能源产业体系，盘点 2012 年中国能源行业的运行和发展走势，对 2012 年我国能源产业和各行业的运行特征、热点问题进行了深度剖析，并提出了未来趋势预测和对策建议。

文化传媒类

文化传媒类皮书透视文化领域、文化产业，
探索文化大繁荣、大发展的路径

文化蓝皮书

中国文化产业发展报告 (2012~2013)（赠阅读卡）

张晓明　胡惠林　章建刚 / 主编　2013 年 1 月出版　估价 :59.00 元

◆　本书是由中国社会科学院文化研究中心和文化部、上海交通大学共同编写的第 10 本中国文化产业年度报告。内容涵盖了我国文化产业分析及政策分析，既有对 2012 年文化产业发展形势的评估，又有对 2013 年发展趋势的预测；既有对全国文化产业宏观形势的评估，又有对文化产业内各行业的权威年度报告。

传媒蓝皮书

2013 年：中国传媒产业发展报告（赠阅读卡）

崔保国 / 主编　2013 年 4 月出版　估价 :69.00 元

◆　本书云集了清华大学、人民大学等众多权威机构的知名学者，对 2012 年中国传媒产业发展进行全面分析。剖析传统媒体转型过程中，中国传媒界的思索与实践；立足全球传媒产业发展现状，探索我国传媒产业向支柱产业发展面临的路径；并为提升国际传播能力提供前瞻性研究与观点。

新媒体蓝皮书

中国新媒体发展报告 No.4(2013)（赠阅读卡）

尹韵公 / 主编　2013 年 5 月出版　估价 :69.00 元

◆　本书由中国社会科学院新闻与传播研究所和上海大学合作编写，在构建新媒体发展研究基本框架的基础上，全面梳理 2012 年中国新媒体发展现状，发表最前沿的网络媒体深度调查数据和研究成果，并对新媒体发展的未来趋势做出预测。

国别与地区类

国别与地区类皮书关注全球重点国家与地区，
提供全面、独特的解读与研究

国际形势黄皮书

全球政治与安全报告(2013)（赠阅读卡）

李慎明　张宇燕 / 主编　　2012 年 12 月出版　　估价 :59.00 元

◆　本书是由中国社会科学院世界经济与政治研究所精心打造的又一品牌皮书，关注时下国际关系发展动向里隐藏的中长期趋势，剖析全球政治与安全格局下的国际形势最新动向以及国际关系发展的热点问题，并对 2013 年国际社会重大动态作出前瞻性的分析与预测。

美国蓝皮书

美国问题研究报告(2013)（赠阅读卡）

黄　平　倪　峰 / 主编　　2013 年 6 月出版　　估价 :69.00 元

◆　本书由中华美国学会和中国社会科学院美国研究所组织编写，从美国内政、外交、中美关系等角度系统论述 2013 年美国政治经济发展情况，既有对美国当今实力、地位的宏观分析，也有对美国近年来内政、外交政策的微观考察，对观察和研究美国及中美关系具有较强的参考作用。

欧洲蓝皮书

欧洲发展报告(2012~2013)（赠阅读卡）

周　弘 / 主编　　2013 年 3 月出版　　估价 :79.00 元

◆　欧洲长期积累的财政和债务问题，终于在世界金融危机的冲击下转变成主权债务危机。在采取紧急应对危机举措的同时，欧盟还提出一系列经济治理方案。正当欧盟内部为保卫欧元而苦苦奋战之时，欧盟却在对外战线上成功地完成对利比亚的一场战争。关注欧洲蓝皮书，关注欧盟局势。

地方发展类

地方发展类皮书关注大陆各省份、经济区域，
提供科学、多元的预判与咨政信息

北京蓝皮书

北京经济发展报告(2012~2013)（赠阅读卡）

赵　弘 / 主编　　2013 年 5 月出版　估价：59.00 元

◆　本书是北京蓝皮书系列之一种，研创团队北京市社会科学院紧紧围绕北京市年度经济社会发展的目标，突出对北京市经济社会发展中全局性、战略性、倾向性的重点、热点、难点问题进行分析和预测的综合研究成果。

北京蓝皮书

北京社会发展报告(2012~2013)（赠阅读卡）

戴建中 / 主编　　2013 年 6 月出版　估价：59.00 元

◆　本书是北京蓝皮书系列之一种，研创团队以北京市社会科学院研究人员为主，同时邀请北京市党政机关和大学的专家学者参加。本书为北京市政策制定和执行提供了依据和思路，为了解中国首都的社会现状贡献了丰富的资料和解读，具有一定的影响力，因持续追踪社会热点问题而引起广泛的关注。

上海蓝皮书

上海经济发展报告(2013)（赠阅读卡）

沈开艳 / 主编　　2013 年 1 月出版　　估价 :59.00 元

◆　本书是上海蓝皮书系列之一种，围绕上海如何实现经济转型问题展开，通过对复苏缓慢的国际经济大环境、趋于紧缩的国内宏观经济背景的深入分析，认为上海迫切需要解决而又密切相关的现实问题是“增长动力转型”与“产业发展转型”两大核心。

上海蓝皮书

上海社会发展报告(2013)（赠阅读卡）

卢汉龙　周海旺 / 主编　2013 年 1 月出版　估价：59.00 元

◆　本书是上海蓝皮书系列之一种，围绕机制创新、社会政策、社会组织等方面，对上海近年来的社会热点问题进行了调研，在总结现有状况及成因的基础上，提出了一些建议与对策，关注了上海的主要社会问题，可为决策层制订相关政策提供借鉴。

河南蓝皮书

河南经济发展报告(2013)（赠阅读卡）

喻新安 / 主编　2013 年 1 月出版　估价：59.00 元

◆　本书是河南蓝皮书系列之一种，由河南省社会科学院主持编撰，以中原经济区“三化”协调科学发展为主题，深入全面地分析了当前河南经济发展的主要特点以及 2012 年的走势，全方位、多角度研究和探讨了河南探索“三化”协调发展的举措及成效，并对河南积极构建中原经济区建设提出了对策建议。

甘肃蓝皮书

甘肃省经济发展分析与预测(2013)（赠阅读卡）

朱智文　罗　哲 / 主编　2012 年 12 月出版　估价：69.00 元

◆　本书是甘肃蓝皮书系列之一种，近年来甘肃经济社会发展的年度综合性研究成果之一，是对不同时期甘肃省实现区域创新和改革开放的年度总结。全书以特有的方式将经济运行情况、预测分析、政策建议三者结合起来，在科学分析经济发展形势的基础上为甘肃未来经济发展做出了科学预测及提出政策建议。

经济类

城市竞争力蓝皮书
中国城市竞争力报告No.11
著(编)者:倪鹏飞　2013年5月出版 / 估价:69.00元

城市蓝皮书
中国城市发展报告NO.6
著(编)者:潘家华　魏后凯　2013年8月出版 / 估价:59.00元

城乡一体化蓝皮书
中国城乡一体化发展报告(2013)
著(编)者:汝　信　付崇兰　2013年8月出版 / 估价:59.00元

低碳发展蓝皮书
中国低碳发展报告(2012~2013)
著(编)者:齐　晔　2013年7月出版 / 估价:69.00元

低碳经济蓝皮书
中国低碳经济发展报告(2013)
著(编)者:薛进军　赵忠秀　2013年7月出版 / 估价:98.00元

东北蓝皮书
中国东北地区发展报告(2013)
著(编)者:张新颖　2013年8月出版 / 估价:79.00元

发展和改革蓝皮书
中国经济发展和体制改革报告No.6
著(编)者:邹东涛　2013年7月出版 / 估价:75.00元

国际城市蓝皮书
国际城市发展报告(2013)
著(编)者:屠启宇　2013年1月出版 / 估价:69.00元

国家竞争力蓝皮书
中国国家竞争力报告No.2
著(编)者:倪鹏飞　2013年4月出版 / 估价:69.00元

宏观经济蓝皮书
中国经济增长报告(2012~2013)
著(编)者:张　平　刘霞辉　2013年7月出版 / 估价:69.00元

减贫蓝皮书
中国减贫与社会发展报告
著(编)者:黄承伟　2013年7月出版 / 估价:59.00元

金融蓝皮书
中国金融发展报告(2013)
著(编)者:李　扬　王国刚　2012年12月出版 / 估价:59.00元

经济蓝皮书
2013年中国经济形势分析与预测
著(编)者:陈佳贵　李　扬　2012年12月出版 / 估价:59.00元

经济蓝皮书春季号
中国经济前景分析——2013年春季报告
著(编)者:陈佳贵　李　扬　2013年5月出版 / 估价:59.00元

经济信息绿皮书
中国与世界经济发展报告(2013)
著(编)者:王长胜　2012年12月出版 / 估价:69.00元

就业蓝皮书
2013年中国大学生就业报告
著(编)者:麦可思研究院　王伯庆　2013年6月出版 / 估价:98.00元

民营经济蓝皮书
中国民营经济发展报告No.10（2012～2013）
著(编)者:黄孟复　2013年9月出版 / 估价:69.00元

农村绿皮书
中国农村经济形势分析与预测(2012~2013)
著(编)者:中国社会科学院农村发展研究所
国家统计局农村社会经济调查司
2013年4月出版 / 估价:59.00元

企业公民蓝皮书
中国企业公民报告NO.3
著(编)者:邹东涛　2013年7月出版 / 估价:59.00元

企业社会责任蓝皮书
中国企业社会责任研究报告(2013)
著(编)者:陈佳贵　黄群慧　彭华岗　钟宏武
2012年11月出版 / 估价:59.00元

区域蓝皮书
中国区域经济发展报告(2012~2013)
著(编)者:戚本超　景体华　2013年4月出版 / 估价:69.00元

人口与劳动绿皮书
中国人口与劳动问题报告No.14
著(编)者:蔡　昉　2013年6月出版 / 估价:69.00元

生态城市绿皮书
中国生态城市建设发展报告(2013)
著(编)者:李景源　孙伟平　刘举科　2013年3月出版 / 估价:128.00元

西北蓝皮书
中国西北发展报告(2013)
著(编)者:杨尚勤　石　英　王建康　2013年3月出版 / 估价:65.00元

西部蓝皮书
中国西部发展报告(2013)
著(编)者:姚慧琴　徐璋勇　2013年7月出版 / 估价:69.00元

长三角蓝皮书
全球格局变化中的长三角
著(编)者:王　战　2013年6月出版 / 估价:69.00元

中部竞争力蓝皮书
中国中部经济社会竞争力报告(2013)
著(编)者:教育部人文社会科学重点研究基地
南昌大学中国中部经济社会发展研究中心
2013年10月出版 / 估价:59.00元

中部蓝皮书
中国中部地区发展报告（2013~2014）
著(编)者:喻新安　2013年10月出版 / 估价:59.00元

中国省域竞争力蓝皮书
中国省域经济综合竞争力发展报告(2012~2013)
著(编)者:李建平　李闽榕　高燕京
2013年3月出版 / 估价:198.00元

中小城市绿皮书
中国中小城市发展报告(2013)
著(编)者:中国城市经济学会中小城市经济发展委员会
《中国中小城市发展报告》编纂委员会
2013年8月出版 / 估价:98.00元

珠三角流通蓝皮书
珠三角流通业发展报告(2013)
著(编)者:王先庆 林至颖 2013年8月出版 / 估价:69.00元

社会政法类

殡葬绿皮书
中国殡葬事业发展报告(2013)
著(编)者:朱 勇 李伯森 2013年3月出版 / 估价: 59.00元

城市生活质量蓝皮书
中国城市生活质量指数报告(2013)
著(编)者:张 平 2013年7月出版 / 估价:59.00元

城乡统筹蓝皮书
中国城乡统筹发展报告(2013)
著(编)者:程志强、潘晨光 2013年3月出版 / 估价:59.00元

创新蓝皮书
创新型国家建设报告(2012~2013)
著(编)者:詹正茂 2013年7月出版 / 估价: 69.00元

慈善蓝皮书
中国慈善发展报告(2013)
著(编)者:杨 团 2013年7月出版 / 估价:69.00元

法治蓝皮书
中国法治发展报告No.11(2013)
著(编)者:李 林 2013年3月出版 / 估价:85.00元

反腐倡廉蓝皮书
中国反腐倡廉建设报告No.3
著(编)者:李秋芳 2013年8月出版 / 估价:59.00元

非传统安全蓝皮书
中国非传统安全研究报告(2012~2013)
著(编)者:余潇枫 2013年7月出版 / 估价:69.00元

妇女发展蓝皮书
福建省妇女发展报告(2013)
著(编)者:刘群英 2013年10月出版 / 估价:58.00元

妇女发展蓝皮书
中国妇女发展报告No.5
著(编)者:王金玲 高小贤 2013年5月出版 / 估价:65.00元

妇女教育蓝皮书
中国妇女教育发展报告No.3
著(编)者:张李玺 2013年10月出版 / 估价:69.00元

公共服务蓝皮书
中国城市基本公共服务力评价(2012~2013)
著(编)者:侯惠勤 辛向阳 易定宏 出版 / 估价:55.00元

公益蓝皮书
中国公益发展报告(2013)
著(编)者:朱健刚 2013年5月出版 / 估价:78.00元

国际人才蓝皮书
中国海归创业发展报告(2013)No.2
著(编)者:王辉耀 路江涌 2013年6月出版 / 估价:69.00元

国际人才蓝皮书
中国留学发展报告(2013) No.2
著(编)者:王辉耀 2013年8月出版 / 估价:59.00元

行政改革蓝皮书
中国行政体制改革报告(2013)No.3
著(编)者:魏礼群 2013年3月出版 / 估价:69.00元

华侨华人蓝皮书
华侨华人研究报告(2013)
著(编)者:丘 进 2013年5月出版 / 估价:128.00元

环境竞争力绿皮书
中国省域环境竞争力发展报告(2010~2012)
著(编)者:李建平 李闽榕 王金南
2013年3月出版 / 估价:148.00元

环境绿皮书
中国环境发展报告(2013)
著(编)者:杨东平 2013年4月出版 / 估价:69.00元

教师蓝皮书
中国中小学教师发展报告(2013)
著(编)者:曾晓东 2013年3月出版 / 估价:59.00元

教育蓝皮书
中国教育发展报告(2013)
著(编)者:杨东平 2013年2月出版 / 估价:59.00元

金融监管蓝皮书
中国金融监管报告2013
著(编)者:胡 滨 2013年5月出版 / 估价:59.00元

科普蓝皮书
中国科普基础设施发展报告(2013)
著(编)者:任福君 2013年4月出版 / 估价:79.00元

口腔健康蓝皮书
中国口腔健康发展报告(2013)
著(编)者:胡德渝 2013年12月出版 / 估价:59.00元

老龄蓝皮书
中国老龄事业发展报告(2013)
著(编)者:吴玉韶　2013年4月出版 / 估价:59.00元

民间组织蓝皮书
中国民间组织报告(2012~2013)
著(编)者:黄晓勇　2013年4月出版 / 估价:69.00元

民族蓝皮书
中国民族区域自治发展报告(2013)
著(编)者:郝时远　2013年7月出版 / 估价:98.00元

女性生活蓝皮书
中国女性生活状况报告No.7(2013)
著(编)者:韩湘景　2013年10月出版 / 估价:78.00元

气候变化绿皮书
应对气候变化报告(2013)
著(编)者:王伟光　郑国光　2013年11月出版 / 估价:59.00元

汽车社会蓝皮书
中国汽车社会发展报告(2013)
著(编)者:王俊秀　2013年6月出版 / 估价:59.00元

青少年蓝皮书
中国未成年人新媒体运用报告(2012~2013)
著(编)者:李文革　沈　杰　季为民
2013年7月出版 / 估价:69.00元

人才竞争力蓝皮书
中国区域人才竞争力报告(2013)
著(编)者:桂昭明　王辉耀　2013年2月出版 / 估价:69.00元

人才蓝皮书
中国人才发展报告(2013)
著(编)者:潘晨光　2013年8月出版 / 估价:79.00元

人权蓝皮书
中国人权事业发展报告No.3(2013)
著(编)者:李君如　2013年11月出版 / 估价:98.00元

社会保障绿皮书
中国社会保障发展报告(2013)No.6
著(编)者:王延中　2013年4月出版 / 估价:69.00元

社会工作蓝皮书
中国社会工作发展报告(2012~2013)
著(编)者:蒋昆生　戚学森　2013年7月出版 / 估价:59.00元

社会管理蓝皮书
中国社会管理创新报告No.2
著(编)者:连玉明　2013年9月出版 / 估价:79.00元

社会建设蓝皮书
2013年北京社会建设分析报告
著(编)者:陆学艺　唐　军　张　荆
2013年5月出版 / 估价:69.00元

社会科学蓝皮书
中国社会科学学术前沿(2012~2013)
著(编)者:高　翔　2013年9月出版 / 估价:69.00元

社会蓝皮书
2013年中国社会形势分析与预测
著(编)者:汝　信　陆学艺　李培林
2012年12月出版 / 估价:59.00元

社会心态蓝皮书
中国社会心态研究报告(2012~2013)
著(编)者:王俊秀　杨宜音　2012年12出版 / 估价:59.00元

生态文明绿皮书
中国省域生态文明建设评价报告(2013)
著(编)者:严　耕　2013年10月出版 / 估价:98.00元

食品药品蓝皮书
食品药品安全与监管政策研究报告(2013)
著(编)者:唐民皓　2013年6月出版 / 估价:69.00元

世界创新竞争力黄皮书
世界创新竞争力发展报告(2012~2013)
著(编)者:李建平　李闽榕　赵新力
2013年11月出版 / 估价:79.00元

世界社会主义黄皮书
世界社会主义跟踪研究报告(2012~2013)
著(编)者:李慎明　2013年3月出版 / 估价:99.00元

危机管理蓝皮书
中国危机管理报告(2013)
著(编)者:文学国　范正青　2013年12月出版 / 估价:79.00元

小康蓝皮书
中国全面建设小康社会监测报告(2013)
著(编)者:潘　璠　2013年11月出版 / 估价:59.00元

形象危机应对蓝皮书
形象危机应对研究报告(2013)
著(编)者:唐　钧　2013年9月出版 / 估价:118.00元

舆情蓝皮书
中国社会舆情与危机管理报告(2013)
著(编)者:谢耘耕　2013年8月出版 / 估价:78.00元

政治参与蓝皮书
中国政治参与报告(2013)
著(编)者:房　宁　2013年7月出版 / 估价:58.00元

宗教蓝皮书
中国宗教报告(2013)
著(编)者:金　泽　邱永辉　2013年7月出版 / 估价:59.00元

行业报告类

保健蓝皮书
中国保健服务产业发展报告No.2
著(编)者:中国保健协会　中共中央党校
2013年7月出版 / 估价:198.00元

保健蓝皮书
中国保健食品产业发展报告No.2
著(编)者:中国保健协会
中国社会科学院食品药品产业发展与监管研究中心
2013年3月出版 / 估价:198.00元

保健蓝皮书
中国保健用品产业发展报告No.2
著(编)者:中国保健协会　2013年3月出版 / 估价:198.00元

保险蓝皮书
中国保险业竞争力报告(2013)
著(编)者:罗忠敏　2013年7月出版 / 估价:89.00元

餐饮产业蓝皮书
中国餐饮产业发展报告(2013)
著(编)者:中国烹饪协会　中国社会科学院财经战略研究院
2013年5月出版 / 估价:60.00元

测绘地理信息蓝皮书
中国地理信息产业发展报告(2013)
著(编)者:徐德明　2013年12月出版 / 估价:98.00元

茶业蓝皮书
中国茶产业发展报告 (2013)
著(编)者:李闽榕　杨江帆　2013年11月出版 / 估价:79.00元

产权市场蓝皮书
中国产权市场发展报告(2012~2013)
著(编)者:曹和平　2013年12月出版 / 估价:69.00元

产业安全蓝皮书
中国保险产业安全报告(2013)
著(编)者:李孟刚　2013年10月出版 / 估价:59.00元

产业安全蓝皮书
中国产业外资控制报告(2012~2013)
著(编)者:李孟刚　2013年10月出版 / 估价:69.00元

产业安全蓝皮书
中国金融产业安全报告(2013)
著(编)者:李孟刚　2013年10月出版 / 估价:69.00元

产业安全蓝皮书
中国轻工业发展与安全报告(2013)
著(编)者:李孟刚　2013年10月出版 / 估价:69.00元

产业安全蓝皮书
中国私募股权产业安全与发展报告(2013)
著(编)者:李孟刚　2013年10月出版 / 估价:59.00元

产业安全蓝皮书
中国新能源产业发展与安全报告(2013)
著(编)者:北京交通大学中国产业安全研究中心
2013年3月出版 / 估价:69.00元

产业安全蓝皮书
中国能源产业安全报告(2013)
著(编)者:北京交通大学中国产业安全研究中心
2013年3月出版 / 估价:69.00元

产业安全蓝皮书
中国海洋产业安全报告(2012~2013)
著(编)者:北京交通大学中国产业安全研究中心
2013年3月出版 / 估价:59.00元

产业蓝皮书
中国产业竞争力报告(2013) NO.3
著(编)者:张其仔　2013年12月出版 / 估价:79.00元

电子商务蓝皮书
中国城市电子商务影响力报告(2013)
著(编)者:荆林波　2013年5月出版 / 估价:69.00元

电子政务蓝皮书
中国电子政务发展报告(2013)
著(编)者:洪　毅　王长胜　2013年9月出版 / 估价:59.00元

杜仲产业绿皮书
中国杜仲种植与产业发展报告(2013)
著(编)者:胡文臻　杜红岩　2013年8月出版 / 估价:78.00元

房地产蓝皮书
中国房地产发展报告No.10
著(编)者:魏后凯　李景国　2013年5月出版 / 估价:69.00元

服务外包蓝皮书
中国服务外包发展报告(2012~2013)
著(编)者:王　力　刘春生　黄育华
2013年9月出版 / 估价:89.00元

工业设计蓝皮书
中国工业设计发展报告(2013)
著(编)者:王晓红　2013年7月出版 / 估价: 69.00元

会展经济蓝皮书
中国会展经济发展报告(2013)
著(编)者:过聚荣　2013年4月出版 / 估价:65.00元

会展蓝皮书
中外会展业动态评估年度报告(2013)
著(编)者:张 敏 2013年8月出版 / 估价:68.00元

基金会蓝皮书
中国基金会发展报告(2013)
著(编)者:刘忠祥 2013年7月出版 / 估价:79.00元

基金会绿皮书
中国基金会发展独立研究报告(2013)
著(编)者:基金会中心网 2013年11月出版 / 估价:49.00元

交通运输蓝皮书
中国交通运输业发展报告(2013)
著(编)者:崔民选 王军生 2013年6月出版 / 估价:69.00元

金融蓝皮书
中国金融发展报告(2013)
著(编)者:李 扬 王国刚 2012年12月出版 / 估价:59.00元

金融蓝皮书
中国金融中心发展报告(2012~2013)
著(编)者:王 力 黄育华 2013年10出版 / 估价:59.00元

金融蓝皮书
中国商业银行竞争力报告(2013)
著(编)者:王松奇 2013年10月出版 / 估价:79.00元

金融监管蓝皮书
中国金融监管发展报告(2013)
著(编)者:胡 滨 2013年5月出版 / 估价:59.00元

科学传播蓝皮书
中国科学传播报告(2013)
著(编)者:詹正茂 2013年6月出版 / 估价:69.00元

口岸生态绿皮书
中国口岸地区生态文化发展报告No.1(2013)
著(编)者:胡文臻 刘 静 2013年8月出版 / 估价:78.00元

“老字号”蓝皮书
中国“老字号”企业发展报告No.3(2013)
著(编)者:张继焦 丁惠敏 黄忠彩
2013年10月出版 / 估价:69.00元

“两化”融合蓝皮书
中国“两化”融合发展报告(2013)
著(编)者:曹淑敏 工业和信息化部电信研究院
2013年8月出版 / 估价:98.00元

流通蓝皮书
湖南省商贸流通产业发展报告No.2
著(编)者:柳思维 2013年10月出版 / 估价:75.00元

流通蓝皮书
中国商业发展报告(2012~2013)
著(编)者:荆林波 2013年4月出版 / 估价:89.00元

旅游安全蓝皮书
中国旅游安全报告(2013)
著(编)者:郑向敏 谢朝武 2013年5月出版 / 估价:78.00元

旅游绿皮书
2013年中国旅游发展分析与预测
著(编)者:张广瑞 刘德谦 宋 瑞
2013年5月出版 / 估价:69.00元

贸易蓝皮书
中国贸易发展报告(2013)
著(编)者:荆林波 2013年5月出版 / 估价:49.00元

煤炭蓝皮书
中国煤炭工业发展报告No.5(2013)
著(编)者:岳福斌 2012年12月出版 / 估价:69.00元

煤炭市场蓝皮书
中国煤炭市场发展报告(2013)
著(编)者:曲剑午 2013年8月出版 / 估价:79.00元

民营医院蓝皮书
中国民营医院发展报告(2013)
著(编)者:陈绍福 王培舟 2013年9月出版 / 估价:89.00元

闽商蓝皮书
闽商发展报告(2013)
著(编)者:李闽榕 王日根 林 琛
2013年3月出版 / 估价:69.00元

能源蓝皮书
中国能源发展报告(2013)
著(编)者:崔民选 2013年7月出版 / 估价:79.00元

农产品流通蓝皮书
中国农产品流通产业发展报告(2013)
著(编)者:贾敬敦 王炳南 张玉玺 张鹏毅 陈丽华
2013年7月出版 / 估价:98.00元

期货蓝皮书
中国期货市场发展报告(2013)
著(编)者:荆林波 2013年7月出版 / 估价:69.00元

企业蓝皮书
中国企业竞争力报告(2013)
著(编)者:金 碚 2013年11月出版 / 估价:79.00元

汽车蓝皮书
中国汽车产业发展报告(2013)
著(编)者:国务院发展研究中心产业经济研究部
中国汽车工程学会 大众汽车集团(中国)
2013年7月出版 / 估价:79.00元

人力资源蓝皮书
中国人力资源发展报告(2012~2013)
著(编)者:吴 江 田小宝 2013年6月出版 / 估价:69.00元

软件和信息服务业蓝皮书
中国软件和信息服务业发展报告(2013)
著(编)者:洪京一 工业和信息化部电子科学技术情报研究所
2013年6月出版 / 估价:98.00元

商会蓝皮书
中国商会发展报告 No.5 (2013)
著(编)者:黄孟复 2013年8月出版 / 估价:59.00元

商品市场蓝皮书
中国商品市场发展报告(2013)
著(编)者:荆林波 2013年7月出版 / 估价:59.00元

私募市场蓝皮书
中国私募股权市场发展报告(2013)
著(编)者:曹和平 2013年10月出版 / 估价:69.00元

体育蓝皮书
中国体育产业发展报告(2012~2013)
著(编)者:江和平 张海潮 2013年5月出版 / 估价:69.00元

投资蓝皮书
中国投资发展报告(2013)
著(编)者:杨庆蔚 2013年3月出版 / 估价:79.00元

物联网蓝皮书
中国物联网发展报告(2013)
著(编)者:黄桂田 张全升 2013年10月出版 / 估价:80.00元

西部工业蓝皮书
中国西部工业发展报告(2013)
著(编)者:方行明 刘方健 姜 凌 等
2013年7月出版 / 估价:69.00元

西部金融蓝皮书
中国西部金融发展报告(2013)
著(编)者:李忠民 2013年10月出版 / 估价:69.00元

信息化蓝皮书
中国信息化形势分析与预测(2013)
著(编)者:周宏仁 2013年7月出版 / 估价:98.00元

休闲绿皮书
2013年中国休闲发展报告
著(编)者:刘德谦 唐 兵 宋 瑞
2013年5月出版 / 估价:59.00元

中国林业竞争力蓝皮书
中国省域林业竞争力发展报告No.3(2012~2013)(上下册)
著(编)者:郑传芳 李闽榕 张春霞 张会儒
2013年8月出版 / 估价:139.00元

中国农业竞争力蓝皮书
中国省域农业竞争力发展报告No.2(2010~2012)(上下册
著(编)者:郑传芳 宋洪远 李闽榕 张春霞
2013年7月出版 / 估价:128.00元

中国总部经济蓝皮书
中国总部经济发展报告(2013~2014)
著(编)者:赵 弘 2013年9月出版 / 估价:69.00元

住房绿皮书
中国住房发展报告(2012~2013)
著(编)者:倪鹏飞 2012年12月出版 / 估价:69.00元

资本市场蓝皮书
中国场外交易市场发展报告(2012~2013)
著(编)者:高 峦 2013年2月出版 / 估价:79.00元

文化传媒类

传媒蓝皮书
2013年:中国传媒产业发展报告
著(编)者:崔保国 2013年4月出版 / 估价:69.00元

创意城市蓝皮书
北京文化创意产业发展报告(2013)
著(编)者:张京成 王国华 2013年3月出版 / 估价:69.00元

创意城市蓝皮书
青岛文化创意产业发展报告(2013)
著(编)者:马 达 2013年5月出版 / 估价:69.00元

动漫蓝皮书
中国动漫产业发展报告(2013)
著(编)者:卢 斌 郑玉明 牛兴侦
2013年4月出版 / 估价:69.00元

广电蓝皮书
中国广播电影电视发展报告(2013)
著(编)者:庞井君 2013年6月出版 / 估价:88.00元

广告主蓝皮书
中国广告主营销传播趋势报告N0.8
著(编)者:中国传媒大学广告主研究所
中国广告主营销传播创新研究课题组
黄升民 杜国清 邵华冬
2013年11月出版 / 估价:98.00元

纪录片蓝皮书
中国纪录片发展报告(2013)
著(编)者:何苏六 2013年10月出版 / 估价:78.00元

两岸文化蓝皮书
两岸文化产业合作发展报告(2013)
著(编)者:胡惠林 肖夏勇 2013年7月出版 / 估价:59.00元

全球传媒蓝皮书
全球传媒产业发展报告(2013)
著(编)者:胡正荣 2013年1月出版 / 估价:79.00元

视听新媒体蓝皮书
中国视听新媒体发展报告(2013)
著(编)者:庞井君 2013年6月出版 / 估价:69.00元

文化创新蓝皮书
中国文化创新报告(2013)No.4
著(编)者:于 平 傅才武
2013年7月出版 / 估价:79.00元

文化蓝皮书
中国文化产业发展报告(2012~2013)
著(编)者:张晓明 胡惠林 章建刚
2013年1月出版 / 估价:59.00元

文化蓝皮书
中国城镇文化消费需求景气评价报告(2013)
著(编)者:王亚南 2013年5月出版 / 估价:79.00元

文化蓝皮书
中国公共文化服务发展报告(2013)
著(编)者:于 群 李国新 2013年10月出版 / 估价:98.00元

文化蓝皮书
中国文化消费需求景气评价报告(2013)
著(编)者:王亚南 2013年6月出版 / 估价:79.00元

文化蓝皮书
中国乡村文化消费需求景气评价报告(2013)
著(编)者:王亚南 2013年6月出版 / 估价:79.00元

文化蓝皮书
中国中心城市文化消费需求景气评价报告(2013)
著(编)者:王亚南 2013年5月出版 / 估价:79.00元

文化品牌蓝皮书
中国文化品牌发展报告(2013)
著(编)者:欧阳友权 2013年6月出版 / 估价:75.00元

文化软实力蓝皮书
中国文化软实力研究报告(2013)
著(编)者:张国祚 2013年7月出版 / 估价:79.00元

文化遗产蓝皮书
中国文化遗产事业发展报告(2013)
著(编)者:刘世锦 2013年9月出版 / 估价:79.00元

文学蓝皮书
中国文情报告(2012~2013)
著(编)者:白 烨 2013年1月出版 / 估价:59.00元

新媒体蓝皮书
中国新媒体发展报告No.4(2013)
著(编)者:尹韵公 2013年5月出版 / 估价:69.00元

移动互联网蓝皮书
中国移动互联网发展报告(2013)
著(编)者:官建文 2013年4月出版 / 估价:79.00元

国别与地区类

G20国家创新竞争力黄皮书
二十国集团（G20）国家创新竞争力发展报告(2013)
著(编)者:李建平 李闽榕 赵新力
2013年12月出版 / 估价:118.00元

澳门蓝皮书
澳门经济社会发展报告(2012~2013)
著(编)者:郝雨凡 吴志良 2013年4月出版 / 估价:69.00元

德国蓝皮书
德国发展报告(2013)
著(编)者:李乐曾 郑春荣 2013年5月出版 / 估价:69.00元

东南亚蓝皮书
东南亚地区发展报告(2013)
著(编)者:王 勤 2013年11月出版 / 估价:59.00元

东盟蓝皮书
东盟发展报告(2013)
著(编)者:黄兴球 庄国土 2013年11月出版 / 估价:59.00元

俄罗斯黄皮书
俄罗斯发展报告(2013)
著(编)者:李永全 2013年9月出版 / 估价:69.00元

非洲黄皮书
非洲发展报告No.15(2012~2013)
著(编)者:张宏明 2013年7月出版 / 估价:79.00元

港澳珠三角蓝皮书
粤港澳区域合作与发展报告(2012~2013)
著(编)者:梁庆寅 陈广汉 2013年8月出版 / 估价:59.00元

国际形势黄皮书
全球政治与安全报告(2013)
著(编)者:李慎明 张宇燕 2012年12月出版 / 估价:59.00元

韩国蓝皮书
韩国发展报告(2013)
著(编)者:牛林杰 刘宝全 2013年6月出版 / 估价:69.00元

拉美黄皮书
拉丁美洲和加勒比发展报告(2012~2013)
著(编)者:吴白乙　2013年5月出版 / 估价:79.00元

美国蓝皮书
美国问题研究报告(2013)
著(编)者:黄　平　倪　峰　2013年6月出版 / 估价:69.00元

欧亚大陆桥发展蓝皮书
欧亚大陆桥发展报告(2012~2013)
著(编)者:李忠民　2013年10月出版 / 估价:59.00元

欧洲蓝皮书
欧洲发展报告(2012~2013)
著(编)者:周　弘　2013年3月出版 / 估价:79.00元

日本经济蓝皮书
日本经济与中日经贸关系发展报告(2013)
著(编)者:王洛林　张季风　2013年5月出版 / 估价:79.00元

日本蓝皮书
日本发展报告(2013)
著(编)者:李　薇　2013年5月出版 / 估价:59.00元

上海合作组织黄皮书
上海合作组织发展报告(2013)
著(编)者:李进峰　吴宏伟　2013年7月出版 / 估价:79.00元

世界经济黄皮书
2013年世界经济形势分析与预测
著(编)者:王洛林　张宇燕　2013年1月出版 / 估价:59.00元

香港蓝皮书
香港发展报告(2013)
著(编)者:薛凤旋　2013年6月出版 / 估价:49.00元

新兴经济体蓝皮书
金砖国家发展报告(2013)——合作与崛起
著(编)者:林跃勤　周　文　2013年3月出版 / 估价:69.00元

亚太蓝皮书
亚太地区发展报告(2013)
著(编)者:李向阳　2013年1月出版 / 估价:59.00元

印度蓝皮书
印度国情报告(2012~2013)
著(编)者:吕昭义　2013年9月出版 / 估价:59.00元

越南蓝皮书
越南国情报告(2013)
著(编)者:吕余生　2013年7月出版 / 估价:65.00元

中亚黄皮书
中亚国家发展报告(2013)
著(编)者:孙　力　2013年6月出版 / 估价:79.00元

地方发展类

北部湾蓝皮书
泛北部湾合作发展报告(2013)
著(编)者:吕余生　2013年7月出版 / 估价:79.00元

北京蓝皮书
北京公共服务发展报告(2012~2013)
著(编)者:张耘　2013年3月出版 / 估价:65.00元

北京蓝皮书
北京经济发展报告(2012~2013)
著(编)者:赵弘　2013年5月出版 / 估价:59.00元

北京蓝皮书
北京社会发展报告(2012~2013)
著(编)者:戴建中　2013年6月出版 / 估价:59.00元

北京蓝皮书
北京文化发展报告(2012~2013)
著(编)者:李建盛　2013年4月出版 / 估价:69.00元

北京蓝皮书
中国社区发展报告(2013)
著(编)者:于燕燕　2013年6月出版 / 估价:59.00元

北京旅游绿皮书
北京旅游发展报告(2013)
著(编)者:鲁　勇　2013年10月出版 / 估价:98.00元

北京律师蓝皮书
北京律师发展报告NO.3(2013)
著(编)者:王隽　周塞军　2013年9月出版 / 估价:70.00元

北京人才蓝皮书
北京人才发展报告(2012~2013)
著(编)者:张志伟　2013年5月出版 / 估价:69.00元

城乡一体化蓝皮书
中国城乡一体化发展报告·北京卷(2012~2013)
著(编)者:张宝秀　黄序　2012年7月出版 / 估价:59.00元

大湄公河次区域蓝皮书
大湄公河次区域合作发展报告(2012~2013)
著(编)者:刘　稚　2013年4月出版 / 估价:69.00元

甘肃蓝皮书
甘肃省经济发展分析与预测(2013)
著(编)者:朱智文　罗　哲　2012年12月出版 / 估价:69.00元

甘肃蓝皮书
甘肃省社会发展分析与预测(2013)
著(编)者:安文华 包晓霞 2012年12月出版 / 估价:69.00元

甘肃蓝皮书
甘肃省舆情发展分析与预测(2013)
著(编)者:陈双梅 郝树声 2012年12月出版 / 估价:69.00元

甘肃蓝皮书
甘肃省县城社会发展分析与预测(2013)
著(编)者:魏胜文 柳 民 曲 玮
2012年12月出版 / 估价:69.00元

甘肃蓝皮书
甘肃省文化发展分析与预测(2013)
著(编)者:刘进军 周晓华 2012年12月出版 / 估价:69.00元

关中天水经济区蓝皮书
中国关中—天水经济区发展报告(2013)
著(编)者:李忠民 2013年7月出版 / 估价:59.00元

广东外经贸蓝皮书
广东对外经济贸易发展研究报告(2012~2013)
著(编)者:陈万灵 2013年3月出版 / 估价:65.00元

广西北部湾经济区蓝皮书
广西北部湾经济区开放开发报告(2013)
著(编)者:广西北部湾经济区规划建设管理委员会办公室
广西社会科学院 广西北部湾发展研究院
2013年7月出版 / 估价:69.00元

广州蓝皮书
2013年中国广州经济形势分析与预测
著(编)者:庾建设 郭志勇 沈 奎
2013年6月出版 / 估价:69.00元

广州蓝皮书
2013年中国广州社会形势分析与预测
著(编)者:易佐永 杨 秦 顾涧清
2013年7月出版 / 估价:69.00元

广州蓝皮书
广州城市国际化发展报告(2013)
著(编)者:朱名宏 2013年4月出版 / 估价:59.00元

广州蓝皮书
广州创新型城市发展报告(2013)
著(编)者:李江涛 2013年4月出版 / 估价:59.00元

广州蓝皮书
广州经济发展报告(2013)
著(编)者:李江涛 刘江华 2013年4月出版 / 估价:69.00元

广州蓝皮书
广州农村发展报告(2013)
著(编)者:李江涛 汤锦华 2013年4月出版 / 估价:59.00元

广州蓝皮书
广州汽车产业发展报告(2013)
著(编)者:李江涛 杨再高 2013年4月出版 / 估价:59.00元

广州蓝皮书
广州商贸业发展报告(2013)
著(编)者:陈家成 王旭东 荀振英
2013年4月出版 / 估价:69.00元

广州蓝皮书
广州文化创意产业发展报告(2013)
著(编)者:甘 新 2013年3月出版 / 估价:59.00元

广州蓝皮书
中国广州城市建设发展报告(2013)
著(编)者:董 皞 冼伟雄 李俊夫
2013年8月出版 / 估价:69.00元

广州蓝皮书
中国广州科技与信息化发展报告(2013)
著(编)者:庾建设 谢学宁 2013年8月出版 / 估价:59.00元

广州蓝皮书
中国广州文化创意产业发展报告(2013)
著(编)者:王晓玲 2013年8月出版 / 估价:59.00元

广州蓝皮书
中国广州文化发展报告(2013)
著(编)者:徐俊忠 汤应武 陆志强
2013年8月出版 / 估价:69.00元

贵州蓝皮书
贵州法治发展报告(2013)
著(编)者:吴大华 2013年4月出版 / 估价:69.00元

贵州蓝皮书
贵州社会发展报告(2013)
著(编)者:王兴骥 2013年4月出版 / 估价:59.00元

海峡经济区蓝皮书
海峡经济区发展报告(2013)
著(编)者:李闽榕 王秉安 谢明辉(台湾)
2013年10月出版 / 估价:78.00元

海峡西岸蓝皮书
海峡西岸经济区发展报告(2013)
著(编)者:福建省人民政府发展研究中心
2013年7月出版 / 估价:85.00元

杭州都市圈蓝皮书
杭州都市圈经济社会发展报告(2013)
著(编)者:辛 薇 2013年7月出版 / 估价:59.00元

河南经济蓝皮书
2013年河南经济形势分析与预测
著(编)者:刘永奇 2013年2月出版 / 估价:65.00元

河南蓝皮书
2013年河南社会形势分析与预测
著(编)者:刘道兴 牛苏林 2013年1月出版 / 估价:59.00元

河南蓝皮书
河南城市发展报告(2013)
著(编)者:谷建全 王建国 2013年1月出版 / 估价:69.00元

河南蓝皮书
河南经济发展报告(2013)
著(编)者:喻新安　2013年1月出版 / 估价:59.00元

河南蓝皮书
河南文化发展报告(2013)
著(编)者:谷建全　卫绍生　2013年3月出版 / 估价:69.00元

黑龙江产业蓝皮书
黑龙江产业发展报告(2013)
著(编)者:于　渤　2013年5月出版 / 估价:69.00元

黑龙江蓝皮书
黑龙江经济发展报告(2013)
著(编)者:曲　伟　2013年5月出版 / 估价:69.00元

黑龙江蓝皮书
黑龙江社会发展报告(2013)
著(编)者:艾书琴　2013年1月出版 / 估价:65.00元

湖南城市蓝皮书
城市社会管理
著(编)者:罗海藩　2013年5月出版 / 估价:59.00元

湖南蓝皮书
2013年湖南产业发展报告
著(编)者:梁志峰　2013年5月出版 / 估价:89.00元

湖南蓝皮书
2013年湖南法治发展报告
著(编)者:梁志峰　2013年5月出版 / 估价:79.00元

湖南蓝皮书
2013年湖南经济展望
著(编)者:梁志峰　2013年5月出版 / 估价:79.00元

湖南蓝皮书
2013年湖南两型社会发展报告
著(编)者:梁志峰　2013年5月出版 / 估价:79.00元

湖南县域绿皮书
湖南县域发展报告No.2
著(编)者:朱有志　袁　准　周小毛
2013年7月出版 / 估价:69.00元

江苏法治蓝皮书
江苏法治发展报告No.2(2013)
著(编)者:李　力　龚廷泰　严海良
2013年7月出版 / 估价:88.00元

京津冀蓝皮书
京津冀区域一体化发展报告(2013)
著(编)者:文　魁　祝尔娟　2013年3月出版 / 估价:89.00元

经济特区蓝皮书
中国经济特区发展报告(2013)
著(编)者:陶一桃　钟　坚　2013年3月出版 / 估价:89.00元

辽宁蓝皮书
2013年辽宁经济社会形势分析与预测
著(编)者:曹晓峰　张　晶　张卓民
2013年1月出版 / 估价:69.00元

内蒙古蓝皮书
内蒙古经济发展蓝皮书(2012~2013)
著(编)者:黄育华　2013年7月出版 / 估价: 69.00元

浦东新区蓝皮书
上海浦东经济发展报告(2013)
著(编)者:左学金　陆沪根　2012年12月出版 / 估价:59.00元

青海蓝皮书
2013年青海经济社会形势分析与预测
著(编)者:赵宗福　2013年3月出版 / 估价:69.00元

人口与健康蓝皮书
深圳人口与健康发展报告(2013)
著(编)者:陆杰华　江捍平　2013年10月出版 / 估价:98.00元

山西蓝皮书
山西资源型经济转型发展报告(2013)
著(编)者:李志强　容和平　2013年3月出版 / 估价:79.00元

陕西蓝皮书
陕西经济发展报告(2013)
著(编)者:杨尚勤　石　英　裴成荣
2013年3月出版 / 估价:65.00元

陕西蓝皮书
陕西社会发展报告(2013)
著(编)者:杨尚勤　石　英　江　波
2013年3月出版 / 估价:65.00元

陕西蓝皮书
陕西文化发展报告(2013)
著(编)者:杨尚勤　石　英　王长寿
2013年3月出版 / 估价:59.00元

上海蓝皮书
上海传媒发展报告(2013)
著(编)者:强　荧　焦雨虹　2013年1月出版 / 估价:59.00元

上海蓝皮书
上海法治发展报告(2013)
著(编)者:潘世伟　叶　青　2012年12月出版 / 定价:69.00元

上海蓝皮书
上海经济发展报告(2013)
著(编)者:沈开艳　2013年1月出版 / 估价:59.00元

上海蓝皮书
上海社会发展报告(2013)
著(编)者:卢汉龙　周海旺　2013年1月出版 / 估价:59.00元

上海蓝皮书
上海文化发展报告(2013)
著(编)者:蒯大申　2013年1月出版 / 估价:59.00元

上海蓝皮书
上海文学发展报告(2013)
著(编)者:陈圣来　2013年1月出版 / 估价:59.00元

上海蓝皮书
上海资源环境发展报告(2013)
著(编)者:张仲礼　周冯琦　2013年1月出版 / 估价:59.00元

上海社会保障绿皮书
上海社会保障改革与发展报告(2012~2013)
著(编)者:汪　泓　2013年1月出版 / 估价:65.00元

深圳蓝皮书
深圳经济发展报告(2013)
著(编)者:吴　忠　2013年5月出版 / 估价:69.00元

深圳蓝皮书
深圳劳动关系发展报告(2013)
著(编)者:汤庭芬　2013年5月出版 / 估价:69.00元

深圳蓝皮书
深圳社会发展报告(2013)
著(编)者:吴　忠　余智晟　2013年11月出版 / 估价:69.00元

温州蓝皮书
2013年温州经济社会形势分析与预测
著(编)者:胡瑞怀　王春光　2013年1月出版 / 估价:69.00元

武汉城市圈蓝皮书
武汉城市圈经济社会发展报告(2012~2013)
著(编)者:肖安民　2013年5月出版 / 估价:59.00元

武汉蓝皮书
武汉经济社会发展报告(2013)
著(编)者:刘志辉　2013年5月出版 / 估价:59.00元

扬州蓝皮书
扬州经济社会发展报告(2013)
著(编)者:张爱军　2013年1月出版 / 估价:78.00元

长株潭城市群蓝皮书
长株潭城市群发展报告(2013)
著(编)者:张　萍　2013年6月出版 / 估价:69.00元

浙江蓝皮书
浙江金融业发展报告(2013)
著(编)者:刘仁伍　2013年4月出版 / 估价:69.00元

浙江蓝皮书
浙江民营经济发展报告(2013)
著(编)者:刘仁伍　2013年4月出版 / 估价:59.00元

浙江蓝皮书
浙江区域金融中心发展报告(2013)
著(编)者:刘仁伍　2013年4月出版 / 估价:79.00元

浙江蓝皮书
浙江市场经济发展报告(2013)
著(编)者:刘仁伍　2013年4月出版 / 估价:79.00元

郑州蓝皮书
2012~2013年郑州文化发展报告
著(编)者:王　哲　2013年5月出版 / 估价:69.00元

中国省会经济圈蓝皮书
合肥经济圈经济社会发展报告No.4(2012~2013)
著(编)者:王开玉　等　2013年7月出版 / 估价:79.00元

中原蓝皮书
中原经济区发展报告(2013)
著(编)者:刘怀廉　2013年3月出版 / 估价:68.00元

社会科学文献出版社成立于1985年，是直属于中国社会科学院的人文社会科学专业学术出版机构。

成立以来，特别是1998年实施第二次创业以来，依托于中国社会科学院丰厚的学术出版和专家学者两大资源，坚持“创社科经典，出传世文献”的出版理念和“权威、前沿、原创”的产品定位，走学术产品的系列化、规模化、数字化、国际化、市场化经营道路，社会科学文献出版社先后策划出版了著名的图书品牌和学术品牌“皮书”系列、《列国志》、“社科文献精品译库”、“全球化译丛”、“气候变化与人类发展译丛”、“近世中国”等一大批既有学术影响又有市场价值的图书。

在国内原创著作、国外名家经典著作大量出版的同时，社会科学文献出版社长期致力于中国学术出版走出去，先后与荷兰博睿出版社合作面向海外推出了《经济蓝皮书》、《社会蓝皮书》等十余种皮书的英文版；此外，《从苦行者社会到消费者社会》、《二十世纪中国史纲》、《中华人民共和国法制史》等11种著作入选新闻出版总署“经典中国国际出版工程”。

面对数字化浪潮的冲击，社会科学文献出版社力图从内容资源和数字平台两个方面实现传统出版的再造，并先后推出了皮书数据库、列国志数据库、中国田野调查数据库等一系列数字产品。

在新的发展时期，社会科学文献出版社结合社会的需求、自身的条件以及行业的发展，提出了新的创业目标：精心打造人文社会科学成果推广平台，发展成为一家集图书、期刊、声像电子和数字出版物为一体，面向海内外高端读者和客户，具备独特竞争力的人文社会科学内容资源经营商和海内外知名的专业学术出版机构。

中国皮书网

发布皮书研创资讯，传播皮书精彩内容
引领皮书出版潮流，打造皮书服务平台

栏目设置：

- □ 资讯：皮书动态、皮书观点、皮书数据、 皮书报道、 皮书新书发布会、电子期刊
- □ 标准：皮书评价、皮书研究、皮书规范、皮书专家、编撰团队
- □ 服务：最新皮书、皮书书目、重点推荐、在线购书
- □ 链接：皮书数据库、皮书博客、皮书微博、出版社首页、在线书城
- □ 搜索：资讯、图书、研究动态
- □ 互动：皮书论坛

www.pishu.cn

中国皮书网依托皮书系列“权威、前沿、原创”的优质内容资源，通过文字、图片、音频、视频等多种元素，在皮书研创者、使用者之间搭建了一个成果展示、资源共享的互动平台。

自2005年12月正式上线以来，中国皮书网的IP访问量、PV浏览量与日俱增，受到海内外研究者、公务人员、商务人士以及专业读者的广泛关注。

2008年10月，中国皮书网获得“最具商业价值网站”称号。

2011年全国新闻出版网站年会上，中国皮书网被授予“2011最具商业价值网站”荣誉称号。

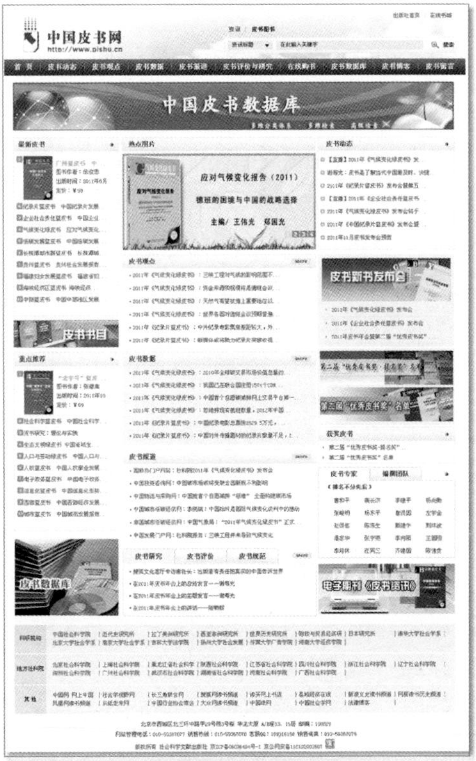